FRED VARGAS
Der verbotene Ort

Alle unabhängig voneinander lesbaren Bände der
Kommissar-Adamsberg-Reihe

Autorin

Fred Vargas, geboren 1957, ist ausgebildete Archäologin und hat Geschichte studiert. Sie ist heute die bedeutendste französische Kriminalautorin mit internationalem Renommee. 2004 erhielt sie für »Fliehe weit und schnell« den Deutschen Krimipreis, 2012 den Europäischen Krimipreis für ihr Gesamtwerk und 2016 den Deutschen Krimipreis in der Kategorie International für »Das barmherzige Fallbeil«.

FRED VARGAS

Der
verbotene Ort

Kommissar Adamsberg ermittelt

Aus dem Französischen von Waltraud Schwarze

blanvalet

Die Originalausgabe erschien 2008 unter dem Titel
»Un lieu incertain« bei Éditions Viviane Hamy, Paris.

Der Verlag behält sich die Verwertung der urheberrechtlich
geschützten Inhalte dieses Werkes für Zwecke des Text- und
Dataminings nach § 44b UrhG ausdrücklich vor.
Jegliche unbefugte Nutzung ist hiermit ausgeschlossen.

Penguin Random House Verlagsgruppe FSC® N001967

2. Auflage
© Copyright der Originalausgabe Fred Vargas und
Éditions Viviane Hamy, Paris, 2008.
Taschenbuchausgabe 2024 by Blanvalet,
einem Unternehmen der Penguin Random House Verlagsgruppe GmbH,
Neumarkter Straße 28, 81673 München
produktsicherheit@penguinrandomhouse.de
(Vorstehende Angaben sind zugleich Pflichtinformationen nach GPSR.)

Copyright der deutschsprachigen Ausgabe
© Deutsche Erstveröffentlichung Aufbau Verlage GmbH & Co. KG,
Berlin 2009.
Übersetzung: Waltraud Schwarze
Umschlaggestaltung und -motiv: www.buerosued.de
KW · Herstellung: sam
Satz, Druck und Bindung: GGP Media GmbH, Pößneck
Printed in Germany
ISBN 978-3-7341-1353-6
www.blanvalet.de

1

Kommissar Adamsberg verstand es, Hemden zu bügeln, seine Mutter hatte ihm beigebracht, wie man die Schulterpasse ausstrich und den Stoff um die Knöpfe herum glättete. Er zog den Stecker des Bügeleisens, legte die Kleidungsstücke in den Koffer. Er hatte sich rasiert, gekämmt, er würde nach London reisen, daran führte kein Weg mehr vorbei.

Er nahm seinen Stuhl und schob ihn in das sonnenbeschienene Viereck der Küche. Der Raum öffnete sich nach drei Seiten, und so verbrachte er seine Zeit damit, seinen Stuhl je nach dem einfallenden Licht um den runden Tisch herum zu bewegen, gleich der Eidechse, die um den Fels wandert. Adamsberg stellte seine Schale mit Kaffee Richtung Osten und setzte sich mit dem Rücken zur Wärme.

Er wäre ja einverstanden, nach London zu fahren, um sich die Stadt anzusehen, zu riechen, ob die Themse den gleichen modrigen Geruch nasser Wäsche hatte wie die Seine, zu hören, wie die Möwen schrien. Schon möglich, dass die Möwen auf Englisch anders schrien als auf Französisch. Aber man würde ihm nicht die Zeit dazu lassen. Drei Tage Kolloquium, zehn Vorträge pro Sitzung, sechs Debatten, ein Empfang im Innenministerium. Über hundert hochrangige Polizisten würden sich in der großen *hall* drängen, nichts als Polizisten aus dreiundzwanzig Ländern, die zusammenkamen, um das große Europa der Polizei zu optimieren, genauer noch, um »die Regelung der Migrationsströme zu harmonisieren«. So lautete das Thema des Kolloquiums.

Als Leiter der Pariser Brigade criminelle musste Adamsberg sich dort blicken lassen, aber das kümmerte ihn wenig. Seine Teilnahme würde flüchtig sein, nahezu ätherisch, einerseits aufgrund seiner Abneigung gegen das Regeln von Strömen, andererseits weil er nie auch nur ein einziges Wort Englisch im Gedächtnis behalten hatte. Er trank ruhig seinen Kaffee aus, während er die Nachricht überflog, die ihm Commandant Danglard gerade schickte. *»Treffen uns in einer Stunde und zwanzig Minuten in der Abfertigungshalle. Verfluchter Tunnel. Habe passendes Jackett für Sie eingesteckt, mit Kraw.«*

Adamsberg strich mit dem Daumen über das Display seines Handys und löschte die Angst seines Stellvertreters, so wie man den Staub von einem Möbelstück wischt. Danglard war wenig geschaffen fürs Laufen, fürs Rennen, schon gar nicht fürs Reisen. Den Ärmelkanal im Tunnel zu durchqueren, schreckte ihn ebenso, wie ihn zu überfliegen. Dennoch hätte er niemandem seinen Platz abgetreten. Seit dreißig Jahren schwor der Commandant auf die Eleganz der englischen Kleidermode, er setzte darauf, um seinen natürlichen Mangel an Erscheinung zu kompensieren. Von dieser lebenswichtigen Option inspiriert, hatte er seine Dankbarkeit auf das übrige Vereinigte Königreich ausgedehnt und war zum Typus des anglophilen Franzosen schlechthin geworden, der die Liebenswürdigkeit der Manieren, das Taktgefühl der Engländer und ihren diskreten Humor bewunderte. Außer in Augenblicken, in denen er jede Zurückhaltung fahren ließ, worin der anglophile Franzose sich vom wahren Engländer unterscheidet. So freute ihn die Aussicht auf einen Aufenthalt in London, mit Migrationsströmen oder ohne. Blieb nur noch das Hindernis dieses *verfluchten Tunnels* zu überwinden, durch den er zum ersten Mal fuhr.

Adamsberg spülte seine Kaffeeschale aus, nahm seinen Koffer, wobei er sich fragte, was für ein Jackett mit was für einer *Kraw* Commandant Danglard für ihn ausgesucht haben mochte. Da schlug sein Nachbar, der alte Lucio, mit seiner schweren Faust an die verglaste Eingangstür, dass sie erzitterte. Der Spanienkrieg hatte ihm seinen linken Arm genommen, als er neun Jahre alt war, und es schien, als sei der rechte dementsprechend stärker geworden, um in sich allein die Spannweite und Kraft von zwei Händen zu vereinen. Das Gesicht an die Scheiben gepresst, sah er mit gebieterischem Blick zu Adamsberg herein.

»Komm mal rüber«, brummte er im Ton eines Befehls. »Sie kriegt sie nicht allein raus, ich brauch deine Hilfe.«

Adamsberg stellte seinen Koffer nach draußen in den verwilderten kleinen Garten, den er sich mit dem alten Spanier teilte.

»Ich muss für drei Tage nach London, Lucio. Ich helfe dir, wenn ich zurück bin.«

»Zu spät«, polterte der Alte. »Komm rüber.«

Und wenn Lucio polterte, mit seinen rollenden »r« in der Stimme, erzeugte er ein so dumpfes Geräusch, dass es Adamsberg schien, als käme der Ton direkt aus der Erde. Er nahm seinen Koffer in die Hand, in Gedanken schon an der Gare du Nord.

»Was kriegst du nicht raus?«, sagte er abwesend und verschloss seine Tür.

»Die Katze, die im Schuppen lebt. Du wusstest doch, dass sie Junge kriegt, oder?«

»Ich wusste nicht, dass im Schuppen eine Katze lebt, und es ist mir auch vollkommen egal.«

»Dann weißt du's jetzt. Und es wird dir nicht egal sein, *hombre*. Sie hat bis jetzt erst drei rausgebracht. Eins ist tot, und zwei weitere stecken fest, ich kann ihre Köpfe spüren. Ich werde massieren und dabei sanft schieben und du ziehst raus. Aber pass auf, fass nicht wie ein Schlächter zu, wenn du sie holst. So ein Kätzchen, das zerbricht dir unter den Fingern wie Keks.«

Finster und mit dringlichem Ausdruck stand Lucio da und kratzte seinen fehlenden Arm, indem er die Finger im Leeren bewegte. Er hatte oft erklärt, dass er damals, als er seinen Arm verlor, dort einen Spinnenbiss hatte und gerade dabei war, ihn zu kratzen. Aus diesem Grund juckte der Biss ihn noch nach neunundsechzig Jahren, weil er mit dem Kratzen nicht fertig gewesen war, es nicht gründlich hatte machen, nicht hatte vollenden können. Das war die neurologische Erklärung, die seine Mutter ihm geliefert hatte, sie war für Lucio mit der Zeit zur Philosophie schlechthin geworden und ließ sich auf jede Situation und jedes Gefühl anwenden. Man muss bis ans Ende gehen, oder gar nicht erst anfangen. Den

Kelch bis zur Neige leeren, auch in der Liebe. Wenn also eine lebenswichtige Handlung ihn intensiv beschäftigte, kratzte Lucio seinen unterbrochenen Spinnenbiss.

»Lucio«, sagte Adamsberg etwas entschiedener, indem er den kleinen Garten durchquerte, »in eineinviertel Stunden geht mein Zug, mein Stellvertreter steht an der Gare du Nord und verzehrt sich vor Ungeduld, und ich werde jetzt nicht den Geburtshelfer bei deinem Katzenvieh spielen, während in London hundert Spitzenpolizisten auf mich warten. Sieh zu, wie du klarkommst, am Sonntag erzählst du mir dann alles.«

»Und wie willst du, dass ich hiermit klarkomme?«, schrie der Alte und hob seinen Armstumpf.

Lucio hielt Adamsberg mit seiner mächtigen Hand auf und reckte sein vorgeworfenes Kinn, das nach Meinung von Commandant Danglard eines Velázquez würdig gewesen wäre. Der Alte sah nicht mehr scharf genug, um sich korrekt zu rasieren, und manche Stoppeln entkamen seiner Klinge. Weiß und hart stachen sie hier und da aus seinem Gesicht und bildeten so etwas wie eine Dekoration aus silbrigen Dornen, die in der Sonne glänzten. Manchmal kriegte Lucio eine von ihnen zu fassen, klemmte sie resolut zwischen zwei Fingernägel und zog daran, als wenn er eine Zecke ausreißen würde. Und er gab nicht auf, bevor er sie nicht hatte, gemäß der Spinnenbiss-Philosophie.

»Du kommst mit mir.«

»Lass mich in Ruhe, Lucio.«

»Du hast gar keine Wahl, *hombre*«, sagte Lucio düster. »Das kreuzt deinen Weg, du musst es wahrnehmen. Oder es wird dich dein Leben lang jucken. Es kostet dich ganze zehn Minuten.«

»Auch mein Zug kreuzt meinen Weg.«

»Der kreuzt hinterher.«

Adamsberg ließ seinen Koffer los und verfluchte seine Ohnmacht, während er Lucio zum Schuppen folgte. Ein klebriges, blutbeschmiertes Köpfchen zeigte sich zwischen den Hinterpfoten des Tieres. Unter den Anweisungen des alten Spaniers nahm er es behutsam in seine Hand, während Lucio mit professionellem Griff auf den Bauch drückte. Die Katze miaute fürchterlich.

»Zieh noch ein bisschen stärker, *hombre*, fass es unter den Pfoten und zieh! Entschlossen, aber sanft, und drück nicht den Schädel zusammen. Mit deiner anderen Hand kraul der Mutter die Stirn, sie ist in Panik.«

»Lucio, wenn ich jemandem die Stirn kraule, schläft er ein.«

»*Joder!* Zieh, verdammt!«

Sechs Minuten später legte Adamsberg zwei kleine rote, piepsende Ratten neben zwei andere auf eine alte Decke. Lucio schnitt ihnen die Nabelschnur durch und legte sie nacheinander an die Zitzen. Er warf einen besorgten Blick auf das klagende Muttertier.

»Wie war das mit deinen Händen? Womit bringst du die Leute in Schlaf?«

Adamsberg schüttelte bedauernd den Kopf.

»Ich weiß es nicht. Wenn ich ihnen die Hand auf den Kopf lege, schlafen sie ein. Das ist alles.«

»So machst du es mit deinem Kind?«

»Ja. Es kommt auch vor, dass die Leute einschlafen, während ich mit ihnen rede. Ich habe schon Verdächtige während eines Verhörs eingeschläfert.«

»Dann mach das mit der Mutter. *Apúrate!* Mach, dass sie einschläft.«

»Großer Gott, Lucio, kriegst du das nicht in deinen Schädel rein, dass ich zum Zug muss?«

»Wir müssen die Mutter beruhigen.«

Adamsberg war die Katze egal, nicht aber der schwarze Blick, den der Alte ihm zuwarf. So streichelte er den – unglaublich weichen – Kopf der Katze, denn in der Tat, er hatte keine Wahl. Das Hecheln des Tieres kam zur Ruhe, während Adamsbergs Finger wie Kugeln von seinem Mäulchen zu seinen Ohren rollten. Lucio wiegte anerkennend den Kopf.

»Sie schläft, *hombre.*«

Adamsberg löste langsam seine Hand, wischte sie im feuchten Gras ab und entfernte sich im Rückwärtsgang.

Während er über den Bahnsteig der Gare du Nord lief, fühlte er, wie das Zeug zwischen seinen Fingern und unter den Nägeln hart wurde. Er hatte zwanzig Minuten Verspätung, Danglard kam mit eiligen Schritten auf ihn zu. Man hatte immer den Eindruck, dass Danglards Beine, die schlecht konstruiert waren, von den Knien abwärts in ihre Einzelteile zerfallen würden, wenn er zu rennen versuchte. Adamsberg hob die Hand, um seiner Eile wie auch seinen Vorwürfen Einhalt zu gebieten.

»Ich weiß«, sagte er. »Etwas hat meinen Weg gekreuzt, und ich musste zufassen, sonst hätte ich mich mein Leben lang kratzen müssen.«

Danglard war an Adamsbergs unverständliche Bemerkungen schon so gewöhnt, dass er sich selten die Mühe machte, Fragen zu stellen. Wie viele andere in der Brigade beachtete er sie kaum noch, wusste er doch zwischen Interessantem und Unwichtigem zu unterscheiden. Außer Atem wies er auf die Abfertigungshalle und machte kehrt. Während Adamsberg ihm in aller Gelassenheit folgte, versuchte er sich an die Farbe der Katze zu erinnern. Weiß mit grauen Flecken? Mit roten Flecken?

2

»Auch bei Ihnen passieren ja merkwürdige Dinge«, sagte Superintendent Radstock auf Englisch zu seinen Pariser Kollegen.

»Was sagt er?«, fragte Adamsberg.

»Dass auch bei uns merkwürdige Dinge passieren«, übersetzte Danglard.

»Das stimmt«, sagte Adamsberg, ohne sich weiter für das Gespräch zu interessieren.

Viel wichtiger war ihm im Augenblick, dass er laufen konnte. Er war in London, es war Juni und es war Nacht, er wollte laufen. Diese zwei Tage Kolloquium begannen an seinen Nerven zu zerren. Stundenlang sitzen zu müssen, war eine der wenigen Prüfungen, die sein Phlegma brechen, ihn in den seltsamen Zustand versetzen konnten, den die anderen »Ungeduld« oder »Hektik« nannten und der ihm normalerweise unerreichbar war. Am Tage zuvor war es ihm dreimal gelungen, sich davonzustehlen, er hatte einen summarischen Spaziergang durch das Viertel gemacht, hatte sich Häuserfluchten mit ihren Klinkerfassaden eingeprägt, den Ausblick auf Reihen weißer Säulen und schwarz-goldener Laternen gespeichert, er war ein Stück durch ein Gässchen namens St. John's Mews gelaufen, weiß Gott, wie man so was wie

»Mews« aussprechen sollte. Dort war ein Schwarm Möwen englisch schreiend aufgeflogen. Doch seine Abwesenheiten waren bemerkt worden. Heute hatte er in seinem Sessel ausharren müssen, hatte störrisch geschwiegen zu den Diskussionsbeiträgen seiner Kollegen, unfähig, dem schnellen Rhythmus des Dolmetschers zu folgen. Die *hall* war gesättigt mit Polizisten, die sich mit großem Einfallsreichtum der Aufgabe widmeten, das Netz enger zu ziehen, durch welches »der Strom der Migranten harmonisiert« und Europa mit einem unüberwindlichen Gatter umzäunt werden sollte. Da Adamsberg jedoch dem Festen stets das Flüssige, dem Statischen das Geschmeidige vorgezogen hatte, folgte er naturgemäß den Bewegungen dieses Stroms und suchte mit ihm nach Möglichkeiten, wie die Befestigungsanlagen, die unter seinen Augen hochwuchsen, zu überwinden wären.

Radstock, dieser Kollege von New Scotland Yard, schien sehr beschlagen in Netzen, wiederum aber nicht besessen genug von der Frage ihrer Effektivität. Er wollte in knapp einem Jahr in Rente gehen, mit der sehr britischen Vorstellung, dann an irgendeinem See im Norden angeln zu gehen, so berichtete Danglard, der alles verstand und alles übersetzte, auch das, was Adamsberg gar nicht wissen wollte. Adamsberg wäre es lieber gewesen, wenn sein Stellvertreter mit seinen unnützen Übersetzungen etwas sparsamer umginge, aber Danglards Freuden waren so selten, und er schien so froh zu sein, sich in der englischen Sprache zu sielen wie das Wildschwein in einem Schlamm von besonderer Qualität, dass Adamsberg ihm kein Gran seiner Zufriedenheit nehmen wollte. Danglard wirkte glücklich hier, fast beschwingt, sein weicher Körper straffte sich, seine hängenden Schultern nahmen Form an, er gewann an Auftreten und Statur, was ihn beinahe zu einem bemerkenswerten Menschen machte. Vielleicht nährte er den Gedanken, eines Tages seinen Ruhestand gemeinsam mit diesem neuen Freund zu genießen, beim Angeln an jenem See da oben.

Radstock nutzte Danglards Gutwilligkeit, um ihm in allen Einzelheiten sein Leben beim Yard zu erzählen wie auch eine Menge schlüpfriger Anekdoten, von denen er meinte, dass sie französischen Gästen gefallen würden. Danglard hatte ihm während des ganzen Mittagessens mit großer Geduld zugehört und zugleich die Qualität des Weins im Auge behalten. Radstock nannte den Commandant »Denglarde«, und sie überboten sich gegenseitig in Geschichten und versorgten sich mit Getränken, Adamsberg im Schlepptau hinter sich lassend. Der Kommissar war der Einzige unter den hundert Bullen, der nicht einmal Rudimente der Sprache beherrschte. Er wohnte der Veranstaltung mehr am Rande bei, wie er auch gehofft hatte, und nur wenige Leute hatten überhaupt verstanden, wer er wirklich war. An seiner Seite sah man den jungen Brigadier Estalère mit seinen von chronischem Erstaunen immer weit aufgerissenen grünen Augen. Es war Adamsbergs Wunsch gewesen, ihn mit auf diese Reise zu nehmen. Er hatte gemeint, der Fall Estalère werde sich schon noch arrangieren, und von Zeit zu Zeit bemühte der junge Mann sich ja auch, dahin zu gelangen.

Die Hände in den Taschen seines eleganten Anzugs, genoss Adamsberg in vollen Zügen diesen langen Spaziergang, auf dem Radstock von einer Straße in die andere ging, um ihnen die Kuriositäten des Londoner Nachtlebens vorzuführen. Hier eine Frau, die unter einem Dach aneinandergenähter Regenschirme schlief, einen *teddy bear* von über einem Meter Größe im Arm. »Einen Plüschbären«, übersetzte Danglard.

»Das hatte ich verstanden«, sagte Adamsberg.

»Und dort«, Radstock wies in eine rechtwinklig abzweigende Avenue, »sehen Sie Lord Clyde-Fox. Einen Vertreter jener Spezies, die man bei Ihnen den exzentrischen Aristokraten nennt. Offen gesagt, wir haben nicht mehr allzu viele von ihnen, sie reproduzieren sich kaum. Der hier ist noch jung.«

Radstock blieb stehen, um ihnen Zeit zu lassen, den Mann zu betrachten, und er tat es mit der Befriedigung eines Menschen, der seinen Gästen ein seltenes Stück zeigt. Adamsberg und Danglard betrachteten ihn folgsam. Groß und hager, tanzte Clyde-Fox mal auf dem einen, mal auf dem anderen Bein unbeholfen auf der Stelle, immer kurz vor dem Umfallen. Zehn Schritt von ihm entfernt stand schwankend ein anderer Mann, eine Zigarre im Mund, der die Bemühungen seines Gefährten beobachtete.

»Interessant«, sagte Danglard höflich.

»Er treibt sich oft hier in der Gegend herum, wenn auch nicht jeden Abend«, meinte Radstock, so als würden seine Kollegen einen echten Glücksfall erleben. »Wir schätzen einander. Herzlich, hat immer ein freundliches Wort. Er ist ein Orientierungspunkt in der Nacht, ein vertrautes Licht. Zu dieser Stunde kommt er von seinem Streifzug zurück und versucht nach Hause zu gehen.«

»Betrunken?«, fragte Danglard.

»Nie ganz. Er setzt seine Ehre darein, bis an seine Grenzen zu gehen, sämtliche Grenzen, und sich dort festzuklammern. Er behauptet, wenn er sich auf einem Grat bewege, in der Balance zwischen einem Abgrund und dem anderen, sei er zwar sicher zu leiden, aber nie, sich zu langweilen. Alles in Ordnung, Clyde-Fox?«

»Alles in Ordnung, Radstock?«, erwiderte der Mann und wedelte mit der Hand.

»Amüsant«, meinte der Superintendent. »Zumindest in seinen guten Momenten. Als vor zwei Jahren seine Mutter starb, hat er eine ganze Schachtel Fotos von ihr aufessen wollen. Seine Schwester ging ziemlich brutal dazwischen und die Sache endete böse. Eine Nacht im Krankenhaus für sie, eine Nacht auf der Polizeiwache für ihn. Der Lord raste vor Zorn, dass man ihn daran hinderte, die Fotos zu verschlingen.«

»Er wollte sie wirklich essen?«, fragte Estalère.

»In der Tat. Aber ein paar Fotos, was ist das schon? Es heißt, bei Ihnen hat einer mal einen hölzernen Schrank essen wollen.«

»Was sagt er?«, erkundigte sich Adamsberg, als er Radstock die Brauen runzeln sah.

»Er sagt, bei uns habe einer seinen Schrank aufessen wollen. Was er übrigens in ein paar Monaten auch geschafft hat, mit zeitweiliger Unterstützung von zwei, drei Freunden.«

»Und es ist eine wahre Begebenheit, nicht wahr, Denglarde?«

»Absolut wahr, so geschehen zu Beginn des 20. Jahrhunderts.«

»Das ist völlig normal«, meinte Estalère, der seine Worte wie seine Gedanken häufig schlecht wählte. »Ich weiß von einem Mann, der ein Flugzeug gegessen hat, und er hat nur ein Jahr dafür gebraucht. Ein kleines Flugzeug.«

Radstock nickte ernst. Adamsberg hatte an ihm einen Hang zu feierlichen Darlegungen beobachtet. Er bildete mitunter sehr lange Sätze, die – nach ihrem Tonfall zu urteilen – von der Menschheit handelten und wie es um sie stand, vom Guten und vom Bösen, vom Engel und vom Dämon.

»Es gibt Dinge«, sagte Radstock, und Danglard übersetzte simultan, »die der Mensch sich nicht vorstellen kann, solange ein anderer Mensch nicht auf die ausgefallene Idee kommt, sie zu verwirklichen. Aber wenn diese Sache, ob gut oder schlecht, erst einmal ausgeführt ist, findet sie Eingang in das Gemeingut der Menschheit. Wird verwendbar, wiederholbar und sogar überbietbar. Der Mensch, der den Schrank gegessen hat, eröffnet einem anderen die Möglichkeit, ein Flugzeug zu essen. So enthüllt sich mit der Zeit der große, unbekannte Kontinent des Irrsinns wie eine geografische Karte, die in dem Maße Gestalt annimmt, wie das Land erforscht wird. Wir schreiten in ihm ohne jede Sicht voran, allein auf die Erfahrung gestützt, das habe ich meinen Jungs immer wieder gesagt. So ist Lord Clyde-Fox gerade dabei, seine Schuhe aus- und wieder anzuziehen, das macht er nun schon wer weiß wie viele Male. Und keiner weiß, warum. Wenn man es erst herausbekommen hat, kann jemand anders dasselbe tun.«

»He, Clyde-Fox!«, rief der alte Polizist und ging auf ihn zu. »Irgendein Problem?«

»He, Radstock!«, erwiderte der Lord mit sehr sanfter Stimme.

Die beiden Männer begrüßten sich mit einem vertrauten Zeichen, zwei Nachtvögel, Experten alle beide, die nichts voreinander zu verbergen hatten. Clyde-Fox setzte einen bestrumpften Fuß auf das Trottoir, den Schuh in der Hand, dessen Inneres er aufmerksam inspizierte.

»Ein Problem?«, wiederholte Radstock.

»Ein verdammtes Problem. Schauen Sie sich's an, wenn Sie den Mut dazu haben.«

»Wo?«

»Am Eingang des alten Friedhofs von Highgate.«

»Ich mag es nicht, wenn man dort herumschnüffelt«, knurrte Radstock. »Was hatten Sie dort zu suchen?«

»Eine Grenzerforschung in Gesellschaft auserwählter Freunde«, sagte der Lord und wies mit dem Daumen auf seinen Gefährten mit der Zigarre. »Zwischen Schrecken und Vernunft. Ich kenne den Ort in- und auswendig, er aber wollte das mal erleben. Aber Achtung«, fügte Clyde-Fox etwas leiser hinzu. »Der Kamerad ist voll bis zur Halskrause und flink wie ein Elf. Schon im Pub zwei Kerle niedergemacht. Er ist Lehrer für kubanischen Tanz. Nervöser Typ. Nicht von hier.«

Lord Clyde-Fox schüttelte wieder einmal seinen Schuh in der Luft, schlüpfte hinein und zog den anderen aus.

»Okay, Clyde-Fox. Aber Ihre Schuhe? Schütteln Sie die aus?«

»Nein, Radstock, ich kontrolliere sie.«

Der Mann aus Kuba rief einen Satz auf Spanisch, der zu besagen schien, dass er nun genug hätte und abhauen würde. Der Lord machte ihm mit der Hand ein achtloses Zeichen.

»Was kann man«, begann Clyde-Fox wieder, »Ihrer Meinung nach in Schuhe hineintun?«

»Füße«, schaltete Estalère sich ein.

»Genau«, sagte Clyde-Fox und sandte dem jungen Brigadier einen beifälligen Blick. »Und besser, Sie überprüfen, ob Ihre eigenen Füße in Ihren eigenen Schuhen stecken. Radstock, wenn Sie mir mit der Taschenlampe leuchten würden, könnte ich damit vielleicht mal fertig werden.«

»Was soll ich Ihnen denn sagen?«

»Ob Sie was drin sehen.«

Während Clyde-Fox seine Schuhe hochhielt, untersuchte Radstock gewissenhaft deren Inneres. Adamsberg, den man vergessen hatte, lief mit langsamen Schritten um sie herum. Er stellte sich den Kerl vor, der über Monate hinweg Stück für Stück seinen Schrank zerkaute. Er fragte sich, ob er selber lieber einen Schrank oder ein Flugzeug oder die Fotos seiner Mutter verspeisen würde. Oder etwas ganz anderes. Etwas, das dem *unbekannten Kontinent des Irrsinns*, von dem der Kommissar gesprochen hatte, ein neues Stück hinzuzeichnen würde.

»Nichts drin«, sagte Radstock.

»Sind Sie ganz sicher?«

»Ja.«

»Gut«, sagte Clyde-Fox und zog sich die Schuhe wieder an. »Üble Geschichte. Tun Sie Ihren Job, Radstock, sehen Sie sich das an. Gleich am Eingang. Da steht ein Haufen alter Schuhe auf dem Trottoir. Seien Sie seelisch gefasst. Es sind vielleicht zwanzig Stück, Sie können sie nicht verfehlen.«

»Das ist nicht mein Job, Clyde-Fox.«

»Und ob er das ist. Sie stehen sorgfältig dort aufgereiht, mit den Spitzen Richtung Friedhof, als wenn sie dort hineingehen wollten. Ich rede natürlich vom alten Hauptportal.«

»Der alte Friedhof wird nachts bewacht. Geschlossen für Menschen wie für Schuhe von Menschen.«

»Trotzdem wollen sie rein und ihre ganze Haltung hat etwas sehr Unsympathisches. Sehen Sie sie sich an, tun Sie Ihren Job.«

»Clyde-Fox, es ist mir ziemlich egal, ob Ihre alten Schuhe da hineinwollen.«

»Da irren Sie, Radstock. Denn es sind noch die Füße drin.«

Schweigen trat ein, eine unangenehme Druckwelle strich über sie hinweg. Aus Estalères Kehle kam ein kleiner Klagelaut, Danglard presste die Arme zusammen. Adamsberg hielt im Laufen inne und hob den Kopf.

»Scheiße«, flüsterte Danglard.

»Was sagt er?«

»Er sagt, dass ein paar alte Schuhe in den alten Friedhof hineinwollen. Er sagt, Radstock irrt sich, wenn er meint, sich das nicht ansehen zu müssen, denn es seien noch die Füße drin.«

»Schon gut, Denglarde«, fiel Radstock ihm ins Wort. »Er ist betrunken. Schon gut, Clyde-Fox, Sie sind betrunken. Gehen Sie jetzt nach Hause.«

»Da sind die Füße drin, Radstock«, wiederholte der Lord in gesetztem Ton, wie um zu unterstreichen, dass er sicher auf seinem Grat stand. »Abgeschnitten auf Höhe der Knöchel. Und diese Füße wollen da rein.«

»Okay, sie wollen da rein.«

Lord Clyde-Fox kämmte sich jetzt mit aller Sorgfalt, ein Zeichen für seinen unmittelbar bevorstehenden Aufbruch. Dass er sein Problem jemandem anvertraut hatte, schien ihn ins normale Leben zurückgeholt zu haben.

»Rechnen Sie mit ziemlich alten Schuhen«, fügte er hinzu, »fünfzehn oder zwanzig Jahre alt.«

»Und die Füße?«, fragte Danglard diskret. »Die Füße sind in skelettiertem Zustand?«

»*Let down*. Er ist betrunken, Denglarde.«

»Nein«, sagte Clyde-Fox und steckte seinen Kamm ein, ohne den Superintendent zu beachten. »Die Füße sind nahezu unversehrt.«

»Und sie versuchen hineinzukommen«, vollendete Radstock.

»So ist es, *old man*.«

3

Radstock schimpfte ohne Unterlass leise vor sich hin, die Hände um das Steuer geklammert, während er sie schnell zu dem alten Friedhof in der nördlichen Vorstadt von London fuhr.

Mussten sie auch diesen Clyde-Fox treffen. Musste dieser Beknackte auch nachprüfen wollen, ob sich wirklich kein Fuß in seine Schuhe geschlichen hatte. Und da rollten sie nun Richtung Highgate, weil der Lord von seinem Grat gefallen war und eine Vision gehabt hatte. Es würden ebenso wenig Schuhe vor dem Friedhof stehen, wie Füße in den Schuhen von Clyde-Fox gewesen waren.

Doch Radstock wollte nicht allein dorthin. Nein, vor allem nicht wenige Monate vor seiner Pensionierung. Den liebenswürdigen Denglarde zu überzeugen, dass er ihn begleitete, hatte ihn einige Mühe gekostet, als wenn dem Commandant die Expedition widerstrebte. Aber wie hätte der Franzose das Geringste über Highgate wissen sollen? Mit Adamsberg dagegen gab es kein Problem, ihn störte der Umweg in keiner Weise. Dieser Kommissar schien sich in einem friedfertigen und verträglichen Dämmerzustand zu bewegen, man musste sich fragen, ob sein Metier überhaupt in irgendeiner Weise seine Aufmerksamkeit erregte. Ganz im Gegensatz dazu sein junger Kollege, der, die Nase am Fenster, mit großen Augen auf London starrte. Nach Radstocks Ansicht war dieser Estalère nahezu ein Dummkopf, und er wunderte sich, dass man ihn zu der Konferenz zugelassen hatte.

»Warum schicken Sie nicht zwei von Ihren Leuten hin?«, fragte Danglard mit verdrossener Miene.

»Ich kann nicht auf eine Vision von Clyde-Fox hin eine Mannschaft losschicken. Immerhin ist er ein Mensch, der die Fotos seiner Mutter essen wollte. Aber nachzusehen sind wir ja wohl verpflichtet, oder?«

Nein, Danglard fühlte sich zu nichts verpflichtet. Er war glücklich, hier zu sein, glücklich, sich wie ein Engländer benehmen zu können, glücklich, dass eine Frau ihm Beachtung geschenkt hatte, gleich am ersten Tag des Kolloquiums. Er hoffte schon jahrelang nicht mehr auf dieses Wunder, und träge, wie er seit seinem fatalistischen Verzicht auf die Frauen geworden war, hatte er von sich aus nichts unternommen. Sie war es, die ihn angesprochen, die ihm zugelächelt hatte und immer wieder einen Vorwand fand, ihm zu begegnen. Falls er sich nicht irrte. Danglard fragte sich, wie das überhaupt möglich sei, er marterte sich mit Fragen. Pausenlos ließ er die flüchtigen Zeichen Revue passieren, die seine Hoffnung zerstören oder bestätigen konnten. Er sortierte, er bewertete sie, er schätzte ihre Verlässlichkeit ein, so wie man das Eis prüft, bevor man den Fuß darauf setzt. Er testete ihre Konsistenz, ihren möglichen Gehalt, suchte herauszufinden, ob ja, ob nein. Bis diese Zeichen, vom Verstande durch- und durchgeforstet, am Ende alle Substanz verloren hatten. Er brauchte

Neues, zusätzliche Indikatoren. Und genau in diesem Augenblick saß jene Frau bestimmt mit den anderen Kongressteilnehmern an der Hotelbar. Er aber, da er Radstock auf seine Expedition begleitete, würde dort fehlen.

»Wieso müssen wir nachsehen? Der Lord war voll wie eine Strandkanone.«

»Weil es sich um Highgate handelt«, sagte der Superintendent mit zusammengepressten Zähnen.

Danglard bereute seine Frage. Sein intensives Nachdenken über die Frau und die Zeichen hatte ihn daran gehindert, bei dem Namen »Highgate« aufzuhorchen. Er hob den Kopf, um etwas zu sagen, aber Radstock wehrte ab.

»Nein, Denglarde, das können Sie nicht verstehen«, sagte er im rauen, traurigen und endgültigen Ton eines alten Soldaten, der seinen Krieg mit niemandem teilen kann. »Sie waren nie in Highgate. Ich ja.«

»Aber ich verstehe, dass Sie nicht noch einmal dahin wollten und warum Sie dennoch hinfahren.«

»Das würde mich wundern, Denglarde, ohne dass ich Sie kränken will.«

»Ich weiß, was in Highgate passiert ist.«

Radstock warf ihm einen überraschten Blick zu.

»Danglard weiß alles«, bemerkte Estalère ruhig im Hintergrund des Wagens.

Adamsberg neben ihm hörte sie reden, fing hin und wieder ein Wort auf. Es war offensichtlich, dass Danglard über dieses Highgate eine Menge Dinge wusste, von denen er, Adamsberg, keine Ahnung hatte. Das war normal, sofern man den sagenhaften Umfang von Danglards Wissen als normal betrachtete. Der Commandant unterschied sich deutlich von einem sogenannten gebildeten Menschen. Er war ein Wesen von phänomenaler Gelehrsamkeit an der Spitze eines vielschichtigen Netzwerks unerschöpflicher Kenntnisse, die, so meinte Adamsberg, eins nach dem anderen alle seine Organe ersetzt hatten und ihn schließlich vollständig ausmachten, sodass man sich fragte, wie Danglard sich überhaupt noch als ein nahezu gewöhnlicher Mensch bewegen konnte. Weshalb er ja auch so schwach auf den Beinen war und nie spazieren ging. Dafür wusste er mit Sicherheit den Namen von dem Typen, der seinen Schrank gegessen hatte. Adamsberg betrachtete Danglards weiches Profil, über welches in diesem Augenblick ein Erschauern lief, das bei ihm den Durchzug des Wissens anzeigte. Sehr wahrscheinlich rief sich der Commandant in aller Eile gerade sein großes Buch des Wissens über Highgate in Erinnerung. Während gleichzeitig irgendeine quälende Sorge seine Konzentration überschattete. Diese Frau vom Kolloquium, natürlich, die sein Gemüt in einen Strudel bohrender Fragen zog. Adamsberg sah zu seinem britischen Kollegen hin, dessen Name so schwer zu behalten war. Stock. Der schien weder an eine Frau zu denken noch seine Wissensgründe zu erforschen. Stock hatte einfach Angst.

»Danglard«, sagte Adamsberg und tippte seinem Stellvertreter leicht auf die Schulter. »Stock hat kein Verlangen, sich diese Schuhe anzusehen.«

»Ich sagte Ihnen, dass er normales Französisch im Großen und Ganzen versteht. Verschlüsseln Sie, Kommissar.«

Adamsberg nickte. Um von Radstock nicht verstanden zu werden, hatte Danglard ihm geraten, sehr schnell und eintönig zu sprechen und manche Silben halb zu verschlucken, aber das auszuführen, war Adamsberg unmöglich. Er setzte seine Worte ebenso langsam wie seine Schritte.

»Er hat überhaupt kein Verlangen danach«, sagte Danglard im Zeitraffer. »Er hat Erinnerungen dort, an die will er nicht rühren.«

»Was ist dieses ›dort‹ denn?«

»Es ist einer der absonderlichsten romantischen Friedhöfe des Abendlandes, die Maßlosigkeit schlechthin, eine Entfesselung von Kunst und Grauen. Schaurige Grabmäler, Mausoleen, ägyptische Skulpturen, Geächtete und Mörder. Das Ganze verstreut in der geordneten Wildnis eines englischen Gartens. Ein einmaliger, allzu einmaliger Ort, ein Schmelztiegel aller Wahnideen.«

»Einverstanden, Danglard. Aber was ist in dieser Wildnis passiert?«

»Schreckliche Dinge, und letztendlich gar nicht viel. Aber es ist ein ›nicht viel‹, das für den, der es gesehen hat, schwer wiegen kann. Darum wird der Friedhof nachts überwacht. Darum fährt der Kollege nicht allein hin, darum sitzen wir hier im Auto, statt im Hotel in aller Ruhe einen zur Brust zu nehmen.«

»Einen zur Brust zu nehmen, mit wem, Danglard?«

Danglard verzog das Gesicht. Adamsbergs Auge entgingen die feinsten Faserungen des Lebens nicht, auch wenn diese Faserungen ein Säuseln, eine kaum wahrnehmbare Empfindung, ein Lufthauch waren. Natürlich hatte der Kommissar diese

Frau auf dem Kongress längst bemerkt. Und während er selbst noch die Tatsachen in zermürbender Besessenheit immer und immer wieder analysierte, schien Adamsberg sich schon ein fest umrissenes Bild gemacht zu haben.

»Mit ihr«, warf Adamsberg in das Schweigen hinein. »Mit der Frau, die auf den Bügeln ihrer roten Brille herumbeißt, der Frau, die immer zu Ihnen herübersieht. Auf ihrem Anstecker steht ›Abstract‹. Ist das ihr Vorname?«

Danglard lächelte. Dass die einzige Frau seit zehn Jahren, die mal wieder seinen Blick gesucht hatte, sich »Abstrakt« nennen könnte, würde schmerzlich gut zu ihm passen.

»Nein. Das ist ihr Job. Ihre Aufgabe ist es, die Kurzfassungen der Vorträge einzuholen und zu verteilen. Ein Resümee nennt sich *abstract*.«

»Ah, sehr gut. Und wie heißt sie also?«

»Das habe ich nicht gefragt.«

»Der Vorname ist doch das Erste, was man wissen muss.«

»Ich möchte als Erstes wissen, was sie im Kopf hat.«

»Und das wissen Sie nicht?«, meinte Adamsberg überrascht.

»Wie sollte ich denn? Da müsste man sie zunächst mal fragen. Und wissen, ob man fragen darf. Und sich fragen, was man wissen darf.«

Adamsberg seufzte und gab es auf, Danglard in seine hochgeistigen Mäander zu folgen.

»Dabei hat sie allerhand Ernstes im Kopf«, fuhr er fort. »Woran ein Glas mehr oder weniger heute Abend mitnichten etwas ändern wird.«

»Was für eine Frau?«, fragte Radstock auf Französisch, ungehalten darüber, dass die beiden Männer es fertigbrachten, ihn vom Gespräch auszuschließen. Und vor allem zu erkennen, dass der kleine Kommissar mit den zerzausten dunklen Haaren seine Angst durchschaut hatte.

Der Wagen war inzwischen auf der Höhe des Friedhofs angekommen, und plötzlich wünschte sich Radstock, die von Lord Clyde-Fox beschriebene Szene möge keine Vision sein. Sodass der unbekümmerte kleine Franzose, dieser Adamsberg, seinen Teil vom Albtraum von Highgate abbekäme. Dass er ihn abbekäme und man ihn teilen könne, *God*. Dann würde man ja sehen, ob der kleine Bulle hinterher immer noch genauso gelassen wäre. Radstock brachte den Wagen dicht am Bürgersteig zum Stehen und stieg nicht aus. Er kurbelte die Scheibe zwanzig Zentimeter hinunter und brachte seine Stablampe in Stellung.

»Okay«, sagte er und warf im Rückspiegel einen Blick auf Adamsberg. »Teilen wir also.«

»Was sagt er?«

»Er fordert Sie auf, Highgate mit ihm zu teilen.«

»Ich habe nichts von ihm verlangt.«

»*You've no choice*«, sagte Radstock hart und öffnete die Wagentür.

»Ich habe verstanden«, sagte Adamsberg und hielt Danglard mit einer Geste zurück.

Der Gestank war widerlich und der Anblick schockierend, selbst Adamsberg erstarrte und hielt sich hinter seinem englischen Kollegen etwas zurück. Aus den rissigen Schuhen, deren Schnürsenkel gelöst waren, ragten verweste Knöchel, man sah das dunkle Fleisch und die bleiche Färbung des sauber abgetrennten Schienbeins. Der einzige Unterschied gegenüber dem Bericht des Lords war, dass die Füße nicht einzutreten versuchten. Sie standen einfach da in ihren Schuhen, grausig und herausfordernd, standen auf dem Gehweg vor dem historischen Eingang zum Friedhof von Highgate. Sie bildeten einen akkurat angeordneten kleinen Haufen, unerträglich anzusehen. Radstock hielt seine Lampe mit weit ausgestrecktem Arm, das Gesicht von Abscheu verzerrt, er beleuchtete die sich zersetzenden Knöchel, die aus den Schuhen ragten, und suchte mit einer vergeblichen Handbewegung den Gestank des Todes wegzuwedeln.

»Bitte«, sagte Radstock in schicksalsergebenem, aggressivem Ton, indem er sich zu Adamsberg umwandte. »Bitte, das ist Highgate, der verfluchte Ort, und das seit hundert Jahren.«

»Hundertsiebzig«, präzisierte Danglard leise.

»Okay«, sagte Radstock und versuchte sich wieder zu fassen. »Sie können in Ihr Hotel zurückfahren, ich lasse meine Leute kommen.«

Radstock zog sein Telefon heraus, er lächelte seinen Kollegen gequält zu.

»Die Schuhe sind von mittelmäßiger Qualität«, sagte er, während er eine Nummer eingab. »Wenn wir Glück haben, sind es französische Schuhe.«

»Wenn die Schuhe es sind, sind es die Füße auch«, ergänzte Danglard.

»Ja, Denglarde. Welcher Engländer würde sich die Mühe machen, französische Schuhe zu kaufen?«

»Mit anderen Worten, wenn es nur von Ihnen abhinge, würden Sie uns diesen ganzen Horror gern über den Ärmelkanal schmeißen.«

»In gewisser Weise, ja. Dennison? Hier Radstock. Schick mir die gesamte Mordkommission zum alten Friedhofsportal von Highgate. Nein, keine Leiche, nur ein Haufen billiger Schuhe, zwanzig Stück etwa. Mit den Füßen drin. Ja, den ganzen Stab, Dennison. Okay, gib ihn mir«, schloss er müde.

Superintendent Clems war im Yard und der Freitagabend war immer besonders stressig. Es schien, als verhandelte man in den Büros und ließe Radstock am anderen Ende der Leitung warten. Danglard nutzte das Warten, um Adamsberg zu erklären, dass nur französische Füße akzeptieren würden, französische Schuhe zu tragen, und dass der Superintendent lebhaft wünschte, ihnen das Ganze über den Kanal schicken zu können, mitten ins Herz von Paris. Adamsberg nickte, die Hände im Rücken verschränkt, und lief langsam um den Haufen herum, den Blick nach oben auf die Friedhofsmauer gerichtet, um seinen Verstand auszulüften wie auch um sich vorzustellen, wohin diese toten Füße wohl gehen wollten. Sie wussten von Dingen, die Füße, die er nicht wusste.

»Ungefähr zwanzig, Sir«, wiederholte Radstock. »Ich bin vor Ort, ich sehe sie.«

»Radstock«, sagte die misstrauische Stimme des Vorgesetzten Clems, »was soll dieser Quatsch? Was soll das heißen, ›mit den Füßen drin‹?«

»*God*«, stöhnte Radstock. »Ich bin in Highgate, Sir, nicht in der Queen's Lane. Schicken Sie mir nun die Leute oder lassen Sie mich mit dieser Sauerei allein?«

»Highgate? Warum sagen Sie das nicht gleich, Radstock?«

»Ich sage nichts anderes seit einer Stunde.«

»Schon gut«, Clems klang auf einmal sehr versöhnlich, als hätte das Wort »Highgate« ein Alarmsignal ausgelöst. »Die Mannschaft kommt. Männer, Frauen?«

»Von allem etwas, Sir. Füße von Erwachsenen. In den Schuhen.«

»Wer hat Sie darauf aufmerksam gemacht?«

»Lord Clyde-Fox. Er war es, der die Sauerei entdeckt hat. Er hat sich ein Glas nach dem anderen reingepfiffen, um darüber hinwegzukommen.«

»Gut«, sagte Clems rasch. »Und die Schuhe? Was für eine Qualität? Neu?«

»Ich würde sagen, zwanzig Jahre alt. Und ziemlich hässlich, Sir«, fügte er mit angestrengter Ironie hinzu. »Mit ein bisschen Glück können wir sie den Frenchies aufdrücken und wären das Problem los.«

»Kommt nicht infrage, Radstock«, erwiderte Clems schroff. »Wir sind mitten in einem internationalen Kongress und erwarten Ergebnisse.«

»Das weiß ich, Sir, ich habe die beiden Kollegen aus Paris ja bei mir.« Radstock lachte kurz auf, er sah zu Adamsberg hinüber und griff zur gleichen List wie seine Kollegen, indem er seinen Sprechrhythmus in bemerkenswerter Weise beschleunigte.

Danglard war klar, dass der Superintendent, der sich gedemütigt hatte, als er sie bat, ihn zu begleiten, sich durch eine Flut kritischer Bemerkungen über Adamsberg nunmehr erleichterte.

»Wollen Sie damit sagen, dass Adamsberg in Person neben Ihnen steht?«, unterbrach ihn Clems.

»So ist es. Schläft der Kleine im Stehen, oder was?«

»Hüten Sie Ihre Zunge und wahren Sie Distanz, Radstock«, befahl Clems. »Der ›Kleine‹, wie Sie sagen, ist eine Tretmine.«

So träge er auch erscheinen mochte, war Danglard doch kein ruhiger Mensch, und kaum eine Feinheit des Englischen entging ihm. Er verteidigte Adamsberg bedingungslos, ausgenommen die Kritik, die er sich selbst an ihm gestattete. Er riss Radstock das Telefon aus der Hand und stellte sich vor, während er sich langsam von den Geruchsschwaden der toten Füße entfernte. Und es schien Adamsberg, als würde der Mann am Telefon sich ihm nach und nach als der bessere Angelgefährte denn Radstock erweisen.

»Verstehe«, räumte Danglard trocken ein.

»Es ist nichts Persönliches, Commandant Denglarde, glauben Sie mir«, sagte Clems. »Ich will Radstock nicht entschuldigen, aber er war damals vor über dreißig Jahren mit dabei. Nicht gerade ein Glückstreffer für ihn, wenn das jetzt sechs Monate vor der Pensionierung auf ihn zukommt.«

»Es ist doch eine alte Geschichte, Sir.«

»Nichts ist schlimmer als alte Geschichten, das wissen Sie. Alte Stümpfe treiben immer wieder aus, das kann jahrhundertelang so gehen. Ein wenig Nachsicht für Radstock, Sie können das nicht verstehen.«

»Ich kann. Ich kenne das Drama von Highgate.«

»Ich spreche nicht von der Ermordung des Wanderers.«

»Ich auch nicht, Sir. Wir sprechen vom historischen Highgate, hundertsechsundsechzigtausendachthundert Leichname, einundfünfzigtausendachthundert Gräber. Wir sprechen von den nächtlichen Vampirjagden der Siebzigerjahre und auch von Elizabeth Siddal.«

»Sehr gut«, sagte der Superintendent nach einem Schweigen. »Nun, wenn Sie das alles wissen, dann müssen Sie auch wissen, dass Radstock beim letzten Einsatz mit dabei und dass er damals noch sehr unerfahren war. Halten Sie ihm das zugute.«

Die Verstärkung war eingetroffen, Radstock übernahm deren Leitung. Ohne ein Wort klappte Danglard das Telefon zu, steckte es seinem britischen Kollegen in die Tasche und ging zu Adamsberg zurück, der, an ein schwarzes Auto gelehnt, auf den niedergeschlagenen Estalère einzureden schien.

»Und was werden sie damit machen?«, fragte Estalère mit bebender Stimme. »Zwanzig Personen ohne Füße finden, um sie ihnen wieder anzukleben? Und dann?«

»Zehn Personen«, korrigierte Danglard. »Bei zwanzig Füßen macht das zehn Personen.«

»Richtig«, gab Estalère zu.

»Aber wie's aussieht, sind es nicht mehr als achtzehn. Wären also neun Personen.«

»Einverstanden. Aber wenn die Engländer ein Problem hätten mit neun Personen ohne Füße, dann wüssten sie es vermutlich schon, oder?«

»Falls es sich um Personen handelt. Falls es sich jedoch um Körper handelt, nicht unbedingt.«

Estalère schüttelte den Kopf.

»Falls die Füße Toten abgeschnitten wurden«, präzisierte Adamsberg. »Das macht dann neun Leichname. Die Engländer haben irgendwo neun Leichname ohne Füße und wissen es nicht. Ich frage mich«, fuhr er nachdenklich fort, »was ist eigentlich das Wort für ›Füße abschneiden‹? Jemandem den Kopf abschlagen heißt ›enthaupten‹. Bei den Augen sagt man ›enukleieren‹, bei den Hoden ›kastrieren‹. Aber was sagt man bei den Füßen? ›Epedestrieren‹?«

»Nichts«, sagte Danglard, »man sagt nichts. Das Wort gibt es nicht, weil es den Akt nicht gibt. Das heißt, weil es ihn noch nicht gab. Ein Mensch aber auf dem unbekannten Kontinent hat ihn jetzt vollbracht.«

»Wie bei dem Schrankesser. Da gibt es auch kein Wort.«

»Wie wäre es mit Thekophag«, schlug Danglard vor.

4

Als der Zug in den Tunnel unter dem Ärmelkanal einfuhr, atmete Danglard hörbar ein, dann biss er die Zähne zusammen. Die Hinreise hatte seine Furcht nicht gemindert, diese Passage unter dem Wasser erschien ihm immer noch inakzeptabel, es war ein Aberwitz, was die Reisenden taten. Er sah deutlich vor Augen, wie er mit hoher Geschwindigkeit dahinraste, bedeckt von Tonnen sich brechender Wogen.

»Man spürt förmlich das Gewicht«, sagte er und starrte an die Wagendecke.

»Da ist kein Gewicht«, erwiderte Adamsberg. »Wir sind nicht unter dem Wasser, wir sind unterm Fels.«

Estalère fragte, wie es denn möglich wäre, dass das Gewicht des Meeres nicht auf den Fels drückte, bis der Tunnel einbräche. Geduldig und bestimmt zeichnete Adamsberg für ihn das System auf eine Papierserviette: das Wasser, den Fels, die Ufer, den Tunnel, den Zug. Dann machte er die gleiche Skizzen noch einmal ohne Tunnel und ohne Zug, um ihm zu beweisen, dass ihr Vorhandensein nichts am Zustand der Dinge änderte.

»Dennoch«, meinte Estalère, »das Gewicht des Meeres muss doch auf etwas drücken.«

»Es drückt auf den Fels.«

»Dann drückt doch aber der Fels viel stärker auf den Tunnel.«

»Nein«, sagte Adamsberg und zeichnete das System von Neuem auf.

Danglard machte eine gereizte Bewegung.

»Man stellt sich das Gewicht eben vor. Diese ungeheuerliche Masse über uns. Das Versunkensein. Einen Zug unterm Meer fahren zu lassen, ist die Idee eines Geisteskranken.«

»Nicht mehr, als einen Schrank zu verspeisen«, sagte Adamsberg, indem er seine Zeichnung schraffierte.

»Aber was hat Ihnen dieser Schrankesser bloß getan, verdammt? Wir reden seit gestern nur noch von ihm.«

»Ich versuche mich in sein Denken hineinzuversetzen, Danglard. Ich versuche die Gedanken des Schrankessers zu ergründen, oder die des Fußabschneiders oder des Kerls, dessen Onkel von einem Bären verschlungen wurde. Gedanken von Menschen, die gleich Bohrmaschinen schwarze Tunnel unter dem Meer graben, von deren Existenz man zuvor nicht einmal etwas ahnte.«

»Wer wurde verschlungen?«, fragte Estalère, plötzlich hellwach.

»Der Onkel von einem Typen auf dem Packeis«, wiederholte Adamsberg. »Das war vor einem Jahrhundert. Es blieb von ihm nicht mehr als seine Brille und ein Schnürsenkel übrig. Der Neffe liebte seinen Onkel sehr. Von da an geriet alles ins Wanken. Er tötete den Bären.«

»Sehr vernünftig«, sagte Estalère.

»Aber er nahm das Fell mit nach Genf und schenkte es seiner Tante. Die es in ihrem Salon ausstellte. Danglard, der

Kollege Stock hat Ihnen am Bahnhof einen Umschlag übergeben. Seinen Zwischenbericht, nehme ich an.«

»Radstock«, korrigierte Danglard in düsterem Ton, den Blick noch immer zur Wagendecke gerichtet, das Gewicht des Meeres überwachend.

»Interessant?«

»Uninteressant für uns. Es sind seine Füße, soll er sie behalten.«

Estalère zwirbelte eine Serviette zwischen seinen Fingern, er war sehr konzentriert, hielt den Kopf gesenkt.

»Also wollte der Neffe«, unterbrach er, »der Witwe sozusagen ein Andenken des Onkels mitbringen?«

Adamsberg bejahte und wandte sich wieder Danglard zu.

»Sagen Sie mir trotzdem was zu dem Bericht.«

»Wann kommen wir heraus aus diesem Tunnel?«

»In sechzehn Minuten. Was hat Stock gefunden, Danglard?«

»Aber logischerweise«, begann Estalère zögernd, »wenn der Onkel in dem Bären war und der Neffe ...«

Er unterbrach sich, senkte erneut nachdenklich den Kopf und kratzte sich seine blonden Haare. Danglard seufzte, sei es wegen der sechzehn Minuten, sei es wegen dieser ekelhaften Füße am Friedhofstor von Highgate, die er gern hinter sich gelassen hätte. Oder auch, weil Estalère, der ebenso beschränkt wie neugierig war, als einziger Mensch in der Brigade bei Adamsberg nicht das Nützliche vom Unnützen unterscheiden konnte. Unfähig, auch nur eine seiner Bemerkungen mal nicht zu beachten. Für den jungen Mann ergab jedes Wort des Kommissars zwangsläufig einen Sinn, den suchte er. Und für Danglard, dessen biegsamer Verstand schnellen Schrittes von Idee zu Idee eilte, bedeutete Estalère eine ärgerliche und kontinuierliche Zeitverschwendung.

»Wenn wir vorgestern nicht mit Radstock mitgegangen wären«, begann Danglard wieder, »wenn wir nicht auf diesen Spinner Clyde-Fox gestoßen wären, wenn Radstock uns nicht mit zum Friedhof geschleppt hätte, dann wüssten wir gar nichts von diesen niederträchtigen Füßen und würden sie ihrem Schicksal überlassen. Ihre Bestimmung ist britisch und sie bleibt es.«

»Es ist nicht verboten, sich dafür zu interessieren«, sagte Adamsberg. »Wenn sie einem schon mal über den Weg laufen.«

Ganz offensichtlich, dachte Adamsberg, war es Danglard nicht gelungen, die Frau in London unter so beruhigenden Umständen zu verlassen, wie er sich gewünscht hätte. Folglich gewann seine Angst wieder die Oberhand und schlich sich aufs Neue in die Furchen seiner Seele. Adamsberg stellte sich Danglards Verstand wie einen Block aus feinem Kalkstein vor, in den der Regen der Fragen unzählige Mulden gegraben hatte, und darin lagerten seine ungelösten Probleme. Jeden Tag waren drei oder vier dieser Mulden gleichzeitig aktiv, im Augenblick die Tunnelpassage, die Frau in London, die Füße von Highgate. So wie Adamsberg ihm erklärt hatte, war die Energie, die Danglard aufwandte, um die Fragen zu lösen und die Mulden zu reinigen, vollkommen vergeblich. Denn sobald eine der Mulden saniert war, wurde der Platz frei, um neue entstehen zu lassen, die sich mit weiteren bohrenden Fragen füllten. Und indem er sich unaufhörlich damit beschäftigte,

verhinderte er das allmähliche Versanden und natürliche Auf-
füllen der Gruben.

»Kein Grund zur Sorge, sie wird von sich hören lassen«,
versicherte Adamsberg.

»Wer?«

»Abstract.«

»Logisch betrachtet«, warf Estalère ein, der immer noch
seinen Kurs verfolgte, »hätte der Neffe den Bären am Leben
lassen und seiner Tante dessen Exkremente mitbringen
müssen. Denn der Onkel war im Bauch des Bären und nicht in
seinem Fell.«

»Genau«, sagte Adamsberg befriedigt. »Alles hängt von der
Vorstellung ab, die der Neffe sich vom Onkel und vom Bären
macht.«

»Und von seiner Tante«, fügte Danglard hinzu, beruhigt
durch Adamsbergs Gewissheit hinsichtlich Abstracts und der
Nachricht, die sie von sich geben würde. »Einer Tante, von
der man nicht weiß, ob sie lieber das Fell oder die Exkremente
des Bären als Ersatz für den Verblichenen haben wollte.«

»Alles hängt von der Vorstellung ab, die man sich macht«,
wiederholte Adamsberg. »Was war die Vorstellung des Neffen? Dass die Seele des Onkels sich im Bären verbreitet hatte
bis in seine Fellspitzen hinein? Was für eine Vorstellung
verband der Thekophag mit dem Schrank? Und der Fußabschneider? Welche Seele hauste für sie im Holz, in den
Zehenspitzen? Was meint Stock, Danglard?«

»Lassen Sie diese Füße, Kommissar.«

»Sie erinnern mich an irgendetwas«, sagte Adamsberg un-
bestimmt. »An eine Zeichnung oder an einen Bericht.«

Danglard hielt die Zugbegleiterin an, die gerade mit Champagner durch den Wagen kam, nahm ein Glas für sich und eins für Adamsberg und stellte beide auf sein eigenes Bord. Adamsberg trank selten und Estalère fast nie, weil sich ihm beim Genuss von Alkohol der Kopf drehte. Man hatte ihm erklärt, dass genau dies das angestrebte Ziel sei, und dieses Prinzip hatte ihn verblüfft. Wenn Danglard trank, betrachtete er ihn heimlich mit unverhohlener Neugier.

»Vielleicht«, hob Adamsberg wieder an, »war es auch die nebulöse Geschichte eines Mannes, der in der Nacht seine Schuhe suchte. Oder der gestorben war und zurückkehrte, um nach seinen Schuhen zu verlangen. Ob Stock sie kennt?«

Danglard stürzte rasch das erste Glas hinunter, löste seinen Blick von der Decke und sah Adamsberg halb neidisch, halb resigniert an. Es kam vor, dass Adamsberg sich sammelte und in einen gezielten und gefährlichen Angreifer verwandelte. Das war selten, aber dann war es möglich, ihm Widerstand zu bieten. Weniger Angriffsflächen hingegen bot er, wenn seine Gedankenmaterie sich in bewegliche Blöcke teilte, was meistens der Fall war. Und überhaupt keine mehr, wenn dieser Zustand sich bis zu ihrem Auseinanderdriften steigerte wie im Augenblick, befördert vom Schaukeln des Zuges, das alle Bindungen löste. Dann schien Adamsberg sich wie ein Taucher vorwärtszubewegen, Körper und Denken schwerelos treibend und ohne Ziel. Seine Augen folgten diesem Schlingern und nahmen das Aussehen von Braunalgen an, die in seinem Gegenüber einen Eindruck von Unschärfe, von Schweben oder Nichtvorhandensein erweckten. Adamsberg in seine Extremzustände begleiten hieß in tiefes Wasser gelangen, zu den trägen Fischen, dem öligen Schlick, den wabernden Medusen, hieß undeutliche Umrisse und verschwommene Farbtöne sehen. Wenn man ihn allzu lange dahin begleitete, riskierte man, im lauen Wasser einzuschlafen und unterzugehen. In solchen besonders wässrigen Augenblicken konnte man mit ihm nicht diskutieren, ebenso wenig wie man mit der Gischt, dem Schaum, den Wolken hätte reden können. Danglard hatte eine rasende Wut auf ihn, dass er ihn schon wieder in diese Untiefe hinabzog, wo er doch gerade die zweifache Prüfung der Kanalunterquerung und der Ungewissheit über Abstract durchmachte. Es verdross ihn auch, dass er Adamsberg so oft in seine Nebel folgte.

Er goss sein zweites Glas Champagner hinunter und rief sich schnell Radstocks Bericht in Erinnerung, um klar umrissene, genaue und beruhigende Fakten herauszufiltern. Adamsberg sah das, und er hatte keine Lust, Danglard das Entsetzen zu erklären, das diese Füße in ihm ausgelöst hatten. Der Schrankesser, die Geschichte mit dem Bären, sie waren nur bedeutungslose Ablenkungen bei dem Versuch, das Bild des Gehsteigs vor Highgate zu verdrängen, es von sich selbst und dem noch verletzlichen Gemüt von Estalère fernzuhalten.

»Es sind siebzehn Füße«, sagte Danglard, »also acht Paar und ein einzelner Fuß. Folglich neun Personen.«

»Personen oder Körper?«

»Körper. Es scheint sicher, dass sie *post mortem* abgenommen wurden, mit einer Säge. Fünf Männer und vier Frauen, alles Erwachsene.«

Danglard machte eine Pause, aber Adamsbergs Algenblick wartete angestrengt auf die Fortsetzung.

»Diese Entnahmen erfolgten an den Toten mit Sicherheit vor ihrer Bestattung. Radstock vermerkt dazu: ›Im Leichenschauhaus? In den Kühlkammern der Beerdigungsinstitute?‹ Und nach der Form der Schuhe zu urteilen – was zu präzisieren bliebe –, wäre all das vor zehn oder zwanzig Jahren geschehen und hätte sich über einen langen Zeitraum erstreckt. Kurz, ein Mensch, der im Laufe der Zeit mal hier, mal da ein Paar Füße abgeschnitten hat.«

»Bis er das Sammeln leid war.«

»Wer sagt, dass er es leid ist?«

»Genau dieser Vorfall. Stellen Sie sich doch mal vor, Danglard. Da trägt dieser Mensch zehn oder zwanzig Jahre lang seine Trophäen zusammen, und das ist eine teuflisch schwierige Arbeit. Gewissenhaft lagert er sie in einer Gefriertruhe. Bemerkt Stock dazu was?«

»Ja. Es wurde mehrmals eingefroren und wieder aufgetaut.«

»Also holte der Fußabschneider sie von Zeit zu Zeit heraus, um sie sich anzusehen oder weiß Gott was sonst. Vielleicht um sie woanders hinzubringen.«

Adamsberg lehnte sich zurück und Danglard warf einen Blick an die Wagendecke. Noch ein paar Minuten, und sie wären raus aus der Brühe.

»Und eines Abends«, hob Adamsberg wieder an, »trotz all der Mühe, die ihm dieses Sammeln bereitet hat, gibt der Fußabschneider seinen kostbaren Besitz auf. Einfach so, stellt ihn auf die Straße. Lässt alles stehen und liegen, als wenn er kein Interesse mehr daran hätte. Oder – und das wäre noch viel beunruhigender – als ob ihm das nicht mehr genügte. Genau wie die Sammler, die ihre Beute abstoßen, um sich in ein neues Unterfangen zu stürzen, durch das sie ihre Sammelleidenschaft auf ein höheres und noch vollkommeneres Niveau heben werden. Der Fußabschneider geht zu etwas anderem über. Etwas Besserem.«

»Also Schlimmerem.«

»Ja. Er schreitet tiefer in seinen Tunnel hinein. Stock hat allen Grund, sich Sorgen zu machen. Wenn es ihm gelingt, die Spur zurückzuverfolgen, wird er noch in erstaunliche Bereiche eindringen.«

»Und wohin wird ihn das führen?«, fragte Estalère, indem er die Wirkung des Champagners auf Danglard beobachtete.

»Bis zu dem unfassbaren, grauenvollen, alles verschlingenden Ereignis, das die ganze Geschichte ausgelöst hat und am Ende in Verirrungen mündet, die in Schuhen oder Schränken hausen. Dahinter öffnet sich der schwarze Tunnel mit seinen Stufen und seinen Gängen. Und in den wird Stock hinabsteigen müssen.«

Adamsberg schloss die Augen und schien ohne erkennbare Überleitung in einen Zustand von Schlaf oder Flucht zu sinken.

»Man kann aber nicht mit Sicherheit davon ausgehen, dass der Fußabschneider den Kurs ändert«, beeilte sich Danglard zu entgegnen, bevor Adamsberg sich ihm gänzlich entziehen würde. »Noch dass er sich seiner Sammlung entledigt. Alles, was man weiß, ist, dass er sie vor Highgate hingestellt hat. Und, verdammt, das ist nicht wenig. Man könnte auch sagen, er habe ein Opfer dargebracht.«

Der Zug fuhr schnaufend ins Freie und Danglards Stirn glättete sich. Sein Lächeln machte Estalère Mut.

»Commandant«, murmelte er, »was ist eigentlich in High-gate passiert?«

Wie so oft und ohne es je gewollt zu haben, legte Estalère den Finger auf die entscheidende Stelle.

5

»Ich weiß nicht, ob es so gut ist, die Geschichte von Highgate zu erzählen«, meinte Danglard, der ein drittes Glas Champagner für den Brigadier bestellt hatte und es an seiner Stelle trank. »Vielleicht ist es besser, nicht mehr darüber zu reden. Es ist einer von diesen großen Tunneln, die Menschen bohren, nicht wahr, Kommissar, und ein sehr alter, lange vergessener. Vielleicht ist es besser, man lässt ihn in sich zusammenstürzen. Denn das Problem, wenn so ein Irrer einen Tunnel öffnet, ist, dass andere Leute ihn hinterher für sich benutzen können, wie Radstock es ausgedrückt hat. Genau das ist mit Highgate geschehen.«

Mit dem entspannten Ausdruck eines Menschen, der eine unterhaltsame Geschichte hören wird, wartete Estalère auf die Fortsetzung. Danglard betrachtete sein heiteres Gesicht und war unsicher, was er tun sollte. Estalère in den Tunnel von Highgate mitzunehmen hieß, das Risiko einzugehen, dass man seine Arglosigkeit gefährdete. In der Brigade war es üblich, von Estalères »Arglosigkeit« zu reden statt von seiner Dummheit. In vier von fünf Fällen lag Estalère nämlich voll daneben. Aber seine Naivität brachte mitunter auch die unerwarteten Segnungen der Unschuld hervor. Es kam vor, dass die Böcke, die er schoss, auf Spuren führten, so simpel und naheliegend, dass keiner darauf gekommen war. In den meisten Fällen aber waren Estalères Fragen Bremsklötze. Man bemühte sich, geduldig darauf zu antworten, einerseits weil man ihn mochte, andererseits weil Adamsberg meinte, eines Tages würde der Knoten bei ihm platzen. Man versuchte daran zu glauben und an dieses kollektive Bemühen hatte man sich gewöhnt. Danglard unterhielt sich in Wahrheit gern mit Estalère, wenn er Zeit hatte. Denn dabei konnte er einen Haufen Kenntnisse abspulen, ohne dass der junge Mann jemals ungeduldig wurde. Er warf einen Blick auf Adamsberg, der mit geschlossenen Augen dasaß. Er wusste, dass der Kommissar nicht schlief und ihn sehr wohl hörte.

»Warum willst du das wissen?«, fuhr er fort. »Diese Füße gehören Radstock. Und jetzt befinden sie sich auf der anderen Seite des Meeres.«

»Sie haben gesagt, es könnte eine Opfergabe sein. Für wen? Hat Highgate einen Besitzer?«

»In gewisser Weise schon. Es hat einen Gebieter.«

»Und wie heißt er?«

»Die Entität«, antwortete Danglard mit einem Schmunzeln.

»Seit wann?«

»Der alte Teil des Friedhofs, der Westteil, vor dem du vorgestern gestanden hast, wurde 1839 eröffnet. Aber auch dir wird einleuchten, dass der Gebieter dort schon viel früher gewohnt haben kann.«

»Ja.«

»Viele sagen, eben weil die Entität schon vorher dort lebte, in der alten Kapelle auf der Anhöhe von Hampstead Heath, wurde der Ort zwangsläufig für die Einrichtung eines Friedhofs gewählt.«

»Ist es eine Frau?«

»Ein Mann. Mehr oder weniger. Und man sagt, es wäre seine Macht gewesen, die die Toten und den Friedhof angezogen hätte. Verstehst du?«

»Ja.«

»Man beerdigt seit Langem nicht mehr in diesem Westteil, es ist ein historischer Ort geworden und weltbekannt. Es gibt ganz außergewöhnliche Grabmäler dort, Merkwürdigkeiten aller Art, und sehr berühmte Tote. Charles Dickens und Marx, zum Beispiel.«

Ein Schatten des Unbehagens ging über das Gesicht des Brigadiers. Estalère versuchte seine Unwissenheit nie zu verbergen, auch nicht die sehr große Sorge, die sie ihm bereitete.

»Karl Marx«, präzisierte Danglard. »Er hat ein bedeutendes Buch geschrieben. Über den Klassenkampf, die Ökonomie, all diese Sachen. Daraus ist dann der Kommunismus entstanden.«

»Ja«, registrierte Estalère. »Aber hat das was mit dem Besitzer von Hampstead zu tun?«

»Sag lieber ›dem Meister‹, so ist es üblich. Nein, Marx hat nichts mit ihm zu tun. Ich habe ihn nur genannt, um dir zu erklären, dass Highgate West in der ganzen Welt bekannt ist. Und sehr gefürchtet.«

»Ja, denn auch Radstock hatte Angst. Warum?«

Danglard zögerte. Wo sollte er anfangen mit dieser Geschichte? Und sollte er überhaupt?

»An einem Abend vor fast vierzig Jahren«, sagte er, »im Jahr 1970, waren zwei junge Mädchen auf dem Heimweg von der Schule und nahmen eine Abkürzung über den Friedhof. Atemlos und vollkommen verstört kamen sie zu Hause an, sie waren von einer *schwarzen Silhouette* verfolgt worden und hatten Tote aus ihren Gräbern steigen sehen. Eines der Mädchen wurde krank und fortan zur Schlafwandlerin. Während ihrer Anfälle lief sie zum Friedhof und begab sich immer zu derselben Gruft. Zur Gruft des Meisters, so sagte man damals, des Meisters, der sie rief. Man lauerte ihr auf, man ging ihr nach und fand an dem Ort Dutzende von ausgebluteten Tierkadavern. Die Nachbarschaft bekam es mit der Angst zu tun, der Lärm schwoll an, die Zeitungen stürzten sich auf das Phänomen, eine Hysterie brach aus. Neben anderen Erleuchteten begab sich auch ein Exorzistenpriester an die Stätte, um den Geist des ›Meisters von Highgate‹ auszutreiben. Sie drangen in die Gruft ein und stießen auf einen Sarg ohne Namen, der anders dastand als die übrigen. Sie öffneten ihn. Was nun kommt, ahnst du.«

»Nein.«

»Es lag ein Körper im Sarg, aber es war weder der Körper eines Lebenden noch der eines Toten. Er lag da und war vollkommen konserviert. Es war ein Mann, ein namenloser Unbekannter. Der Erleuchtete zögerte, ihm das Herz mit dem Pfahl zu durchbohren, denn die Kirche untersagt es.«

»Warum wollte er es durchbohren?«

»Estalère, du weißt nicht, wie man Vampire unschädlich macht?«

»Ach so«, sagte der junge Mann bedächtig, »es war ein Vampir.«

Danglard seufzte und wischte über die beschlagene Fensterscheibe.

»Das dachten zumindest die Erleuchteten und deshalb waren sie auch mit Kruzifixen, Knoblauch und Pfählen gekommen. Vor dem offenen Sarg sprach der Erleuchtete die Beschwörungsformel: *Tritt hervor, heimtückisches Wesen, Träger aller Übel und aller Falschheiten. Entweiche von diesem Ort, verruchte Kreatur.*«

Adamsberg schlug die Augen auf, hellwach.

»Sie kennen die Geschichte?«, fragte Danglard etwas feindselig.

»Nicht diese, aber andere. Und in diesem Augenblick hören die Versammelten ein gewaltiges Grollen, einen unmenschlichen Lärm.«

»Genau das geschah. Ein grauenhaftes Stöhnen hallte in der Gruft wider. Der Erleuchtete warf schnell seinen Knoblauch und versiegelte den Eingang des Grabmals mit Ziegelsteinen.«

Adamsberg zuckte die Schultern.

»Man hält einen Vampir nicht mit Ziegelsteinen auf.«

»In der Tat, die Methode funktionierte nicht. Vier Jahre später ging das Gerücht um, in einem Haus in der Nachbarschaft spuke es, einem alten viktorianischen Gebäude von gotischem Baustil. Der Illuminat durchsuchte das Haus und fand im Keller einen Sarg, den er als denjenigen wiedererkannte, den er vier Jahre zuvor in der Gruft eingemauert hatte.«

»War ein Körper darin?«, fragte Estalère.

»Das weiß ich nicht.«

»Es gibt noch eine ältere Geschichte, nicht wahr?«, sagte Adamsberg. »Denn sonst hätte Stock nicht solche Angst gehabt.«

»Die zu erzählen habe ich keine Lust«, grummelte Danglard.

»Stock aber kennt sie, Commandant. Und zwar so gut, dass wir sie gleichfalls kennen müssen.«

»Es ist sein Problem.«

»Nein. Wir haben es auch gesehen. Wann beginnt diese alte Geschichte?«

»Im Jahr 1862«, entgegnete Danglard widerwillig. »Dreiundzwanzig Jahre nach der Eröffnung des Friedhofs.«

»Fahren Sie fort, Commandant.«

»In dem Jahr wurde eine gewisse Elizabeth Siddal beerdigt. Sie war an einer Überdosis Laudanum gestorben. Die Wunderdroge eines anderen Jahrhunderts«, fügte er zur Erklärung für Estalère hinzu.

»Ich verstehe.«

»Ihr Mann war der berühmte Dante Gabriel Rossetti, ein präraffaelitischer Maler und Poet. Elizabeth wurde mit einer Sammlung von Gedichten ihres Gemahls in den Sarg gelegt.«

»Wir kommen in einer Stunde an«, unterbrach ihn Estalère, plötzlich sehr beunruhigt. »Haben wir noch die Zeit dafür?«

»Keine Sorge. Sieben Jahre später ließ ihr Gemahl den Sarg wieder öffnen. Von diesem Zwischenfall gibt es zwei Versionen. Die erste besagt, Dante Rossetti habe seine Geste bedauert und wollte die Gedichte wiederhaben, um sie zu veröffentlichen. Der zweiten zufolge hat er den Tod seiner Frau nicht verwinden können und überdies war er mit einem gefährlichen Mann namens Bram Stoker befreundet. Estalère, hast du schon mal von ihm gehört?«

»Nein, nie.«

»Er ist der literarische Schöpfer von Dracula, einem ganz großen Vampir.«

Estalère runzelte wieder beunruhigt die Brauen.

»Die Geschichte von Dracula ist eine Fiktion«, erklärte Danglard, »aber man weiß, dass dieses Thema Bram Stoker in krankhafter Weise faszinierte. Er kannte alle Riten, durch die sich Menschen mit *jenen, die nie sterben*, in Verbindung setzen. Und er war der Freund dieses Dante Rossetti.«

Hoch konzentriert, auf dass ihm ja nichts entginge, marterte Estalère eine weitere Papierserviette.

»Willst du einen Schluck Champagner?«, fragte Danglard. »Ich versichere dir, wir haben alle Zeit. Es ist unerfreulich, aber kurz.«

Estalère warf einen Blick zu Adamsberg hin, der scheinbar unbeteiligt dasaß, und nahm an. Wenn er Danglard schon zuhören wollte, gehörte es sich, dass er auch von seinem Champagner trank.

»Bram Stoker interessierte sich leidenschaftlich für den Friedhof von Highgate«, fuhr Danglard fort, indem er zugleich die Hostess anhielt. »Dort lässt er Lucy, eine seiner Heldinnen, umherirren und macht damit den Ort berühmt. Oder aber, sagen einige Leute, Stoker wurde von der Entität selbst dazu gedrängt. Nach der zweiten Version war es Stoker, der Dante Rossetti anregte, seine Frau wiederzusehen. Wie auch immer, Dante brach den Sarg sieben Jahre nach ihrem Hinscheiden auf. In dem Augenblick – aber vielleicht schon vorher – tat sich der schwarze Tunnel von Highgate auf.«

Danglard schwieg, als stünde er im Bann von Dante Rossettis Schatten, schwieg unter Adamsbergs aufmerksamem Blick und Estalères ängstlicher Erwartung.

»Gut«, sagte Estalère leise. »Er bricht den Sarg auf. Und sieht etwas.«

»Ja. Er erkennt voller Entsetzen, dass seine Frau unversehrt ist, dass sie noch immer ihre langen roten Haare hat, dass ihre Haut zart und rosig ist und ihre Nägel glänzend, als wäre sie gerade erst gestorben, ja im Gegenteil. Und das, Estalère, ist die Wahrheit. Als wenn diese sieben Jahre ihr gutgetan hätten. Es gab nicht das geringste Anzeichen von Verwesung.«

»Ist so was denn möglich?«, fragte Estalère und presste seinen Plastikbecher in der Hand.

»Es ist auf jeden Fall so geschehen. Sie hatte den ›purpurnen‹, ja beinahe allzu frischen Teint der Lebenden. Das ist, ich kann es dir versichern, von Zeugen ausgiebig beschrieben worden.«

»Aber war das ein ganz normaler Sarg? Ich meine, einfach aus Holz?«

»Ja. Und die wundersame Konservierung von Elizabeth Siddal erregte ungeheures Aufsehen in England und darüber hinaus. Augenblicklich sah man darin das Zeichen der Entität, und man erklärte, dass sie vom Friedhof Besitz ergriffen habe. Zeremonien wurden abgehalten, man sah Erscheinungen, sang Beschwörungsgesänge für den Meister. Seit jenem Tag stand der Tunnel weit offen.«

»Also kamen Leute rein.«

»Viele, Tausende. Bis hin zu den beiden jungen Mädchen, denen man hinterherging.«

Der Zug verlangsamte sein Tempo, je näher er der Gare du Nord kam. Adamsberg richtete sich auf, schüttelte seine zur Kugel zusammengerollte Jacke aus, strich sich mit der Hand durch die Haare.

»Was hat der Kollege Stock mit dieser Geschichte zu tun?«, fragte er.

»Radstock hat zu dem Polizeiaufgebot gehört, das vor Ort geschickt wurde, kaum dass man Wind bekam von der exorzistischen Sitzung. Er hat den unverwesten Körper gesehen, hat den Erleuchteten gehört, wie er den Vampir ansprach. Er war noch jung und, so vermute ich, leicht zu beeindrucken. Wenn er nun heute am gleichen Ort Füße von Toten stehen sieht, wird ihm das zutiefst missfallen. Denn es heißt, die Entität herrsche immer noch über Highgate.«

»Wäre das die Opfergabe?«, fragte Estalère. »Ein Geschenk, das der Fußabschneider der Entität gemacht hätte?«

»Das denkt Radstock. Er fürchtet, ein Verrückter könnte den Albtraum Highgate zu neuem Leben erwecken und damit die Macht seines schlafenden Meisters. Aber so weit reicht das zweifellos nicht. Der Fußabschneider will seine Sammlung loswerden, mag sein. Er kann so kostbare Objekte nicht auf den Müll schmeißen, wie auch ein Mensch sein Kinderspielzeug nicht einfach wegwirft. Er sucht einen würdigen Platz dafür.«

»Und so wählt er einen Ort nach dem Maß seiner Wahnvorstellungen«, ergänzte Adamsberg. »Er wählt Higegatte, wo die Füße weiterleben können.«

»Highgate«, korrigierte Danglard. »Was nicht zugleich bedeuten muss, dass der Fußabschneider an die Entität glaubt. Was zählt, ist der Charakter des Ortes. Doch wie dem auch sei, das alles spielt sich auf der anderen Seite des Ärmelkanals ab und ist damit weit von uns entfernt.«

Man fuhr in den Bahnhof ein, der Zug bremste, Danglard packte entschlossen seinen Koffer, wie um durch eine sehr reale Geste die Benommenheit abzuschütteln, in die seine Geschichte sie getaucht hatte.

»Aber wenn man etwas in dieser Art gesehen hat, Danglard«, sagte Adamsberg sanft, »löst ein kleines Stück sich davon ab und bleibt immer in uns zurück. Alles sehr Schöne oder sehr Hässliche hinterlässt einen Splitter in den Augen derer, die es betrachtet haben. Das weiß man. Daran übrigens erkennt man es auch.«

»Was?«, fragte Estalère.

»Das, was ich gesagt habe. Das besonders Schöne oder das furchtbar Hässliche. Man erkennt es an dieser Erschütterung, an diesem Quäntchen, das in uns bleibt.«

Während sie den Bahnsteig hinaufgingen, berührte Estalère den Kommissar an der Schulter. Danglard hatte sie eilig verlassen, als wenn er bedauerte, zu viel gesagt zu haben.

»Und diese kleinen Splitter von Dingen, die man gesehen hat, was macht man damit?«

»Man räumt sie weg, man legt sie, sternförmig angeordnet, in einen großen Karton, den man das Gedächtnis nennt.«

»Und wegwerfen kann man sie nicht?«

»Nein, das ist unmöglich. Das Gedächtnis hat keinen Mülleimer.«

»Was muss man also tun, wenn man sie nicht haben will?«

»Entweder du lauerst ihnen auf und tötest sie, wie Dang-lard das macht, oder du beachtest sie nicht.«

In der Metro fragte sich Adamsberg, an welcher Stelle seines Gedächtnisses die grausigen Füße von London sich unterbringen lassen würden, in welchem Sternzacken, und wie viel Zeit vergehen würde, bevor er so tun könnte, als hätte er sie vergessen. Und wo würde der aufgegessene Schrank seinen Platz finden und der Bär und der Onkel und die beiden jungen Mädchen, die die »Entität« gesehen hatten und wieder zu ihr hinwollten? Und was war aus der einen geworden, die dann allein zur Gruft ging? Und aus dem Erleuchteten? Adamsberg rieb sich die Augen, verlockt von dem Gedanken an eine lange Nacht Schlaf. Zehn volle Stunden, warum nicht. Nur sechs davon sollte er wirklich schlafen dürfen.

6

Wie erschlagen saß der Kommissar auf einem Stuhl um sieben Uhr dreißig am Morgen und betrachtete die Szene des Verbrechens. Seine Mitarbeiter sahen ihn besorgt an, so unnormal war es, dass Adamsberg erschlagen war und noch dazu saß. Aber er blieb auf diesem Stuhl sitzen, mit unbeweglichem Gesicht und dem unsteten Blick eines Menschen, der kein Verlangen hat, zu sehen, und in die Ferne schweift, damit auch nicht ein Splitter von Gesehenem sich in seinem Gedächtnis festsetzt. Er versuchte an die Zeit davor zu denken, als es erst sechs Uhr war, als er diesen blutbesudelten Raum noch nicht gesehen hatte. Als er sich nach dem Anruf von Lieutenant Justin hastig angezogen hatte, das weiße Hemd vom Vortag und den von Danglard geliehenen eleganten schwarzen Sakko, beide völlig unpassend für die Situation. Justins abgehackte Stimme verhieß nichts Gutes, es war die Stimme eines fassungslosen Menschen.

»Wir holen alle Passerellen heraus«, hatte er hinzugefügt. Das waren die Plastikfliesen auf Füßen, die man über den Boden verteilte, um die Spuren nicht zu verwischen. »Alle Passerellen.« Was bedeutete, dass der gesamte Boden nicht begehbar zu sein schien. Adamsberg war in Eile aus dem Haus gegangen, hatte Lucio, den Schuppen, die Katze gemieden. Bis dahin ging alles gut, bis dahin hatte er noch nicht dieses große Zimmer betreten, saß er noch nicht auf diesem Stuhl im Angesicht blutiger Teppiche, die übersät waren mit Eingeweiden und Knochensplittern, zwischen vier Wänden, an denen organische Bestandteile klebten. Als wenn der Körper des alten Mannes explodiert wäre. Das Abstoßendste aber waren zweifellos die kleinen Fleischbrocken, die auf dem schwarzen Lack des Flügels lagen – wie Abfall auf dem Hackklotz eines Metzgers. Blut war auf die Tasten geflossen. Auch da fehlte einem das Wort, das Wort, um einen Menschen zu bezeichnen, der den Körper eines anderen Menschen in Fetzen reißt. Mörder war ein unzureichender und lächerlicher Begriff dafür.

Beim Verlassen des Hauses hatte er noch die Nummer seines mächtigsten Lieutenants gewählt, Retancourt, die in seinen Augen fähig war, jedem Chaos der Schöpfung zu trotzen. Ja sogar es zu verhindern oder nach ihren Wünschen umzuleiten.

»Retancourt, kommen Sie zu Justin, sie haben alle Passerellen rausgeholt. Ich weiß nicht, ein Einfamilienhaus in einer Privatstraße, bürgerliche Gegend in Garches, der Bewohner ein alter Mann, unbeschreibliche Szene. Der Stimme Justins nach zu urteilen, sieht es böse aus. Komm, so schnell du kannst.«

Adamsberg wechselte bei Retancourt vom »Sie« zum »Du«, ohne dass es ihm bewusst war. Sie hieß mit Vornamen Violette, was für eine Frau von über einem Meter achtzig und hundertzehn Kilo ziemlich unpassend war. Adamsberg nannte sie bei ihrem Zunamen oder ihrem Vornamen oder ihrem Dienstgrad, je nachdem, was in dem Augenblick überwog, seine Achtung vor ihren rätselhaften Fähigkeiten oder seine zärtliche Dankbarkeit für die uneinnehmbare Zuflucht, die sie einem bot, wenn sie wollte, falls sie wollte. An diesem Morgen wartete er untätig auf sie, sich aus der Zeit ausklinkend, während seine Leute im Raum flüsterten und das Blut an den Wänden dunkel wurde. Vielleicht war ihr etwas über den Weg gelaufen und hatte sie aufgehalten. Er hörte ihren schweren Schritt, noch bevor er sie sah.

»So eine verdammte Prozession hat den gesamten Boulevard verstopft«, brummelte Retancourt, die es gar nicht mochte, wenn man ihren Weg blockierte.

Trotz ihres beträchtlichen Umfangs kam sie mühelos über die Fliesen gelaufen und nahm geräuschvoll neben ihm Platz. Adamsberg lächelte sie an. Wusste Retancourt oder wusste sie nicht, dass sie für ihn ein freundlicher Baum war, mit hartschaligen, köstlichen Früchten, diese Art Baum, den man umschlingt und doch nicht umfassen kann, auf den man schnell hinaufklettert, wenn sich die Hölle auftut? In dessen hohem Geäst man seine Hütte baut? Genau so mächtig, schartig, undurchdringlich war sie, ein einziges großes Geheimnis. Ihr praktischer Blick streifte den Raum, Fußboden, Wände, Männer.

»Ein Schlachthaus«, sagte sie. »Wo ist die Leiche?«

»Überall, Lieutenant«, sagte Adamsberg, breitete die Arme aus und umschrieb mit einer Bewegung den ganzen Raum. »Zerstückelt, zerrieben, verstreut. Wo man auch hinschaut, sieht man den Körper. Und wenn man alles zusammen betrachtet, sieht man ihn nicht mehr. Es gibt hier nur ihn und gleichzeitig ist er nicht da.«

Retancourt nahm die Einzelheiten in Augenschein. Hier, da, dort, von einem Ende des Zimmers zum anderen lagen zermalmte organische Teile auf den Teppichen, klebten an den Wänden, bildeten Klumpen von Unrat, häuften sich zu Füßen der Möbel. Knochenstücke, Fleisch, Blut, Überreste von Verbranntem im Kamin. Ein verstreuter Körper, der keinerlei Ekel erregte, so unmöglich war es, diese einzelnen Teile mit der sinnlichen Vorstellung von einem Wesen zu verbinden. Die Beamten bewegten sich mit großer Vorsicht, da sie bei jeder Geste riskierten, ein Stück von dem unsichtbaren Leichnam zu entfernen. Justin diskutierte leise mit dem Fotografen – dem mit den Sommersprossen, dessen Namen Adamsberg sich nie merken konnte –, und seine kurzen hellen Haare klebten ihm am Schädel.

»Justin ist fix und fertig«, stellte Retancourt fest.

»Ja«, bestätigte Adamsberg. »Er kam als Erster hier herein, vollkommen ahnungslos. Der Gärtner hatte die Polizei benachrichtigt. Der Wachtmeister in Garches rief daraufhin seinen Vorgesetzten an, und der alarmierte die Brigade, als er die Verwüstung feststellte. Justin hat es mit voller Wucht getroffen. Lösen Sie ihn ab. Übergeben Sie an Mordent, Lamarre und Voisenet. Wir brauchen eine Identifizierung aller Substanzen Meter für Meter. Segmentieren, Spuren sichern.«

»Wie hat der Typ das gemacht? Das muss verdammt harte Arbeit gewesen sein.«

»Auf den ersten Blick mit einer elektrischen Säge und einem Vorschlaghammer. Zwischen elf Uhr abends und vier Uhr morgens. In aller Ruhe, jede Villa ist von den umliegenden durch einen großen Garten und eine Hecke getrennt. Keine unmittelbaren Nachbarn, die meisten sind übers Wochenende verreist.«

»Und der alte Mann? Was weiß man von ihm?«

»Dass er allein hier lebte und sehr vermögend war.«

»Vermögend ganz bestimmt«, sagte Retancourt und wies auf die Gobelins an den Wänden und das Klavier, einen Stutzflügel, der ein Drittel des großen Raums füllte. »Allein, das ist die Frage. Man wird nicht auf diese Weise massakriert, wenn man wirklich allein ist.«

»Vorausgesetzt, Violette, er ist es auch, den wir da vor Augen haben. Aber es ist fast sicher, die Haare, die wir im Bad und im Schlafzimmer gefunden haben, sind die gleichen. Und wenn er's denn ist, hieß er Pierre Vaudel, war achtundsiebzig Jahre alt, ehemals Journalist, spezialisiert auf Justizangelegenheiten.«

»So.«

»Ja. Aber nach dem, was sein Sohn sagt, ist kein wirklicher Feind in Sicht. Nur irgendwelche zwielichtigen Geschichten und gewisse Animositäten.«

»Wo ist der Sohn?«

»Derzeit im Zug. Er lebt in Avignon.«

»Sonst hat er nichts gesagt?«

»Mordent sagt, er habe nicht geweint.«

Dr. Romain, der Gerichtsmediziner, der nach einer langen Phase der Schwäche in den Dienst zurückgekehrt war, pflanzte sich vor Adamsberg auf.

»Nicht nötig, wegen der Identifizierung die Angehörigen kommen zu lassen. Wir machen das über die DNA.«

»Natürlich.«

»Ich sehe dich das erste Mal sitzen bei einer Ermittlung. Warum stehst du nicht?«

»Weil ich sitze, Romain. Ich habe keine Lust, zu stehen, das ist alles. Findest du was in dem Gemetzel?«

»Es gibt einzelne Körperteile, die nicht gänzlich zerstört sind. Man erkennt gelegentlich ein Stück von einem Schenkel, einem Arm, die mit einigen Hammerschlägen nur breitgeklopft sind. Dem Kopf hingegen hat sich der Zertrümmerer mit großer Sorgfalt gewidmet, ebenso den Händen und den Füßen. Sie sind vollkommen zermalmt. Auch die Zähne hat er zerstoßen, es liegen hier und da Splitter herum. Sehr gründliche Arbeit.«

»Hast du so was schon mal gesehen?«

»Bis zur Unkenntlichkeit zerstörte Gesichter und Hände, um eine Identifizierung unmöglich zu machen – ja. Kommt immer seltener vor, seit es die DNA-Analyse gibt. Aufgeschlitzte oder verbrannte Körper, ja, hast du auch gesehen. Aber eine so fanatische Zerstörungswut, nein. Das geht über jedes Verständnis hinaus.«

»Und wohin, Romain? In die Besessenheit?«

»So was Ähnliches. Man könnte meinen, er habe immer weitergehackt, bis er nicht mehr konnte, als wenn er Angst hätte, es nicht ordentlich gemacht zu haben. So wie man zehnmal kontrolliert, verstehst du, ob man die Tür auch wirklich abgeschlossen hat. Nicht nur hat er alles Stück für Stück zermalmt, mit großer Verbissenheit und immer wieder neu, er hat das Zeug auch noch verteilt. Er hat die Überreste durch den ganzen Raum verstreut. Nicht ein Fragment gehört zum anderen, selbst die Zehen sind nicht mehr beieinander. Als wenn der Kerl mit großem Schwung Samen über ein Feld gestreut hätte. Er wird sich doch wohl nicht vorstellen, dass der Alte wieder nachwächst? Rechne nicht damit, dass ich dir den Körper wieder zusammensetze, es ist unmöglich.«

»Genau«, bestätigte Adamsberg. »Unstillbare Angst, Raserei in unaufhörlichem Strom.«

»Raserei in unaufhörlichem Strom gibt es nicht«, sagte Commandant Mordent mit schneidender Stimme.

Adamsberg erhob sich kopfschüttelnd, betrat eine Fliese, wechselte auf die nächste mit behutsamem Schritt. Er als Einziger bewegte sich, die Beamten waren auf ihren Fliesen stehen geblieben wie die Bauern auf dem Schachbrett, während eine Figur einen Zug macht, und hörten ihm zu.

»Normalerweise nicht, Mordent, hier aber schon. Seine Wut, sein Grauen, sein Fieberwahn reichen weiter, als wir blicken können, in Regionen, die wir nicht kennen.«

»Nein«, beharrte der Commandant. »Wut, Zorn, so was brennt wie dürres Holz. Das hier ist eine Arbeit von Stunden. Vier Stunden mindestens, und das ist nicht die Zeitspanne der Wut.«

»Von was sonst?«

»Das ist Schwerstarbeit, Starrsinn, Berechnung. Vielleicht sogar Inszenierung.«

»Unmöglich, Mordent. So was kann niemand nachahmen.«

Adamsberg kniete sich hin, um den Boden zu untersuchen.

»Er hatte Stiefel an, nicht wahr? Dicke Gummistiefel.«

»Das vermuten wir«, bestätigte Lamarre. »Nach dem, was er vorhatte, schien das eine gute Vorsichtsmaßnahme zu sein. Die Sohlen haben deutliche Abdrücke auf den Teppichen hinterlassen. Vielleicht sogar mit Spuren von Material, das aus dem Profil herausgefallen ist. Schlamm oder sonst was.«

Mordent murmelte »Schwerstarbeit« und zog diagonal über das Feld wie der Läufer, während Adamsberg zwei Felder geradeaus schritt und eins nach rechts, wie der Springer.

»Worauf hat er gestanden, während er die Teile zertrümmerte?«, fragte er. »Selbst mit einem Vorschlaghammer hätte er auf dem Teppich nichts ausgerichtet.«

»Hier haben wir«, meinte Justin, »ein nahezu rechteckiges Feld, das kaum befleckt ist. Möglicherweise hat er einen Holzblock oder eine gusseiserne Platte hier hingestellt, als Amboss sozusagen.«

»Das wäre eine Menge schweres Material, das er hergeschleppt hätte. Hammer, Kreissäge, Hauklotz. Und sicher auch Kleidung und Schuhe zum Wechseln.«

»Das passt in einen großen Sack. Ich denke, dass er sich draußen umgezogen hat, im Garten hinter dem Haus. Es gibt Blutspuren im Gras, da wo er vermutlich seine schmutzigen Sachen abgelegt hat.«

»Und ab und zu«, sagte Adamsberg, »hat er sich hingesetzt, um zu verschnaufen. Und zwar in den Sessel dort.«

Adamsberg betrachtete das Möbelstück, seine gedrechselten Armlehnen, seinen rosafarbenen Samtbezug voller Blutflecken.

»Ein verdammt schöner Sessel«, sagte er.

»Das ist schlicht Louis-treize«, sagte Mordent. »Es ist nicht nur ein ›verdammt schöner Sessel‹, es ist Louis-treize.«

»Einverstanden, Commandant, es ist Louis-treize«, sagte Adamsberg, ohne den Ton zu wechseln. »Und wenn Sie vorhaben, uns den ganzen Tag auf den Wecker zu fallen, dann gehen Sie nach Hause. Es macht keinem von uns Spaß, an einem Sonntag zu arbeiten, es macht keinem Spaß, in diesem Schlachthaus herumzuwaten. Und niemand hat länger geschlafen als Sie.«

Mordent zog noch einmal diagonal über das Brett, sich von Adamsberg entfernend. Der Kommissar verschränkte die Hände auf dem Rücken und betrachtete noch immer den großen Fauteuil.

»Das Refugium des Mörders sozusagen. Hier gönnt er sich seine Atempausen. Er betrachtet sein Werk der Zerstörung, er sucht Momente der Erleichterung, der Befriedigung. Oder vielleicht will er auch nur durchatmen.«

»Warum sagen wir ›der Mörder‹?«, fragte der gewissenhafte Justin. »Auch eine Frau kann solches Material anschleppen, wenn sie ihren Wagen nicht allzu weit parkt.«

Adamsberg schüttelte entschieden den Kopf.

»Das ist das Werk eines Mannes, der Geist eines Mannes, hier gibt es keine Spur von Frau. Von der Größe der Stiefel ganz zu schweigen.«

»Die Kleider«, sagte Retancourt und zeigte auf einen unordentlichen Haufen auf einem Stuhl, »hat er dem Toten weder heruntergerissen, noch hat er sie zerfetzt. Nur einfach ausgezogen, wie um ihn zu Bett zu bringen. Auch das ist selten.«

»Eben weil er nicht in Raserei war«, sagte Mordent aus der Zimmerecke, in die er sich zurückgezogen hatte.

»Hat er ihm alle Sachen ausgezogen?«

»Nur die Unterhose nicht«, sagte Lamarre.

»Weil er nicht sehen wollte«, meinte Retancourt. »Er hat ihn entkleidet, um seine Säge zu schonen, aber er hat ihn nicht vollends entblößen können. Der Gedanke war ihm unangenehm.«

»Dann wissen wir zumindest, dass der Mörder weder Krankenpfleger noch Arzt ist«, sagte Romain. »Ich habe Hunderte von Leichen ausgezogen, ohne mit der Wimper zu zucken.«

Adamsberg hatte Handschuhe übergestreift und rollte zwischen seinen Fingern eines der kleinen Erdklümpchen, die von den Stiefeln gefallen waren.

»Wir werden ein Pferd suchen«, sagte er. »Es ist Pferdemist, was da unter seinen Stiefeln klebte.«

»Woran erkennt man das?«, wollte Justin wissen.

»Am Geruch.«

»Sollen wir uns bei den Züchtern umsehen, auf den Gestüten?«, fragte Lamarre. »Auf Reitbahnen, Rennstrecken?«

»Und dann?«, sagte Mordent. »Tausende von Leuten treiben sich bei den Pferden herum. Der Mörder hat das Zeug sonst wo auflesen können, allein indem er einen Weg über Land gegangen ist.«

»Also, dann hätten wir doch schon mal was, Commandant. Wir wissen, dass der Mörder aufs Land geht. Um wie viel Uhr trifft der Sohn ein?«

»Er müsste in knapp einer Stunde in der Brigade sein. Er heißt Pierre, wie sein Vater.«

Adamsberg streckte seinen Arm aus, um einen Blick auf seine beiden Uhren zu werfen.

»Ich schicke euch um die Mittagszeit eine Ablösung. Retancourt, Mordent, Lamarre und Voisenet kümmern sich um die

Bestandsaufnahme. Justin und Estalère, ihr fangt an, den persönlichen Kram zu durchforsten. Konten, Terminkalender, Notizbücher, Brieftasche, Telefon, Fotos, Medikamente und so weiter. Wen er traf, wen er anrief, was er kaufte, seine Kleidung, seine Vorlieben, was er aß. Nehmt alles auf, wir müssen ihn so genau wie möglich rekonstruieren. Dieser Alte ist nicht nur getötet, er ist zu nichts gemacht worden. Man hat ihm nicht nur das Leben genommen, man hat ihn zerstört, abgeschafft.«

Das Bild des Eisbären kam ihm plötzlich in den Sinn. Das Tier musste den Onkel ungefähr in den gleichen Zustand versetzt haben, nur sauberer. Nichts davon heimzubringen, nichts zu begraben. Und Pierre junior würde den Mörder nicht ausstopfen können, um ihn der Witwe zu überbringen.

»Ich glaube nicht, dass seine Ernährung im Moment so wichtig ist«, sagte Mordent. »Viel dringender wäre es, sich mit den Justizangelegenheiten zu befassen, die er bearbeitet hat. Und mit seiner familiären und finanziellen Situation. Wir wissen noch nicht mal, ob er verheiratet war. Wir wissen noch nicht mal, ob er das hier überhaupt ist.«

Adamsberg sah in die müden Gesichter seiner Männer, wie sie da auf ihren Plastikfliesen standen.

»Pause für alle Mann«, sagte er. »Am Ende der Straße gibt es ein Café. Retancourt und Romain halten die Stellung.«

Retancourt begleitete Adamsberg zu seinem Wagen.

»Sobald das Schlachtfeld ein bisschen gesäubert ist, rufen Sie Danglard an. Er soll sich mit dem Leben des Opfers befassen, auf keinen Fall aber mit den Probenentnahmen.«

»Klar.«

Danglards Widerwille gegen Blut und Tod war eine Tatsache, die kritiklos hingenommen wurde. Wenn möglich bestellte man ihn erst zum Tatort, wenn die schlimmsten Spuren schon beseitigt waren.

»Was hat Mordent?«, fragte Adamsberg.

»Keine Ahnung.«

»Er ist nicht in normaler Verfassung. Er ist unaufrichtig, spuckt Gift und Galle.«

»Habe ich bemerkt.«

»Diese Manie des Mörders, alles im Raum zu verteilen, fällt Ihnen dazu etwas ein?«

»Meine Urgroßmutter. Aber das ist was anderes.«

»Sagen Sie's trotzdem.«

»Als sie den Verstand verlor, fing sie an, alles auszubreiten. Sie ertrug es nicht mehr, wenn die Dinge sich berührten. Sie trennte die Zeitungen voneinander, die Kleider, die Schuhe.«

»Die Schuhe?«

»Alles, was aus Stoff, aus Papier und aus Leder war. Schuhe rückte sie zehn Zentimeter auseinander und reihte sie auf dem Boden auf.«

»Sagte sie, warum? Hatte sie einen Grund?«

»Einen ausgezeichneten Grund. Sie meinte, wenn diese Gegenstände in Kontakt miteinander gerieten, könnten sie Feuer fangen, von wegen der Reibung. Wie ich Ihnen ja sagte, es hat nichts mit dieser Verteilung Vaudels zu tun.«

Adamsberg hob eine Hand, um ihr anzudeuten, dass er eine Nachricht empfange, hörte aufmerksam zu, steckte das Gerät wieder ein.

»Am Donnerstagmorgen«, erklärte er, »habe ich zwei kleine Kätzchen auf die Welt geholt, die im Bauch ihrer Mutter eingeklemmt waren. Man teilt mir mit, dass die Katze wohlauf ist.«

»Schön«, sagte Retancourt nach kurzem Schweigen. »Ich nehme an, das ist eine gute Nachricht.«

»Vielleicht hat der Mörder wie Ihre Großmutter gehandelt, vielleicht wollte er die Kontakte lösen, die Elemente voneinander trennen. Was im Grunde das genaue Gegenteil einer Sammlung wäre«, fügte er mit dem Gedanken an die Füße von London hinzu. »Er hat die Einheit gesprengt, den Zusammenhalt aufgelöst. Und ich würde gern wissen, warum Mordent sich mit mir anzulegen sucht.«

Retancourt mochte es nicht, wenn Adamsbergs Worte sich verwirrten. Diese Gedankensprünge, diese Konfusion konnten ihn für Momente das Bewusstsein seines Ziels aus dem Auge verlieren lassen. Sie gab ihm ein Zeichen und ging.

7

Adamsberg las die Zeitung immer im Stehen, indem er in seinem Büro um den Tisch herumlief. Im Übrigen war es nicht seine Zeitung. Er lieh sie sich jeden Tag von Danglard und gab sie ihm anschließend in liederlichem Zustand zurück.

Eine kurze Pressenotiz auf Seite 12 erwähnte die Fortschritte, die bei einer Ermittlung in Nantes zu verzeichnen waren. Adamsberg kannte den damit betrauten Kommissar sehr gut, auf der Arbeit ein trockener, einsilbiger Typ, aber geradezu extrovertiert, sobald die Stunde der Geselligkeit nahte. Er suchte nach seinem Namen, rein zur Übung. Seit London, vielleicht seitdem Danglard eine Flut von Gelehrsamkeit über den Friedhof von Highgate abgelassen hatte, nahm der Kommissar sich vor, Wörtern, Namen, Sätzen mehr Aufmerksamkeit zu schenken. Ein Gebiet, auf dem sein Gedächtnis sich immer als unbrauchbar erwiesen hatte, wohingegen er sich Jahre später noch an einen Klang, einen Lichtschein, einen Ausdruck erinnern konnte. Wie hieß der Bulle? Bolet? Rollet? Ein Komödiant, der eine Tischrunde von zwanzig Leuten unterhalten konnte, was Adamsberg sehr bewunderte. Heute beneidete er diesen Nolet – gerade hatte er seinen Namen in dem Artikel gelesen – auch darum, dass er es mit einem so

sauberen Mord zu tun hatte, während der blutbefleckte Samt-
sessel ihm nicht aus dem Kopf ging. Im Vergleich zu dem
Schlachtfeld von Garches hatte Nolets Ermittlung geradezu
etwas Belebendes. Ein maßvoller Mord durch zwei Schüsse in
den Kopf, das Opfer hatte seinem Mörder die Tür geöffnet.
Ohne Komplikationen, ohne Vergewaltigung, ohne Wahn-
idee, eine fünfzigjährige Frau, hingerichtet nach den Spiel-
regeln, nach dem Prinzip aller erfahrenen Mörder, du kotzt
mich an, ich bring dich um. Nolet brauchte nur noch die Spur
eines Ehemannes, eines Geliebten aufzunehmen und die Sache
zum Abschluss zu bringen, ohne über mehrere Quadratmeter
Teppichboden waten zu müssen, an dem klumpenweise
menschliches Fleisch klebte. Ohne seinen Fuß auf das Territo-
rium der Paranoia zu setzen, jenes unbekannten Kontinents
eines Stock. Stock, das wusste er, war nicht der richtige Name
des britischen Kollegen, der eines Tages an irgendeinem See
da oben angeln gehen würde. Vielleicht zusammen mit Danglard. Es sei denn, die Dame Abstract hielte den Commandant
anderswo zurück.

Beim Klicken der großen Wanduhr hob Adamsberg den
Kopf. Pierre Vaudel, der Sohn von Pierre Vaudel, würde in
wenigen Augenblicken eintreffen. Der Kommissar stieg die
hölzerne Treppe hinauf, vermied die unregelmäßige Stufe,
über die jeder stolperte, und betrat den Raum mit dem
Getränkeautomaten, um sich einen starken Kaffee zu ge-
nehmigen. Dieser kleine Raum war ein wenig das Reich von
Lieutenant Mercadet, einem zahlenbegabten Menschen, der
zu jedweder logischen Übung befähigt war, doch auch ein ex-
tremes Schlafbedürfnis hatte. Ein Stapel Kissen in einer Ecke

erlaubte ihm, seine Batterie regelmäßig wieder aufzuladen. Gerade hatte der Lieutenant seine Decke zusammengefaltet und stand auf, sich mit der Hand übers Gesicht fahrend.

»Es scheint, wir haben da den Fuß in die Hölle gesetzt«, sagte er.

»Wir haben den Fuß nicht wirklich hineingesetzt. Wir bewegen uns auf Plastikfliesen, sechs Zentimeter über dem Boden.«

»Aber wir haben sie trotzdem bald auf dem Hals, was? Die Zeichen stehen auf Sturm.«

»Ja. Und sobald Sie munter sind, gehen Sie hin und schauen Sie sich das an, bevor alles abgeräumt ist. Es ist ein Gemetzel ohne Sinn und Verstand. Aber es steckt eine fanatische Idee dahinter. Wie hätte Lieutenant Veyrenc gesagt? *Ein feiner Stahl vibriert am Grunde noch des Chaos.* Also, wie soll ich sagen, ein unsichtbares Motiv, das über die Poesie herauszufinden wäre.«

»Veyrenc hätte noch was Besseres gefunden. Er fehlt uns, nicht wahr?«

Überrascht trank Adamsberg seinen letzten Schluck Kaffee aus. Er hatte seit Veyrencs Weggang von der Brigade nicht mehr an ihn gedacht, und er war nicht gewillt, sich an die dramatischen Ereignisse zu erinnern, die sie damals gegeneinander aufgebracht hatten.*

»Aber schon möglich, dass Ihnen das im Grunde egal ist«, meinte der Lieutenant.

»Sehr gut möglich. Vor allem, Lieutenant, fehlt uns die Zeit für solche Fragen.«

---

* Fred Vargas, *Die dritte Jungfrau.*

»Ich gehe«, sagte Mercadet und nickte. »Danglard hat eine Nachricht für Sie hinterlassen. Hat nichts mit dem Haus in Garches zu tun.«

Adamsberg las seine Seite 12 zu Ende, während er die Treppe hinunterging. Der amüsante Nolet war am Ende doch nicht so fein raus. Der Ex-Gatte hatte ein Alibi, die Ermittlung trat auf der Stelle. Adamsberg faltete befriedigt die Zeitung zusammen. An der Rezeption erwartete ihn der Sohn von Pierre Vaudel, er saß sehr gerade an der Seite seiner Gemahlin, kaum älter als fünfunddreißig Jahre. Adamsberg hielt einen Augenblick inne. Wie sollte man einem Menschen mitteilen, dass sein Vater in Stücke zerlegt worden war?

Der Kommissar umging das Problem eine ganze Weile, indem er zunächst die Personalien aufnahm und sich nach den familiären Umständen erkundigte. Pierre war der einzige Sohn und ein spätes Kind. Die Mutter war nach sechzehn Ehejahren schwanger geworden, als der Vater vierundvierzig war. Und Pierre Vaudel Vater hatte nicht mit sich reden lassen, ja er war erbost über diese Schwangerschaft gewesen, ohne seiner Frau den geringsten Grund dafür zu nennen. Er wollte um keinen Preis einen Nachkommen haben, es käme nicht infrage, dass dieses Kind geboren würde, darüber diskutierte er nicht. Die Gemahlin hatte nachgegeben und war abgereist, um eine Abtreibung vornehmen zu lassen. Sechs Monate lang blieb sie weg und trug das Kind aus, Pierre, Sohn von Pierre, kam auf die Welt. Nach fünf Jahren hatte sich der Zorn von Pierre Vater gelegt, aber er lehnte es nach wie vor ab, dass Frau und Kind in sein Haus zurückkehrten.

Das Kind Pierre hatte seinen Vater darum nur von Zeit zu Zeit gesehen, terrorisiert von diesem Mann, der es mit solcher Hartnäckigkeit zurückgewiesen hatte. Eine Furcht, die allein den widrigen Umständen seiner Geburt geschuldet war, denn Pierre Vater war umgänglich, großmütig, so sagten seine Freunde, und zärtlich, so seine Mutter. Oder zumindest war er es gewesen, denn je ungeselliger er mit der Zeit wurde, desto weniger konnte man seine Gefühle ergründen. Im Alter von fünfundfünfzig Jahren gestattete Pierre Vater nur noch sehr selten Besuche, nachdem er seine zahlreichen Freunde einen nach dem anderen aufgegeben hatte. Später hatte sich der Heranwachsende einen bescheidenen Platz bei ihm errungen, indem er samstags zu ihm kam, sich an den Flügel setzte und einige ausgewählte Stücke spielte, um den alten Herrn zu verführen. Am Ende hatte sich der junge Pierre echte Aufmerksamkeit erworben. Seit zehn Jahren, und vor allem seit dem Tod seiner Mutter, sahen sich die beiden Pierres ziemlich regelmäßig. Pierre junior war Rechtsanwalt geworden und seine Kenntnisse waren dem Vater sehr von Nutzen bei seinen Recherchen über Justizverfahren. Die geteilte Arbeit machte die persönliche Kommunikation vermeidbar.

»Was suchte er in diesen Verfahren?«

»Zunächst einen Unterhalt. Er lebte davon. Er stellte Prozesschroniken für mehrere Zeitungen und einige Fachblätter zusammen. Dann suchte er die Fehler. Er ging wie ein Wissenschaftler vor und schimpfte in einem fort über die Luschigkeiten der Justiz. Er sagte, der Teig, aus dem das Recht gemacht sei, sei weich und formbar in der einen wie in der anderen Richtung und die Wahrheit gehe in widerlichen Spitzfindigkeiten unter. Er sagte, man könne es hören, ob ein Gerichtsurteil knirsche oder nicht, ob das Klicken sauber sei oder nicht, so wie ein Schlosser allein nach dem Gehör urteilt. Und wenn es knirschte, dann suchte er nach der Wahrheit.«

»Und fand er sie?«

»In mehreren Fällen, ja. Die postume Rehabilitierung des Mörders aus der Sologne, das war sein Verdienst. Die Freilassung von K. Jimmy Jones in den Vereinigten Staaten, die des Bankiers Trévanant, die Haftentlassung der Frau Pasnier, die Einstellung des Verfahrens gegen Professor Galérant. Seine Artikel wogen schwer. Allmählich fürchteten sich viele Anwälte davor, dass er seine Meinung publizierte. Man bot ihm Geld, er lehnte ab.«

Pierre der Sohn stützte missmutig sein Kinn in die Hand. Er war nicht schön, mit seiner sehr hohen Stirn und der spitz zulaufenden unteren Gesichtspartie. Aber er hatte ungewöhnliche Augen, leblos und ohne Glanz, undurchdringliche Rollläden, vielleicht auch unerreichbar für Mitleid. Wie er da mit vorgeneigtem Körper und rundem Rücken saß, seine Frau mit dem Blick befragend, machte er den Eindruck eines liebenswürdigen und fügsamen Mannes. Adamsberg jedoch hatte den Eindruck, dass hinter der starren Scheibe dieser Augen die Unversöhnlichkeit lauerte.

»Gab es auch weniger ruhmreiche Affären?«, fragte er.

»Er sagte immer, die Wahrheit sei eine zweispurige Straße. Drei Männer hat er hinter Gitter gebracht. Einer von ihnen hat sich im Gefängnis erhängt, nachdem er seine Unschuld beteuert hatte.«

»Wann war das?«

»Unmittelbar vor seiner Pensionierung, vor dreizehn Jahren.«

»Wer war das?«

»Jean-Christophe Réal.«

Adamsberg bedeutete ihm, dass er den Namen kannte.

»Réal hat sich an seinem neunundzwanzigsten Geburtstag erhängt.«

»Gab es Racheschreiben? Drohungen?«

»Wovon sprechen wir hier?«, mischte sich die Gemahlin ein, die im Unterschied zu ihrem Mann ein harmonisches, ebenmäßiges Gesicht hatte. »Vater sei keines natürlichen Todes gestorben, meinen Sie? Haben Sie Zweifel? Wenn ja, sagen Sie es. Seit heute Morgen hat die Polizei uns noch keine einzige klare Auskunft gegeben. Vater sei tot, doch man wisse noch nicht mal genau, ob es Vater sei. Und Ihr Beamter hat uns noch nicht erlaubt, den Leichnam zu sehen. Warum?«

»Weil es schwierig ist.«

»Weil Vater, wenn es denn Vater ist«, fuhr sie fort, »in den Armen einer Nutte gestorben ist? Das würde mich wundern bei ihm. Oder war es eine aus der High Society? Verheimlichen Sie etwas, um ein paar unantastbaren Leuten nicht an den Wagen zu fahren? Denn mein Schwiegervater kannte in der Tat viele Unantastbare, angefangen beim ehemaligen Justizminister, der bis auf die Knochen verseucht ist.«

»Hélène, ich bitte dich«, sagte Pierre, der sie in voller Absicht reden ließ.

»Ich erinnere Sie daran, dass es sein Vater ist«, fuhr Hélène fort, »er hat ein Recht darauf, alles zu sehen und alles zu wissen, noch vor Ihnen und vor den Unantastbaren. Wir kriegen den Leichnam zu sehen oder wir sagen kein Wort.«

»Das erscheint mir einleuchtend«, sagte Pierre im Ton eines Anwalts, der einen Kompromiss besiegelt.

»Es gibt keinen Leichnam«, sagte Adamsberg und sah der Frau in die Augen.

»Es gibt keinen Leichnam«, wiederholte Pierre mechanisch.

»Nein.«

»Und? Wie können Sie dann sagen, dass es sich um ihn handelt?«

»Weil er in seinem Haus ist.«

»Wer?«

»Der Leichnam.«

Adamsberg ging das Fenster öffnen und sah zu den Linden hinauf. Sie standen seit vier Tagen in Blüte, ihr Lindenblütenteegeruch strömte mit dem Lufthauch herein.

»Der Körper ist zerstückelt«, sagte er. »Er wurde – wie soll ich es ausdrücken? Zerlegt? Zerkrümelt? –, er wurde in Hunderte von Teilen zerschnitten und im Zimmer verstreut. In dem großen Zimmer mit dem Flügel. Nichts ist mehr zu erkennen. Ich rate Ihnen, sich das nicht anzusehen.«

»Das ist ein Täuschungsmanöver«, die Frau tat unbeeindruckt. »Sie planen irgendeine Gaunerei. Was haben Sie mit ihm vor?«

»Wir sind dabei, seine Überreste Quadratmeter für Quadratmeter aufzusammeln und in nummerierten Behältnissen zu lagern. Zweiundvierzig Quadratmeter, zweiundvierzig Behälter.«

Adamsberg wandte sich von den Lindenblüten ab und

wieder an Hélène Vaudel. Pierre verharrte in seiner gebeugten Haltung, er überließ die Führung des Gespanns seiner Frau.

»Man sagt«, begann Adamsberg wieder, »man könne nicht trauern, ohne mit eigenen Augen gesehen zu haben. Ich kenne Leute, die es bedauert haben und die es bei reiflicher Überlegung vorgezogen hätten zu wissen, ohne zu sehen. Aber diese ersten Bilder stehen Ihnen zur Verfügung«, sagte er und reichte Hélène sein Handy. »Auch ein Wagen nach Garches, wenn Sie es denn wollen. Machen Sie sich erst einmal eine Vorstellung. Die Qualität ist nicht besonders, aber man begreift sehr gut.«

Hélène nahm das Telefon mit entschlossener Geste und ließ die Bilder durchlaufen. Beim siebten Foto, auf dem die Oberseite des schwarzen Flügels zu sehen war, brach sie ab.

»Es genügt«, sagte sie und legte das Gerät hin, ihr Blick war leicht verändert.

»Kein Wagen?«, fragte Pierre sie.

»Kein Wagen.«

Es klang wie eine Parole und Pierre nickte zustimmend. Keine Spur von Protest, obwohl es sich um den eigenen Vater handelte, nicht ein Schauer der Neugier, was die Fotos anging. Korrekte Neutralität nach außen hin. Provisorische Unterwerfung, wie abgesprochen, so lange, bis er die Zügel wieder hart an sich reißen würde.

»Reiten Sie?«, fragte Adamsberg ihn.

»Nein, aber ich interessiere mich ein wenig für Pferderennen. Mein Vater hat früher sehr viel gewettet. In den letzten Jahren jedoch nicht mehr öfter als einmal pro Monat. Er hatte sich verändert, in sich zurückgezogen, er ging fast nicht mehr aus dem Haus.«

»Verkehrte er bei Züchtern, auf Rennplätzen? Fuhr er vielleicht aufs Land? Sodass er Pferdemist mit nach Hause gebracht haben könnte?«

»Papa? Pferdemist in seinem Haus?«

Pierre junior richtete sich auf, als hätte diese Vorstellung ihn unfreiwillig geweckt.

»Sie wollen sagen, dass Pferdemist im Hause meines Vaters gefunden wurde?«

»Ja, auf den Teppichen. Kleine Mistkügelchen, die sich vielleicht von Stiefelsohlen abgelöst haben könnten.«

»Er hat nie in seinem Leben Stiefel getragen. Er hasste Tiere, die Natur, Erde, Blumen, Gänseblümchen, die man pflückt und die in einem Glas verwelken, kurz, alles, was wächst. Der Mörder ist mit Stiefeln voller Mist ins Haus gekommen?«

Adamsberg machte eine Geste der Entschuldigung und nahm sein Telefon ab.

»Sollten Sie den Sohn noch immer dahaben«, sagte Retancourt ohne Überleitung, »dann fragen Sie ihn, ob der Alte ein Haustier hatte, Hund oder Katze oder ein anderes Tier mit Fell. Wir haben Haare auf dem Louis-treize-Sessel gefunden. Aber es gibt keine Streu, keinen Napf in der Bude, nichts, was darauf hindeuten würde, dass hier ein Tier lebte. In welchem Fall der Mörder sie an den Arschbacken seiner Hose gehabt hat.«

Adamsberg entfernte sich ein wenig von den beiden, um sie nicht an Retancourts rüdem Tonfall teilhaben zu lassen.

»Hatte Ihr Vater ein Tier zur Gesellschaft? Hund, Katze oder etwas anderes?«

»Ich sagte Ihnen doch, dass er Tiere nicht mochte. Er verschwendete keine Zeit an andere, und schon gar nicht an ein Tier.«

»Nichts«, sagte Adamsberg wieder in den Hörer. »Überprüfen Sie das, Lieutenant, es kann von einer Decke herrühren oder einem Mantel. Kontrollieren Sie die anderen Sitzgelegenheiten.«

»Und Papiertaschentücher, benutzte er die? Wir haben ein zusammengeknülltes auf dem Rasen gefunden, aber nicht ein einziges im Bad.«

»Papiertaschentücher?«, fragte Adamsberg.

»Niemals«, sagte Pierre und hob die Hände, wie um diese neuerliche Zumutung von sich zu weisen. »Nur aus Stoff, gedrittelt in der einen Richtung, geviertelt in der anderen. Etwas anderes kam nicht infrage.«

»Ausschließlich Stofftaschentücher«, gab Adamsberg weiter.

»Danglard will Sie unbedingt sprechen. Er zieht große Kreise im Gras um etwas, das ihn beunruhigt.«

Besser, so dachte Adamsberg, konnte man Danglards Temperament nicht beschreiben, als dass er die Mulden umkreiste, in denen seine Sorgen verkalken. Sein Telefon noch immer in der Hand, fuhr sich Adamsberg mit den Fingern durchs Haar und suchte sich zu erinnern, wo er in seiner Befragung stehen geblieben war. Richtig, die Stiefel, der Pferdemist.

»Die Stiefel waren nicht voller Mist«, erklärte er dem Sohn. »Nur kleine Brocken, die sich durch die Bodenfeuchtigkeit aus dem Profil der Sohlen herausgelöst haben.«

»Haben Sie seinen Gärtner gesprochen? Den Mann, der dort im Haus für alles zuständig war? Der hat bestimmt Stiefel.«

»Noch nicht. Es heißt, er sei ein brutaler Kerl.«

»Ein Rohling, ein Knastbruder und halb debil«, vervollständigte Hélène. »Vater hielt große Stücke auf ihn.«

»Ich glaube nicht, dass er debil ist«, meinte Pierre einschränkend. »Warum«, so wandte er klug ein, »hat man seinen Körper verstreut? Ihn umbringen, das kann man noch begreifen. Die Familie des jungen Mannes, der sich das Leben genommen hat – kann man schon verstehen. Aber wozu alles kaputt schlagen? Haben Sie so was schon mal erlebt? Einen derartigen *modus operandi*?«

»Dieser *modus* existierte nicht, bevor der Mörder ihn sich ausgedacht hat. Er hat keine Methode nachgeahmt, er hat gestern etwas Neues geschaffen.«

»Man könnte meinen, wir reden hier über Kunst«, sagte Hélène mit einem Ausdruck der Missbilligung.

»Und warum nicht?«, sagte Pierre barsch. »Rache als mögliche Umkehrung der Dinge. Schließlich war er Künstler.«

»Ihr Vater?«

»Nein, Réal. Der Selbstmörder.«

Adamsberg entschuldigte sich noch einmal und übernahm Danglard am anderen Ende der Leitung.

»Ich wusste es doch, dass diese Sauerei uns noch auf die Füße fallen würde«, sagte der Commandant, überaus deutlich artikulierend, woraus Adamsberg schloss, dass er einige Gläser gekippt hatte und um seine Aussprache bemüht war. Man hatte ihn wohl doch in das Zimmer mit dem Flügel hineingelassen.

»Sie haben den Tatort gesehen, Commandant?«

»Die Fotos, das reicht mir. Aber die Schuhe sind französische, wie gerade bestätigt wurde.«

»Die Stiefel?«

»Die Schuhe. Und schlimmer noch. Als ich das hier gesehen habe, war mir, als hätte man mitten im Tunnel ein Streichholz angezündet, als hätte man meinem Onkel die Füße abgeschnitten. Doch wir haben keine Wahl, ich fahre.«

Mehr als drei Gläser, schätzte Adamsberg, und in sehr kurzer Zeit. Sechzehn Uhr etwa. Danglard würde heute zu nichts und für niemanden mehr zu gebrauchen sein.

»Schon gut, Danglard. Machen Sie, dass Sie da wegkommen.«

»Das sage ich Ihnen ja.«

Adamsberg klappte sein Telefon zu und fragte sich absurderweise, wie es der Katze und den Jungen wohl gehen mochte. Er hatte Retancourt gesagt, dass die Mutter wohlauf wäre, aber eines von den kleinen Kätzchen – eines der beiden, die er geholt hatte, ein Mädchen – taumelte und magerte ab. Hatte er beim Herausziehen zu fest zugepackt? Hatte er irgendetwas kaputt gemacht?

»Jean-Christophe Réal«, erinnerte Pierre mit Nachdruck, als spürte er, dass der Kommissar nicht von allein auf den Weg zurückfinden würde.

»Der Künstler«, bestätigte Adamsberg.

»Er, ja, er hatte mit Pferden zu tun, er lieh sie sich aus. Das erste Mal hat er ein Pferd mit Bronze bemalt, gleichsam um eine sich bewegende Statue zu schaffen. Der Besitzer des Tieres verklagte ihn, doch gerade dadurch wurde er bekannt. Er hat später noch viele bemalt. Er malte alles an, verbrauchte also auch kolossale Mengen Farbe. Er bemalte das Gras, die Wege, die Baumstämme, das Laubwerk Blatt für Blatt, Kiesel oben und unten, als wollte er sogar die Landschaft erstarren lassen.«

»Das interessiert den Kommissar nicht«, fiel ihm Hélène ins Wort.

»Kannten Sie Réal?«

»Ich habe ihn oft im Gefängnis besucht, ich war entschlossen, ihn da herauszuholen.«

»Wessen hat Ihr Vater ihn denn beschuldigt?«

»Dass er eine alte Frau – seine Gönnerin – angemalt hatte, deren Erbe er war.«

»Ich verstehe nicht.«

»Er hat diese Frau mit Bronze eingestrichen, um sie auf eines seiner berühmten Pferde zu setzen, eine lebende Reiterstatue. Aber die Farbe war nicht luftdurchlässig, die Poren verstopften sich, und bevor man Zeit hatte, die Mäzenin zu reinigen, war sie auf dem Tier bereits erstickt. Réal hat das Erbe angetreten.«

»Seltsam«, murmelte Adamsberg. »Und das Pferd? War es auch tot?«

»Nein, und das eben war die Frage. Réal verstand sein Handwerk, er malte mit porösen Farben. Er war ja nicht verrückt.«

»Nein«, meinte Adamsberg skeptisch.

»Chemiker sagten, dass das molekulare Aufeinandertreffen der Farbe mit den Kosmetikprodukten der Mäzenin zu der Katastrophe geführt hätte. Aber mein Vater wies nach, dass Réal zwischen dem Pferd und der Frau den Farbkanister gewechselt hatte und der Erstickungstod von ihm beabsichtigt gewesen war.«

»Und Sie waren damit nicht einverstanden.«

»Nein«, sagte Pierre und schob das Kinn vor.

»Die Argumente Ihres Vaters, waren sie stichhaltig?«

»Kann sein, und selbst wenn. Mein Vater hatte sich ungewöhnlich heftig in den Kerl verbissen. Er hasste ihn ohne Grund. Er hat alles getan, um ihn zur Strecke zu bringen.«

»Das stimmt nicht«, warf Hélène plötzlich streitsüchtig ein. »Réal war größenwahnsinnig und hoch verschuldet. Er hat die Frau umgebracht.«

»Quatsch«, unterbrach Pierre sie. »Mein Vater hatte es auf ihn abgesehen, als wollte er in der Person von Réal mich erreichen. Mit achtzehn wollte ich Maler werden. Réal war sechs Jahre älter als ich, ich kannte seine Arbeiten, ich bewunderte ihn, ich hatte ihn zweimal besucht. Als mein Vater das erfuhr, ist er ausgerastet. Für ihn war Réal ein habgieriger Ignorant – ich zitiere –, dessen groteske Erfindungen die Zivilisation zerstörten. Mein Vater war ein Mensch der dunklen Zeiten, er glaubte an den Fortbestand der alten Fundamente der Welt und einer wie Réal widerte ihn an. Mit seiner ganzen Reputation hat der Hund ihn vor Gericht gebracht und in den Tod getrieben.«

»Der Hund«, wiederholte Adamsberg.

»Jawohl«, sagte Pierre, ohne mit der Wimper zu zucken. »Mein Vater war nichts weiter als ein alter Mistkerl.«

8

Man hatte die Namen sämtlicher Bewohner der umliegenden Villen erfasst, es begann die notwendige und ermüdende Zeugenbefragung in der Nachbarschaft. Sie widersprach dem Urteil des Sohnes nicht. Wenn auch niemand Pierre Vaudel einen alten Mistkerl zu nennen wagte, beschrieben die Leute ihn doch als ungeselligen, eigenbrötlerischen, intoleranten und von sich selbst überzeugten Menschen. Intelligent, doch ohne irgendjemanden davon profitieren zu lassen. Kontaktfeindlich, aber, was die angenehme Kehrseite war, er behelligte auch niemals seine Umgebung. Die Beamten gingen von Tür zu Tür, sprachen von einem schändlichen Mord, ohne zu präzisieren, dass der alte Mann zerkleinert worden war. Könnte es sein, dass Pierre Vaudel seinem Mörder die Tür geöffnet hatte? Ja, wenn der Grund des Besuchs praktischer Natur war, wenn es nicht um bloßes Geschwafel ging. Auch nach Einbruch der Nacht? Aber ja, Vaudel war nicht ängstlich, er war sogar, wie sollte man sagen, unverwundbar. Zumindest versuchte er diesen Eindruck zu erwecken.

Ein Einziger, sein Gärtner Émile, beschrieb Pierre Vaudel anders. Nein, Vaudel sei kein Misanthrop gewesen. Er misstraute allein sich selbst und darum sah er keinen Menschen.

Woher der Gärtner das wusste? Nun, weil Vaudel es selber von sich sagte, mit einem kleinen Lächeln manchmal, einem Lächeln so aus den Augenwinkeln. Wie hatte er ihn kennengelernt? Im Gericht, bei seinem neunten Gerichtstermin wegen Körperverletzung, vor nunmehr fünfzehn Jahren. Vaudel hatte seine Gewaltbereitschaft interessiert und im Laufe der Gespräche waren sie einander nähergekommen. Bis Vaudel ihn schließlich in seine Dienste nahm, damit er sich um den Garten kümmerte, um die Bevorratung mit Holz, später dann um die Einkäufe und den Haushalt. Émile sagte ihm zu, weil er nicht geschwätzig war. Als die Nachbarn von der Vergangenheit des Gärtners hörten, waren sie nicht gerade begeistert.

»Was normal ist, man muss sich mal an die Stelle der Leute versetzen. Émile der Schläger, so nennt man mich. Die Leute waren zwangsläufig misstrauisch, sie gingen mir aus dem Weg.«

»Tatsächlich?«

Der Mann hatte sich auf die oberste Stufe der Außentreppe gesetzt, dahin, wo die erste Junisonne den Stein schon ein wenig wärmte. Schmächtig und auf kurzen Beinen, versank er in seinem blauen Overall und sah durchaus nicht furchterregend aus. Sein sehr asymmetrisches Gesicht hatte etwas Verbrauchtes und Unscharfes, ja eigentlich war es hässlich, und es sprach weder Wille noch Selbstsicherheit aus ihm. Wenn er glaubte, sich verteidigen zu müssen, rieb er sich seine von Schlägen verbogene Nase und legte schützend die Hand über die Augen. Eines seiner Ohren war größer als das andere, er kratzte es sich in der Art eines unruhig gewordenen Hundes, und allein diese Geste deutete darauf hin, dass er Kummer hatte, oder auch, dass er sich verloren fühlte. Adamsberg setzte sich neben ihn.

»Gehören Sie zu den Bullen?«, fragte der Mann nach einem erstaunten Blick auf Adamsbergs Bekleidung.

»Ja. Ein Kollege meint, Sie seien nicht einverstanden mit dem, was die Nachbarn über Pierre Vaudel sagen. Ich weiß Ihren Namen nicht.«

»Hab ich denen schon zwanzigmal gesagt. Ich heiße Émile Feuillant.«

»Émile«, wiederholte Adamsberg, um sich den Namen einzuprägen.

»Schreiben Sie ihn nicht auf? Die anderen haben ihn notiert. Und das ist normal, sonst würden sie ja hundertmal dieselben Fragen stellen. Wo sie sich eh schon dauernd wiederholen. Das hat mich immer genervt: Warum müssen Bullen alles wiederholen? Man sagt zu ihnen: ›Freitagabend war ich im Papagei.‹ Und der Bulle, der antwortet: ›Freitagabend warst du wo?‹ Wozu dient das, außer dass es einem auf die Nerven geht?«

»Dazu, dass es auf die Nerven geht. Bis der Kerl seinen Papagei aufgibt und den Bullen sagt, was sie wissen wollen.«

»Na ja, ist im Grunde normal. Kann man verstehen.«

Normal, nicht normal. Émile schien die Dinge diesseits und jenseits dieser Demarkationslinie einzuordnen. Dem Blick nach zu urteilen, mit dem er ihn maß, war Adamsberg nicht sicher, ob Émile ihn unter »normal« einstufte.

»Haben alle Leute hier Angst vor Ihnen?«

»Außer Madame Bourlant, der Frau von nebenan. Hören

Sie, ich habe schließlich hundertachtunddreißig Straßenkämpfe auf meinem Konto, die Kindheit nicht mal mitgerechnet. Also, immerhin.«

»Sagen Sie deshalb das Gegenteil von den Nachbarn? Weil die Sie nicht mögen?«

Die Frage überraschte Émile.

»Es ist mir egal, ob man mich mag. Ich weiß eben nur viel mehr über Vaudel als sie. Dabei bin ich denen nicht böse, es ist normal, dass sie mich fürchten. Ich bin ein Gewalttäter der übelsten Sorte. Das sagte Vaudel«, fügte er mit einem kleinen Lachen hinzu, zwei Zahnlücken entblößend. »Er übertrieb, denn ich habe nie jemanden umgebracht. Was dagegen alles Übrige angeht, da hatte er schon nicht unrecht.«

Émile holte ein Päckchen Tabak heraus und drehte sich geschickt eine Zigarette.

»Und wie lange haben Sie für alles Übrige gesessen?«

»Elfeinhalb Jahre, in sieben Durchgängen. Das macht einen Mann fertig. Na ja, seit ich über die fünfzig hinaus bin, ist es besser geworden. Ein paar Schlägereien hier und da, aber viel weiter geht's nicht. Ich hab es teuer bezahlt, so kann man sagen: keine Frau, keine Kinder. Ich liebe Kinder, aber ich wollte keine. Wenn man auf alles draufhaut, was sich bewegt, einfach so, ohne allen Grund, kann man dieses Risiko nicht eingehen. Ist normal. Das war ein weiterer Punkt, den wir gemeinsam hatten, Vaudel und ich. Auch er wollte keine Kinder. Also, so sagte er das nicht. Er sagte: ›Keine Nachkommenschaft, Émile.‹ Und dabei hat er gegen seinen Willen doch ein Kind gehabt.«

»Wissen Sie, warum?«

Émile zog an seiner Zigarette und warf Adamsberg einen erstaunten Blick zu.

»Na, weil er sich nicht vorgesehen hat.«

»Warum wollte er keine Nachkommenschaft?«

»Er wollte keine. Was ich mich frage, ist, was wird jetzt aus mir. Kein Job mehr, kein Dach überm Kopf. Ich habe im Schuppen gewohnt.«

»Und hatte Vaudel keine Angst vor Ihnen?«

»Er hatte noch nicht mal Angst vorm Tod. Er sagte immer, das einzig Blöde am Tod sei, dass er zu lange dauert.«

»Hatten Sie nie das Bedürfnis, ihn zu verprügeln?«

»Am Anfang schon, manchmal. Aber dann spielte ich doch lieber eine Partie Morpion mit ihm. Das habe ich ihm beigebracht. Ein Mann, der nicht mal Morpion spielen kann, ich hätte nicht gedacht, dass es so was gibt. Ich kam abends ins Haus, zündete das Feuer im Kamin an, goss zwei Guignolet ein. Kirschlikör ist nicht jedermanns Sache, Vaudel hat mich erst auf den Geschmack gebracht. Wir stellten den Tisch auf und los ging's.«

»Wer gewann?«

»Zwei von drei Malen er. Denn er war schlau. Und vor allem hatte er sich ein ganz spezielles Morpion ausgedacht, auf Blättern von einem Meter Länge. Ich hoffe, Sie können sich vorstellen, wie schwer das ist.«

»Ja.«

»Gut. Er wollte noch größere nehmen, aber ich war dagegen.«

»Tranken Sie viel zusammen?«

»Nur die beiden Guignolet, er ging nie darüber hinaus. Was

mir fehlt, sind die Strandschnecken, die wir dazu aßen. Er bestellte sie immer freitags, wir hatten jeder unsere kleine Schneckengabel. Ich die mit der blauen Kugel, er die mit der orangefarbenen, wir wechselten nie. Er sagte, ich würde …«

Émile rieb sich seine krumme Nase auf der Suche nach dem Wort. Adamsberg kannte diese Suche nach einem Begriff.

»Ich würde nostalgisch werden, wenn er tot wäre. Ich lachte darüber, mir fehlt niemand. Aber er hatte recht, er war eben schlau. Ich *bin* nostalgisch.«

Es schien Adamsberg, dass Émile sich diesen komplizierten Zustand und dieses neue Wort, um ihn zu bezeichnen, mit einigem Stolz zu eigen machte.

»Wenn Sie zuschlagen, haben Sie dann getrunken?«

»Eben nicht, das ist ja das Problem. Manchmal trinke ich hinterher was, um die Erregung, die von der Schlägerei noch in mir steckt, runterzuspülen. Denken Sie nicht, ich bin nicht bei Ärzten gewesen. Sicher war ich das, wohl oder übel, und bei einem guten Dutzend. Nicht einer hat was gefunden. Sie haben bei meinem Vater und bei meiner Mutter gesucht – nichts. Ich war ein glückliches Kind. Darum sagte Vaudel: ›Dagegen kann man nichts machen, Émile, es ist eine Frage der Brut.‹ Wissen Sie, was das ist, eine Brut?«

»So ungefähr.«

»Aber genau?«

»Nein.«

»Ich, ja, ich habe nachgesehen. Es ist eine üble Saat, die wuchert. Sie verstehen. Darum war es sinnlos, dass er und ich, dass wir versuchten, so zu leben wie andere Leute. Wegen unserer Brut.«

»War Vaudel denn auch eine Brut?«

»Aber natürlich«, sagte Émile verärgert, so als wenn Adamsberg sich keinerlei Mühe gäbe, zu verstehen. »Was ich mich frage, ist, was wird jetzt aus mir.«

»Was für eine war er denn?«

Émile reinigte sich die Nägel mit einem Stück Streichholz, er sah sorgenvoll aus.

»Nein«, sagte er und schüttelte den Kopf. »Er wollte nicht, dass man darüber spricht.«

»Was taten Sie, Émile, in der Nacht von Sonnabend auf Sonntag?«

»Das habe ich doch schon gesagt, ich war im Papagei.«

Émile setzte ein breites, provokantes Lächeln auf und warf sein Streichholz weit fort. Nein, Émile hatte nichts von einem Halbdebilen.

»Und sonst noch wo?«

»Ich war mit meiner Mutter im Restaurant. Immer in demselben, hinter Chartres, den Namen und alles Übrige habe ich Ihren Kollegen gegeben. Ich führe sie jeden Samstag dahin aus. Ich weise Sie darauf hin, meine Mutter, die habe ich nie geschlagen. Mein Gott, das fehlte gerade noch. Und ich sage Ihnen auch, meine Mutter, die liebt mich abgöttisch. Ist ja normal, in gewissem Sinne.«

»Aber Ihre Mutter geht bestimmt nicht um vier Uhr morgens schlafen. Sie sind um fünf Uhr nach Hause gekommen.«

»Ja, und ich habe kein Licht gesehen. Er schlief nämlich immer bei Licht.«

»Um welche Uhrzeit haben Sie Ihre Mutter abgesetzt?«

»Schlag zehn Uhr. Danach bin ich wie jeden Samstag meinen Hund besuchen gefahren.«

Émile holte seine Brieftasche heraus und zeigte ein schmuddeliges Foto.

»Das ist er«, sagte er. »Zusammengerollt würde er in meine Vordertasche passen, wie ein Känguru. Als ich das dritte Mal im Knast war, hat meine Schwester erklärt, dass sie den Hund nun nicht mehr hüten wolle, und hat ihn weggegeben. Aber ich wusste, wohin, auf den Hof unserer Vettern Gérault, bei Châteaudun. Nach dem Restaurant nehme ich also den Lieferwagen und fahre zu ihm, mit Geschenken, Fleisch und anderem Zeug. Er weiß das, er wartet auf mich in der Dunkelheit, er springt übers Gatter und wir verbringen die Nacht zusammen im Lieferwagen. Ob's regnet oder ob's stürmt. Er weiß, ich komme immer. Dabei ist er nicht größer als so.«

Und Émiles Hände formten eine Kugel in der Größe eines Balls.

»Gibt es Pferde auf diesem Hof?«

»Gérault züchtet vor allem Rinder, zu drei Vierteln Milchkühe, zu einem Viertel Fleischkühe. Aber ein paar Pferde hat er auch.«

»Wer weiß davon?«

»Dass ich zu dem Hund fahre?«

»Ja, Émile. Wir sprechen nicht vom Viehbestand Ihres Cousins. Wusste Vaudel es?«

»Ja. Er hätte es nie geduldet, dass ich ein Tier hierher mitbringe, aber er verstand es. Er ließ mir meinen Samstagabend für meine Mutter und den Hund.«

»Aber Vaudel kann es nicht mehr bezeugen.«

»Nein.«

»Und der Hund auch nicht.«

»Der ja. Kommen Sie Samstag mit mir mit, und Sie werden sehen, dass ich Ihnen keinen Blödsinn erzähle. Sie werden sehen, wie er über den Zaun springt und zum Lieferwagen gerannt kommt. Das ist der Beweis.«

»Das ist kein Beweis dafür, dass es Samstag war.«

»Stimmt. Aber es ist wohl normal, dass ein Hund nicht den Wochentag sagen kann, den wir haben. Nicht mal ein Hund wie Cupido.«

»Cupido ist sein Name«, murmelte Adamsberg.

Er schloss die Augen, an die steinerne Türeinfassung gelehnt, das Gesicht wie Émile der Sonne zugekehrt. Hinter der dicken Mauer des Hauses ging die Probenentnahme ihrem Ende zu, die Passerellen wurden eingesammelt. Die Teppichstücke waren abgelöst, nummeriert, in Behältnisse gelegt worden. Was für einen Sinn konnte eine solche Tat haben? Pierre junior hätte den Alten töten können. Oder die Schwiegertochter, die möglicherweise entschlossen war, alles für ihren Mann zu riskieren. Oder Émile. Oder die Familie des Malers, der Pferde in Bronze tauchte und unglücklicherweise auch mal eine Frau. Seine Gönnerin mit Bronze zu überziehen, war noch so eine Sache, die es auf der Karte von Stocks Kontinent vorher nicht gegeben hatte. Einen reichen alten Mann umzulegen, das gab es wiederum schon lange. Doch ihn zu Brei zu schlagen und im Raum zu verteilen? Warum? Man wusste nicht, was man darauf antworten sollte. Und solange man die Vorstellung nicht hat, hat man den Menschen nicht.

Mordent kam auf sie zu. Mit seinem ruckartigen Gang, seinem langen, vorgereckten Hals, seinem von einem grauen Flaum bedeckten Schädel, den schnellen Bewegungen seiner Augen erinnerte er an einen müden Stelzvogel, der hier und da nach einem Fisch Ausschau hält. Er trat auf Émile zu, Adamsberg mit einem harten Blick streifend.

»Er schläft«, sagte Émile mit leiser Stimme. »Das ist normal, muss man verstehen.«

»Hat er mit Ihnen gesprochen?«

»Ja, und? Ist doch seine Arbeit, oder?«

»Sicher. Aber wir werden ihn trotzdem wecken.«

»Herrgott noch mal«, sagte Émile in angewidertem Ton. »Da kann der Mensch nicht mal fünf Minuten schlafen, ohne dass man ihn anraunzt.«

»Ich werde ihn schon nicht anraunzen, er ist mein Kommissar.«

Unter dem Schatten von Mordents Hand öffnete Adamsberg die Augen, Émile stand auf und trat zurück. Er war schockiert zu erfahren, dass dieser Mann Kommissar war, als wenn die Ordnung der Dinge aus den Fugen geraten wäre, als wenn Landstreicher ohne Ankündigung auf einmal Könige würden. Denn eine Sache war es, über seine Brut und über Cupido mit einem gewöhnlichem Menschen zu reden, und eine andere, mit einem Kommissar. Das heißt mit einem Typen, der sich in den gemeinsten Befragungstechniken auskannte. Der da war ein Ass, hatte er gehört. Und genau dem hatte er allerhand erzählt, auf jeden Fall viel zu viel.

»Bleiben Sie«, sagte Mordent und hielt Émile am Ärmel zurück, »das wird auch Sie interessieren. Kommissar, wir haben die Antwort vom Notar. Vaudel hat vor drei Monaten sein Testament aufgesetzt.«

»Viel Kohle?«

»Mehr als das. Drei Einfamilienhäuser in Garches, ein weiteres in Vaucresson, ein großes Mietshaus in Paris. Und den gleichen Wert noch mal in Kapitalanlagen und Versicherungen.«

»Nicht weiter überraschend«, meinte Adamsberg, erhob sich ebenfalls und klopfte sich den Staub von der Hose.

»Außer dem Pflichtteil für seinen Sohn vererbt Vaudel alles einem Fremden. Émile Feuillant.«

9

Émile setzte sich, wie vor den Kopf geschlagen, auf die Treppenstufe zurück. Adamsberg blieb an den Türpfosten gelehnt stehen, den Kopf gesenkt und die Arme über dem Bauch verschränkt, nach Meinung seiner Kollegen das einzige Zeichen, woran man erkennen konnte, dass er nachdachte. Mordent lief mit unruhig pendelnden Armen hin und her, sein Blick flatterte hastig und grundlos von einem Punkt zum anderen. In Wirklichkeit dachte Adamsberg nicht nach, vielmehr sagte er sich, dass Mordent tatsächlich das Gebaren eines Graureihers hatte, der gerade einen Fisch geschnappt hat und ihn fest im Schnabel hält, noch ganz aufgeregt über seinen schnellen Fang. In diesem Fall Émile. Der, sich mit fahrigen Händen eine Zigarette drehend, das Schweigen brach.

»Sein Kind zu enterben, ist nicht normal.«

Es stand zu viel Papier am Ende der Zigarette über, eine kleine Flamme züngelte hoch und knisterte in seinen grauen Haaren.

»Ob er ihn mag oder nicht, er ist immerhin sein Kind«, fuhr Émile fort und rieb seine Haarsträhne, die einen Geruch von verbranntem Schwein verströmte. »Und so liebte er mich ja nun auch wieder nicht. Selbst wenn er gewusst hat, dass ich nostalgisch werden würde und dass ich nostalgisch *bin*. Es stand Pierre zu.«

»Sie sind ein barmherziger Mensch, was?«, sagte Mordent.

»Nein, ich sage nur, dass das nicht normal ist. Aber ich werde meinen Teil nehmen, wir werden den Willen des Alten respektieren.«

»Ist praktisch, der Respekt.«

»Es geht nicht nur um den Respekt. Es geht ums Gesetz.«

»Auch das Gesetz ist praktisch.«

»Manchmal. Kriege ich das Haus?«

»Das oder die anderen«, mischte Adamsberg sich ein. »Auf diese eine Hälfte des Erbes, das Ihnen zusteht, werden Sie eine satte Summe bezahlen müssen. Aber es werden Ihnen noch mindestens zwei Häuser bleiben und eine schöne Stange Geld.«

»Ich werde meine Mutter wieder zu mir nehmen und den Hund zurückkaufen.«

»Sie organisieren sich schnell«, sagte Mordent. »Man könnte meinen, es sei alles vorbereitet gewesen.«

»Ja, und? Ist es nicht normal, seine Mutter zurückholen zu wollen?«

»Ich sage nur, dass Sie nicht sonderlich überrascht wirken. Und dass Sie bereits Pläne machen. Sie könnten sich zumindest die Zeit nehmen, die Nachricht zu verdauen. Das wäre angebracht.«

»Was angebracht ist, ist mir egal. Ich hab sie verdaut. Ich sehe nicht, warum ich Stunden damit zubringen sollte.«

»Ich sage, Sie wussten, dass Vaudel Ihnen sein Vermögen vermachen würde. Ich sage, Sie kannten das Testament.«

»Überhaupt nicht. Aber er hatte mir versprochen, dass ich eines Tages reich sein würde.«

»Das kommt aufs Gleiche raus«, sagte Mordent mit dem schrägen Blick des Reihers, der dabei ist, seinen Fisch von der Flanke her zu packen. »Er hatte Ihnen angekündigt, dass Sie sein Erbe sein würden.«

»Überhaupt nicht. Er hatte es in den Linien meiner Hand gelesen. Er kannte die Geheimnisse dieser Linien und hat sie mir beigebracht. Da«, sagte er, drehte seine Hand um und deutete auf die Wurzel des rechten Ringfingers. »An der Stelle hier hat er gesehen, dass ich reich sein würde. Das konnte ja wohl nicht heißen, dass damit sein Geld gemeint war, oder? Ich spiele Lotto, ich dachte, von daher würde es kommen.«

Plötzlich verfiel Émile in Schweigen und starrte auf seine Handfläche. Adamsberg, der das grausame Spiel von Reiher und Fisch beobachtete, sah den Schatten einer alten Angst über das Gesicht des Gärtners ziehen, die nichts mit der Aggressivität von Mordent zu tun hatte. Die Schnabelhiebe des Commandant schienen ihn weder zu beunruhigen noch zu nerven. Nein, es war diese Sache mit den Linien in der Hand.

»Las er noch etwas anderes in Ihren Händen?«, fragte Adamsberg.

»Oh, nichts Wesentliches außer dieser Geschichte mit dem Reichtum. Er fand, ich hätte gewöhnliche Hände und das wäre ein Glück. Was mich nicht geärgert hat. Aber als ich seine Hände sehen wollte, das war schon was anderes. Da hat er die Fäuste geschlossen. Er hat gesagt, da gäbe es nichts zu sehen, er hat gesagt, er hätte keine Linien. Keine Linien! Und er sah so tückisch dabei aus, dass ich lieber nicht darauf bestehen wollte, und an dem Abend haben wir kein Morpion ge-spielt. Keine Linien! Ist doch nicht normal, so was. Wenn ich die Leiche sehen könnte, wüsste ich, ob's stimmte.«

»Man kann die Leiche nicht sehen. Die Hände sind auf je-den Fall hin.«

Émile zog bedauernd die Schultern hoch und sah zu Lieute-nant Retancourt hin, die mit großen, uneleganten Schritten auf sie zukam.

»Die sieht nett aus«, sagte er.

»Verlassen Sie sich nicht darauf«, sagte Adamsberg. »Sie ist das gefährlichste Tier von der Bande. Sie ist seit gestern Morgen ununterbrochen am Tatort.«

»Wie macht sie das?«

»Sie kann im Stehen schlafen, ohne umzufallen.«

»Das ist nicht normal.«

»Nein«, bestätigte Adamsberg.

Retancourt hielt vor ihnen an und gab den beiden Männern ein zustimmendes Zeichen.

»Es geht in Ordnung«, sagte sie.

»Ausgezeichnet«, sagte Mordent. »Machen wir weiter, Kommissar? Oder bleiben wir noch ein bisschen bei der Chiromantie?«

»Ich weiß nicht, was Chiromantie ist«, erwiderte Adams-berg scharf.

Was hatte Mordent bloß? Der gute alte, kahlköpfige Vogel, der so liebenswürdig und kompetent war. So untadelig in der Arbeit, unschlagbar in Märchen und Legenden, redegewandt und von ausgleichendem Naturell. Dass er, Adamsberg, sich zwischen seinen beiden Commandants für Danglard entschieden hatte, als es um das Kolloquium in London ging, hatte Mordent verärgert. Aber er würde zum nächsten Team für Amsterdam gehören. Das war gerecht, und Mordent war auch nicht der Typ, der lange etwas übel nahm oder Danglard ein Bad in der englischen Kultur nicht gegönnt hätte.

»Das ist die Wissenschaft von den Linien der Hand. Mit anderen Worten: reiner Zeitverlust. Und Zeit verschwenden wir hier schon genug. Émile Feuillant, Sie haben sich gefragt, wo Sie heute Nacht schlafen werden, das scheint geklärt.«

»Im Haus«, sagte Adamsberg.

»Im Schuppen«, korrigierte Retancourt. »Die Räume sind noch alle versiegelt.«

»In Polizeigewahrsam«, sagte Mordent.

Adamsberg löste sich von der Hauswand und ging, die Hände in den Taschen, ein paar Schritte in die Allee hinein. Er ließ die Kieselsteine unter seinen Schuhsohlen knirschen, das Geräusch mochte er.

»Das liegt nicht in Ihrer Zuständigkeit, Commandant«, sagte er, die einzelnen Wörter betonend. »Ich habe noch nicht den Divisionnaire angerufen und der wiederum hat noch nicht den Richter gesprochen. Zu früh, Mordent.«

»Zu spät, Kommissar. Der Divisionnaire hat mich bereits angerufen und der Richter hat polizeilichen Gewahrsam für Émile Feuillant angeordnet.«

»So?«, sagte Adamsberg und wandte sich um, die Arme vor der Brust gekreuzt. »Der Divisionnaire ruft an, und Sie geben nicht an mich weiter?«

»Er wollte nicht mit Ihnen reden. Ich musste es respektieren.«

»Das entspricht nicht den Vorschriften.«

»Sie pfeifen doch auf Vorschriften.«

»Diesmal nicht. Und die Vorschriften besagen auch, dass dieser Gewahrsam verfrüht und unbegründet ist. Da gäbe es ebenso viele Gründe, Vaudel junior zu verhaften oder jemanden aus der Familie des Malers. Retancourt, was macht diese Familie für einen Eindruck?«

»Den eines fest zusammengeschweißten Blocks, völlig verstört und besessen von dem Gedanken an Rache. Die Mutter hat sich sieben Monate nach ihrem Sohn umgebracht. Der Vater ist Mechaniker, die beiden anderen Söhne sind unterwegs. Einer ist Fernfahrer, der andere in der Fremdenlegion.«

»Was meinen Sie, Mordent? Das sollte den Umweg doch wohl wert sein. Und Pierre, der enterbte Sohn? Glauben Sie nicht, dass auch er von dem Testament gewusst hat? Was läge da näher, als Émile zu verklagen und das ungeteilte Erbe zurückzubekommen? Haben Sie dem Divisionnaire gegenüber dazu etwas verlauten lassen?«

»Die Information hatte ich nicht. Und der Richter hat seine Meinung sehr nachdrücklich formuliert. Die Akte Émile Feuillant wiegt schwer wie ein toter Esel.«

»Seit wann bestimmt man einen Gewahrsam auf eine bloße Meinung hin? Ohne die Laboranalysen abzuwarten? Ohne irgendein reales Verdachtsmoment?«

»Wir haben zwei reale Verdachtsmomente.«

»Großartig, dann bitte ich um Information. Retancourt, kennen Sie sie?«

Retancourt scharrte mit ihrem Fuß über den Boden, den Kies um sich streuend wie ein störrisches Tier. Sie besaß einen

Fehler neben ihren ungewöhnlichen Fähigkeiten, sie war gänzlich unbegabt für soziale Beziehungen. Eine zweideutige, heikle Situation, die subtiles Reagieren oder Geschick erforderte, machte sie unfähig, ja hilflos.

»Was soll dieser Scheiß, Mordent?«, fragte sie mit heiserer Stimme. »Seit wann hat es die Justiz so eilig? Und wer treibt sie an?«

»Ich habe keine Ahnung. Ich gehorche, mehr nicht.«

»Sie gehorchen viel zu viel«, sagte Adamsberg. »Also, die beiden Verdachtsmomente?«

Mordent hob wieder den Kopf. Émile lenkte von sich ab, indem er sich mit einem Zweig beschäftigte, den er anzuzünden versuchte.

»Wir haben uns mit dem Altersheim in Verbindung gesetzt, in dem die Mutter von Émile Feuillant lebt.«

»Es ist kein Altersheim, wo man lebt«, polterte Émile. »Es ist ein Asyl, wo man abkratzt.«

Émile blies auf die schwache Glut, die er am Ende des Zweigs entfacht hatte. Zu grün, das Holz, dachte Adamsberg, es wird nicht Feuer fangen.

»Die Leiterin bestätigt es: Schon seit mindestens vier Monaten erzählt Émile seiner Mutter, dass sie beide bald woanders leben werden und wie die Made im Speck. Alle Leute wissen das.«

»Zwangsläufig«, sagte Émile. »Ich habe Ihnen gesagt, dass Vaudel mir geweissagt hat, ich würde reich sein. Das habe ich meiner Mutter erzählt, ist doch normal, nicht? Muss ich alles wiederholen, oder was? Müssen wir uns gegenseitig nerven?«

»Irgendwie logisch«, bemerkte Adamsberg ruhig. »Das zweite Verdachtsmoment, Mordent?«

Diesmal lächelte Mordent. Er hat was Konkretes, dachte Adamsberg, er greift den Fisch am Bauch an. Bei genauerer Betrachtung sah Mordent schlecht aus. Eingefallene Züge, violette Schatten unter den Augen bis auf die Mitte der Wangen.

»Es fand sich Pferdemist in seinem Lieferwagen.«

»Und?«, sagte Émile und hörte auf zu pusten.

»Wir haben vier Klümpchen Mist am Tatort gefunden. Der Mörder trug sie unter seinen Stiefeln.«

»Ich habe keine Stiefel. Ich sehe den Zusammenhang nicht.«

»Der Richter sieht ihn.«

Émile war aufgestanden, hatte den Zweig weggeworfen, seinen Tabak und seine Streichhölzer wieder eingesteckt. Er biss sich auf die Lippen und sah plötzlich sehr müde aus. Mutlos, erbarmungswürdig, unbeweglich wie ein altes Krokodil. Allzu unbeweglich. War dies der Moment, in dem Adamsberg begriff? Die genaue Antwort sollte er nie wissen. Was er mit Sicherheit wusste, war, dass er zurückgetreten war, weg von Émile, und damit Platz gemacht hatte, wie um ihm freie Bahn zu geben. Und Émile entspannte sich auch genau mit der fantastischen Schnelligkeit eines Krokodils, das so schnell zuschnappt, dass einem keine Zeit bleibt, die Angriffsbewegung zu sehen. Bevor man noch »eins« gezählt hat, hat das Reptil das Gnu am Schenkel gepackt. Bevor man noch »eins« hätte zählen können, lagen Mordent und Retancourt am Boden, unmöglich zu sagen, wo Émile zugeschlagen hatte. Adamsberg sah ihn die Allee hinunterrennen, über eine

Mauer springen, sah ihn noch einmal durch einen Garten laufen, das alles mit einer unglaublichen Geschwindigkeit, mit der allein Retancourt es aufnehmen konnte. Aber Lieutenant Retancourt hatte Verspätung, sich den Bauch haltend, stand sie auf, dann stürzte sie dem Mann hinterher, setzte ihre ganze Masse ein, um das Tempo zu steigern, hievte ohne Probleme ihre hundertzehn Kilo in die Höhe und sprang über das Mäuerchen.

»Bitte sofort Verstärkung«, rief Adamsberg in sein Sprechfunkgerät. »Verdächtiger in Richtung West-Südwest entkommen. Gesamten Umkreis abriegeln.«

Später – aber die genaue Antwort sollte er nie erfahren – fragte er sich, ob er auch genügend Überzeugung in seine Stimme gelegt hatte.

Mordent lag hechelnd und stöhnend zu seinen Füßen und hielt sich den Schritt, die Tränen liefen ihm übers Gesicht. In einer unwillkürlichen Geste beugte sich Adamsberg über ihn und schüttelte ihm zum Zeichen des Mitgefühls vage die Schulter.

»Verhängnisvoll, Ihr Vorgehen, Mordent. Ich weiß nicht genau, worauf Sie hinauswollen, aber machen Sie's beim nächsten Mal besser.«

10

Gestützt vom Kommissar, hinkte Mordent zur übrigen Mannschaft hinüber. Lamarre war von Lieutenant Froissy abgelöst worden, die sich sofort um die Verpflegung gekümmert und auf dem Tisch im Garten das Mittagessen angerichtet hatte. Auf Froissy war Verlass, sie versorgte die Truppe wie in Kriegszeiten. Mager und ständig hungrig, war Essen für sie zu einer Obsession geworden, die sie dazu geführt hatte, überall in der Brigade Verstecke für Lebensmittel anzulegen. Man vermutete, dass diese sogar zahlreicher waren als Commandant Danglards geheime Plätze für Weißwein. Manche meinten, dass man noch in zweihundert Jahren, tief unter den Geheimnissen des Gebäudes verborgen, auf Essbares stoßen würde, während Danglards Weinflaschen dann schon längst ausgetrunken wären.

Lieutenant Noël hatte so seine Ansicht über Froissy. Noël war der brutalste Mitarbeiter des Teams, vulgär gegenüber Frauen, primitiv im Umgang mit Männern, voller Verachtung für Tatverdächtige. Er verursachte mehr Ärger, als er Gutes bewirkte, doch Danglard hielt seine Anwesenheit für notwendig, da Noël seiner Meinung nach katalysierte, was jeder Bulle an Schlechtem in sich trüge, und dass er den anderen so erlaubte, besser zu sein. Noël spielte bereitwillig diese Rolle. Seltsamerweise aber war er besser als jeder andere über die innersten Geheimnisse seiner Kollegen informiert. Sei es, dass seine primitive Art, andere anzusprechen, die Dämme brach, sei es, dass man keine Scheu empfand, ihn einen Blick auf seine dunklen Wasser werfen zu lassen, zumal er ausgewiesener Spezialist dafür war. So behauptete Noël also, dass Lieutenant Froissys Vorratssyndrom daher rührte, dass, als sie ein Baby war, ihre Mutter bewusstlos umgefallen war und sie vier Tage nicht gestillt hatte. Sodass Froissy, schloss er feixend, immer noch die mütterliche Brust suchte und sie gleichzeitig gab, weshalb nicht ein einziges Kilo davon an ihr hängen blieb.

Es war fünfzehn Uhr, man musste den Zeitpunkt der Sättigung abwarten, damit die Beamten sich wieder belebten und fragten, was eigentlich draußen vorgefallen war. Man wusste, dass Retancourt einen Kerl verfolgte – was für die Zukunft des Kerls nichts Gutes verhieß –, eskortiert von einer Brigade aus Garches, drei Autos und vier Motorrädern. Aber sie ließ nichts von sich hören, und Adamsberg hatte gerade hinzugefügt, dass sie die Verfolgung mit über drei Minuten Verspätung und einem lädierten Solarplexus aufgenommen hatte. Und dass dieser Kerl, Émile der Schläger, elf Jahre Knast und offiziell hundertachtunddreißig Straßenkämpfe, durchaus das Format hatte, Retancourt abzuhängen. Dann berichtete er, ohne Einzelheiten zu erwähnen, von dem Disput zwischen ihm und Mordent, der die Flucht des Verdächtigen zur Folge hatte. Niemand kam auf den Gedanken, zu fragen, warum Émile nicht auch den Kommissar geschlagen hatte, noch, warum Adamsberg nicht gleichfalls die Verfolgung aufgenommen hatte. Da Retancourt zweimal so schnell lief wie jeder Mann in der Brigade, fand alle Welt es normal, dass man sie allein hatte losrennen lassen. Mordent säuberte seinen Teller, sichtlich düster gestimmt, was man seiner Sorge um den Zustand seiner Hoden zuschrieb. In Émiles Akte, die man flüchtig überflogen hatte, war niemandem entgangen, dass der Schläger einem Rennfahrer mit einem einzigen Stoß des Ellbogens die Männlichkeit zerstört hatte. Ein Zweikampf, der allein ihm ein Jahr Gefängnis eingebracht hatte sowie Schadensersatzforderungen, die er bisher nicht hatte einlösen können.

Adamsberg beobachtete, wie seine Beamten zweifelten, tasteten, zögerten zwischen instinktiver Solidarität mit ihrem Kollegen, der in seinen empfindlichsten Teilen getroffen war, und nachdenklicher Zurückhaltung. Denn jedermann, selbst Estalère, war sich darüber im Klaren, dass Mordent in unbegreiflicher Weise die Regeln gebrochen, den Polizeigewahrsam angeordnet hatte, ohne Adamsberg davon in Kenntnis zu setzen, und eine verdächtige Person durch stümperhafte Eile in Panik versetzt hatte.

»Wer hat heute Vormittag die letzten Proben in den Wagen geräumt?«, fragte Adamsberg.

Mechanisch leerte er den Rest einer Flasche in sein Glas, das sich mit einer ockerfarbenen trüben Flüssigkeit füllte.

»Das ist Cidre von zu Hause«, erklärte ihm Froissy. »Er hält sich nur eine Stunde nach dem Öffnen, aber er ist ausgezeichnet. Ich habe gedacht, das würde uns ein wenig aufheitern.«

»Danke«, sagte Adamsberg und goss das herbe Getränk hinunter.

Denn außer ihrer Sorge um die Verpflegung war Froissy auch darauf bedacht, die allgemeine Stimmung auf einem zumindest herzlichen Niveau zu halten, was schwer war bei einer mit Kriminalrecherche befassten Mannschaft mit chronischem Schlafdefizit.

»Ich und Froissy«, antwortete Voisenet.

»Wir sollten auch Proben von dem Pferdekot mitnehmen. Ich möchte ihn mir ansehen.«

»Der Kot ist gestern ins Labor gegangen.«

»Nicht den, Voisenet. Ich meine den, der heute Morgen aus dem Lieferwagen von Émile entnommen wurde.«

»Ah«, sagte Estalère, »den anderen, den Kot von Émile.«

»Den haben wir schnell«, sagte Voisenet und stand auf, »er ist zu den vorrangig zu untersuchenden Proben gelegt worden.«

»Lassen wir das Altersheim der Mutter unter Beobachtung stellen?«, fragte Kernokian.

»Der Form halber. Aber der größte Trottel kann sich denken, dass das Haus überwacht wird.«

»Er *ist* ein Trottel«, sagte Mordent, der noch immer seinen Teller säuberte.

»Nein«, sagte Adamsberg. »Er ist ein Nostalgiker. Und Nostalgie bringt eine Menge Einfälle hervor.«

Adamsberg zögerte. Es gab eine nahezu sichere Möglichkeit, Émile zu fassen: auf dem Hof, wo Cupido lebte. Es genügte, zwei Mann dort zu postieren, und im Laufe dieser Woche oder der nächsten würden sie ihn schnappen. Er war der Einzige, der von Cupidos Existenz wusste und von dem Hof, der seine ungefähre Lage und den Namen seiner Besitzer kannte, sein Gedächtnis hatte ihn auf wundersame Weise bewahrt. Die Vettern Gérault, drei Viertel Milch, ein Viertel Fleisch. Er öffnete den Mund, aber schwieg, von Ungewissheiten geplagt. Hielt er Émile für unschuldig? Wollte er sich an Mordent rächen? War er seit zwei Stunden oder auch schon seit London dabei, sich eindeutig auf die andere Seite der Barriere zu schlagen, zum Strom der Migranten, der die Mauer überwinden wollte, half er den Ganoven, revoltierte er insgeheim gegen den Druck der Kräfte der Ordnung? Fragen, die ihm durch den Kopf brausten wie ein Schwarm Stare, ohne dass er auch nur eine von ihnen zu beantworten versuchte. Während alle Mann aufstanden, gesättigt und informiert, trat Adamsberg zurück und machte Lieutenant Noël ein Zeichen. Wenn einer etwas wissen konnte, dann er.

»Was hat Mordent?«

»Scherereien.«

»Kann ich mir denken. Was für Scherereien?«

»Das muss ich Ihnen nicht sagen.«

»Es ist von großer Bedeutung für die Ermittlung, Noël. Sie haben doch selbst gesehen. Sagen Sie schon.«

»Seine Tochter – seine einzige Tochter, das Licht seiner Augen, ein hässliches Entlein, wenn Sie mich fragen – hat sich vor zwei Monaten einbuchten lassen, in Gesellschaft von sechs völlig zugedröhnten Wichsern in einem besetzten Haus in La Vrille, an der Stadtautobahn Süd, einer der stinkigsten Hütten für Bürgersöhnchen, die in die Drogen abgerutscht sind.«

»Und weiter?«

»Sechs Wichser, darunter ihr Macker, ein dreckiges Gerippe, falsch wie Schwarzbrot. Bones ist sein Bandenname. Er ist zwölf Jahre älter als sie, hat beträchtliche Erfahrung in Raubüberfällen auf alte Leute, ziemlich gut aussehender Typ und eine große Nummer im Kokainhandel. Das Mädchen war von zu Hause abgehauen – nachdem sie ein paar Zeilen hinterlassen hatte –, und unser guter alter Mordent zerfrisst sich die Eier vor Gram.«

»Apropos, wie geht es denen?«

»Er hat seinen Arzt angerufen, der meint, vor übermorgen kann man nichts sagen. Hoffen wir, dass sie sich erholen, was so, wie der Typ zugeschlagen hat, ja nicht gesagt ist. Nicht dass Mordent seine Eier oft bräuchte, seine Frau hält sich den Musiklehrer und demütigt ihn wie einen Wurm auf dem Mist.«

»Warum hat er mir nichts davon gesagt, dass seine Tochter abgehauen ist?«

»So ist der alte Märchenerzähler. Er bezaubert uns mit Geschichten, die er uns erzählt, aber die raue Wirklichkeit behält er für sich. Außerdem, erinnern Sie sich, bei uns war damals die Kacke am Dampfen, mit diesen geöffneten Gräbern. Und, nehmen Sie's, wie Sie wollen, aber jedermann zögert, Ihnen was Persönliches zu beichten.«

»Und warum?«

»Weil man nicht sicher ist, ob Sie überhaupt zuhören. Und wenn Sie zuhören, nimmt man an, dass Sie's wieder vergessen. Wozu also? Mordent ist nicht darauf aus, die Wolken vom Himmel zu holen. Und Sie, Sie sitzen regelrecht oben drauf.«

»Ich weiß, was man von mir sagt. Ich allerdings meine, ich stehe auf der Erde.«

»Dann stehen wir aber nicht auf derselben.«

»Das ist gut möglich, Noël. Und? Das Mädchen?«

»Sie heißt Élaine. Mordent ist nach einem Anruf der Bullen von Bicêtre in dem besetzten Haus aufgekreuzt, und es war die Hölle, was er zu sehen bekam, Sie kennen das. Da waren Kids, die aßen sogar Hundefutter. Einer von denen ist ausgeflippt und auf die Bullen losgegangen, weil ein Kumpel gerade eine Überdosis genommen hatte. Wobei Dosenfutter für Hunde wohl nicht mal was Schlechtes ist, im Grunde ja auch nur Ragout. Die Kleine von Mordent war total dicht, und der Stoff, den sie in der Bude gefunden haben, reicht schon mal satt für eine Anklage wegen Dealerei. Das Schlimmste aber, es fanden sich Waffen: zwei Knarren und mehrere Springmesser. Mit einer der Knarren wurde vor neun Monaten Stubby Down, der Chef vom Bereich Nord, erschossen. Und Zeugen haben ausgesagt, dass es zwei Angreifer waren, einer davon ein Mädchen mit langen dunklen Haaren bis zum Hintern.«

»Scheiße.«

»Am Ende haben sie drei von den Jugendlichen in Untersuchungshaft gesteckt, darunter Élaine Mordent.«

»Wo ist sie?«

»In Fresnes, steht unter Methadon. Sie riskiert zwei bis vier Jahre Knast, und sehr viel mehr, wenn sie an dem Überfall auf Stubby Down beteiligt war. Mordent sagt, wenn sie da rauskommt, ist sie erledigt. Danglard versucht ihn aufzurichten, indem er ihn mit Weißwein begießt wie eine Pflanze, aber das hat bei Mordent verheerende Auswirkungen. Wann immer er wegkann, verbringt er seine Zeit in Fresnes, drinnen oder draußen, indem er auf die Mauern starrt. Das erklärt einiges.«

Noël wandte sich um und deutete mit dem Kinn auf die Villa, die Hände um den Gürtel geschlossen.

»Und dann noch dieser Modder da drin, da kann man schon den Kopf verlieren. Vielleicht sollte Danglard ihn ablösen kommen, jetzt, wo wir alles abgeräumt haben. Voisenet sucht Sie, er hat den ›Kot von Émile‹, wie dieser Idiot von Estalère sagt, inzwischen gefunden.«

Voisenet hatte die Probe auf den weißen Gartentisch gelegt, er reichte Adamsberg ein Paar Handschuhe. Der Kommissar öffnete den Beutel und roch an seinem Inhalt.

»Wir haben ›Pferdemist‹ aufs Etikett geschrieben, aber vielleicht ist es was anderes.«

»Nein, es ist welcher«, sagte Adamsberg und ließ ein kleines braunes Scheibchen in seine Hand gleiten. »Es sieht nicht aus wie das, was wir im Haus gefunden haben. Es ist nicht kugelförmig.«

»Kugeln waren es, weil sie sich im Profil der Stiefelsohlen so geformt hatten. Und bei all dem Blut auf dem Teppichboden haben sie sich herausgelöst.«

»Auf jeden Fall, Voisenet, ist es nicht vom selben Pferd. Ich will sagen: Es ist nicht derselbe Mist, also ist es nicht dasselbe Pferd.«

»Vielleicht hat er zwei Pferde«, warf Justin aufs Geratewohl ein.

»Ich meinte: nicht dieselbe Pferdezucht. Also auch nicht dieselben Schuhe. Denke ich.«

Adamsberg strich sich eine Haarsträhne aus der Stirn. Es war nervig, immer wieder auf solche Schuhgeschichten zurückzukommen. Sein Handy klingelte. Retancourt. Schnell ließ er die Probe auf den Tisch fallen.

»Kommissar, es ist schiefgegangen. Émile hat mich auf

dem Parkplatz des Krankenhauses von Garches abgehängt, zwei Ambulanzen standen zwischen uns. Es tut mir leid. Die Motorradfahrer sind auch hier, sie können ihn nicht lokalisieren.«

»Machen Sie sich keinen Kopf, Lieutenant. Sie sind mit einem Handicap los.«

»Zwei Handicaps, verdammt«, fuhr Retancourt fort. »Er kennt die Gegend wie seine Westentasche, er rannte durch Gärten und Gässchen, als wenn er sie selber angelegt hätte. Er wird sich in irgendeiner Hecke versteckt halten. Es wird schwer sein, ihn da rauszuholen, es sei denn, er kriegt bald Hunger. Ich höre jetzt auf, denn ich glaube, der Kerl hat mir da vorhin eine Rippe geknackt.«

»Wo sind Sie, Violette? Immer noch am Krankenhaus?«

»Ja, die Jungs haben die Verstecke ringsum abgegrast.«

»Dann stellen Sie sich mit diesem gebrochenen Dings doch mal einem Arzt vor.«

»Mache ich«, sagte Retancourt und legte sofort auf.

Adamsberg klappte sein Handy zu. Retancourt dachte nicht daran, einen Arzt aufzusuchen.

»Émile hat ihr eine Rippe gebrochen«, erklärte er. »Sicher sehr schmerzhaft.«

»Das überlebt sie, es hätten ja auch die Eier sein können.«

»Noël, ich bitte Sie.«

»Nicht dieselbe Zucht?«, fragte Justin.

Adamsberg nahm das Stückchen Pferdekot noch einmal in die Hand und schluckte seine Erwiderung hinunter. Noël hatte es sich nie verkneifen können, Retancourt anzugreifen, in alle Winde zu posaunen, dass sie keine Frau wäre, sondern ein Zugochse oder so was Ähnliches. Während Adamsberg fand, wenn Retancourt nicht unbedingt eine Frau im herkömmlichen Sinne war, dann, weil sie eine Göttin war. Die vielseitig begabte Göttin der Brigade, die mit ebenso zahllosen Fähigkeiten ausgestattet war, wie Shiva Arme besaß.

»Wie viele Arme hat sie eigentlich, diese indische Göttin?«, fragte er seine Mitarbeiter, während er das Klümpchen Pferdemist befühlte.

Die vier Lieutenants schüttelten den Kopf.

»Es ist doch immer das Gleiche«, sagte Adamsberg. »Sobald Danglard mal nicht da ist, weiß niemand hier mehr irgendetwas.«

Er tat das Kotteilchen in die Folie zurück, verschloss sie und reichte sie Voisenet.

»Wir brauchen ihn ja nur anzurufen, dann haben wir die Antwort. Ich denke, dass das Pferd, das diesen Kot hier produziert hat, bekannt unter der Bezeichnung ›Kot von Émile‹, auf freiem Feld gehalten wird und nur Gras frisst. Und ich glaube, dass das andere Pferd, das die kugelförmigen Dinger im Haus ausgeschieden hat, bekannt unter der Bezeichnung ›Kot vom Mörder‹, im Stall ernährt wird, mit Kornfutter.«

»Wie? Das kann man sehen?«

»Ich habe meine Kindheit damit verbracht, überall Pferdeäpfel einzusammeln, als Dung für die Felder. Und getrockneten Schlamm zum Verfeuern. Mache ich noch. Ich kann Ihnen versichern, Voisenet, dass zwei verschiedene Nahrungen zwei verschiedene Exkremente ergeben.«

»Na gut«, räumte Voisenet ein.

»Wann werden wir die Laborergebnisse haben?«, fragte

Adamsberg, während er Danglards Nummer wählte. »Macht ihnen Feuer unterm Arsch. Oberste Dringlichkeit: Kotproben, Taschentuch, Fingerabdrücke, Verstreuung der Leiche.«

Adamsberg entfernte sich, er hatte Danglard am Apparat.

»Es ist kurz vor siebzehn Uhr, Commandant. Wir brauchen Sie hier im Saustall von Garches. Es ist alles abgeräumt, wir fahren in die Brigade zurück, machen eine erste Auswertung. Ach, einen Augenblick noch. Wie viele Arme hat diese indische Göttin? Die immer in einem Ring dargestellt wird? Shiva?«

»Shiva ist keine Göttin, Kommissar. Es ist ein Gott.«

»Ein *Gott*? Es ist ein Mann«, fügte der Kommissar, an seine Mitarbeiter gewandt, hinzu. »Shiva ist ein Mann. Und wie viele Arme hat er?«, fragte er, sich wieder Danglard zuwendend.

»Das kommt auf die Darstellungen an, denn Shiva hat unermessliche und einander gegensätzliche Kräfte, die fast das gesamte Spektrum von der Zerstörung bis zu den Wohltaten umfassen. Er kann zwei Arme haben, vier, sogar bis zu zehn. Das ändert sich, je nachdem, was er verkörpert.«

»Und im Großen und Ganzen, Danglard, verkörpert er was?«

»Um es kurzzufassen: ›Im Leeren, im Zentrum von Nirwana-Shakti, ist Shiva, der höchste Gott, und sein Wesen ist Leere.‹«

Adamsberg hatte den Lautsprecher eingeschaltet. Er sah seine vier Kollegen an, die ebenso überfordert schienen wie er selbst und abwinkten. Zu erfahren, dass Shiva ein Mann war, reichte für den heutigen Tag.

»Hat es was mit Garches zu tun?«, fragte Danglard. »Nicht genügend Arme?«

»Émile Feuillant erbt das Vermögen von Vaudel, außer dem Pflichtteil für Pierre, Sohn von Pierre. Mordent hat die rote Linie überschritten und ihm bedeutet, dass er unter Polizeigewahrsam steht. Da hat der Schläger ihn auf den Boden gestreckt und ist geflohen.«

»Hat sich Retancourt nicht sofort drangehängt?«

»Er ist ihr entwischt. Sie muss wohl nicht alle ihre Arme ausgefahren haben und außerdem hatte er ihr vorher eine Rippe gebrochen. Wir warten auf Sie, Commandant, Mordent ist ziemlich lädiert.«

»Kann ich mir denken. Aber mein Zug geht erst um einundzwanzig Uhr zwölf. Ich glaube nicht, dass ich mein Ticket umtauschen kann.«

»Welcher Zug, Danglard?«

»Nun, der Zug, Kommissar, der durch diesen verdammten Tunnel fährt. Glauben Sie nicht, dass es mir Spaß macht. Aber immerhin habe ich gesehen, was ich sehen wollte. Und wenn er auch nicht meinem Onkel die Füße abgeschnitten hat, so sind wir doch nicht weit davon entfernt.«

»Danglard, wo sind Sie?«, fragte Adamsberg gedehnt und setzte sich auf den Gartentisch, der Lautsprecher war wieder ausgeschaltet.

»Großer Gott, das habe ich Ihnen doch gesagt. In London. Und man ist hier jetzt sicher, die Schuhe sind fast alle französischer Herkunft, von guter wie auch minderwertiger Qualität. Aus unterschiedlichen Gesellschaftsschichten. Glauben Sie mir, wir kriegen den ganzen Schwindel doch noch auf den Tisch, Radstock reibt sich schon im Voraus die Hände.«

»Was, zum Teufel, fällt Ihnen ein, nach London zurückzufahren?« Adamsberg brüllte beinahe. »Was fällt Ihnen ein, sich in die Sache mit diesen verdammten Schuhen reinzuhängen? Lassen Sie sie doch in Higegatte, soll sich Stock damit beschäftigen!«

»Radstock. Kommissar, ich habe Ihnen gesagt, dass ich fahren werde, und Sie waren einverstanden. Es war notwendig.«

»Quatsch, Danglard! Zu der Frau, zu Abstract sind Sie zurückgeschwommen.«

»Mitnichten.«

»Sagen Sie mir nicht, Sie hätten Sie nicht wiedergesehen.«

»Ich sage nichts dergleichen. Aber das hat nichts mit den Schuhen zu tun.«

»Das will ich hoffen, Danglard.«

»Wenn Sie annehmen müssten, dass man Ihrem Onkel die Füße abgeschnitten hat, würden Sie sich das auch aus der Nähe ansehen.«

Adamsberg betrachtete den Himmel, der sich bewölkte, folgte mit den Augen dem Flug einer Wildente, dann setzte er, schon etwas ruhiger, das Gespräch fort.

»Was für ein Onkel? Ich wusste nicht, dass Sie einen Onkel haben.«

»Ich spreche nicht von einem lebenden Onkel, ich spreche nicht von einem Menschen, der ohne seine Füße herumläuft. Mein Onkel ist vor zwanzig Jahren gestorben. Er war der zweite Ehemann meiner Tante und ich habe ihn sehr geliebt.«

»Ich will Ihnen nicht zu nahe treten, Commandant, doch niemand kann die toten Füße seines Onkels wiedererkennen.«

»Es waren auch nicht seine Füße, die ich wiedererkannt habe, sondern seine Schuhe. Genau wie unser Freund Clyde-Fox sagte.«

»Clyde-Fox?«

»Der exzentrische Lord, erinnern Sie sich?«

»Ja«, seufzte Adamsberg.

»Ich habe ihn übrigens gestern Abend wiedergesehen. Tief betrübt, weil sein neuer kubanischer Freund ihm abhandengekommen ist. Wir sind ein paar Gläser zusammen trinken gegangen, ein ganz großer Spezialist für indische Geschichte. Und, wie er vollkommen richtig sagte, was kann man in Schuhe reintun? Füße. Und in der Regel die eigenen. Wenn dies also die Schuhe meines Onkels sind, gehören ihm mit großer Wahrscheinlichkeit auch die Füße, die darin stecken.«

»Etwa so, wie der Kot und das Pferd«, kommentierte Adamsberg, und er spürte, wie die Müdigkeit ihm den Rücken hochkroch.

»Wie das Gefäß und der Inhalt. Aber ich weiß nicht, ob es sich um meinen Onkel handelt. Es kann auch ein Cousin sein oder ein Mann aus demselben Dorf. Insgesamt sind alle dort ein wenig versippt.«

»Na gut«, sagte Adamsberg und ließ sich vom Tisch herabgleiten. »Selbst wenn also irgendein Mensch französische Füße gesammelt haben sollte und sein Weg bedauerlicherweise den Ihres Onkels oder seines Cousins gekreuzt haben sollte – was geht uns das an?«

»Sie selbst haben gesagt, nichts hindere uns daran, uns dafür zu interessieren«, erwiderte Danglard gekränkt. »Sie waren es doch, der sich von den Füßen von Highgate nicht trennen konnte.«

»Dort vielleicht. Hier in Garches nicht. Und der Fehler, Danglard, war Ihre Reise. Denn wenn diese Füße französische sind, wird Scotland Yard mitmischen wollen. Es hätte irgendeine andere Mannschaft treffen können, doch jetzt, und das verdanken wir Ihnen, steht unsere Brigade voll im Scheinwerferlicht. Dabei brauche ich Sie hier in dem Schlachthaus von Garches, das viel beunruhigender ist als ein Nekrophiler, der vor zwanzig Jahren mal hier, mal da ein paar Füße abgenommen hat.«

»Nicht ›mal hier, mal da‹. Ich vermute, er hat sie sich ausgesucht.«

»Sagt Stock das?«

»Ich. Denn als mein Onkel starb, war er in Serbien, und seine Füße ebenfalls.«

»Und Sie fragen sich, warum Füße in Serbien suchen, wo es doch sechzig Millionen davon in Frankreich gibt.«

»Hundertzwanzig Millionen. Sechzig Millionen Menschen, folglich hundertzwanzig Millionen Füße. Sie machen denselben Fehler wie Estalère, nur umgekehrt.«

»Aber warum war Ihr Onkel in Serbien?«

»Weil er Serbe war, Kommissar. Er hieß Slavko Moldovan.«

Justin kam auf Adamsberg zugerannt.

»Da draußen ist ein Typ, der besteht auf Erklärungen. Wir haben die Flatterleinen schon abgebaut, er lässt nicht mit sich reden, er will rein ins Haus.«

11

Die beiden Lieutenants Noël und Voisenet standen mit dem Gesicht zueinander und versperrten jeder mit einem Arm die Türöffnung, eine doppelte Barriere bildend, durch die sich der Mann kaum einschüchtern ließ.

»Nichts beweist mir, dass Sie Polizisten sind«, wiederholte er. »Nichts beweist mir, dass Sie keine Einbrecher, keine Diebe sind. Sie vor allem«, meinte er und wies auf Noël mit seinem nahezu glatt rasierten Schädel. »Ich habe hier eine Verabredung um siebzehn Uhr dreißig, ich lege Wert auf Pünktlichkeit.«

»Die Verabredung ist nirgends zu sehen«, sagte Noël, seine unangenehme Spottlust hervorkehrend.

»Zeigen Sie mir Ihre Ausweise. Sie können mir ja sonst was erzählen.«

»Wir haben es Ihnen doch schon erklärt«, sagte Voisenet. »Unsere Ausweise sind in unseren Jacken, unsere Jacken sind im Haus, und wenn wir unseren Posten an dieser Tür verlassen, kommen Sie herein. Aber alles hier im Umkreis ist gesperrt.«

»Selbstverständlich komme ich rein.«

»Dann brauchen wir nicht weiterzuverhandeln.«

Der Mann, so schätzte Adamsberg, als er auf die Gruppe zuging, war entweder schwer von Begriff oder sehr mutig für seine mittlere Statur und seinen feisten Körper. Denn wenn er meinte, es mit Einbrechern zu tun zu haben, wäre es das Klügste für ihn, nicht lange zu diskutieren und abzuhauen. Aber der Typ hatte etwas Professionelles, Würdevolles und Selbstsicheres, er trug die ein wenig steife Miene des Pflichtmenschen zur Schau, auf jeden Fall eines Menschen, der entschlossen ist, seine Arbeit zu tun, was immer auch geschieht, vorausgesetzt, sein Ansehen nimmt dabei keinen Schaden. Kunsthändler? Jurist? Bankier? Seinem energischen Bemühen, die Arme der beiden Bullen wegzuschieben, haftete außerdem ein eindeutiger Standesdünkel an. Er gehörte nicht zu denen, die sich vertreiben ließen, schon gar nicht von zwei Kerlen wie Noël und Voisenet. Mit ihnen zu verhandeln, war unter seinem Niveau, und vielleicht war es diese gesellschaftliche Überzeugung, dieser tief verinnerlichte Kastengeist, der ihm einen Mut an der Grenze zum Leichtsinn gab. Von Untergebenen hatte er nichts zu befürchten. Sah man von dieser Haltung einmal ab, musste sein verschmitztes, altväterliches Gesicht in entspannter Atmosphäre sogar sympathisch sein. Adamsberg legte seine Hände auf die Barriere der beiden plebejischen Unterarme und grüßte ihn.

»Sollte ich es hier tatsächlich mit der Polizei zu tun haben«, sagte der Mann, »so verlasse ich diesen Ort nicht, bevor ich nicht Ihren Vorgesetzten gesprochen habe.«

»Ich bin der Vorgesetzte. Kommissar Adamsberg.«

Dieses Erstaunen, diese Enttäuschung, Adamsberg hatte sie schon viele Male in vielen Gesichtern gelesen. Wie auch die sofortige Unterwerfung unter den Dienstgrad, wer immer sein seltsamer Träger war.

»*Enchanté*, Kommissar«, entgegnete der Mann und reichte ihm über die Arme der Lieutenants hinweg die Hand. »Paul de Josselin. Ich bin der Arzt von Monsieur Vaudel.«

Zu spät, dachte Adamsberg, während er Josselins Hand drückte.

»Es tut mir sehr leid, Doktor, aber Monsieur Vaudel ist nicht zu sehen.«

»Das habe ich schon verstanden. Aber als sein Arzt habe ich das Recht und die Pflicht, informiert zu werden, nicht wahr? Ist er krank? Verstorben? Ins Krankenhaus eingeliefert?«

»Tot.«

»Zu Hause also. Sonst hätten wir ja hier nicht dieses ganze Polizeiaufgebot.«

»Genau, Doktor.«

»Wann? Wie? Ich habe ihn erst vor vierzehn Tagen untersucht, alle Kontrollwerte waren im grünen Bereich.«

»Die Polizei darf keine Informationen nach außen geben. Das ist Vorschrift in einem Mordfall.«

Der Arzt runzelte die Stirn, es schien, als murmelte er leise das Wort »Mordfall«. Adamsberg wurde sich bewusst, dass sie noch immer über die Arme hinweg miteinander sprachen, wie zwei Nachbarn am Gartenzaun. Die beiden eisernen Lieutenants hielten sie unerschütterlich auf Brusthöhe, niemand kam auf den Gedanken, das Arrangement zu verändern. Adamsberg tippte Voisenet auf die Schulter und löste die Sperre.

»Gehen wir nach draußen«, sagte er zu Josselin. »Der Fußboden darf nicht kontaminiert werden.«

»Verstehe, verstehe. Wie Sie mir auch nichts weiter sagen können, nicht wahr?«

»Ich kann Ihnen sagen, was auch die Nachbarn wissen. Es ist in der Nacht von Sonnabend auf Sonntag passiert, man hat die Leiche gestern Morgen gefunden. Sein Gärtner hatte Alarm geschlagen, er kam um fünf Uhr früh nach Hause.«

»Wieso Alarm? Hat er geschrien?«

»Der Gärtner sagt, Vaudel habe nachts immer die Lichter brennen lassen. Als er nach Hause kam, war nirgendwo Licht, und dabei hatte sein Herr doch panische Angst vor der Dunkelheit.«

»Ich weiß. Das reichte in die Kindheit zurück.«

»Waren Sie sein Arzt oder sein Psychiater?«

»Sein Hausarzt wie auch sein Osteopath, mit besonderem Interesse für psychosomatische Phänomene.«

»Gut«, sagte Adamsberg vage. »Erzählte er Ihnen von sich?«

»Mitnichten, vor der Psychiatrie graute ihm. Doch was ich an seinen Knochen spürte, hat mir viel darüber gesagt. Ich hing, unter medizinischem Aspekt betrachtet, sehr an ihm. Vaudel war ein außergewöhnlicher Kasus.«

Der Doktor schwieg nachdrücklich.

»Verstehe«, sagte Adamsberg. »Sie werden mir nicht mehr sagen, solange ich nicht mehr sage. Das Berufsgeheimnis steht uns da wohl beiderseits im Weg.«

»Genau so ist es.«

»Sie werden begreifen, dass ich wissen muss, was Sie in der Nacht von Sonnabend auf Sonntag zwischen elf Uhr abends und fünf Uhr morgens gemacht haben.«

»Sie kränken mich durchaus nicht, es leuchtet mir vollkommen ein. Wenn man davon ausgeht, dass die Leute um diese Zeit schlafen und ich weder Frau noch Kinder habe, was soll ich Ihnen darauf antworten? Nachts liege ich im Bett, es sei denn, ich werde dringend gerufen. Sie kennen das.«

Der Doktor zögerte, holte seinen Terminkalender aus der Brusttasche, zog seine Jacke wieder zurecht.

»Francisco«, sagte er, »der Hausmeister unseres Gebäudes – er ist gelähmt, ich behandle ihn gratis –, rief mich gegen ein Uhr morgens an. Er war zwischen seinen Rollstuhl und sein Bett gefallen, das Schienbein war abgespreizt. Ich habe dem guten Mann das Bein wieder gerichtet und ihn zu Bett gebracht. Zwei Stunden später rief er wieder an, das Knie war angeschwollen. Ich habe ihn zur Untersuchung geschickt und am Morgen dann noch einmal bei ihm vorbeigeschaut.«

»Danke, Doktor. Kennen Sie den Hausangestellten Émile?«

»Den Morpion-Spieler? Faszinierend. Er ist auch mein Patient. Sehr störrisch, aber Vaudel interessierte sich für den Mann und befahl ihm, die Termine mit mir wahrzunehmen. Ich habe seine Gewaltbereitschaft in den letzten drei Jahren erheblich reduzieren können.«

»Das hat er gesagt. Er schreibt diese Verbesserung dem Alter zu.«

»Von wegen«, meinte der Arzt amüsiert, und Adamsberg sah die Schläue, die Heiterkeit, die Ungezwungenheit in seinem Gesicht, die er hinter der verächtlichen Pose bereits vermutet hatte. »Das Alter verstärkt Neurosen für gewöhnlich. Doch ich behandle Émile, und so nach und nach erreiche ich die blockierten Zonen, lockere sie auf, auch wenn der listige Fuchs die Türen hinter mir zuschlägt. Aber ich kriege ihn schon noch. Seine Mutter schlug ihn, als er klein war, was er allerdings nie zugeben wird. Er liebt sie abgöttisch.«

»Woher wissen Sie es dann?«

»Von da«, sagte der Arzt und legte Adamsberg seinen Zeigefinger an die Schädelbasis, ein wenig rechts oberhalb des Nackens. Was ihn einen leichten Stich empfinden ließ, als wäre der Finger des Arztes mit einem Stachel versehen.

»Auch ein interessanter Fall«, bemerkte Josselin halblaut, »wenn Sie mir gestatten.«

»Émile?«

»Sie.«

»Ich bin nicht geschlagen worden, Doktor.«

»Das habe ich nicht gesagt.«

Adamsberg trat einen Schritt zur Seite, um seinen Schädel der Neugier des Mediziners zu entziehen.

»Hatte Vaudel – und hier frage ich nicht nach einem Berufsgeheimnis –, hatte er Feinde?«

»Viele. Und das war das eigentliche Problem. Bedrohliche und sogar mörderische Feinde.«

Adamsberg blieb in der kleinen Allee stehen.

»Namen kann ich Ihnen nicht geben«, sagte der Arzt gleich sehr bestimmt. »Und es wäre auch sinnlos. Das geht über Ihre Ermittlung hinaus.«

Adamsbergs Handy vibrierte, der Kommissar entschuldigte sich und nahm ab.

»Lucio«, schimpfte er, »du weißt doch, dass ich arbeite.«

»Ich rufe dich nie an, *hombre*, es ist das erste Mal. Eine von den Kleinen schafft das Saugen nicht, sie wird immer schwächer. Ich habe mir gedacht, du könntest ihr vielleicht die Stirn kraulen.«

»Das ist mir scheißegal, Lucio, da kann ich nichts machen. Pech, wenn sie nicht trinken kann, das ist das Gesetz der Natur.«

»Könntest du sie nicht zum Schlafen bringen, sie beruhigen?«

»Davon lernt sie auch nicht trinken, Lucio.«

»Du bist ein richtiger Mistkerl und ein Hurensohn.«

»Vor allem, Lucio«, sagte Adamsberg etwas lauter, »bin ich kein Magier. Und ich hatte einen verdammt schweren Tag.«

»Ich auch. Stell dir vor, ich schaffe es nicht mehr, mir meine Zigaretten anzuzünden. Wegen meiner schlechten Augen treffe ich das Ende nicht. Und meine Tochter will mir nicht helfen, wie soll ich's also machen?«

Adamsberg biss sich auf die Lippen und der Arzt trat ein wenig näher.

»Ein Baby, das nicht trinken kann?«, fragte er höflich.

»Ein fünf Tage altes Kätzchen«, erwiderte Adamsberg schroff.

»Wenn es Ihrem Gesprächspartner recht ist, könnte ich etwas versuchen. Vermutlich handelt es sich um den PRM, den primären respiratorischen Mechanismus des Unterkiefers, der beim Ausatmen blockiert ist. Das ist nicht unbedingt ein Gesetz der Natur, es kann eine posttraumatische Torsion infolge der Geburt sein. War sie schwer, diese Geburt?«

»Lucio«, rief Adamsberg in barschem Ton, »ist es eins von den beiden, die wir mit Gewalt rausgeholt haben?«

»Ja, das ganz weiße mit der grauen Schwanzspitze. Das einzige Mädchen.«

»So ist es, Doktor«, bestätigte Adamsberg. »Lucio hat geschoben und ich habe es unterm Kiefer gefasst und gezogen. Ob ich vielleicht zu stark gezogen habe? Es ist ein Mädchen.«

»Wo wohnt Ihr Freund? Nur wenn er es wünscht, natürlich«, fügte er mit einer Handbewegung hinzu, als wenn das gefährdete Leben ihn plötzlich bescheiden werden ließe.

»In Paris, 13. Arrondissement.«

»Und ich im siebten. Wenn Sie wollen, fahren wir gemeinsam hin, und ich behandle die Kleine. Falls ich es kann, natürlich. Ihr Freund soll sie so lange am ganzen Körper befeuchten, aber ja nicht in Wasser tauchen.«

»Wir kommen«, sagte Adamsberg, und ihm war so, als gäbe er das Signal für einen hochwichtigen Polizeieinsatz. »Befeuchte sie überall, aber tauch sie nicht in Wasser.«

Ein wenig benommen, mit dem Gefühl, das Ruder losgelassen zu haben, hin und her geworfen zu sein zwischen Schlägertypen auf der einen und Migrationsströmen, Ärzten und einarmigen Spaniern auf der anderen Seite, gab Adamsberg seinen Mitarbeitern Anweisung, die Operation abzuschließen, und ließ den Doktor in seinen Wagen einsteigen.

»Es ist grotesk«, sagte er auf der Stadtautobahn. »Da fahre ich nun mit Ihnen, um einer Katze das Leben zu retten, während über Vaudel die Hölle hereingebrochen ist, mit aufgerissenem Maul und gefletschten Zähnen.«

»Ein schmutziges Verbrechen, demnach? Er hatte viel Geld, wissen Sie.«

»Ja. Es geht, vermute ich, alles an seinen Sohn«, fügte Adamsberg scheinheilig hinzu. »Kennen Sie ihn?«

»Nur durch die Brille seines Vaters. Verlangen, Ablehnung, Verlangen, Ablehnung, und das auf beiden Seiten.«

»Vaudel hat nie etwas von dem Jungen wissen wollen.«

»Vor allem wollte er keine wehrlose Nachkommenschaft hinterlassen, die seinen Feinden ausgesetzt wäre.«

»Welchen Feinden?«

»Wenn ich Ihnen das sagen würde, wäre Ihnen nicht geholfen. Wahnideen eines vom Alter ausgehöhlten Menschen, die sich in den Falten seines Wesens eingenistet hatten. Etwas für den Mediziner, nicht den Polizisten. Oder auch den Höhlenforscher, so weit, wie es mit Vaudel schon gekommen war.«

»Imaginäre Feinde also?«

»Geben Sie's auf, Kommissar.«

Lucio erwartete sie, unter dem Schuppendach sitzend, seine große Hand tätschelte das auf seinen Knien liegende Kätzchen, das er in ein feuchtes Handtuch gehüllt hatte.

»Sie wird krepieren«, sagte er mit heiserer, von Tränen verschleierter Stimme, was Adamsberg nicht verstand, so unvorstellbar war es für ihn, dass man sich wegen einer Katze derart aufregen konnte. »Sie kann nicht saugen. Wer ist das?«, fügte er mit Blick auf den Arzt unfreundlich hinzu. »Publikum brauchen wir nicht, *hombre.*«

»Ein Kieferspezialist für Katzen, die nicht saugen können. Mach Platz, Lucio, geh beiseite. Gib die Katze her.«

Lucio kratzte seinen nicht vorhandenen Arm, schließlich gehorchte er misstrauisch. Der Arzt setzte sich auf die Bank, umschloss den Kopf des Kätzchens mit seinen dicken Fingern – er hatte riesige Hände für seine Größe, beinahe vergleichbar mit Lucios einziger Hand – und betastete ihn langsam, hier, da und wieder hier. Scharlatan, dachte Adamsberg gereizter, als es angesichts eines kleinen weichen Tierkörpers angemessen gewesen wäre. Dann ging der Arzt zum Becken hinab, setzte seine Fingerkuppen auf zwei Punkte, als würde er einen Triller auf dem Klavier spielen, und man hörte ein leises Miauen.

»Sie heißt Charme«, brummte Lucio.

»Wir kriegen den Kiefer schon hin«, sagte der Arzt. »Es ist alles in Ordnung, Charme.«

Seine mächtigen Finger – die Adamsberg immer gewaltiger erschienen, wie die zehn Arme von Shiva – legten sich um den Kiefer, als nähmen sie das Tier in die Zange.

»Dann wollen wir mal, Charme«, murmelte er und setzte den Daumen hier und den Zeigefinger da an. »Hast du das System bei der Geburt blockiert? Hat der Kommissar dich verbogen? Oder hast du Angst gehabt? Hab ein paar Minuten Geduld, das kriegen wir hin. So, jetzt ist es gut. Und nun schauen wir uns mal deine ATM an.«

»Was ist das?«, fragte Lucio argwöhnisch.

»Die Articulatio temporomandibularis, das Kiefergelenk.«

Das Kätzchen ergab sich weich wie Brotteig den Händen des Arztes, dann ließ es sich an die Zitzen anlegen.

»So, das haben wir«, sagte er mit besänftigender Stimme. »Das Temporale war rechts kaudal und links kranial ausgerichtet. Das konnte zwangsläufig nicht funktionieren, die Läsion blockierte den Saugreflex. Der ist jetzt gelöst. Wir warten ein paar Minuten, um zu sehen, ob alles sich fügt. Ich habe bei der Gelegenheit gleich noch ihr Sakrum und ihr Ilium mobilisiert. Und das alles hat seine Ursache in ihrer etwas sportiven Geburt, machen Sie sich keine Sorgen. Sie wird ein kleiner Draufgänger werden, passen Sie auf sie auf. Überhaupt nicht bösartig, ein freundlicher Charakter.«

»Mache ich, Doktor«, sagte Lucio nunmehr sehr respektvoll, die Augen auf das Kätzchen geheftet, das wie atemlos saugte.

»Und sie wird immer gern fressen. Wegen dieser fünf Tage.«

»Wie Froissy«, murmelte Adamsberg.

»Auch eine Katze?«

»Eine meiner Mitarbeiterinnen. Sie isst unaufhörlich, sie versteckt ihre Vorräte und ist dabei gertenschlank.«

»Angst«, sagte der Arzt müde. »Müsste man sich ansehen. Alle Welt müsste man sich ansehen, und mich gleich mit. Ich hätte jetzt gern einen Schluck Wein«, sagte er unvermittelt, »wenn niemand etwas dagegen hat. Es ist Zeit für den Aperitif. Sieht zwar nicht danach aus, aber so was verlangt Energie.«

In diesem Augenblick war da nichts mehr von dem bourgeoisen Standesdünkel, den Adamsberg an ihm bemerkt hatte, als er jenseits der verschränkten Arme seiner Beamten stand. Der Arzt hatte seinen Schlips gelockert und fuhr sich mit den Fingern durch sein graues Haar, mit dem erfüllten Ausdruck eines verschwitzten Kerls, dem eine schwere Arbeit gelungen ist, wessen er sich eine Stunde zuvor noch gar nicht sicher gewesen war. Er wollte einen

Schluck Wein, dieser Mann, ein Signal, auf das Lucio sofort reagierte.

»Wohin geht er?«, fragte der Arzt, als er Lucio geradewegs auf die Hecke im Hintergrund zulaufen sah.

»Seine Tochter untersagt ihm jeglichen Genuss von Alkohol und Tabak. Darum versteckt er sie irgendwo im Gebüsch. Die Zigaretten befinden sich in zwei ineinandergestellten Plastikdosen, wegen des Regens.«

»Seine Tochter weiß das natürlich.«

»Natürlich.«

»Und er weiß, dass sie es weiß.«

»Natürlich.«

»Und so dreht sich die Welt in der Spirale ihrer Hintergedanken. Was ist mit seinem Arm passiert?«

»Abgerissen im Spanienkrieg, als er neun Jahre alt war.«

»Aber vorher hatte er da was, nicht wahr? Eine Wunde, die sich noch nicht geschlossen hatte? Einen Biss? Wie soll ich sagen, irgendetwas Ungelöstes, oder?«

»Eine Kleinigkeit«, sagte Adamsberg und stöhnte. »Einen Spinnenbiss, der ihn juckte.«

»Den wird er sich immer weiter kratzen«, meinte der Arzt in fatalistischem Ton. »Das ist hier drin«, sagte er und pochte an seine Stirn, »eingraviert in den Neuronen. Die immer noch nicht begriffen haben, dass der Arm weg ist. Das geht über Jahre so, der Verstand vermag nichts dagegen.«

»Wozu dient der Verstand dann?«

»Die Menschen zu beruhigen, und das ist schon viel.«

Lucio kam mit drei zwischen die Finger geklemmten Gläsern zurück, eine Flasche unter seinem Armstumpf. Er stellte alles auf den Boden des Schuppens, wobei er einen langen Blick auf das Kätzchen warf, das noch immer an der mütterlichen Zitze hing.

»Sie wird doch wohl nicht explodieren? Zu viel trinken?«

»Nein«, sagte der Arzt.

Lucio schüttelte den Kopf, füllte die Gläser, stieß auf die Gesundheit der Kleinen an.

»Der Doktor wusste, was mit deinem Arm los ist«, sagte Adamsberg.

»Ist doch klar«, meinte Lucio. »Einen Spinnenbiss, den kratzt man bis in die Tiefen der Seele.«

12

»Der Typ«, sagte Lucio, »mag ein Ass sein, aber ich hätte es nicht gern, wenn er an meinem Kopf herumfummelte. Der kriegt es fertig und bringt mir wieder das Saugen bei.«

Was genau er in diesem Augenblick tat, wie Adamsberg feststellte, denn Lucio nuckelte am Rand seines Glases mit kleinen saugenden Geräuschen. Lucio trank weit lieber aus der Flasche. Die Gläser hatte er nur herausgeholt, weil ein Fremder dabei war. Der Arzt war vor einer guten Stunde gegangen, sie saßen noch unter dem Vordach, tranken die Flasche zu Ende und wachten über die schlafende Brut. Lucio war der Meinung, der Wein müsste ausgetrunken werden, weil er sonst sauer würde. Vollenden oder gar nichts erst anfangen.

»Ich möchte auch nicht, dass er mir zu nahe kommt«, sagte Adamsberg. »Er hat nur seinen Finger dahin gelegt«, er zeigte auf die Stelle im Nacken, »und schon sah es so aus, als ob es da ein Problem gibt. ›Interessanter Fall‹, hat er gemeint.«

»Was im Medizinerjargon so viel heißt wie, dass da was nicht in Ordnung ist.«

»Ja.«

»Solange du mit dem Problem einverstanden bist, brauchst du dir keine Sorgen zu machen.«

»Lucio, stell dir einen Augenblick vor, du wärst Émile.«

»Okay«, sagte Lucio, der noch nie etwas von Émile gehört hatte.

»Schlägertyp, sehr impulsiv, dreiundfünfzig Jahre alt, clever, aber auch ein Spinner, wird von einem alten Sonderling gerettet, der ihn als Mädchen für alles in seinem Haus anstellt, einschließlich ausgedehnter Partien Morpion abends am Kamin mit zwei Gläsern Guignolet.«

»Abgelehnt«, sagte Lucio. »Guignolet finde ich zum Kotzen.«

»Nimm doch nur mal an, du bist Émile und der Alte schenkt dir einen Guignolet ein.«

»Na gut, angenommen«, sagte Lucio verdrossen.

»Vergiss diesen Guignolet. Es kann auch irgendwas anderes sein, das hat keine große Bedeutung.«

»Einverstanden.«

»Nimm an, dass deine alte Mutter in einem Hospiz lebt und dein Hund auf einen Bauernhof gegeben wurde, in Anbetracht deiner elf Jahre Abwesenheit, die du scheibchenweise hinter Gittern verbringst, nimm weiterhin an, dass du dich jeden Samstag in deinen Lieferwagen setzt, um deine Mutter abzuholen und mit ihr essen zu gehen und danach den Hund zu besuchen, mit Fleisch als Mitbringsel.«

»Sekunde. Den Lieferwagen habe ich nicht vor Augen.«

Lucio goss die beiden letzten Gläser ein.

»Er ist blau, mit abgerundeten Kanten, der Lack ist schon ausgeblichen, das Rückfenster durch eine verrostete Leiter auf der Ladefläche verstellt.«

»Alles klar.«

»Stell dir vor, du wartest draußen vor dem Hof auf den Hund, er springt über den Zaun, er frisst bei dir, und du verbringst einen Teil der Nacht mit dem Köter dort auf der Ladefläche, bevor du um vier Uhr morgens wieder wegfährst.«

»Sekunde. Den Hund habe ich nicht vor Augen.«

»Und die Mutter? Hast du die vor Augen?«

»Absolut.«

»Der Hund ist ein Langhaarköter, schmutziges Weiß mit ein paar Flecken, Hängeohren, eine kleine Wollkugel, ein Bastard mit großen Augen.«

»Ich sehe ihn.«

»Nimm an, der alte Kauz ist ermordet worden und hat dich in seinem Testament bedacht, zuungunsten seines Sohnes. Du bist auf einmal reich. Nimm an, die Bullen verdächtigen dich und wollen dich einlochen.«

»Das braucht man nicht anzunehmen. Die wollen mich einlochen.«

»Ja. Nimm an, du trittst einem der Bullen mit aller Wucht in die Eier und brichst einem anderen eine Rippe und haust ab.«

»Mache ich.«

»Wie verhältst du dich dann gegenüber deiner Mutter?«

Lucio nuckelte am Rand seines Glases.

»Ich kann nicht zu ihr, die Bullen überwachen das Hospiz. Also schicke ich ihr einen Brief, damit sie sich keine Sorgen macht.«

»Was machst du mit dem Hund?«

»Wissen die, wo er untergebracht ist?«

»Nein.«

»Dann gehe ich zu ihm, um mit ihm zu reden, um ihn zu beruhigen, kann ja sein, dass ich für eine Weile verschwinden muss, ich sage ihm, dass er sich nicht aufregen soll, dass ich wiederkomme.«

»Wann?«

»Wann ich wiederkomme?«

»Nein. Wann gehst du zu dem Hund?«

»Na, sofort. Für den Fall, dass sie mich schnappen, muss ich dem Hund ja vorher Bescheid sagen. Während meine Mutter – die hat doch ihren Verstand, meine Mutter?«

»So ist es.«

»Sehr gut. Wenn ich dann in den Knast komme, werden die Bullen meine Mutter benachrichtigen. Während sie den Hund nicht benachrichtigen werden. Von wegen! Darauf kommt doch keiner von denen. Den Hund zu benachrichtigen, ist also meine Angelegenheit. Und zwar so bald wie möglich.«

Adamsberg strich mit den Fingern über den flaumigen Bauch von Charme, leerte sein Glas in das von Lucio, stand auf und rieb sich den Hosenboden sauber.

»Hör mal, *hombre*«, sagte Lucio und hob seine große Hand. »Wenn du diesen Kerl allein sprechen willst, bevor er den Hund gesehen und bevor der Hund die Bullen gesehen hat, dann solltest du dich jetzt auf den Weg machen.«

»Ich habe nicht gesagt, dass ich das wollte.«

»Nein, das hast du nicht gesagt.«

Adamsberg fuhr langsam, wohl wissend, dass die Müdigkeit und der Wein seine Wahrnehmungsfähigkeit einschränkten.

Sein Funktelefon und das GPS seines Wagens hatte er ausgeschaltet, für den Fall, dass es einen ebenso schlauen Bullen geben sollte wie Lucio, den es aber nicht gab, nicht mal in den Märchen und Sagen von Mordent. Er hatte überhaupt keinen genauen Plan, was diesen Rohling Émile anging. Nur insoweit, wie Lucio zusammenfassend gesagt hatte: in Châteaudun sein, bevor die Bullen bei dem Hund wären. Warum? Weil die Kotproben verschieden waren? Nein. Das wusste er noch nicht, als er Émile entkommen ließ – wenn er es denn getan hatte. Warum dann? Weil Mordent wie ein Büffel über seinen Weg gelaufen war? Nein, Mordent tickte nicht richtig, das war alles. Weil Émile ein guter Kerl war? Nein, Émile war kein guter Kerl. Weil Émile durch das blödsinnige Verhalten eines depressiven Polizisten in irgendeinem Gestrüpp vor Hunger zu krepieren drohte wie eine Ratte? Vielleicht. Und ihn wieder in den Knast zu bringen, war das besser als das Gestrüpp?

Adamsberg war nicht sehr begabt für die Voluten, in die solche »vielleicht« einen hineinzogen, anders als Danglard, der sich daran berauschte, in den schwarzen Schlund der Antizipation hinabzuschauen, bis er das Gleichgewicht verlor. Adamsberg fuhr zu dem Bauernhof, das war alles, und er betete, kein Bulle möge am Morgen sein Gespräch mit Émile dem Brutalo, Émile dem Erben, Besitzer von Garches und Vaucresson, mit angehört haben. Während Danglard sich genau in diesem Augenblick, abgefüllt mit Champagner, in den Tunnel unterm Ärmelkanal stürzte, und das alles nur, weil er sich gefragt hatte, ob *vielleicht* ein Wahnsinniger seinem Onkel die Füße abgeschnitten hatte, möglicherweise auch einem

Cousin seines Onkels, dort weit unten in den Bergen. Und während Mordent auf die Mauern des Gefängnisses von Fresnes starrte, großer Gott, was konnte man bloß für Mordent tun?

Adamsberg parkte den Wagen auf einem Randstreifen, im Schatten des Waldes, und lief die letzten fünfhundert Meter zu Fuß. Langsam vorwärtsgehend versuchte er sich zu orientieren. Das Gatter, über das der Hund sprang, doch welches Gatter? Er lief eine halbe Stunde um den Hof herum – drei Viertel Milch, ein Viertel Fleisch –, mit müden Beinen, bevor er sich für das wahrscheinlichste Gatter entschied. In der Ferne heulten andere Hunde, die sein Nahen witterten, er lehnte sich an einen Baum und rührte sich nicht mehr, kontrollierte seine Tasche und seine Waffe. In der Luft lag der Geruch von Kuhmist, was ihn, wie jedes menschliche Wesen, beruhigte. Nicht einschlafen, warten, hoffen, dass Lucio richtig vermutet hatte.

Ein schwaches Stöhnen, ein leiser, unregelmäßiger Klagelaut drang im lauen Abendwind zu ihm, doch weiter weg als das Gatter, vielleicht fünfzig Meter entfernt. Ein kleines Tier, das sich verfangen hatte? Eine Ratte im Gesträuch? Ein Marder? Auf jeden Fall »nicht größer als so«. Adamsberg drückte sich mit dem Rücken noch fester an den Stamm, zog die Beine an, schaukelte sanft, um nicht einzuschlafen. Versuchte sich Émiles Weg von Garches bis hierher vorzustellen, zu Fuß und per Anhalter, mit Fernfahrern, die wenig auf das Aussehen eines Kerls achteten, wenn er nur zahlte. Heute Morgen trug Émile über seinem blauen Overall einen leichten, ziemlich speckigen Blouson, der an den Ärmelbündchen ausgefranst war. Er sah Émiles Hände vor sich, noch bevor sein Satz ihm wieder in den Sinn kam, seine beiden zueinander gewölbten Hände mit den gespreizten Fingern, wie er die Größe des Hundes beschrieb. Nicht größer als so. Adamsberg stützte sich auf ein Knie und lauschte auf die anhaltende Klage. Nicht größer als so. Sein Hund.

Mit langsamen Schritten ging er auf den Klagelaut zu. In drei Metern Entfernung erkannte er die kleine weiße Masse des Hundes, sein aufgeregtes Hin- und Hergerenne um einen Körper.

»Émile, verdammt!«

Adamsberg hob ihn an einer Schulter an und legte seine Finger in die Halsbeuge. Er hatte Puls. Durch die Risse in der Hose leckte der Hund fieberhaft den Bauch des Mannes, wandte sich zu seinem Schenkel, leckte auch den und ließ immer wieder sein jämmerliches Jaulen hören. Er unterbrach sich, um Adamsberg zu beobachten, gab ein Kläffen von sich, das zu besagen schien: Junge, bin ich froh, dass ich Hilfe kriege. Dann kehrte er zu seiner Aufgabe zurück, zerrte an dem Hosenstoff, leckte den Schenkel, als wollte er so viel Speichel wie möglich darauf hinterlassen. Adamsberg schaltete seine Stablampe ein, beleuchtete Émiles Gesicht, das schweißnass und schmutzverklebt war. Émile der Schläger, gefallen, besiegt, Geld macht auch nicht glücklich.

»Sprich nicht«, befahl Adamsberg.

Émiles Kopf in seiner linken Hand haltend, ließ er seine Finger sanft unter den Schädel gleiten, tastete von oben nach unten, von vorn nach hinten. Keinerlei Verletzung.

»Schließ die Augenlider, wenn du ›ja‹ sagen willst. Spürst du deinen Fuß? Ich drücke jetzt drauf.«

»Ja.«

»Den anderen? Ich drücke drauf.«

»Ja.«

»Siehst du meine Hand? Weißt du, wer ich bin?«

»Der Kommissar.«

»Genau, Émile. Du bist am Bauch und am Bein verletzt. Erinnerst du dich an alles? Hast du dich geschlagen?«

»Nicht geschlagen. Auf mich ... geschossen. Vier Schüsse, zweimal getroffen. Dort hinten beim Wasserturm.«

Émile wies mit dem Arm nach links. Adamsberg sah in die Dunkelheit, machte seine Lampe aus. Der Wasserturm stand etwa hundert Meter vor dem Waldstück, das Émile vermutlich durchquert hatte, als er sich zu dem Gatter schleppte und es fast erreicht hatte. Der Schütze konnte wiederkommen.

»Wir haben keine Zeit, auf einen Krankenwagen zu warten. Wir hauen hier schleunigst ab.«

Adamsberg befühlte in Eile den Rücken.

»Du hast Glück gehabt, die Kugel ist an der Seite raus, ohne die Wirbelsäule zu streifen. In zwei Minuten bin ich mit dem Wagen hier. Sag deinem Hund, er soll aufhören zu jaulen.«

»Still, Cupido.«

Adamsberg parkte den Wagen mit ausgeschalteten Scheinwerfern so nahe wie möglich bei Émile und klappte die Rückenlehne des Beifahrersitzes herunter. Auf dem Rücksitz hatte jemand einen beigefarbenen Trenchcoat liegen lassen, sicher war es der von Lieutenant Froissy. Er zerschnitt ihn mit mehreren Messerstichen, riss die Ärmel heraus, löste zwei lange Bahnen ab, stieß auf die Innen- und die Außentaschen, sie waren randvoll gefüllt. Adamsberg schüttelte sie in die Nacht, sah Dosen mit Pastete, Trockenfrüchte, Kekse herausfallen, eine halbe Flasche Wasser, Bonbons, einen Viertelliter Wein im Tetrapak und drei Minifläschchen Cognac, wie man sie in Zugbistros findet. Eine Regung von Mitleid für den Lieutenant überkam ihn, dann von Dankbarkeit. Froissys neurotische Vorräte würden noch von Nutzen sein.

Der Hund hatte aufgehört zu bellen, gab die Wunden frei und ließ Adamsberg heran, gleichsam als Ablösung. Adamsberg beleuchtete kurz die Bauchverletzung, die bereits ganz sauber war, Cupidos Zunge hatte die Ränder perfekt gereinigt, den Hemdstoff weggezogen, die Erde abgeleckt.

»Er hat ganze Arbeit geleistet, dein Hund.«

»Der Speichel eines Hundes ist antiseptisch.«

»Wusste ich nicht«, sagte Adamsberg, während er die Wunden mit den Stoffbahnen umwickelte.

»Du weißt nicht gerade viel, scheint mir.«

»Und du? Weißt du, wie viele Arme Shiva hat? Ich wusste immerhin, dass du heute Abend hier sein würdest. Ich werde dich tragen, versuch, nicht zu schreien.«

»Ich komme um vor Durst.«

»Später.«

Adamsberg bettete Émile in den Wagen, streckte vorsichtig seine Beine aus.

»Weißt du was?«, sagte er. »Wir nehmen den Hund mit.«

»Ja«, sagte Émile.

Adamsberg fuhr ohne Licht fünf Kilometer weit, dann hielt er bei laufendem Motor am Eingang eines Weges. Er schraubte die Flasche Wasser auf, zögerte jedoch.

»Nein, ich kann dir nichts zu trinken geben«, sagte er. »Stell dir vor, dein Magen ist durchlöchert.« Er legte den Gang ein und fuhr auf die Landstraße zurück.

»Es sind zwanzig Kilometer bis zum Krankenhaus von Châteaudun. Meinst du, dass du durchhältst?«

»Bring mich zum Reden. Es dreht sich mir vor Augen.«

»Schau geradeaus. Der Kerl, der auf dich geschossen hat, hast du irgendwas von ihm gesehen?«

»Nein. Die Schüsse kamen von hinter dem Wasserturm. Er hat auf mich gewartet, kein Zweifel. Vier Kugeln, habe ich dir gesagt, und nur zwei haben das Ziel getroffen. Das war kein Profi. Ich bin gestürzt und habe gehört, wie er auf mich zugerannt kam. Ich habe mich tot gestellt, er hat versucht, mir den Puls zu fühlen, um zu sehen, ob ich erledigt wäre. Er war in Panik, aber durchaus imstande, sicherheitshalber noch zwei weitere auf mich abzufeuern.«

»Leiser, Émile.«

»Ja. Doch dann hat ein Auto an der Wegkreuzung gehalten, da hat er's mit der Angst gekriegt und ist abgehauen wie ein Hase. Ich habe eine Weile gewartet, ohne mich zu rühren, schließlich habe ich mich zum Hof geschleppt. Im Fall, ich kratze ab, wollte ich nicht, dass Cupido zehn Jahre lang auf mich wartet. Warten, das ist kein Leben. Ich weiß deinen Namen nicht.«

»Adamsberg.«

»Warten, Adamsberg, ist kein Leben. Hast du das schon mal erlebt, warten? Sehr lange warten?«

»Ich glaube, ja.«

»Auf eine Frau?«

»Ich glaube.«

»Also, das ist kein Leben.«

»Nein«, bestätigte Adamsberg.

Émile zuckte zusammen und lehnte sich gegen die Wagentür.

»Nur noch elf Kilometer«, sagte Adamsberg.

»Red weiter, aber ich kann nicht mehr.«

»Bleib bei mir. Ich stell dir Fragen und du antwortest mit Ja oder mit Nein. Wie in dem Spiel.«

»Umgekehrt«, sagte Émile, sein Atem ging pfeifend. »In dem Spiel darf man gerade nicht Ja oder Nein sagen.«

»Du hast recht. Der Kerl hat auf dich gewartet, das steht fest. Hast du irgendjemandem gesagt, dass du zu dem Hof gehen würdest?«

»Nein.«

»Nur der alte Vaudel und ich kannten also den Ort?«

»Ja.«

»Aber Vaudel kann die Geschichte mit dem Hund jemandem erzählt haben. Seinem Sohn, zum Beispiel.«

»Ja.«

»Es nützt ihm nichts, wenn er dich umbringt, dein Erbteil fällt nicht an ihn, wenn du stirbst. So steht es im Testament.«

»Die reine Wut.«

»Auf dich? Klar. Und du, hast du ein Testament gemacht?«

»Nein.«

»Du hast niemanden, der dich beerbt? Keine Kinder, da bist du sicher?«

»Ja.«

»Hat der Alte dir vielleicht irgendetwas anvertraut? Ein Papier, Unterlagen, ein Bekenntnis, hat er dir eine Schuld gestanden?«

»Nein. Aber auch dir könnte jemand gefolgt sein«, stieß Émile mühsam hervor.

»Nur ein Mensch weiß davon«, sagte Adamsberg und schüttelte den Kopf. »Ein alter Spanier, der nur einen Arm und kein Auto hat. Und man hat vorher auf dich geschossen.«

»Ja.«

»Noch drei Kilometer. Es ist gut möglich, dass jemand dir vom Krankenhaus in Garches an gefolgt ist. Drei Polizeiautos im Umkreis, das war ein Hinweis darauf, dass du dort irgendwo warst. Du hattest dich im Krankenhaus versteckt?«

»Zwei Stunden lang.«

»Und wo?«

»In der Notaufnahme. Im Wartezimmer, mit allen andern.«

»Nicht schlecht. Hast du niemanden hinter dir gesehen, als du wieder gegangen bist?«

»Nein. Ein Motorrad vielleicht.«

Adamsberg hielt so nahe wie möglich am Eingang zur Notaufnahme, stieß die gelben Plastikflügel der Tür auf, fand einen übermüdeten Arzt, wies seinen Ausweis vor, um den Vorgang zu beschleunigen. Eine Viertelstunde später lag Émile auf einer Trage, mit einer Kanüle im Arm.

»Den Hund können wir nicht dabehalten, Monsieur«, sagte eine Krankenschwester und reichte ihm einen Beutel mit Émiles zusammengerollten Kleidungsstücken.

»Ich weiß«, sagte Adamsberg und nahm Cupido von Émiles Beinen herunter. »Hör zu, Émile: Du lässt keinen Besuch zu dir vor, keinen einzigen. Ich werde das auch dem Empfang sagen. Wo finde ich den Chirurgen?«

»Er ist im OP.«

»Dann sagen Sie ihm vor allem, er soll die Kugel aufbewahren, die noch im Bein steckt.«

»Eine Sekunde«, sagte Émile, während das Gefährt sich in Bewegung setzte. »Im Fall, ich kratze ab. Vaudel hat mich um was gebeten, wenn er sterben sollte.«

»Also doch.«

»Bloß irgendeine Liebesangelegenheit. Er sagte, die Frau wäre schon alt, würde sich aber trotzdem darüber freuen. Er hat's verschlüsselt, kein Vertrauen in mich. Ich sollte es nach seinem Tod abschicken. Hat er mich schwören lassen.«

»Wo ist dieses Schriftstück, Émile? Und die Adresse?«

»In meiner Hosentasche.«

13

Die Dosenpastete, die Kekse, der ungenießbare Wein im Tetrapak, die Minifläschchen Cognac, Adamsberg dachte an
nichts anderes mehr, als er zum Parkplatz zurückging. Eine
Vorstellung, die ihm zu anderen Zeiten und an anderen Orten
trostlos erschienen wäre, im Augenblick aber eine Aussicht
auf Herrlichkeit und Hochgenuss darstellte, auf die seine
Energie sich konzentrierte. Er hatte sich in den Wagenfond
gesetzt und breitete Froissys Köstlichkeiten auf der Bank
aus. Die Konservendosen gingen ohne Öffner auf, an dem
Weinkarton war seitlich ein Plastikhalm angebracht, auf das
praktische Genie von Lieutenant Froissy, die es in ihrer Spe-
zialisierung als Toningenieurin zu Meisterleistungen brachte,
war Verlass. Er strich die Pastete auf einen Keks, schlang das
Ganze hinunter, eine seltsame süß-salzige Mischung. Einen
weiteren Keks für den Hund, dann wieder einen für sich, bis
die drei Dosen leer waren. Zwischen ihm und dem Hund gab
es kein Problem. Es schien ausgemacht, sie waren zusammen
im Krieg gewesen, ihre Freundschaft bedurfte weder eines
Kommentars noch einer Vergangenheit. Also verzieh Adamsberg Cupido auch, dass er wie ein Misthaufen stank und sein
Geruch den ganzen Wagen verpestete. Er schüttete ihm

Wasser in den Auto-Aschenbecher und machte den Weinkarton auf. Der billige Fusel – anders konnte man ihn nicht bezeichnen – floss in seinen Organismus und zeichnete mit Säure die Konturen seines Verdauungstrakts nach. Er trank ihn bis zu Ende, dieses Brennen bewusst genießend, denn bekanntlich lässt ein leichter Schmerz einen das Leben intensiver empfinden. Und er war glücklich, glücklich, dass er Émile gefunden hatte, bevor er unter dem Klagegeheul seines Hundes im Gras verblutet war. Glücklich, ja fast euphorisch, sodass er sich die Zeit nahm, die Vollkommenheit der kleinen Cognacfläschchen zu bewundern, worauf er sie in seine Tasche steckte.

Auf den Rücksitz halb hingestreckt mit einem Behagen, als säße er in einer Hotellobby, wählte er die Nummer von Mordent. Danglard dachte derzeit nur an die Füße seines Onkels, und Retancourt, die seit zwei Tagen nicht ausgespannt hatte, wollte er schlafen lassen. Mordent hingegen suchte Betätigung, um seinen Kummer zu betäuben, was sicher auch seine absurde Übereiltheit am Morgen erklärte. Adamsberg sah auf seine Uhren, nur die eine leuchtete in der Nacht. Viertel nach eins ungefähr. Eineinhalb Stunden war es her, dass er Émile gefunden hatte, zweieinhalb Stunden, dass man auf ihn geschossen hatte.

»Ich warte, bis Sie aufgewacht sind, Mordent, lassen Sie sich Zeit.«

»Sprechen Sie schon, Kommissar, ich habe nicht geschlafen.«

Adamsberg legte die Hand auf Cupido, damit er aufhörte zu winseln, und horchte auf das schwache Hintergrundgeräusch im Telefon. Ein Geräusch von Außenwelt, nicht von

Wohnung. Vorbeifahrende Autos, das Dröhnen eines Lastzuges. Mordent war nicht bei sich zu Hause. Er stand auf einer verlassenen Straße in Fresnes und starrte auf Mauern.

»Ich habe Émile Feuillant gefasst, Commandant. Zwei Kugeln im Leib, er ist im Krankenhaus. Der Überfall ist vor dreiundzwanzig Uhr erfolgt, zwanzig Kilometer von Châteaudun entfernt, mitten auf dem Lande. Lokalisieren Sie mir Pierre Vaudel, überprüfen Sie, ob er nach Hause zurückgekehrt ist.«

»Normalerweise ja, Kommissar. Er müsste gegen neunzehn Uhr in Avignon eingetroffen sein.«

»Aber sicher sind wir nicht, sonst würde ich Sie nicht bitten, es zu überprüfen. Machen Sie's gleich, bevor er Zeit hat, zu Hause anzukommen. Und nicht per Telefon, er hat seinen Anschluss möglicherweise umlegen lassen. Schicken Sie die Kollegen in Avignon an Ort und Stelle.«

»Mit welcher Begründung?«

»Vaudel steht noch immer unter Beobachtung und er darf das Land nicht verlassen.«

»Er hat nichts zu gewinnen, wenn er Émile tötet. Laut Testament geht Émiles Anteil, wenn er stirbt, an seine Mutter.«

»Mordent, ich bitte Sie, die Sache zu überprüfen und mich über das Ergebnis zu informieren. Rufen Sie zurück, sobald es geschehen ist.«

Adamsberg nahm das Bündel mit Émiles Sachen, zog die blutverklebte Hose heraus, fand das Papier in der rechten Gesäßtasche, es war unversehrt. Dreimal gefaltet und tief nach unten geschoben. Eine gestochen scharfe, ausdrucksvolle Schrift, die von Vaudel senior. Adressiert an eine Frau Abster in Köln, Kirchstraße 34. Dann: *Bewahre unser Reich, wider-*

stehe, auf dass es unantastbar bleibe. Es folgte ein unverständliches Wort, geschrieben in Großbuchstaben: КИСЛОВА. Vaudel liebte eine deutsche Dame. Und sie hatten ein Geheimwort, wie Halbwüchsige es sich ausdenken.

Adamsberg steckte das Papier enttäuscht in seine eigene Tasche, streckte sich auf dem Rücksitz aus und schlief auf der Stelle ein, kaum dass er noch spürte, wie Cupido sich auf seinem Bauch einrollte, den Kopf auf seiner Hand.

14

Es wurde energisch an die Scheibe geklopft. Ein Typ in weißem Kittel schrie irgendwas und machte ihm Zeichen. Adamsberg richtete sich auf dem Ellbogen auf, wie benommen und mit schmerzenden Knien.

»Ein Problem?«, fragte der Mann feindselig. »Ist das Ihr Wagen?«

Bei Tageslicht – Adamsberg stellte es mit einem Blick fest – bot das Auto in der Tat alle Anzeichen eines echten Problems. Er an erster Stelle, mit Spuren von getrocknetem Blut an den Händen und schlammverkrusteten, zerknitterten Sachen. Dann der Hund mit seinem verklebten Fell und einer Schnauze, der man noch ansah, dass sie Wunden geleckt hatte. Der Beifahrersitz voller Dreck, Émiles Kleidungsstücke ein blutverschmiertes Bündel, und überall verstreut Konservendosen, Keksreste, der leere Aschenbecher, das Messer. Am Boden der flach gedrückte Weinkarton und sein Revolver. Der Saustall eines Verbrechers auf der Flucht. Ein zweiter Mann trat zu dem Weißkittel, sehr groß, sehr dunkelhäutig und angriffslustig.

»Bedaure«, sagte er, »aber wir sind verpflichtet, hier einzuschreiten. Mein Kollege ruft die Polizei.«

Adamsberg streckte die Hand zur Tür, um die Scheibe herunterzulassen, und warf dabei einen Blick auf seine Uhren. Etwa neun Uhr morgens, großer Gott, nichts hatte ihn aufgeweckt, nicht mal der Anruf von Mordent.

»Versuchen Sie nicht, auszusteigen«, warnte ihn der Größere und lehnte sich gegen die Wagentür.

Adamsberg zog seinen Ausweis heraus und drückte ihn ans Fenster, in Erwartung, dass den beiden Krankenpflegern der Zweifel kam. Dann ließ er die Scheibe herunter und gab ihnen die Karte in die Hand.

»Polizei«, sagte er. »Kommissar Adamsberg, Brigade criminelle. Ich habe einen von mehreren Kugeln verletzten Mann gegen ein Uhr fünfzehn heute Morgen hier eingeliefert. Émile Feuillant, überprüfen Sie das.«

Der Kleinere wählte eine dreistellige Nummer und entfernte sich, um zu sprechen.

»Okay«, sagte er, »man bestätigt es. Sie können aussteigen.«

Auf dem Parkplatz stehend, lockerte Adamsberg seine Knie und seine Schultern, rieb flüchtig seine Jacke ab.

»Man könnte direkt meinen, es hat Zoff gegeben«, sagte der Große, der auf einmal neugierig geworden war. »Sie sind ja in einem schlimmen Zustand. Das konnten wir nicht ahnen.«

»Tut mir leid. Ich bin eingeschlafen, ohne es zu merken.«

»Wir haben Duschen, wenn Sie wollen, und alles Nötige, damit Sie sich ein wenig frisch machen können. Was den Rest angeht«, fuhr er fort, indem er sein Äußeres und vielleicht auch Adamsberg selbst musterte, »da können wir allerdings nichts tun.«

»Danke, ich nehme das Angebot an.«

»Aber der Hund kommt mir nicht ins Haus.«

»Kann ich ihn nicht mitnehmen, um ihn zu waschen?«

»Bedaure, nein.«

»Gut. Ich fahre in den Schatten und bin gleich wieder hier.«

Im Gegensatz zur Außenluft war der Gestank im Wagen atemberaubend. Adamsberg füllte noch einmal Wasser in den Aschenbecher, holte ein paar Kekse heraus, erklärte Cupido, dass er zurückkommen werde, nahm seine Waffe und sein Holster. Es war einer der Lieblingswagen des pingeligen Justin, er würde ihn bis auf die Karosserie schrubben müssen, bevor er ihn wieder für den Dienst bereitstellte.

»Es ist nicht deine Schuld, aber du stinkst«, sagte er zu dem Hund. »Allerdings stinkt alles hier, ich auch. Also mach dir nichts draus.«

Unter der Dusche wurde ihm klar, dass ihm gar nicht so viel daran lag, Cupido zu waschen. Er roch nach Hund, aber er roch auch nach dem Dreck auf dem Hof und ganz schwach sogar nach Pferdemist. Vielleicht waren winzige Parzellen davon in seinem Fell hängen geblieben. Er zog seine schmutzigen, notdürftig ausgeschüttelten Sachen an und begab sich zum Raum des Pflegepersonals. In einer Thermoskanne stand Kaffee bereit, dazu Brot und Konfitüre.

»Wir haben uns nach ihm erkundigt«, sagte der große, dunkelhäutige Pfleger, der André hieß, nach dem Namensschild zu urteilen, das an seinem Revers steckte. »Wohl ganz schön robust, denn er hatte eine Menge Blut verloren. Magen perforiert, Iliopsoas zerrissen, aber die Kugel hat den Knochen gestreift, ohne ihn zu zerstören. Alles ist gut verlaufen, keine Probleme zu erwarten. Wollte jemand ihn umbringen?«

»Ja.«

»Gut«, sagte der Pfleger mit einer gewissen Befriedigung.

»Wie lange wird es dauern, bis er transportfähig ist? Ich muss ihn verlegen lassen.«

»Irgendwas nicht in Ordnung mit unserem Krankenhaus?«

»Im Gegenteil«, sagte Adamsberg und trank seinen Kaffee aus. »Aber der, der ihn töten wollte, wird ihn genau hier suchen.«

»Verstehe«, sagte André.

»Und niemand darf ihn besuchen. Auch keine Blumen, keine Geschenke. Nichts kommt in sein Zimmer hinein.«

»Kapiert, Sie können sich auf mich verlassen. Der Magen-Darm-Trakt ist mein Flur. Ich denke, der Arzt wird eine Verlegung in zwei Tagen erlauben. Fragen Sie nach Dr. Lavoisier.«

»Lavoisier wie Lavoisier?«

»Kennen Sie ihn?«

»Wenn er vor drei Monaten noch in Dourdan war, ja. Er hat einen meiner Lieutenants aus dem Koma geholt.«

»Er ist als leitender Chirurg hierher versetzt worden. Heute können Sie ihn nicht sprechen, er hatte heute Nacht vier Operationen und schläft jetzt.«

»Erzählen Sie ihm von mir – und vor allem von Violette Retancourt, werden Sie den Namen behalten? –, und sagen Sie ihm, er soll auf diesen Émile aufpassen und in aller Diskretion ein Schlupfloch für ihn suchen.«

»Verstehe«, wiederholte der Pfleger. »Wir werden ihn hüten, Ihren Émile. Aber er sieht verdammt nach einem Stänkerer aus.«

»Ist er auch«, bestätigte Adamsberg und drückte ihm die Hand.

Auf dem Parkplatz schaltete Adamsberg sein Handy wieder ein. Der Akku war leer. Er ging zum Krankenhaus zurück, wählte vom öffentlichen Telefon aus die Nummer der Brigade. Brigadier Gardon war am Empfang, ein bisschen einfältig, immer sehr eifrig, das Herz auf der Zunge, nicht gerade geschaffen für das Metier.

»Ist Mordent im Hause? Geben Sie ihn mir, Gardon.«

»Wenn ich mir erlauben darf, Kommissar, gehen Sie behutsam mit ihm um. Seine Tochter hat sich heute Nacht den Kopf gegen die Wand geschlagen bis aufs Blut. Nichts Ernstes weiter, aber der Commandant läuft wie ein Zombie herum.«

»Wann ist das gewesen?«

»Gegen vier Uhr, glaube ich. Noël hat mir's gesagt. Ich gebe Ihnen den Commandant.«

»Mordent? Adamsberg. Haben Sie zurückgerufen?«

»Nein, es tut mir leid, Kommissar«, sagte Mordent mit hohler Stimme. »Die Jungs in Avignon hatten es nicht sehr eilig, genauer gesagt, sie brüllten herum, sie hätten auch noch was anderes zu tun, mit zwei Verkehrsunfällen am Hals und einem Kerl, der mit einem Gewehr auf die Stadtmauer geklettert wäre. Total überlastet.«

»Herrgott, Mordent, Sie hätten darauf bestehen müssen. Mordverdacht und so weiter.«

»Habe ich getan, aber sie haben erst um sieben Uhr morgens zurückgerufen, gerade als sie hingegangen sind. Vaudel war zu Hause.«

»Seine Frau auch?«

»Ja.«

»Schade, Commandant, sehr schade.«

Adamsberg ging verärgert zu seinem Wagen zurück, öffnete weit alle Fenster und ließ sich schwer auf den Fahrersitz fallen.

»Um sieben Uhr«, sagte er zu dem Hund, »da hat er genügend Zeit gehabt, verstehst du, nach Hause zurückzukehren. Sodass man es nie erfahren wird. Das war ein Fehler, Mordent hat nicht insistiert, da kannst du sicher sein. Er hat seinen Kopf woanders, er ist ihm davongeflogen wie ein Luftballon, weggeweht von den Winden der Verzweiflung. Er hat Avignon die Anweisung gegeben, damit war die Sache für ihn erledigt. Ich hätte es voraussehen müssen, ich hätte erkennen müssen, in welchem Maße Mordent derzeit unfähig zu so was ist. Selbst Estalère hätte es besser gemacht.«

Als er zwei Stunden später die Büros der Brigade betrat, den Hund unterm Arm, wurde er von niemandem wirklich begrüßt. Es herrschte eine ungewöhnliche Erregung, die die Beamten durch die Räume trieb wie leicht defekte mechanische Geräte, ein Geruch von morgendlichem Schweiß lag in der Luft, sie begegneten sich, beinahe ohne einander zu sehen, tauschten Kurzformeln, schienen den Kommissar zu meiden.

»Ist was passiert?«, fragte er Gardon, der von der Unruhe unberührt zu sein schien. Im Allgemeinen erreichten große Aufregungen den Brigadier mit einigen Stunden Verzögerung und auch dann sehr gedämpft, so wie der Wind aus der Bretagne sich über Paris bereits gelegt hat.

»Die Sache da in der Zeitung«, erklärte er, »und diese Laborbefunde, glaube ich.«

»Na gut, Gardon. Der beigefarbene Wagen, die 9, muss zur Reinigung gefahren werden. Bitten Sie um Spezialbehandlung, Blut, Schlammspuren, allgemein verwahrloster Zustand.«

»Das wird, glaube ich, verdammt schwierig werden.«

»Es wird schon gehen, die Bezüge sind aus Kunststoff.«

»Ich meine den Hund. Sie haben einen Hund mitgebracht?«

»Ja. Er ist Träger von Pferdemist.«

»Das wird aber Zoff geben mit dem Kater. Ich kann mir nicht vorstellen, wie wir das geregelt kriegen.«

Adamsberg wurde fast neidisch. Gardon hatte mit Estalère gemein, dass er keinerlei Bedrohlichkeitsskala kannte, dass er außerstande war, Vorkommnisse nach dem Grad ihrer Wichtigkeit einzuordnen. Und doch hatte der Brigadier wie alle anderen das grauenhafte Blutbad in Garches gesehen. Vielleicht aber war das seine Art, sich zu schützen, in dem Fall hatte er zweifellos recht. Und recht hatte er auch, wenn er sich um das Zusammenleben von Hund und Katze sorgte. Obgleich der riesige apathische Kater, der in der Brigade lebte, für Aktivitäten kaum veranlagt war, wie er da lang gestreckt auf der lauwarmen Abdeckplatte von einem der Fotokopierer lag. Dreimal am Tag musste abwechselnd ein Beamter der Brigade – vorrangig Retancourt, Danglard und Mercadet, der für das übergroße Schlafbedürfnis des Katers sehr empfänglich war – das elf Kilo schwere Tier zu seinem Napf tragen und neben ihm stehen bleiben, während es fraß. Darum hatte man schließlich einen Stuhl neben den Napf gestellt, damit die Beamten weiterarbeiten konnten, ohne ungeduldig zu werden oder den Kater zur Eile zu drängen.

Diese Einrichtung war neben dem Raum mit dem Getränkeautomaten geschaffen worden, weshalb Männer, Frauen und das Tier mitunter gemeinsam um die Wasserstelle standen und ihren Durst löschten. Über diese etwas abartige Gepflogenheit informiert, hatte der Divisionnaire Brézillon auf Kopfbogen die sofortige Entfernung des Tieres verlangt. Vor seinem halbjährlichen Inspektionsbesuch – der im Wesentlichen darauf abzielte, den Leuten auf den Geist zu gehen, denn an den Erfolgen der Brigade war nicht zu rütteln – räumte man darum eilig die Kissen weg, die Mercadet als Schlummerstatt dienten, ebenso die ornithologischen Fachblätter von Voisenet, die Weinflaschen und Griechischwörterbücher von Danglard, die Pornomagazine von Noël, die Lebensmittel von Froissy, die Streu und den Fressnapf des Katers, die ätherischen Öle von Kernokian, den MP3-Player von Maurel, die Zigaretten von Retancourt, bis die Räume am Ende ganz und gar funktionell und unerträglich waren.

Bei dieser Säuberungsaktion stellte allein der Kater ein Problem dar, weil er schrecklich miaute, sobald man versuchte, ihn in einen Wandschrank einzuschließen. So trug einer der Männer ihn in den Hinterhof und wartete mit ihm in einem der Autos, bis Brézillon wieder gegangen war. Das große Hirschgeweih zu entfernen, das in seinem Büro auf dem Boden lag, hatte Adamsberg von vornherein abgelehnt mit dem Argument, dass es sich um das Hauptbeweisstück einer Ermittlung*

---

* Fred Vargas, *Die dritte Jungfrau.*

handelte. In dem Maße, wie die Zeit verging – es waren nun schon drei Jahre her, dass die achtundzwanzig Beamten in diese Räume eingezogen waren –, wurde die Verschleierungsaktion jedes Mal aufwendiger und schwieriger. Die Anwesenheit von Cupido würde die Sache nicht besser machen, aber voraussichtlich war er nur vorübergehend hier.

15

Erst als Adamsberg mitten im großen Saal angekommen war, bemerkte man tatsächlich seine schmutzigen Sachen, seine stoppeligen Wangen, den verdreckten kleinen Hund unter seinem Arm. Ein loser Kreis von Stühlen schloss sich spontan um ihn. Der Kommissar fasste zusammen, was in der Nacht geschehen war, Émile, der Bauernhof, das Krankenhaus, der Hund.

»Sie wussten also, wo er hinwollte, und haben mich hinterherrennen lassen?«, schimpfte Retancourt.

»Ich habe mich erst viel später an den Hund erinnert«, log Adamsberg. »Nach dem Besuch des Arztes von Vaudel.«

Retancourt nickte, und es war zu erkennen, dass sie nichts davon glaubte.

»Was sagt er, dieser Arzt?«, fragte Justin mit seiner dünnen Stimme.

»Im Augenblick sagt er uns nicht mehr über Vaudel als wir ihm über das Verbrechen. Berufsgeheimnis gegen Berufsgeheimnis, die Positionen sind verhärtet.«

»Es gibt kein Geheimnis mehr, der Kampf ist vorbei«, sagte Kernokian nahezu unhörbar.

»Doch immerhin versichert der Arzt, dass Vaudel Feinde

hatte, wenn auch zweifellos imaginäre. Er weiß mehr darüber. Der Mann ist beschlagen, er ist in der Lage, einen defekten Unterkiefer wieder zum Saugen zu bringen.«

»Bei Vaudel?«

Adamsberg mochte Estalère in diesem Augenblick nicht ansehen, man konnte manchmal glauben, der Brigadier täte es mit Absicht. Aber er warf einen Blick hin zu Maurel, der eilig in ein Heft kritzelte. Er hatte erfahren, dass Maurel die Aberwitzigkeiten notierte, die Estalère von sich gab, um eine Blütenlese daraus zusammenzustellen, eine Marotte, die Adamsberg keineswegs harmlos fand. Maurel fing seinen Blick auf und schlug rasch sein Heft zu.

»Ist überprüft worden, ob Pierre junior in Avignon war, als Émile überfallen wurde?«

»Mordent hat das übernommen. Aber die Bullen in Avignon kamen nicht in die Gänge und haben den Zeitpunkt verpasst.«

»Verdammt, er hätte Druck machen müssen.«

»Er hat Druck gemacht«, unterbrach ihn Adamsberg zur Verteidigung von Mordent und seinem in den Wolken treibenden Ballon-Kopf. »Gardon sagt, es gibt Laborergebnisse?«

Automatisch erhob sich Danglard. Durch sein Gedächtnis, sein Wissen und seinen synthetischen Verstand war der Commandant prädestiniert, Berichte wissenschaftlichen Charakters zu resümieren. Ein Danglard, der sich beinahe gerade hielt, mit frischem Teint, nahezu lebhaftem Ausdruck, wie regeneriert durch sein neuerliches Eintauchen in britisches Klima.

»Was den Körper angeht, so schätzt man, dass er in etwa

vierhundertsechzig Teile zerstückelt wurde, von denen an die dreihundert anschließend zu Krümeln zerkleinert wurden, oder doch so gut wie. Manche wurden mit der Axt zerlegt, andere mit der Kreissäge, wobei sich der Täter auf einen Hauklotz gestützt hat. Die Proben weisen Splitter auf, wo die Axt benutzt wurde, oder Holzmehl, wo er mit der Säge rangegangen ist. Der gleiche Hauklotz diente für das Zerquetschen. Die im Fleisch eingedrückten Partikel von Glimmer und Quarz weisen darauf hin, dass der Mörder das Teil auf den Klotz legte, es mit einem Stück Granit beschwerte, auf den er dann mit einem Vorschlaghammer einschlug. Diese Intensivbehandlung erfuhren alle Gelenke: Knöchel, Handgelenke, Knie, Ellbogen, auch Oberarm- und Oberschenkelkopf sowie die Zähne, die pulverisiert wurden, und die Füße auf der Höhe von Fußwurzel- und Mittelfußknochen. Die Knochen des großen Zehs wurden gleichfalls zertrümmert, nicht aber die der vier anderen Zehen von zwei bis fünf. Die am wenigsten beschädigten Partien sind die Hände – mit Ausnahme der Handwurzelknochen – und lange Knochen wie Darmbein, Sitzbein, die Rippen, das Brustbein.«

Adamsberg kam nicht mehr hinterher und hob vergeblich die Hand, um den Wortschwall zu unterbrechen. Ganz auf seine Darlegung konzentriert, redete Danglard weiter.

»Die Wirbelsäule hat eine unterschiedliche Behandlung erfahren, Kreuzwirbel und Halswirbel wurden eindeutig stärker attackiert als Lendenwirbel und Dorsalwirbel. Bei den Halswirbeln ist von Atlas und Axis praktisch nichts übrig geblieben. Das Zungenbein ist erhalten, die Schlüsselbeine sind kaum angerührt.«

»Halt, Danglard«, unterbrach ihn Adamsberg, der Verwirrung auf den Gesichtern las, einige hatten bereits abgeschaltet. »Wir werden das mal aufzeichnen, so wird es klarer für alle.«

Adamsberg war ein hervorragender Zeichner, der mit wenigen schnell hingeworfenen, treffenden Strichen alles unter seiner Hand entstehen lassen konnte. Er verbrachte lange Augenblicke mit solchen Kritzeleien, im Stehen, in ein Heft oder auf ein Stück Papier, das er sich auf den Oberschenkel drückte, mit einer Grafitmine, mit Tinte oder Kohle. Seine Skizzen trieben sich überall in den Arbeitsräumen herum, der Kommissar ließ sie liegen, wo er kam und ging. Manch einer, der ihn bewunderte, nahm sie diskret an sich – so Froissy, Danglard oder Mercadet, aber auch Noël, der das nie zugegeben hätte. So zeichnete Adamsberg mit raschen Strichen auf das weiße Blatt eines Flipcharts die Umrisse eines menschlichen Körpers mit seinem Skelett, einmal von vorn, einmal von hinten, und reichte Danglard zwei Filzschreiber.

»Markieren Sie in Rot die am stärksten massakrierten Körperpartien, in Grün die am wenigsten zerstörten.«

Danglard zeichnete ein, was er gerade vorgetragen hatte, dann unterlegte er mit Rot den Schädel und die Genitalorgane, mit Grün die Schlüsselbeine, die Ohren, das Gesäß. Dergestalt koloriert, hatte die Zeichnung eine aberwitzige, doch nicht zu übersehende Logik und bewies, dass der Mörder nicht willkürlich zerstört oder verschont hatte. Nur der Sinn dieser bizarren Idee war nicht erkennbar.

»Auch bei den Organen«, begann Danglard wieder, »wurde eine Auswahl getroffen. Die Därme, der Magen, die Milz haben den Mörder nicht interessiert, ebenso wenig wie Lunge und Nieren. Er hat sich auf die Leber, das Herz und das Gehirn konzentriert, von dem ein Teil im Kamin verbrannt wurde.«

Danglard zeichnete drei Pfeile, die vom Gehirn, dem Herzen und der Leber ausgingen und aus dem Körper hinauswiesen.

»Es geht ihm um die Zerstörung des Verstandes«, wagte Mercadet sich vor, indem er das leicht benommene Schweigen der Beamten brach, die noch immer auf die Zeichnungen starrten.

»Die Leber?«, meinte Voisenet. »Ist die Leber für dich der Sitz des Verstandes?«

»Mercadet hat nicht ganz unrecht«, sagte Danglard. »Vor dem Christentum, aber auch später stellte man sich mehrere Seelen im Körper vor, *spiritus, animus* und *anima*. Geist, Seele und Bewegung, und sie konnten in verschiedenen Organen hausen wie eben in der Leber und im Herzen, die als der Sitz der Furcht und der Gefühlsregungen galten.«

»Ach so«, räumte Voisenet ein, denn Danglards Wissen galt allgemein als unanfechtbar.

»Und mit der Zertrümmerung der Gelenke«, sagte Lamarre in seiner üblichen steifen Art, »wollte er erreichen, dass der Körper nicht mehr funktioniert? So wie man ein Räderwerk zerstört?«

»Und die Füße? Warum die Füße und nicht die Hände?«

»Vielleicht aus demselben Grund«, meinte Lamarre. »Damit er nicht laufen kann?«

»Nein«, meinte Froissy. »Das erklärt nicht den großen Zeh. Warum zerstört er vor allem den Zeh?«

»Was soll das alles?«, fragte Noël und stand auf. »Was zerbrechen wir uns hier den Kopf, um plausible Gründe für diese Sauerei zu finden? Es gibt keinen plausiblen Grund. Der Mörder hatte einen, aber wir haben nicht die geringste Vorstellung davon, nicht mal eine Ahnung.«

Er setzte sich wieder und Adamsberg stimmte ihm zu.

»Es ist wie mit dem Typen, der seinen Schrank gegessen hat.«

»Ja«, bestätigte Danglard.

»Und wozu?«, fragte Gardon.

»Genau das weiß man nicht.« Danglard trat an das Flipchart zurück und legte ein neues Blatt frei.

»Schlimmer«, begann er wieder, »der Mörder hat die einzelnen Teile nicht irgendwie weggeworfen. Dr. Romain hatte recht, er hat sie bewusst gestreut. Es wäre ermüdend, alles aufzuzeichnen, Sie werden die Verteilung im Raum aus dem Bericht ablesen. Doch um ein Beispiel zu nennen, nachdem er die fünf Mittelfußknochen voneinander gelöst und zertrümmert hat, schmeißt der Mörder sie in die vier Ecken des Zimmers. Genauso verfährt er mit jedem anderen Körperteil, zwei Stücke hierhin, eins dahin, ein weiteres wieder woandershin, zwei schließlich unters Klavier.«

»Vielleicht ein Tick von ihm«, sagte Justin. »Oder er hat eine Macke. Der Kerl schmeißt alles im Kreis um sich herum.«

»Es gibt keinen plausiblen Grund«, wiederholte Noël brummig. »Wir verlieren unsere Zeit, es bringt überhaupt nichts, das zu interpretieren. Der Mörder ist tobsüchtig, er zerschlägt alles, hier und da verbeißt er sich noch besonders, warum, wissen wir nicht, lassen wir's dabei bewenden. Bei unserem Nichtwissen.«

»Eine Tobsucht immerhin, die mehrere Stunden lang lodert«, präzisierte Adamsberg.

»Eben«, sagte Justin. »Wenn sein Zorn nicht erlischt, so ist das vielleicht der Grund für das Gemetzel. Der Mörder kann nicht aufhören, er muss weiter- und immer weitermachen und am Ende ist alles zu Brei geschlagen. Wie einer, der trinkt, bis er umfällt.«

Oder der seinen Spinnenbiss kratzt, dachte Adamsberg.

»Kommen wir nun zum Material«, sagte Danglard.

Ein Anruf unterbrach ihn, der Commandant entfernte sich überraschend lebhaft, das Telefon ans Ohr gepresst. Abstract, schloss Adamsberg.

»Warten wir auf ihn?«, fragte Voisenet.

Froissy rutschte auf ihrem Stuhl hin und her. Sie sorgte sich um die Essenszeit – schon vierzehn Uhr fünfunddreißig –, zusammengekrümmt saß sie da. Jedermann wusste, dass die Vorstellung, eine Mahlzeit zu versäumen, Panik bei ihr auslöste, und Adamsberg hatte seine Mitarbeiter gebeten, in diesem Punkt sehr wachsam zu sein, denn schon dreimal im Verlauf von Recherchen war Froissy aus Angst ohnmächtig geworden.

16

Man fand sich in der schmuddeligen kleinen Kneipe am Ende der Straße zusammen, im Würfelbecher, denn die gepflegte Brasserie des Philosophes auf der gegenüberliegenden Straßenseite servierte um diese Stunde keine Speisen mehr, sie hielt sich an die konventionellen Zeiten. Je nach Laune und Geldbeutel konnte man, indem man nur die Straßenseite wechselte, sich für bürgerliche oder proletarische Lebensweise entscheiden, sich für reich oder arm halten, einen Tee oder ein Glas Roten bestellen.

Der Wirt verteilte vierzehn Sandwiches – es gab keine Wahl, es war nur noch Käse da – und ebenso viele Tassen Kaffee. Er stellte ungefragt drei Karaffen Rotwein auf den Tisch, er mochte Gäste nicht, die seinen Wein verschmähten, dessen Herkunft im Übrigen unbekannt war. Danglard meinte, es wäre ein billiger Côtes-du-Rhône, und man glaubte es.

»Der Maler, der sich im Gefängnis umgebracht hat? Sind Sie da weitergekommen?«, fragte Adamsberg.

»Keine Zeit gehabt«, sagte Mordent und schob sein Sandwich weg. »Mercadet macht sich heute Nachmittag daran.«

»Der Kot, die Haare, das Taschentuch, die Fingerabdrücke, was ist dabei herausgekommen?«

»Es ist in der Tat Kot unterschiedlicher Herkunft«, erklärte Justin. »Der von Émile ist nicht derselbe wie die Kotklümpchen aus dem Zimmer.«

»Wir werden zum Vergleich Proben von dem Hund entnehmen«, sagte Adamsberg. »Die Chancen stehen neun zu zehn, dass Émile diesen Kot vom Bauernhof mitgebracht hat.«

Cupido lag eingerollt unter seinen Beinen, Adamsberg hatte es noch nicht gewagt, ihn mit dem Kater zu konfrontieren.

»Er stinkt, der Köter«, sagte Voisenet am Ende der Tafel. »Er stinkt bis hierher.«

»Wir entnehmen zuerst und waschen ihn dann.«

»Was ich sagen will«, beharrte Voisenet, »ist, dass er wirklich stinkt.«

»Halt die Klappe«, sagte Noël.

»Bei den Fingerabdrücken nichts Überraschendes«, fuhr Justin fort. »Im ganzen Haus die von Vaudel und Émile, von Letzterem zahlreiche auf dem Spieltisch, der Kaminverkleidung, den Türknäufen, in der Küche. Émile war ein gewissenhafter Hausmann, viele Spuren gibt es nicht, die Möbel sind abgewischt. Dennoch haben wir einen schwachen Abdruck von Pierre junior auf dem Schreibtisch, einen weiteren, sehr guten auf einer Stuhllehne gefunden. Er muss ihn an den Tisch herangezogen haben, wenn er mit seinem Vater arbeitete. Vier unbekannte männliche Finger im Schlafzimmer, auf der Schreibplatte des Sekretärs.«

»Der Arzt«, sagte Adamsberg. »In diesem Raum wird er seine Konsultationen abgehalten haben.«

»Schließlich noch die Hand eines anderen Mannes in der Küche und die einer Frau im Bad, auf dem Waschtisch.«

»Na bitte«, sagte Noël, »eine Frau bei Vaudel.«

»Nein, Noël, es gibt keinen einzigen Fingerabdruck einer Frau in seinem Schlafzimmer. Die Nachbarn versichern, dass Vaudel kaum ausging. Er ließ sich ins Haus liefern und empfing dort seine Friseurin, seinen Bankier und den Herrenschneider von der Avenue. Gleiches Ergebnis bei seinen Telefongesprächen, nichts Persönliches darunter. Ein- oder zweimal im Monat der Sohn. Und auch dann war es immer der Junior, der sich überwunden hat anzurufen. Das längste ihrer Gespräche hat vier Minuten, sechzehn Sekunden gedauert.«

»Kein Gespräch mit Köln?«, fragte Adamsberg.

»Mit Deutschland? Nein, warum?«

»Es scheint, als habe Vaudel seit Langem eine alte Dame in Deutschland geliebt. Eine Frau Abster in Köln.«

»Das muss ihn nicht daran hindern, mit der Friseurin zu schlafen.«

»Habe ich auch nicht gesagt.«

»Nein, kein Damenbesuch, da sind sich die Nachbarn sicher. Und in dieser verdammten Straße wissen sie alles voneinander.«

»Wie haben Sie das mit der Frau Abster erfahren?«

»Émile hat mir einen Liebesbrief überlassen, den er nach Vaudels Tod aufgeben sollte.«

»Was schreibt er?«

»Es ist Deutsch«, erwiderte Adamsberg, indem er das Kärtchen aus seiner Tasche zog und auf den Tisch legte. »Froissy, können Sie da mal draufschauen?«

Froissy sah auf das Papier, runzelte die Brauen und versuchte sich an einer ungefähren Übersetzung.

»Es muss eine unmögliche Liebe gewesen sein«, schloss Voisenet aus den kurzen Zeilen. »Sie war mit einem anderen verheiratet.«

»Aber dieses großgeschriebene Wort am Ende«, sagte Froissy und tippte auf das Papier, »das ist kein Deutsch.«

»Es ist ein zwischen ihnen verabredeter Code«, meinte Adamsberg, »eine Anspielung auf etwas, das nur sie beide kannten.«

»Ja«, bestätigte Noël, »ein Geheimwort. Albern, so was, aber Frauen gefällt es und Männer langweilt es.«

Froissy fragte ein wenig hastig, wer noch einen zweiten Kaffee haben wolle, einige Hände gingen hoch, und Adamsberg vermutete, dass auch Froissy sich solche Codeworte ausdachte und Noël sie mit der Bemerkung verletzt hatte. Zumal sie nicht wenige Liebhaber hatte, sie aber auch in Rekordzeit wieder verlor.

»Vaudel hat es nicht albern gefunden«, meinte Adamsberg.

»Vielleicht ist es ein Code«, fuhr Froissy fort und senkte wieder den Blick auf das Papier, »aber auf jeden Fall ist es Russisch. КИСЛОВА, das sind kyrillische Buchstaben. Tut mir leid, Russisch kann ich nicht. Nur wenige Leute können Russisch.«

»Ich kann's ein bisschen«, sagte Estalère.

Ein erstauntes Schweigen trat ein, das der junge Mann gar nicht bemerkte, so sehr war er darin vertieft, den Zucker in seiner Tasse umzurühren.

»Wieso kannst du Russisch?«, fragte Maurel, so als hätte Estalère etwas Unrechtes getan.

»Weil ich's versucht habe zu lernen. Allerdings weiß ich gerade so, wie man die Buchstaben ausspricht.«

»Und warum hast du versucht, Russisch zu lernen? Warum nicht Spanisch?«

»Eben so.«

Adamsberg reichte ihm den Brief und Estalère konzentrierte sich. Selbst in der Konzentration kniff er seine grünen Augen nicht zusammen, weit geöffnet und überrascht sahen sie auf die Welt.

»Wenn man alles richtig ausspricht«, meinte er, »ergibt das so etwas wie *kisslovö*. Und wenn das ein Liebescode sein soll, kommt man auf *kisslove*. Kiss Love, Kuss Alles Liebe. Oder?«

»Genau«, stimmte Froissy zu.

»Keine schlechte Idee«, meinte Noël und griff nach dem Blatt. »Ein super Briefschluss, um Frauen auf sich aufmerksam zu machen.«

»Ich dachte, du hältst nichts von Codes«, sagte Justin mit seiner Falsettstimme.

Noël gab mit beleidigtem Ausdruck den Brief an Adamsberg zurück. Danglard betrat schnaufend das Café, mit leicht geröteten Wangen, und suchte sich einen Platz am Tisch. Das Gespräch ist gut verlaufen, schätzte Adamsberg. Sie wird nach Paris kommen, er ist noch ganz verstört, ja beinahe kopflos.

»Pferdeäpfel oder Liebesbriefe, das alles ist nebensächlich«, sagte Noël. »Damit kommen wir der Sache immer noch nicht näher. Es ist dasselbe wie die Hundehaare auf dem Sessel: lang, weiß, Typ Pyrenäen-Berghund, so einer, der dich mit einmal Abschlecken von oben bis unten nass macht. Und, was hilft es uns? Nichts.«

»Es vervollständigt das, was wir über das Taschentuch wissen.«

Wieder trat Schweigen ein, Arme verschränkten sich, schräge Blicke wurden getauscht. Hier also, so begriff Adamsberg, lag der Grund für die Aufgeregtheit am Morgen.

»Dann mal los«, sagte er.

»Das Papiertaschentuch war frisch benutzt«, erklärte Justin. »Und es war etwas drauf.«

»Ein winziges Tröpfchen Blut von dem Alten«, sagte Voisenet.

»Und es war etwas drin.«

»Rotz.«

»Kurz, DNA, soviel man will.«

»Wir wollten Ihnen das schon gestern Abend sagen, als wir's erfuhren, dann gleich heute Morgen um acht. Aber Ihr Handy war ausgeschaltet.«

»Der Akku war leer.«

Adamsberg prüfte nacheinander ihre Gesichter und goss sich, ganz gegen seine Gewohnheit, ein halbes Glas Wein ein.

»Vorsicht«, warnte Danglard ihn diskret, »es ist ein unbekannter Côtes.«

»Wenn ich Sie richtig verstehe, ist der Rotz weder von dem alten Vaudel noch von Vaudel junior noch von Émile. Ist es so?«

»Jawohl«, sagte schnaufend Lamarre, der sich als alter Gendarm nicht von seinem Militärjargon lösen konnte.

Und dem es als Normannen sehr schwerfiel, Adamsberg in die Augen zu sehen.

Adamsberg trank einen Schluck und warf einen kurzen Blick zu Danglard hin, um ihm zu bestätigen, dass der Wein in der Tat reichlich sauer war. Dennoch kein Vergleich mit dem Rebensaft, den er sich am Abend zuvor mittels Strohhalm reingezogen hatte. Einen Moment lang fragte er sich, ob der Pinard nicht überhaupt die Ursache seines bleischweren Schlafs im Auto war, wo doch fünf oder sechs Stunden Ruhe ihm in der Regel genügten. Er nahm sich ein Stück von einem Sandwich, das noch auf dem Tisch lag – das von Mordent –, und schob es unter seinen Stuhl.

»Für den Hund«, erklärte er.

Er neigte den Kopf nach unten, sah, dass Cupido das Brot schmeckte, und kehrte zu seinen Mitarbeitern zurück, zu dreizehn Augenpaaren, die auf ihn gerichtet waren.

»Es ist also die DNA eines Unbekannten«, fuhr er fort, »mithin die DNA des Mörders. Sie haben diese DNA ohne große Überzeugung an die Kriminalakte geschickt und sie dort gefunden. Sie haben den Namen des Mörders, seinen Vornamen, Sie haben sein Gesicht.«

»Ja«, bestätigte Danglard halblaut.

»Und seinen Wohnsitz?«

»Ja«, wiederholte Danglard.

Adamsberg verstand, dass dieses rasche Ergebnis sie verwirrte, ja erschütterte, so als wären sie ohne jede Vorbereitung plötzlich auf festem Boden angekommen, aber dieses Gefühl von allgemeiner Verlegenheit, ja Verschulden irritierte ihn. Irgendwo war der Zug entgleist.

»Wir kennen also«, begann Adamsberg wieder, »seine Adresse, vielleicht seinen Beruf, seine Arbeitsstelle. Seine Freunde, seine Familie. Dieser Umstand ist erst seit etwa fünfzehn Stunden bekannt. Wir lokalisieren seine Anlaufpunkte, wir gehen behutsam vor, wir können ihn nicht verfehlen.«

Mit jedem Wort, das er sprach, wurde Adamsberg stärker bewusst, dass er voll danebenlag. Sie würden ihn verfehlen, sie hatten ihn schon verfehlt.

»Wir können ihn nicht verfehlen«, wiederholte er, »es sei denn, er weiß, dass wir ihn lokalisiert haben.«

Danglard stellte seine große Tasche auf seine Knie, sie war von den Flaschen verbeult, die er häufig darin verstaute. Er zog ein Bündel Zeitungen heraus, wählte eine davon und breitete ihre Titelseite vor Adamsberg aus.

»Er weiß es«, sagte er mit müder Stimme.

17

Dr. Lavoisier musterte seinen Patienten mit strengem Blick, als verübelte er ihm eine solche Entgleisung. Denn dieser heftige Fieberanstieg war nicht eingeplant. Eine Bauchfellentzündung, die seine Heilungschancen erheblich gefährdete. Hoch dosierte Antibiotika, die Bettlaken wurden alle zwei Stunden gewechselt. Der Arzt schlug Émile mehrmals auf die Wange.

»Machen Sie die Augen auf, mein Freund, Sie müssen durchhalten.«

Mühsam gehorchte Émile und betrachtete den kleinen Mann in Weiß, der als leicht verschwommene, rundliche Silhouette vor ihm stand.

»Dr. Lavoisier wie Lavoisier«, stellte der Arzt sich vor. »Geben Sie nicht auf«, sagte er, ihm erneut die Wange tätschelnd. »Haben Sie heimlich irgendwas geschluckt? Eine Papierkugel, ein Beweisstück?«

Émile bewegte den Kopf von links nach rechts. Nein.

»Damit ist nicht mehr zu spaßen, mein Lieber. Es ist mir wurst, was Sie treiben. Stellen Sie sich vor, ich interessiere mich für Ihren Magen, nicht für Sie. Begreifen Sie? Selbst wenn Sie Ihre acht Großmütter umgebracht hätten, würde das nichts an dem Problem ändern, das ich mit Ihrem Magen habe. Also? Haben Sie etwas geschluckt?«

»Wein«, flüsterte Émile.

»Wie viel?«

Émile bedeutete mit Daumen und Zeigefinger: ungefähr fünf Zentimeter.

»Eher wohl das Doppelte oder Dreifache, was?«, meinte Lavoisier. »Dann sehen wir schon klarer, das wird mir weiterhelfen. Denn es ist mir vollkommen egal, verstehen Sie, dass Sie picheln. Aber nicht im Augenblick. Wo haben Sie diesen Wein gefunden? Unter dem Bett eines anderen Patienten?«

Neuerliche verneinende Kopfbewegung, verärgert diesmal.

»Ich trinke ja gar nicht so viel. Aber das war gut für mich, es bringt das Blut in Wallung.«

»Ach, das glauben Sie? Wo haben Sie denn die Weisheit her, mein Lieber?«

»Hat mir jemand gesagt.«

»Wer? Ihr Mitgefangener? Der mit dem Magengeschwür?«

»Dem hätte ich nicht geglaubt. Zu blöd.«

»Stimmt, der ist blöd«, gab Lavoisier zu. »Wer dann?«

»Weißkittel.«

»Unmöglich.«

»Weißkittel mit Mundschutz.«

»Kein Arzt auf dieser Etage trägt einen Mundschutz. Auch kein Pfleger oder Krankenträger.«

»Weißkittel. Hat mir zu trinken gegeben.«

Lavoisier ballte die Faust und erinnerte sich an die strikten Anweisungen von Adamsberg.

»Okay, mein Lieber«, sagte er und stand auf. »Ich rufe Ihren Freund, den Bullen, an.«

»Der Bulle«, sagte Émile und streckte einen Arm aus. »Wenn ich abkratze, ich habe ihm nicht alles gesagt.«

»Soll ich ihm eine Nachricht übermitteln? Adamsberg?«

»Ja.«

»Sagen Sie es mir. Lassen Sie sich Zeit.«

»Das Codewort. Auch auf einer Postkarte. Dasselbe.«

»Mache ich«, sagte Lavoisier und schrieb seine Worte auf das Blatt mit der Fieberkurve. »Das ist alles?«

»Der Hund, soll aufpassen.«

»Worauf?«

»Allergisch auf Paprikaschoten.«

»Das ist alles?«

»Ja.«

»Machen Sie sich keine Sorgen. Ich werde ihm alles ausrichten.«

Kaum auf dem Korridor, rief Lavoisier den Großen – André – und den Kleinen – Guillaume – zu sich und bläute ihnen ein: »Ab sofort wechseln Sie beide sich ohne Unterbrechung vor seiner Tür ab. Ein Dreckskerl hat ihm irgendwas, mit Wein vermischt, zu trinken gegeben. Ein Weißkittel mit Mundschutz, nicht sonderlich schwer. Sofortige Magenspülung, benachrichtigen Sie den Anästhesisten und Dr. Venieux, entweder klappt es oder er geht drauf.«

18

Danglard hatte darum gebeten, dass man ihn mit Adamsberg im Café allein ließe, und er sammelte die über den Tisch verstreuten Zeitungen ein. Eins der Blätter, das sich am weitesten vorwagte, veröffentlichte auf der ersten Seite ein Foto des Mörders: ein dunkelhaariger Mann mit kantigem Gesicht, buschigen Augenbrauen, die, in der Mitte zusammengewachsen, einen Balken über das Gesicht zogen, scharf gezeichneter Nasenrücken, fliehendes Kinn, große, glanzlose Augen. *Das Ungeheuer zerstückelt den Körper seines Opfers.*

»Warum haben Sie mir das nicht gleich gesagt, als ich kam?«, fragte Adamsberg. »Die DNA? Und dass es an die Presse durchgesickert ist?«

»Wir haben bis zum letzten Augenblick gewartet«, sagte Danglard mit einer Grimasse. »Wir hofften ihn noch zu kriegen, statt Ihnen dieses Fiasko eingestehen zu müssen.«

»Und warum haben Sie die anderen gebeten, das Café zu verlassen?«

»Die undichte Stelle liegt in der Brigade, nicht im Labor und auch nicht in der Kriminalakte. Lesen Sie den Artikel, da stehen Einzelheiten, die nur wir allein kannten. Das Einzige, was sie nicht schreiben, ist die Adresse des Mörders, aber viel fehlt nicht.«

»Wo wohnt er?«

»In Paris, Rue Ordener 182, im 18. Arrondissement. Wir haben ihn erst um elf Uhr lokalisieren können und die Mannschaft ist auf der Stelle los. Natürlich niemand mehr in der Wohnung.«

Adamsberg zog die Brauen hoch.

»Da wohnt Weill, in der 182.«

»Unser Weill? Der Divisionnaire?«

»Genau der.«

»Woran denken Sie? Dass der Mörder das absichtlich gemacht hat? Dass es ihn amüsiert, zwei Schritt neben einem Bullen zu wohnen?«

»Und die Gefahr sogar herauszufordern, nämlich bei Weill zu verkehren. Was nicht schwer ist, er hält mittwochs immer offenes Haus, eine vorzügliche Tafel übrigens, die stark frequentiert wird.«

Weill war wenn auch kein Freund, so doch einer der wenigen hochrangigen Beschützer Adamsbergs am Quai des Orfèvres. Er hatte, unter dem Vorwand seines durch Übergewicht verschärften Rückenleidens, den Dienst quittiert, in Wirklichkeit aber, um sich mit größerer Muße der Plakatkunst des 20. Jahrhunderts widmen zu können, für die er zum weltweit anerkannten Experten geworden war. Adamsberg ging zwei-, dreimal im Jahr zum Abendessen zu ihm, sei es, um Berufliches mit ihm zu klären, sei es, um ihn genüsslich plaudern zu hören, während er auf einem abgewetzten Canapé ausgestreckt lag, das einst Lampe, dem Kammerdiener von Immanuel Kant, gehört hatte. Weill hatte ihm erzählt, dass, als der Diener sich zu vermählen wünschte, Kant ihn entlassen hatte, ihn und sein Canapé, und sich diesen Satz an die Wand gepinnt hatte: »Denk daran, Lampe zu vergessen.« Das hatte Adamsberg frappiert, denn er selbst hätte wohl eher geschrieben: »Denk daran, Lampe nicht zu vergessen.«

Er legte die gespreizten Finger seiner Hand auf das Foto des jungen Mannes, wie um ihn festzuhalten.

»Nichts in seiner Wohnung?«

»Natürlich nicht. Er hatte genügend Zeit, sich aus dem Staub zu machen.«

»Gleich nach den ersten Morgennachrichten.«

»Vielleicht sogar noch vorher. Jemand kann ihn angerufen und ihm gesagt haben, er soll verschwinden. Die Veröffentlichung in der Presse hat dann nur noch Alibifunktion.«

»Was vermuten Sie, Commandant? Dass der Typ bei uns einen Bruder, einen Cousin, eine Freundin hat? Das ist absurd. Oder gar einen Onkel? Schon wieder mal ein Onkel?«

»So weit brauchen wir gar nicht zu gehen. Einer von uns hat mit jemandem gesprochen, der wiederum auch mit jemandem gesprochen hat. Garches ist eine beklemmende Geschichte, die muss man sich von der Seele reden.«

»Angenommen, so wäre es, wozu muss man dann den Namen von dem Typen mitteilen?«

»Weil er Louvois heißt. Armel Guillaume François Louvois. Das ist schon amüsant.«

»Was ist daran amüsant, Danglard?«

»Nun, der Name, François Louvois, wie der Marquis de Louvois.«

»Wo ist der Zusammenhang, Danglard? War das ein Mörder?«

»Zwangsläufig, er war der große Reorganisator der Armeen Ludwigs XIV.«

Danglard hatte die Zeitung hingelegt, seine weichen Hände tanzten im Raum und erhoben sich in die Sphären des Wissens.

»Und überdies ein unheilvoller und brutaler Diplomat. Ihm verdanken wir die Dragonaden, die Strafmaßnahmen Ludwigs gegen die Hugenotten, und das will ja wohl was heißen.«

»Also, mal ehrlich, Danglard«, unterbrach Adamsberg ihn und legte ihm die Hand auf den Arm, »es würde mich sehr wundern, wenn auch nur einer unter uns das Geringste über diesen François Louvois wüsste und ihn das außerdem noch zerstreuen könnte.«

Danglard hielt in seinem Tanz inne und seine Hand sank enttäuscht auf die Zeitung zurück.

»Lesen Sie den Artikel.«

»Auf den besorgten Anruf eines Gärtners hin drangen die Beamten der Brigade criminelle von Kommissar Adamsberg am Sonntagmorgen in ein friedliches Anwesen in Garches ein und entdeckten den grässlich verstümmelten Leichnam des Eigentümers Pierre Vaudel, eines achtundsiebzigjährigen Journalisten im Ruhestand. Die Nachbarn, die noch immer unter Schock stehen, erklären, dass sie das Motiv für den bestialischen Überfall nicht begreifen, dem der Mann zum Opfer fiel. Soweit uns bekannt ist, wurde der Körper von Pierre Vaudel zerstückelt und – um das Grauen vollkommen zu machen – anschließend geschrotet und über die Wohnung verstreut, die sich so in eine blutige Bühne verwandelte. Die Ermittler konnten sehr bald erste Spuren sichern, durch die der wahnsinnige Mörder identifiziert werden könnte, darunter ein Papiertaschentuch. Die sofort vorgenommene DNA-Analyse hat den Namen des mutmaßlichen Täters erbracht. Dem Vernehmen nach handelt es sich um Armel Guillaume François Louvois, neunundzwanzig Jahre alt, Schmuckhersteller. Der Mann ist seit einem Sexualverbrechen, das er vor fünfzehn Jahren mit drei Komplizen an zwei minderjährigen Mädchen begangen hatte, polizeilich registriert.«

Adamsberg unterbrach die Lektüre, um einen Anruf entgegenzunehmen.

»Ja, Lavoisier. Ja, auch ich bin froh, von Ihnen zu hören. Nein, viel Ärger. Geht es ihm besser? Einen Augenblick.«

Er nahm das Telefon vom Ohr, um die Information an Danglard weiterzugeben.

»Irgendein Scheißkerl hat versucht, Émile zu vergiften, schwere Entzündung, vierzig Komma zwei Fieber. Lavoisier, ich stelle mal laut, damit mein Kollege mithören kann.«

»Tut mir leid, mein Lieber, der Kerl ist in Arztkittel und mit Mundschutz hereingekommen, man kann nicht überall sein. Wir haben siebzehn Stationen im Klinikum und an allen Ecken fehlt es an Geld. Ich habe zwei Pfleger im Wechsel rund um die Uhr vor seiner Tür postiert. Émile fürchtet zu sterben, und ich verhehle Ihnen nicht, dass das durchaus passieren kann. Er lässt Ihnen zwei Dinge sagen, haben Sie was zum Schreiben?«

»Ich bin bereit«, sagte Adamsberg und griff sich eine Ecke der Zeitung.

»Erstens, das Codewort steht so auch auf einer Postkarte. Mehr kann ich dazu nicht sagen, ich habe nicht weitergefragt, er ist mit den Kräften am Ende.«

»Um wie viel Uhr hat man ihm das Gift gegeben?«

»Beim Aufwachen war alles noch in Ordnung. Um vierzehn Uhr dreißig hat die Krankenschwester mich alarmiert, das Fieber war seit Mittag hochgegangen. Zweite Nachricht: Passen Sie auf bei dem Hund.«

»Worauf soll ich aufpassen?«

»Er ist allergisch gegen Paprikaschoten. Ich hoffe, Sie wissen, was er meint, es scheint ihm viel daran zu liegen. Vermutlich ist es die Fortsetzung des Codes, denn warum sollte man einem Hund Paprikaschoten zu fressen geben?«

»Was denn für ein Code?«, fragte Danglard, nachdem Adamsberg aufgelegt hatte.

»Ein zärtliches Wort, ›Kiss Love‹, geschrieben in kyrillischen Buchstaben. Vaudel liebte eine alte Dame in Deutschland.«

»Und warum sollte er ›Kiss Love‹ auf Russisch schreiben?«

»Keine Ahnung, Danglard«, sagte Adamsberg und nahm sich die Zeitung wieder vor.

»Zwar hatte sich herausgestellt, dass Louvois an den Vergewaltigungen nicht beteiligt war, aber der Richter hatte ein Strafmaß von neun Monaten auf Bewährung gegen ihn durchgesetzt, wegen Teilnahme an Gewalttaten und unterlassener Hilfeleistung gegenüber Personen in Not. Seitdem hatte Armel Louvois nicht mehr von sich reden gemacht, zumindest offiziell nicht. Es heißt, die Verhaftung des mutmaßlichen Verbrechers stehe unmittelbar bevor.«

»Unmittelbar«, wiederholte Adamsberg und warf einen Blick auf seine Uhren. »Jetzt ist Louvois schon über alle Berge. Dennoch halten wir die Observation aufrecht, nicht alle Leute hören ständig Nachrichten.«

Und noch aus dem Café gab er seine Instruktionen: Voisenet und Kernokian beobachten weiterhin die Familie des Künstlers, der seine Gönnerin angemalt hat; Retancourt, Mordent und Noël die Wohnung von Louvois; vorher den Divisionnaire Weill davon informieren, der Mann hasst es, wenn Bullen in seine Privatsphäre eindringen, er kriegt es fertig und lässt alles auffliegen; Froissy und Mercadet überwachen Telefon und Internetanschluss von Louvois; Justin und Lamarre sein Auto, so er eins hat; die Polizei in Avignon auf Trab bringen, überprüfen lassen, ob Pierre junior und seine Frau in der Stadt sind. Die Kontrollen an Bahnhöfen und Flughäfen verstärken, das Foto des Täters verbreiten.

Während er sprach, sah Adamsberg, wie Danglard ihm eindringliche Zeichen mit der Hand machte, die er nicht verstand. Zweifellos, weil er unfähig war, zwei Dinge auf einmal zu tun, wie reden und sehen, sehen und zuhören, zuhören und schreiben. Zeichnen war die einzige Tätigkeit, die er im Hintergrund ausführen konnte, ohne dass sie seine anderen Aktivitäten beeinträchtigte.

»Befragen wir die Nachbarn in Louvois' Haus?«, wollte Maurel wissen.

»Ja, aber wir haben Weill mitten im Sektor. Informieren Sie sich also zunächst bei ihm und konzentrieren Sie sich auf die Überwachung. Kann sein, dass Louvois gar nichts weiß und dass er zurückkommt. Überprüfen Sie, wo er arbeitet. Werkstatt, Laden, was weiß ich.«

Danglard hatte sechs Wörter auf die Zeitung geschrieben und hielt sie Adamsberg unter die Augen: *Mordent nicht. Tauschen Sie gegen Mercadet.* Adamsberg hob fragend die Schultern.

»Ich korrigiere«, sagte er. »Mordent mit Froissy, dafür Mercadet zur Observation des Hauses. Wenn er einschläft, bleiben immer noch zwei Leute, darunter Retancourt, macht sieben.«

»Warum sollte ich Mordent rausnehmen?«, fragte Adamsberg, während er sein Handy in die Tasche schob.

»Angeschlagen, ich vertrau ihm nicht«, meinte Danglard.

»Ein angeschlagener Typ kann sich immerhin noch auf eine Beobachtung konzentrieren. Louvois befindet sich schließlich nicht mehr dort.«

»Ich meine etwas anderes. Es hat irgendwo eine undichte Stelle gegeben.«

»Werden Sie deutlicher, Commandant, stehen Sie zu Ihren Hintergedanken. Mordent ist seit siebenundzwanzig Jahren in dem Laden, er hat alles gemacht, alles gesehen, er hat sich nie bestechen lassen.«

»Ich weiß.«

»Darum begreife ich nicht, Danglard, nein, wirklich nicht. Sie sagten selbst, dass die Indiskretion durch reine Geschwätzigkeit zustande gekommen ist. Leichtsinn, und nicht Verrat.«

»Ich sage immer das Beste, denke jedoch stets das Schlimmste. Gestern Morgen hat er Sie ausgeschaltet und Émiles Flucht provoziert.«

»Mordent ist mit seinem Kopf kilometerweit von hier entfernt, während seine Tochter sich den ihren an den Gefängnismauern von Fresnes einschlägt. Es ist unvermeidlich, dass er Fehler macht, entweder er geht zu weit oder er tut nicht genug, er beißt um sich, er hat sich nicht mehr in der Gewalt. Man muss ihm jemanden zur Seite stellen, das ist alles.«

»Er hat die Alibi-Überprüfung in Avignon verpatzt.«

»Und was heißt das, Danglard?«

»Das heißt, dass wir uns zwei professionelle Fehler geleistet haben, und nicht die geringsten: Wir haben einen Verdächtigen entwischen lassen und ein Alibi mit der Stümperhaftigkeit von Anfängern überprüft. Vom Gesetz her dafür verantwortlich: Sie. Beim Stand der Dinge könnte man behaupten, dass Sie in nicht mal zwei Tagen den Start der Ermittlung versaut haben. Mit Brézillon im Nacken könnten Sie für weniger als das hochgehen. Und nun diese Katastrophe, dass die Presse vorzeitig Wind gekriegt hat und der Mörder flüchtig ist. Wenn einer Sie aus dem Verkehr ziehen wollte, könnte er eine bessere Gelegenheit nicht finden.«

»Nein, Danglard. Sie meinen, Mordent sollte die Ermittlung sabotieren und mich hochgehen lassen wollen? Nein. Und warum?«

»Weil Sie ja was finden könnten. Und das könnte unangenehm werden.«

»Für wen? Für Mordent?«

»Nein. Für die da oben.«

Adamsberg sah auf Danglards nachdrücklich zur Decke, zur Sphäre der Mächtigen gerichteten Zeigefinger, die der Commandant in dem Begriff »da oben« zusammenfasste, wobei er ebenso gut auch »da unten«, im Orkus, hätte sagen können.

»Irgendjemand da oben«, fuhr Danglard fort, ohne den Finger von der Decke zu nehmen, »hat kein Interesse daran, dass die Angelegenheit Garches aufgeklärt wird. Noch dass Sie weiter auf diesem Posten sind.«

»Und Mordent sollte ihm dabei behilflich sein? Undenkbar.«

»Sehr wohl denkbar, seitdem seine Tochter sich in den Händen der Justiz befindet. Eine Mordaffäre lässt sich da oben problemlos niederschlagen. Mordent liefert ihnen den Anlass, Sie abzusägen, und seine Tochter ist frei. Vergessen Sie nicht, dass sie in zwei Wochen vor Gericht stehen wird.«

Adamsberg schnalzte mit der Zunge.

»Dazu hat er nicht das Profil.«

»Kein Mensch ist stark genug, wenn er sein Kind in Gefahr weiß. Man sieht, dass Sie keine Kinder haben.«

»Suchen Sie Streit, Danglard?«

»Ich meine, eins, um das man sich wirklich kümmert«, sagte Danglard trocken, womit er auf den schweren Konflikt anspielte, der zwischen ihnen stand. Danglard auf der einen Seite der Front, der Camille und ihr Kind gegen das – sehr freizügige – Leben von Adamsberg beschützte, Adamsberg auf der anderen, der, seinen Begierden folgend, im Dasein anderer säte, ohne sich, so fand der Commandant, allzu sehr um die dadurch ausgelösten Erschütterungen zu scheren.

»Ich kümmere mich um Tom«, sagte Adamsberg und ballte die Faust. »Ich pass auf ihn auf, ich geh mit ihm spazieren, ich erzähle ihm Geschichten.«

»Wo ist er im Augenblick?«

»Das geht Sie nichts an, Sie nerven mich. Er ist mit seiner Mutter im Urlaub.«

»Gewiss, aber wo?«

Schweigen senkte sich auf die beiden Männer, den schmutzigen Tisch, die leeren Gläser, die zerknitterten Zeitungen, das Gesicht des Mörders. Adamsberg versuchte sich zu erinnern, wo Camille mit dem kleinen Tom hingefahren war. An die frische Luft natürlich. Ans Meer, da war er sich sicher. In die Normandie, irgend so was. Er rief alle drei Tage an, es ging ihnen gut.

»In der Normandie«, sagte Adamsberg.

»In der Bretagne«, konterte Danglard, »in Cancale.«

Wenn Adamsberg in diesem Augenblick Émile gewesen wäre, hätte er Danglard auf der Stelle den Schädel eingeschlagen. Er sah die Szene haargenau vor sich und sie gefiel ihm. Er begnügte sich damit, aufzustehen.

»Was Sie über Mordent denken, Commandant, ist mies.«

»Es ist nicht mies, seine Tochter retten zu wollen.«

»Ich habe gesagt: Was *Sie* denken, ist mies. Was in *Ihrem* Kopf vor sich geht, ist mies.«

»Klar ist es das.«

19

Lamarre fegte wie ein Windstoß in den Würfelbecher.

»Höchste Dringlichkeit, Kommissar. Wien verlangt Sie.«

Adamsberg sah Lamarre verständnislos an. Befangen in seiner Schüchternheit, konnte sich der Brigadier nie ganz locker äußern, und selbst in einen noch so kurzen Diskussionsbeitrag wagte er sich nicht ohne Notizzettel.

»Wer verlangt mich, Lamarre?«

»Wien. Thalberg. Endet wie Sie mit ›berg‹, wie der Komponist.«

»Sigismund Thalberg«, bestätigte Danglard, »österreichischer Komponist, 1812 bis 1871.«

»Er sei aber nicht der Komponist, hat er gesagt. Er sei Kommissar.«

»Ein Kommissar aus Wien?«, meinte Adamsberg. »Warum sagen Sie das nicht gleich, Lamarre?«

Adamsberg stand auf und folgte dem Brigadier über die Straße.

»Was will er, der Mann in Wien?«

»Habe ich nicht gefragt, Kommissar, er wollte Sie selbst sprechen. Sagen Sie mal«, fuhr Lamarre mit einem Blick zurück fort, »warum heißt das Café eigentlich Der Würfelbecher? Ich habe dort noch nie einen Menschen würfeln sehen und es ist auch kein Spieltisch da.«

»Und warum heißt die Brasserie des Philosophes so, wo doch noch nie ein Philosoph in ihr gesichtet wurde?«

»Das ist aber keine Antwort, es ist nur eine neue Frage.«

»So ist das oft, Brigadier.«

Kommissar Thalberg bat um eine Videoschaltung, und Adamsberg begab sich in den Technikraum, wo er sich ganz auf Froissy verließ, die sich darum kümmerte, dass die Geräte liefen. Justin, Estalère, Lamarre und Danglard drängten sich hinter seinem Stuhl. Vielleicht war es der Erwähnung des Musikers der Romantik geschuldet, denn es kam Adamsberg so vor, als habe der Mann, der auf dem Monitor erschien, seine Schönheit aus einem vergangenen Jahrhundert bezogen, ein feinsinniges, edles Gesicht, leicht angekränkelt, das, durch einen hochgestellten Hemdkragen noch stärker zur Geltung gebracht, von gelocktem blondem Haar vollendet umrahmt wurde.

»Sprechen Sie Deutsch, Kommissar Adamsberg?«, fragte der graziöse Wiener, während er sich eine lange Zigarette anzündete.

»Nein, tut mir leid. Aber Commandant Danglard wird übersetzen.«

»Sehr liebenswürdig von ihm, doch ich bin Ihrer Sprache mächtig. Ich freue mich, Sie kennenzulernen, Kommissar, und vielleicht kann ich Ihnen sogar helfen. Ich habe gestern von Ihrem Fall in Garches gehört. Eine rasche Aufklärung wäre möglich, wenn die Blödmänner« – Letzteres sagte er auf

Deutsch – »von der Presse ihren Mund gehalten hätten. Ihr Mann ist entwischt?«

»Was heißt ›Blödmänner‹, Danglard?«, fragte Adamsberg leise.

»*Connards*«, übersetzte der Commandant.

»Genau, er ist entwischt«, bestätigte Adamsberg.

»Das bedaure ich für Sie, Kommissar, aber ich hoffe, die Ermittlung bleibt in Ihrer Hand?«

»Für den Augenblick bleibt sie es, ja.«

»Dann kann ich Ihnen vielleicht helfen, und Sie mir auch.«

»Wissen Sie etwas über Louvois?«

»Ich weiß etwas über das Verbrechen. Das heißt, ich bin fast sicher, dass ich mit demselben Täter zu tun habe, denn es ist kein gewöhnliches Verbrechen, nicht wahr? Ich sende Ihnen ein paar Bilder, dann können Sie sich eine genauere Vorstellung machen.«

Das blondgerahmte Gesicht verschwand und es erschien ein Landhaus mit holzverkleideter Fassade und Spitzdach.

»Das ist der Tatort«, fuhr die angenehme Stimme von Thalberg fort. »In Pressbaum, ganz in der Nähe von Wien, vor fünf Monaten und zwanzig Tagen, in einer Nacht. War ebenfalls ein Mann, Conrad Plögener, jünger als Ihr Opfer, neunundvierzig Jahre, verheiratet und drei Kinder. Die Frau und die Kinder waren über das Wochenende nach Graz gefahren, als Plögener getötet wurde. Er handelte mit Möbeln. Getötet auf diese Weise«, und es erschien eine zweite Ansicht, ein blutbesudeltes Zimmer, in dem kein Körper zu erkennen war. »Ich weiß nicht genau, wie es in Ihrem Fall aussah, aber in Pressbaum wurde der Körper so zerstückelt, dass nichts mehr davon zu erkennen war. In kleine Teile zerschnitten, unter einem Stein Stück für Stück zermalmt, dann im Raum verteilt, in alle Richtungen. Ist der Mörder bei Ihnen nach einem ähnlichen Modus vorgegangen?«

»Auf den ersten Blick, ja.«

»Ich zeige Ihnen jetzt – wie sagt man – angenähertere Bilder.«

Es folgten ein Dutzend Aufnahmen, die ziemlich genau an das Schlachthaus von Garches erinnerten. Conrad Plögener lebte bescheidener als Pierre Vaudel, er besaß weder einen Flügel noch Gobelins.

»Ich hatte nicht so viel Glück wie Sie, Kommissar, bei uns gab es keine Spur von dem ›Zerquetscher‹.«

»*Écrabouilleur*«, übersetzte Danglard, indem er beide Handflächen aneinanderdrückte, um die Aktion zu verdeutlichen. »*Écraseur.*«

»Ja«, bestätigte Thalberg. »Die Leute hier haben ihn den ›Zerquetscher‹ genannt, Sie wissen ja, sie wollen immer einen Beinamen geben. Ich habe lediglich Abdrücke von Bergschuhen gefunden. Es ist aber sehr gut möglich, dass wir denselben Zerquetscher suchen, auch wenn es selten vorkommt, dass ein Mörder außerhalb der eigenen Landesgrenzen agiert.«

»In der Tat. War das Opfer reiner Österreicher? Keinerlei französische Wurzeln?«

»Ich habe es gerade eben überprüft. Plögener war durch und durch Österreicher, er ist in Mautern in der Steiermark geboren. Auch wenn niemand wirklich durch und durch irgendetwas ist, meine Großmutter, zum Beispiel, stammt aus

Rumänien, und so geht es fast jedem hier. War Vaudel ein waschechter Franzose? Gibt es bei Ihnen nicht so etwas wie ›Pfaudel‹ oder ›Waudel‹ oder eine ähnliche Abwandlung seines Namens?«

»Nein«, sagte Adamsberg, er hatte das Kinn in die Hand gestützt und schien niedergeschmettert angesichts dieses neuerlichen Haufens Hackfleisch namens Conrad Plögener. »Wir haben sein persönliches Archiv zu drei Vierteln gesichtet, eine Verbindung zu Österreich gibt es nicht. Doch, warten Sie, Thalberg, einen Hinweis Richtung Deutschland haben wir. Eine Frau Abster in Köln, er scheint sie lange Zeit geliebt zu haben.«

»Ich notiere. Abster. Ich werde in seinen persönlichen Papieren danach suchen.«

»Vaudel hat ihr auf Deutsch einen Brief geschrieben, der nach seinem Tod abgeschickt werden sollte. Einen Augenblick, ich hole das Schriftstück.«

»Ich erinnere mich an den Wortlaut«, sagte Froissy. »Bewahre unser Reich, widerstehe, auf dass es unantastbar bleibe.«

»Dann folgt ein kyrillisch geschriebenes Wort, das so was wie ›Kiss Love‹ bedeutet.«

»Ich schreibe. Ein wenig pathetisch, finde ich, aber was die Liebe angeht, sind die Franzosen ja häufig ewigkeitsgläubig, ganz im Gegensatz zu dem, was man landläufig annimmt. Wir haben also eine Frau Abster, die ihre ehemaligen Liebhaber zerstückelt. Das war natürlich ein Scherz.«

Adamsberg gab Estalère ein Zeichen, der auf der Stelle losflitzte. Als Kaffeespezialist der Brigade hatte Estalère die

Vorlieben jedes Einzelnen, mit Zucker oder ohne, mit Milch oder ohne, stark oder verdünnt, in seinem Gedächtnis gespeichert. So wusste er auch, dass Adamsberg gern die Tasse mit dem dicken Rand nahm, die ein orangefarbener Vogel zierte – von dem Voisenet, der Hobbyornithologe, verächtlich meinte, er sähe nach überhaupt nichts aus, was irgendwie Sinn ergab –, und so hatte sich jeder mit der Zeit seine Gewohnheiten zugelegt. Estalères Sorgfalt, mit der er diese einzelnen Vorlieben in seinem Gedächtnis bewahrte, hatte nichts Unterwürfiges, vielmehr lag sie in seiner Leidenschaft für sachliche Details begründet, so geringfügig und zahlreich sie sein mochten, die ihn zugleich unfähig machte zur Synthese. Er kam mit einem perfekt bestückten Tablett zurück, während der Wiener Kommissar gerade das Bild eines Gehäuteten zeigte, auf dem die österreichischen Kollegen die vom »Zerquetscher« am meisten zerstörten Regionen schwarz hervorgehoben hatten. Adamsberg seinerseits schickte ihm seine Zeichnung vom Tage zuvor, mit ihren roten und grünen Markierungen.

»Ich bin – wie sagt man – untrüglich davon, dass zwischen beiden Fällen eine Verbindung besteht, Kommissar.«

»Davon bin ich auch untrüglich«, murmelte Adamsberg.

Er trank einen Schluck Kaffee und betrachtete das Bild des Gehäuteten, die geschwärzten Zonen, Kopf, Hals, Gelenke, Füße, die großen Zehen, das Herz, die Leber, es war eine nahezu deckungsgleiche Kopie ihrer eigenen Darstellung. Dann erschien wieder das Gesicht des Kommissars.

»Diese Frau Abster, senden Sie mir doch mal ihre Adresse, ich werde in Köln jemanden zu ihr schicken.«

»In diesem Fall könnten Sie ihr den Brief ihres Freundes Vaudel überbringen lassen.«

»In der Tat, das wäre liebenswürdig.«

»Ich schicke Ihnen eine Kopie. Bringen Sie ihr die Nachricht von seinem Tode schonend bei. Ich meine, es ist nicht nötig, ihr alle Einzelheiten des Verbrechens mitzuteilen.«

»Ich gehe immer schonend vor, Kommissar.«

»Der *Zerquetcheur*«, wiederholte Adamsberg mehrmals nachdenklich, als die Konferenz zu Ende war. »Armel Louvois, der *Zerquetcheur*.«

»Zerquetscher«, korrigierte Danglard.

»Was halten Sie von diesem Gesicht«, fragte Adamsberg und griff nach der Zeitung, die Danglard auf den Tisch gelegt hatte.

»Ein Passfoto fixiert die Züge eines Menschen in einer starren Pose«, sagte Froissy, eingedenk der Moral, wonach sich jeder Kommentar über die physische Erscheinung eines Verdächtigen verbot.

»Stimmt, Froissy, es ist steif, erstarrt.«

»Weil er bewegungslos in den Apparat schaut.«

»Was ihm einen blöden Ausdruck verleiht«, ergänzte Danglard.

»Und was noch? Erkennt man die Gefährlichkeit in seinen Zügen? Oder Angst? Lamarre, würden Sie ihm gern in einer dunklen Gasse begegnen?«

»Negativ, Kommissar.«

Estalère nahm die Zeitung und konzentrierte sich. Dann gab er sie Adamsberg zurück.

»Und?«, fragte der Kommissar.

»Mir fällt nichts dazu ein. Ich finde, er sieht ganz normal aus.«

Adamsberg lächelte und stellte seine leere Tasse auf das Tablett.

»Ich gehe zu dem Arzt«, sagte er. »Und zu Vaudels imaginären Feinden.«

Adamsberg sah auf seine beiden Uhren, die voneinander abweichende Zeiten anzeigten, und ihr Mittelwert sagte ihm, dass er noch ein wenig Zeit hatte. Er nahm Cupido auf den Arm, der merkwürdig aussah, seit Kernokian ihm das Fell gelichtet hatte, um Pferdemistspuren daraus zu entnehmen, und schritt durch den großen Saal in Richtung Kater auf dem Fotokopiergerät. Er stellte die beiden Tiere einander vor, erklärte, dass der Hund nur vorübergehend hier wäre, es sei denn, sein Herrchen würde sterben, weil ein Dreckskerl ihm das Blut vergiftet hatte. Der Kater streckte seinen großen runden Körper, schenkte dem Hündchen, das aufgeregt Adamsbergs Uhren leckte, einen Moment Aufmerksamkeit, dann legte er seinen mächtigen Kopf auf die lauwarme Abdeckplatte zurück, wie um anzudeuten, dass, sofern man ihn weiterhin zu seinem Fressnapf trüge und ihm das Kopiergerät ließe, ihm die Sache gleichgültig sei. Vorausgesetzt natürlich, dass Retancourt sich nicht in diesen Hund vernarrte. Retancourt gehörte ihm und er liebte sie.

20

Vor der Tür des Hauses angekommen, wurde Adamsberg bewusst, dass er sich den Namen von Vaudels Arzt nicht gemerkt hatte, dabei hatte der Typ das Kätzchen gerettet, und sie beide hatten im Schuppen miteinander angestoßen. Er entdeckte das an die Wand geschraubte Schild – Dr. Paul de Josselin Cressent, Osteopathie und psychosomatische Medizin –, und die Verachtung, mit der dieser Mann seine beiden Lieutenants gestraft hatte, als sie ihm schlicht mit ihren Armen den Zutritt zur Villa versperrt hatten, wurde ihm erklärlich.

Der Hausmeister sah fern, er saß, in Decken gewickelt, in einem Rollstuhl, das Haar lang und grau, der Schnurrbart verklebt. Er wandte nicht einmal den Blick zu ihm, nicht dass er unhöflich gewesen wäre, doch wie Adamsberg schien er nicht in der Lage zu sein, gleichzeitig seinen Film zu sehen und einem Besucher zuzuhören.

»Der Doktor ist zu einem Ischias weg«, sagte er schließlich. »Wird in einer Viertelstunde wieder da sein.«

»Behandelt er Sie auch?«

»Ja. Er hat goldene Finger.«

»Hat er sich in der Nacht von Sonnabend auf Sonntag um Sie gekümmert?«

»Ist das wichtig?«

»Ich bitte darum.«

Der Hausmeister bat um ein paar Minuten, denn der Film ging gerade zu Ende, dann wandte er die Augen vom Bildschirm, ohne das Gerät auszuschalten.

»Ich bin beim Zubettgehen gefallen«, sagte er und zeigte auf sein Bein, »ich konnte mich gerade noch zum Telefon schleppen.«

»Aber haben Sie ihn zwei Stunden später noch mal angerufen?«

»Ich habe mich dafür schon entschuldigt. Mein Bein schwoll an wie eine Melone. Ich habe mich dafür schon entschuldigt.«

»Der Doktor sagt, Sie heißen Francisco.«

»Francisco, genau.«

»Ich brauche Ihren vollständigen Namen.«

»Nicht dass mich das stört, aber wieso interessiert Sie das?«

»Einer von Dr. Josselins Patienten ist ermordet worden. Wir notieren alles, das müssen wir.«

»Sie machen also Ihre Arbeit.«

»So ist es. Ich werde lediglich Ihren Namen notieren«, sagte Adamsberg und zog sein Notizheft heraus.

»Francisco Delfino Vinicius Villalonga Franco da Silva.«

»Gut«, sagte Adamsberg, der so schnell gar nicht hatte schreiben können. »Es tut mir leid, aber ich kann kein Spanisch. Wo hört Ihr Vorname auf und wo beginnt Ihr Nachname?«

»Das ist kein Spanisch, das ist Portugiesisch«, sagte der Mann und mahlte lautstark mit dem Kiefer. »Ich bin Brasilianer, meine Eltern wurden deportiert unter der Diktatur dieser Hurensöhne, Gott verdamm sie, man hat sie nie gefunden.«

»Das tut mir sehr leid.«

»Ist ja nicht Ihre Schuld. Falls Sie nicht auch ein Hurensohn sind. Der Nachname ist Villalonga Franco da Silva. Und der Doktor wohnt im zweiten Stock. Auf der Etage gibt es einen Warteraum mit allem, was man so braucht zum Warten. Wenn ich könnte, würde ich da wohnen.«

Der Treppenabsatz der zweiten Etage war weiträumig wie ein Foyer. Der Doktor hatte ihn mit einem Couchtisch und Sesseln möbliert, einer antiken Stehlampe und einem Wasserspender, auf dem Tisch lagen Zeitschriften und Bücher. Ein kultivierter Mensch mit einem leichten Hang zur Selbstdarstellung. Adamsberg setzte sich, um auf den Mann mit den goldenen Fingern zu warten, und rief nacheinander – mit den schlimmsten Befürchtungen das Krankenhaus von Châteaudun, ohne alle Hoffnung die Mannschaft von Retancourt und die von Voisenet – an, während er zugleich die miesen Gedanken von Commandant Danglard aus seinem Bewusstsein zu verdrängen suchte.

Dr. Lavoisier war schon eine Spur optimistischer – »Er gibt nicht auf« –, die Temperatur war um einen Strich gesunken, der Magen hatte die Spülung überstanden, der Patient hatte gefragt, ob der Kommissar die Postkarte gefunden habe.

»Das scheint ihm ungeheuer wichtig zu sein, mein Lieber.«

»Sagen Sie ihm, dass wir die Karte suchen«, erwiderte Adamsberg, »dass mit dem Hund alles seinen Gang geht, dass wir Pferdemist entnommen haben, dass alles läuft wie gewünscht.«

Codierte Nachricht, schätzte Lavoisier und schrieb alles Wort für Wort auf, er würde es weitergeben, es ging ihn nichts an, die Bullen hatten ihre Methoden. Hauptsache, der perforierte Magen hielt bei dieser Entzündung durch, und das war noch längst nicht sicher.

Retancourt war entspannt, ja nahezu heiter, obgleich alles darauf hindeutete, dass Armel Louvois keinen Fuß mehr in seine Wohnung setzen würde und vermutlich schon um sechs Uhr morgens abgehauen war. Die Concierge hatte ihn mit einem Rucksack das Haus verlassen sehen. Im Gegensatz zu anderen Tagen, wo er immer noch ein paar nette Worte mit ihr gewechselt hatte, war der junge Mann diesmal nur mit einem flüchtigen Handzeichen an ihr vorübergegangen. Sicher wollte er zum Zug. Weill konnte es nicht bestätigen, er stand erst zur ehrbaren Zeit von zwölf Uhr auf. Er mochte seinen jungen Nachbarn, und die Nachricht von dem Verbrechen hatte ihn dermaßen verstimmt, dass er sich nahezu schmollend in sich verschlossen und nur überflüssige Auskünfte gegeben hatte. Seltsamerweise zeigte sich Retancourt von diesen schlechten Nachrichten gar nicht beeindruckt. Möglich, dass Weill, der ein namhafter Weinkenner war, das Observierungsteam ein wenig zerstreut und ihm in geschliffenen Gläsern einen Jahrgangswein kredenzt hatte. Bei Weill, der nur maßgeschneiderte Sachen trug, aufgrund seines Vermögens, seines Snobismus und der einzigartigen Kontur seines kreiselförmigen Leibes, war alles denkbar, sogar die Irreführung eines Polizeitrupps auf Beobachtungsposten, die ihm ganz sicher ein paradoxales Vergnügen bereitet haben musste. Hatte seine Nachsicht für seinen Nachbarn Retancourts Wachsamkeit getrübt? War sie sich nicht darüber im Klaren, dass sie das Domizil eines Wahnsinnigen beobachtete, des Zerquetschers, der einen alten Mann zu Brei geschlagen hatte? »Informieren Sie Weill darüber«, sagte Adamsberg, »dass er in Österreich einen weiteren Menschen zerstückelt hat.«

Das Team Voisenet-Kernokian dagegen traf er ziemlich entnervt auf dem Rückweg an. Raymond Réal, der Vater des Künstlers, hatte erst nach zehn Minuten eingewilligt, sein Gewehr abzulegen und sie in seine Dreizimmerwohnung in einem Souterrain in Survilliers hereinzulassen. Ja, er wusste Bescheid, und er pries den Rächer, der diesen alten Schurken von Vaudel um die Ecke gebracht hatte, gebe der Himmel, dass die Bullen ihn nie zu fassen kriegten. Die Zeitungen seien ja früh genug draußen gewesen, dass er ihnen durch die Lappen gehen konnte, ein wahrer Segen sei das. Vaudel habe mindestens zwei Tote auf dem Gewissen, seinen Sohn und seine Frau, das möge man bitte schön nie vergessen. – Ob er wüsste, wer Vaudel getötet habe? Ob er wüsste, wo seine beiden Söhne seien? – Ja, bildeten die Bullen sich tatsächlich ein, dass er ihnen auch nur den geringsten Hinweis geben würde, um ihnen zu helfen? Wo glaubten sie denn, dass sie wären, die Bullen? Wo lebten sie denn? Kernokian hatte gemurmelt: »In der Scheiße«, und dieses Bekenntnis hatte den Mann ein wenig beruhigt.

»Im Grunde«, erklärte Voisenet, »hat er uns nicht mal ausreden lassen. Verstehen Sie, das Gewehr lag auf dem Tisch, eine Schrotflinte, gewiss, aber jederzeit schussbereit. Er ist ein riesiger Kerl, hat drei Hunde, und seine Höhle – ich weiß kein anderes Wort dafür – ist voll von Motoren, Batterien und Jagdfotos.«

»Sie wissen also rein gar nichts über seine beiden anderen Söhne?«

»Er hat wörtlich gesagt: ›Der Ältere ist in der Legion, der Jüngere ist Fernfahrer, München–Amsterdam–Rungis, also sehen Sie zu.‹ Dann hat er uns aufgefordert, auf der Stelle zu verschwinden, denn ›solange Sie hier sind, stinkt's‹. Womit er recht hatte«, fügte Voisenet hinzu, »denn Kernokian war es ja, der dem Hund das Fell gestutzt hat.«

Adamsberg streckte seinen Arm unter den Glastisch, um einen Gegenstand aufzuheben, den einer von Dr. Josselins Patienten dort verloren hatte, ein kleines Herz aus Schaumstoff, bezogen mit roter Seide, das man in der Hand zusammendrücken konnte, um seine Nerven zu beruhigen. Während er Gardon anrief, schnipste er es auf den Tisch und sah zu, wie es rotierte. Beim dritten Versuch gelang es ihm, dass es vier Sekunden lang seine Pirouetten drehte. Ziel war es, so beschloss er, dass die vier Buchstaben auf seiner Vorderseite – *Love* – beim Stillstand in die richtige Richtung zeigten. Beim sechsten Versuch hatte er es geschafft, er bat Gardon gerade, aus den Hinterlassenschaften des alten Vaudel alle Postkarten herauszusuchen. Der Brigadier las ihm die Nachricht vor, die sie von der Polizei in Avignon erhalten hatten: Pierre Vaudel sei an diesem Nachmittag im Gericht gewesen, in Vorbereitung eines Plädoyers, so hieß es. Die Information war nicht überprüft worden. Um neunzehn Uhr zwölf sei er nach Hause zurückgekehrt. Gut beschützt, der Herr, schloss Adamsberg. Er legte auf und schleuderte das Schaumstoffherz auf den Tisch, seine Umdrehungen zählend. Der Zerquetscher war unterwegs, aber zu wem?

»Er ist Ihnen entwischt, nicht wahr?«

Adamsberg erhob sich müde und drückte dem Arzt die Hand.

»Ich habe Sie nicht kommen hören.«

»Ich bitte Sie«, entgegnete Josselin und öffnete seine Tür. »Wie geht es der kleinen Charme? Dem Kätzchen, das nicht saugte«, fügte er erklärend hinzu, als er sah, dass Adamsberg mit dem Namen nichts anzufangen wusste.

»Gut, nehme ich an. Ich bin seit gestern nicht mehr zu Hause gewesen.«

»Bei diesem Presserummel kann ich mir das schon vorstellen. Dennoch, lassen Sie es mich bitte wissen, ja?«

»Jetzt gleich?«

»Es ist wichtig, seine Patienten in den ersten drei Tagen nach einem Eingriff zu beobachten. Ich möchte nicht unhöflich erscheinen, aber dürfte ich Sie bitten, mich in die Küche zu begleiten? Ich hatte Sie nicht erwartet und muss mich erst einmal stärken. Vielleicht haben Sie auch noch nicht zu Abend gegessen? So ist es doch, nicht wahr? Dann könnten wir in aller Bescheidenheit gemeinsam eine Kleinigkeit zu uns nehmen, nicht wahr?«

Da sage ich nicht Nein, dachte Adamsberg, und er suchte nach dem richtigen Ton, um Paul de Josselin zu antworten. Diese Leute, die ständig »nicht wahr?« sagten, irritierten ihn immer ein wenig bei der ersten Begegnung. Während der Arzt sein Jackett ablegte und eine alte Strickjacke überzog, rief Adamsberg kurz den alten Lucio an, der sehr überrascht war, dass er sich nach dem Befinden von Charme erkundigte. Es ging ihr gut, die Kräfte kehrten allmählich zurück, Adamsberg gab die Nachricht weiter, und Josselin schnipste zufrieden mit den Fingern.

Man sollte nie dem Schein trauen und niemand kennt den anderen – das sind alte Weisheiten. Adamsberg war selten mit größerer Natürlichkeit und Gastlichkeit von einem Fremden empfangen worden. Der Doktor hatte seine zweideutige Arroganz abgestreift, wie er sein Jackett an der Garderobe gelassen hatte, legte nachlässig zwei Gedecke auf den Tisch, die Gabeln rechts, die Messer links, mischte einen Salat mit geraspeltem Käse und gehackten Nüssen, schnitt ein paar Scheiben von einem geräucherten Schweinebraten ab, häufte auf jeden Teller zwei Kugeln Reis und eine Kugel Feigenpüree, die er mit einer zuvor mit dem Finger eingefetteten Eiskelle geformt hatte. Adamsberg sah ihm fasziniert zu, wie er wie ein Schlittschuhläufer zwischen Schrank und Tisch hin und her glitt, seine mächtigen Hände graziös im Einsatz, ein Schauspiel an Geschicklichkeit, Delikatesse, Präzision. Der Kommissar hätte ihm noch lange so zusehen können, wie man einem Tänzer zusieht, der einen bezaubert, weil er etwas zu vollbringen weiß, dessen man selbst unfähig ist. Dabei brauchte Josselin nicht einmal zehn Minuten, um alles anzurichten. Mit kritischem Blick sah er dann auf die geöffnete Weinflasche auf dem Tresen.

»Nein«, sagte er und stellte sie wieder hin, »ich habe so selten Gäste, es wäre schade.«

Er tauchte unter seinen Spültisch, prüfte seine Vorräte und richtete sich mit einer geschmeidigen Bewegung wieder auf, seinem Gast das Etikett der neuen Flasche präsentierend.

»Schon besser, nicht wahr? Den aber ganz allein zu trinken, als einsames Fest, hat etwas Pathetisches, nicht wahr? Der Geschmack eines edlen Weins offenbart sich in Gesellschaft mit einem anderen. Darf ich Sie dazu einladen?«

Mit einem zufriedenen Seufzer ließ er sich auf den Stuhl fallen und stopfte sich auf ganz ordinäre Weise, wie irgendein Émile, seine Serviette in den Hemdkragen. Zehn Minuten später war die Unterhaltung schon so gelöst wie seine ärztlichen Handbewegungen.

»Der Hauswart hält Sie für einen Magier«, sagte Adamsberg, »einen Heiler, einen Menschen mit goldenen Fingern.«

»Ach was«, erwiderte Josselin mit vollem Mund. »Francisco glaubt nur gern an Dinge, die über ihn hinausgehen, und das kann man verstehen, wenn man weiß, dass seine Eltern während der Diktatur deportiert wurden.«

»Von diesen Hurensöhnen, Gott verdamm sie.«

»Genau. Ich verbringe viel Zeit damit, dieses Trauma zu lindern, seine Sicherung brennt dauernd durch.«

»Seine Sicherung?«

»Jeder Mensch hat eine, ja mehrere. Bei ihm ist es die S3, die rausspringt. Eine Art Sicherheitsventil, wie bei einem Stromkreis. Das alles ist nichts weiter als Wissenschaft, Kommissar. Struktur, Anordnungen, Netzwerke, Kreisläufe, Schaltverbindungen. Knochen, Organe, Schaltstellen, der Körper ist in ständigem Fluss, verstehen Sie.«

»Nein.«

»Nehmen Sie den Heizkessel da«, sagte Josselin und zeigte auf das Gerät an der Wand. »Ein Heizkessel ist nicht einfach die Summe einzelner Bauteile, Gehäuse, Wasserzulauf, Zirkulator, Dichtungen, Brenner, Sicherheitsventil, nein, er ist ein synergetisches Ensemble. Wenn der Zirkulator verdreckt ist, fliegt das Ventil raus, erlischt der Brenner. Verstehen Sie? Alles greift ineinander, die Bewegung jedes einzelnen Elements hängt von der des anderen ab. Wenn Sie sich den Fuß verstauchen, nimmt das gesunde Bein eine veränderte Haltung an, der Rücken stellt sich schief, der Hals reagiert, der Kopf schmerzt, der Magen verkrampft, der Appetit geht weg, die Aktivität schwindet, Angst stellt sich ein, die Sicherungen brennen durch. Ich habe vereinfacht.«

»Warum brennt Franciscos Sicherung durch?«

»Blockade«, sagte der Arzt und tippte mit dem Finger auf seinen Hinterkopf. »Dort, wo sein Vater ist. Das Segment ist fest, das Okziput bewegt sich nicht mehr. Möchten Sie noch etwas Salat?«

Er tat Adamsberg noch einmal auf, ohne seine Antwort abzuwarten, wie er auch sein Glas von Neuem füllte.

»Und bei Émile?«

»Die Mutter«, sagte der Arzt geräuschvoll kauend und wies mit dem Finger auf die andere Seite seines Kopfes. »Akutes Empfinden von Ungerechtigkeit. Und dann schlägt er zu. Aber inzwischen kaum noch.«

»Und Vaudel?«

»Da wären wir also doch bei ihm.«

»Ja.«

»Nun, da die Presse alle Einzelheiten mitgeteilt hat, ist das Berufsgeheimnis ja wohl gegenstandslos geworden. Informieren Sie mich. Vaudel wurde auf grässliche Weise zerlegt, wenn ich recht verstanden habe. Aber wie, warum, was wollte der Mörder? Haben Sie eine Logik darin erkennen können, ein Ritual?«

»Nein, eher eine wahnsinnige Angst, einen unstillbaren Zorn. Ein System zweifellos, doch ein uns unbekanntes System.«

Adamsberg zog sein Notizheft heraus, zeichnete den Körper auf und markierte die Zonen, auf die sich der Mörder konzentriert hatte.

»Sehr gut«, meinte der Mediziner. »Ich kann nicht mal eine Ente zeichnen.«

»Eine Ente ist auch schwerer.«

»Zeichnen Sie mir bitte eine. Und glauben Sie nicht, dass ich nicht gleichzeitig über das System nachdenke.«

»Eine Ente wie? Im Flug, ruhend, beim Tauchen?«

»Warten Sie«, sagte der Arzt und stand auf, »ich hole besseres Papier.«

Er schob die Teller zur Seite, legte einige weiße Blätter vor Adamsberg hin.

»Eine Ente im Flug.«

»Männchen? Weibchen?«

»Beides, wenn Sie können.«

Danach erbat Josselin nacheinander eine Steilküste, eine sinnende Frau und einen Giacometti wenn möglich. Er wedelte mit den fertigen Zeichnungen in der Luft, damit die Tinte trocknete, und hielt sie unter die Lampe.

»Das, Kommissar, sind goldene Finger. Ehrlich, ich würde Sie gern untersuchen. Aber Sie wollen nicht. Wir haben alle unsere geschlossenen Räume, von denen wir nicht möchten, dass der Erstbeste sie betritt, nicht wahr? Aber seien Sie unbesorgt, ich bin kein Hellseher, ich bin nur ein fantasieloser Positivist. Sie dagegen …«

Der Doktor legte die Zeichnungen sorgsam auf das Fensterbrett und trug Gläser und Flaschen wie auch die Darstellungen von Vaudels Körper in seinen Salon hinüber.

»Was haben Sie daraus abgeleitet?«, fragte er, legte seine große Hand auf die Zeichnung und tippte auf Ellbogen, Knöchel, Knie, den Schädel.

»Dass der Mörder zerstört hat, was den Körper in Bewegung hält, die Gelenke, die Füße. Das bringt mich nicht weit.«

»Hirn, Leber, Herz, er scheint auch die Verbreitung der Seelen im Auge zu haben, nicht wahr?«

»Das schlägt mein Stellvertreter vor. Der Mann ist mehr als ein Mörder, er ist ein Vernichter, ein ›Zerquetscher‹, wie der österreichische Kommissar sagt. In der Nähe von Wien hat er noch einen anderen Menschen auf diese Weise zerstört.«

»Aus der Familie von Vaudel?«

»Warum?«

Josselin zögerte, bemerkte, dass der Wein ausgetrunken war, holte aus einem Schrank eine dickbauchige grüne Flasche.

»Birnenschnaps, mögen Sie?«

Nein, er mochte nicht, der Tag war zu lang gewesen. Doch Josselin mit seinem Birnenschnaps allein zu lassen hieß, das gute Einvernehmen aufs Spiel zu setzen. Adamsberg sah ihn die beiden kleinen Gläser füllen.

»Es war nicht einfach eine Blockade, die ich in Vaudels Schädel entdeckt hatte, es war etwas weit Schlimmeres.«

»Was war in Vaudels Schädel, Doktor?«, beharrte Adamsberg.

»Ein hermetisch verschlossener Käfig, ein Zimmer, in dem es spukte, ein schwarzes Verlies. Er lebte in der Obsession dessen, was darin war.«

»Und was war das?«

»Er selbst. Mit seiner ganzen Familie und deren Geheimnis. Alle waren sie darin eingeschlossen, alle stumm, alle fern von der Welt.«

»Er meinte, dass jemand ihn dort eingeschlossen hielte?«

»Nein, Sie verstehen nicht. Vaudel hatte sich selbst dort eingeschlossen, er hatte sich willentlich versteckt, vor dem Blick der anderen verborgen. Er beschützte die im Verlies Eingeschlossenen.«

»Vor dem Tod?«

»Vor der Vernichtung. Es gab noch drei andere auffällige Dinge an ihm: Er hing auf besessene Weise an seinem Namen, seinem Familiennamen. In seiner Beziehung zu seinem Sohn war er zerrissen zwischen Stolz und Ablehnung. Er liebte Pierre, aber er hätte gewollt, dass er nicht existiert.«

»Er hat ihm nichts vererbt, er hat testamentarisch alles dem Gärtner vermacht.«

»Logisch. Wenn er nichts vererbt, bedeutet das, er hat keinen Sohn.«

»Ich denke nicht, dass Pierre es in diesem Sinne verstanden hat.«

»Bestimmt nicht. Und schließlich besaß Vaudel einen grenzenlosen Hochmut, einen so totalen, dass er ein Gefühl von Unbesiegbarkeit in ihm erzeugte. Ich habe so etwas noch nie erlebt. Sehen Sie, so was kann Ihnen der Arzt sagen, und Sie verstehen, warum mir sehr viel an diesem Patienten lag. Aber Vaudel war stark, er setzte meinen Behandlungen heftigen Widerstand entgegen. Er duldete, dass ich ihm einen Tortikollis oder eine Verstauchung behob. Er hat mich sogar bewundert, als ich ihn von seinen Schwindelanfällen befreite und eine beginnende Taubheit kurierte. Hier«, meinte er überflüssigerweise und tätschelte sein Ohr, »die Gehörknöchelchen im Mittelohr waren ineinander verkeilt wie in einem Schraubstock. Aber er hasste mich, sobald ich mich dem schwarzen Verlies näherte und den Feinden, die ihn umzingelten.«

»Wer waren diese Feinde?«

»Alle, die darauf aus waren, seine Macht zu zerstören.«

»Fürchtete er sie?«

»Einerseits so sehr, dass er keine Kinder haben wollte, um sie nicht der Gefahr auszusetzen. Andererseits überhaupt nicht, aufgrund ebenjenes Überlegenheitsbewusstseins, von dem ich Ihnen erzählte. Und dieses Bewusstsein erfüllte ihn schon zu der Zeit, als er sich noch mit der Justiz beschäftigte, als er über Leben und Tod anderer entschied. Doch Vorsicht, Kommissar, was ich Ihnen da beschreibe, ist nicht *die* Wirklichkeit, sondern *seine* Wirklichkeit.«

»War er verrückt?«

»Total verrückt, wenn man unter ›verrückt sein‹ versteht, nach der Logik einer Welt zu leben, die nicht die Logik der Welt ist. Doch überhaupt nicht verrückt von dem Augenblick an, wo er – innerhalb seiner Organisation – rigoros und kohärent vorging und sie mit den minimalen Regeln der allgemeinen gesellschaftlichen Ordnung in Übereinstimmung zu bringen verstand.«

»Hatte er herausgefunden, wer seine Feinde waren?«

»Das wenige, was er darüber sagte, erinnerte an einen primitiven Bandenkrieg, eine nicht enden wollende Vendetta. Mit einer Art Schlüsselmacht.«

»Kannte er ihre Namen?«

»Bestimmt. Es handelte sich nicht um wechselnde Feinde, um flüchtige Dämonen, die von überall und nirgends auftauchen können. Ihr Platz in seinem Kopf ist immer derselbe geblieben. Vaudel war Paranoiker, und sei es nur in dieser Gewissheit seiner Macht und seiner immer größer werdenden Isolation. Aber alles in seinem Krieg war rational und realistisch, und die, die er bekämpfte, hatten für ihn ganz bestimmt auch Namen und sogar Gesichter.«

»Ein verborgener Krieg also und die Feinde sind Chimären. Dennoch bricht eines Abends die Wirklichkeit in sein Theater ein und er wird ermordet.«

»Ja. Hat er die ›Feinde‹ am Ende tatsächlich bedroht? Hat er mit ihnen gesprochen, sie angegriffen? Sie kennen doch die landläufige Redewendung, nicht wahr: Der Paranoiker löst am Ende den Hass aus, den er geargwöhnt hatte. Seine Erfindung erfüllt sich mit Leben.«

Josselin bot eine neue Runde Birnenschnaps an, doch Adamsberg lehnte ab. Der Arzt bewegte sich leichten Schritts zum Schrank und stellte die Flasche gewissenhaft zurück.

»Es gibt normalerweise keinen Grund, dass wir uns wiedersehen, Kommissar, denn meine Kenntnis von Vaudel erschöpft sich hiermit. Es wäre wohl sehr viel verlangt, nicht wahr, wenn ich Sie bitten würde, einmal wiederzukommen?«

»Damit Sie in meinen Schädel reingucken können?«

»Ja, sicher. Es sei denn, wir finden ein weniger einschüchterndes Motiv. Keine Rückenschmerzen? Steife Gelenke? Irgendeine Beklommenheit? Verdauungsprobleme? Kälte- oder Hitzeanwandlungen? Eine Neuralgie? Ein Stirnhöhlenkatarrh? Nein, nichts von alledem natürlich.«

Adamsberg schüttelte lächelnd den Kopf. Der Doktor kniff die Augen zusammen.

»Wie wäre es mit einem Tinnitus«, meinte er wie ein Händler, der ein Angebot macht.

»Einverstanden«, sagte Adamsberg. »Woran erkennen Sie das?«

»An Ihrer Art, sich ans Ohr zu fassen.«

»Ich war schon beim Arzt. Man kann nichts dagegen tun, nur sich daran gewöhnen und ihn vergessen. Und dafür habe ich eine Begabung.«

»Gelassenheit, Gleichgültigkeit, nicht wahr?«, sagte der Mediziner, während er Adamsberg zum Ausgang begleitete. »Aber ein Tinnitus verblasst nicht wie eine Erinnerung. Ich könnte Sie davon befreien. Falls Sie wollen. Denn wozu sollen wir unsere Steine mit uns herumschleppen?«

21

Auf dem Rückweg von Dr. Josselin drückte Adamsberg immer wieder das Schaumstoffherz, *Love*, in seiner Tasche. Unter dem Portal der Kirche Saint-François-Xavier blieb er stehen und rief Danglard an.

»Es haut nicht hin, Commandant. Dieser Liebescode, das kann es einfach nicht sein.«

»Was für ein Code, was für eine Liebe?«, fragte Danglard vorsichtig.

»Der von dem alten Vaudel, sein ›Kiss Love‹ für die alte Dame in Deutschland. Es ist undenkbar, Vaudel ist hochbetagt, lebt zurückgezogen von der Welt, ist Traditionalist, trinkt Guignolet in einem Louis-treize-Sessel, so einer schreibt nicht ›Kiss Love‹ unter einen Brief. Nein, Danglard, schon gar nicht unter einen letzten, einen postumen Brief. Das ist eine zu billige Floskel für ihn. Ein Modernismus, den er ablehnt. Er schreibt kein Wort, das auf einem Schaumstoffherzen steht.«

»Was für ein Schaumstoffherz?«

»Unwichtig, Danglard.«

»Niemand ist gefeit gegen einen plötzlichen Einfall, Kommissar. Vaudel war ein launenhafter Mensch.«

»Eine Laune in kyrillischen Buchstaben?«

»Aus Freude am Geheimnis, warum nicht?«

»Dieses Alphabet, Danglard, benutzt man nicht nur in Russland, oder?«

»Nein, auch in den Sprachen anderer slawischer Völker der orthodoxen Kirche. Wenn Sie mich schon so fragen, es kommt aus dem Griechischen des Mittelalters her, mehr oder weniger.«

»Sagen Sie mir nicht, wo es herkommt, sagen Sie mir nur, ob es in Serbien benutzt wird.«

»Ja, sicher.«

»Sie haben mir doch gesagt, dass Ihr Onkel Serbe war? Dass also die abgeschnittenen Füße serbische sind?«

»Ich bin nicht sicher, dass es die von meinem Onkel sind. Ihre Bärengeschichte will mir einfach nicht aus dem Kopf. Vielleicht sind es die Füße von einem anderen.«

»Von wem dann?«

»Von einem Cousin vielleicht, einem Mann aus demselben Dorf.«

»Jedenfalls aus einem serbischen Dorf, Danglard, oder?«

Adamsberg hörte, wie Danglard sein Glas hart auf den Tisch knallte.

»Serbisches Wort, serbische Füße, ist es das, was Sie denken?«, fragte der Commandant.

»Ja. Zwei serbische Signale in wenigen Tagen, das ist ungewöhnlich.«

»Sie haben nichts miteinander zu tun. Und dabei wollten Sie erst gar nicht, dass wir uns mit den Füßen von Highgate befassen.«

»Der Wind dreht sich, was kann ich dafür, Commandant? Und heute Abend weht er aus Ost. Finden Sie heraus, was dieses ›Kiss Love‹ im Serbischen bedeuten könnte. Suchen Sie als Erstes in der Umgebung der Füße Ihres Onkels.«

»Mein Onkel kannte wenige Leute in Frankreich, schon gar nicht einen steinreichen Juraspezialisten in Garches.«

»Schreien Sie nicht so, Danglard, ich habe einen Tinnitus, es tut mir weh.«

»Seit wann?«

»Seit Québec.«

»Das haben Sie mir nie gesagt.«

»Weil es mir bisher egal war. Aber heute Abend nicht. Ich faxe Ihnen Vaudels Brief. Finden Sie etwas, Danglard, das mit ›Kiss‹ anfängt. Irgendetwas. Nur serbisch muss es sein.«

»Heute Abend noch?«

»Es geht um Ihren Onkel, Commandant. Wir werden ihn doch nicht im Bauch des Bären allein lassen.«

22

Die Füße auf der Kaminumrandung, döste Adamsberg vor dem erloschenen Feuer, einen Zeigefinger im Ohr. Es nützte nichts, das Geräusch war drinnen, es rauschte wie eine Hochspannungsleitung. Sicher beeinträchtigte das auch sein Gehör, welches schon von Natur aus unaufmerksam war, und vielleicht würde er eines Tages in Einsamkeit enden, wie eine Fledermaus ohne Radar, und von der Welt nichts mehr verstehen. Er wartete darauf, dass Danglard sich an die Arbeit machte. Zu dieser Stunde hatte der Commandant vermutlich schon seine Abendgarderobe übergestreift, die Arbeitskluft seines Bergarbeitervaters, die ganz im Gegensatz zu seiner Eleganz am Tage stand. Adamsberg sah ihn vor sich, wie er im Unterhemd über seinen Schreibtisch gebeugt stand und ihn verfluchte.

Danglard betrachtete das kyrillische Wort im Brief von Vaudel und verwünschte den Kommissar, der sich für diese Füße überhaupt nicht interessiert hatte, als sie ihn, Danglard, stark beschäftigten. Und jetzt, wo er beschlossen hatte, ihn damit in Ruhe zu lassen, kam Adamsberg plötzlich darauf zurück. Ohne jede weitere Erklärung, auf seine undurchschaubare, überraschende Art, die Danglards Sicherheitsgefüge stets ins

Wanken brachte. Und es vollends untergrub, wenn sich herausstellen sollte, dass Adamsberg recht hatte.

Was nicht ausgeschlossen war, wie Danglard sich eingestehen musste, während er das wenige Archivmaterial, das er von seinem Onkel Slavko Moldovan besaß, auf dem Tisch ausbreitete. Einem Mann, keine Frage, den man nicht im Magen eines Bären im Stich lassen konnte, ohne etwas zu unternehmen. Danglard schüttelte den Kopf, ungehalten wie jedes Mal, wenn ein adamsbergscher Gedanke sich in seine Überlegungen schlich. Er hatte Onkel Slavko sehr gemocht, der sich den lieben langen Tag Geschichten ausdachte, der den Finger auf die Lippen legte, um ein Geheimnis zu besiegeln, seinen Finger, der nach Pfeifentabak roch. Danglard hatte immer geglaubt, der Onkel sei eigens für ihn geschaffen worden, zu seiner alleinigen Unterhaltung. Slavko Moldovan wurde nie müde oder zeigte es doch nicht, er gab ihm heitere und schaurige Stücke vom Dasein zu kosten, reichlich gespickt mit Geheimnissen wie mit Erkenntnissen. Er hatte ihm Fenster aufgetan, Horizonte eröffnet. Wenn er bei ihnen zu Besuch war, wich der kleine Adrien Danglard ihm nicht von der Seite, folgte ihm und seinen Mokassins mit der roten Quaste und der goldenen Ziernaht, die er an manchen Abenden mit einem glänzenden Faden ausbesserte. Man musste sorgsam mit ihnen umgehen, sie wurden an Festtagen getragen, so wollte es der Brauch im Dorf. Adrien half dem Onkel, er glättete den Goldfaden, fädelte ihn in die Nadeln ein. Weiß Gott, wie er diese Schuhe kannte, deren Quasten er, von so schmählicher Hand auf den gotteslästerlichen Haufen von Highgate geworfen, wiedergefunden hatte. Quasten, die auch irgendeinem anderen Dorfbewohner gehört haben konnten, was Danglard glühend wünschte. Superintendent Radstock war vorangekommen. Es schien erwiesen, dass der Sammler sich in Leichenschauhäuser und Bestattungsinstitute einschlich, wo ein Toter aufgebahrt lag. Dort nahm er die Fetisch-Füße ab und schraubte den Sarg wieder zu. Die Füße wurden gewaschen, die Nägel beschnitten. Doch wenn der Fußabschneider Engländer oder Franzose war, warum und wie, zum Teufel, hatte er dann die Füße eines Serben in die Finger gekriegt? Und wie war es möglich, dass er da unten nicht aufgefallen war? Es sei denn, er wäre aus dem Dorf selbst?

Dieses Dorf hatte Slavko ihm zu allen Jahreszeiten beschrieben als einen außergewöhnlichen Ort, bevölkert von Feen und Dämonen, wobei der Onkel die Gunst der einen genoss und die anderen bekämpfte. Einen großen Dämon vor allem, der sich im Schoß der Erde verbarg und am Waldsaum umherstrich, und dabei senkte Slavko die Stimme und legte den Finger auf die Lippen. Danglards Mutter missbilligte Slavkos Geschichten und sein Vater mokierte sich über sie. *Warum erzählst du ihm diese schaurigen Dinge? Wie soll er denn danach einschlafen? – Es ist doch nur Quatsch,* antwortete Slavko. *Der Junge und ich, wir amüsieren uns damit.*

Dann aber hatte die Tante ihn für diesen Trottel von Roger verlassen und Slavko war nach dort unten zurückgekehrt.

Dort unten.

Nach Kiseljevo.

Danglard atmete schwer, goss sich ein Glas ein und wählte die Nummer von Adamsberg, der sofort abnahm.

»›Kiss Love‹ heißt es nicht, Danglard, oder?«

»Nein. Es heißt Kiseljevo und ist das Dorf von meinem Onkel.«

Adamsberg zog die Brauen zusammen, stieß mit dem Fuß ein Scheit in die Glut.

»Kiseljevo? Nein, das ist es nicht. So hat Estalère es nicht ausgesprochen. Er hat ›Kisslovö‹ gesagt.«

»Das ist dasselbe. In Westeuropa sagt man Kisilova für Kiseljevo. So wie man Belgrad für Beograd sagt.«

Adamsberg zog den Finger aus dem Ohr.

»Kisolova«, wiederholte er. »Ausgezeichnet, Danglard. Da haben wir die Verbindung zwischen Higegatte und Garches, das ist der Tunnel, der schwarze Tunnel.«

»Nein«, sagte Danglard in einem letzten Anflug von Widerstand. »Dort unten fangen viele Namen mit *K* an. Und außerdem spricht etwas Entscheidendes dagegen. Sehen Sie es nicht?«

»Ich sehe überhaupt nichts, ich habe einen Tinnitus.«

»So werde ich es etwas lauter sagen. Was dagegen spricht, ist der unglaubliche Zufall, der die Schuhe meines Onkels mit dem Blutbad von Garches in Verbindung gebracht hätte. Und der uns, Sie und mich, gleichzeitig auf beide Fälle hätte stoßen lassen. Und Sie wissen, was ich von Zufällen halte.«

»Eben. Somit steht fest, dass wir ganz unauffällig zu den Gammelfüßen von Higegatte hingeführt wurden.«

»Von wem?«

»Von Lord Fox. Oder genauer von seinem so plötzlich verschwundenen kubanischen Freund. Er wusste, wo Stock langzugehen pflegte und dass wir ihn begleiteten.«

»Und warum sollte man uns unauffällig hingeführt haben?«

»Weil Garches in seinen katastrophalen Dimensionen zwangsläufig der Brigade zufallen musste. Das wusste der Mörder. Und selbst wenn er sich überwunden hatte, seine Sammlung auszusetzen – die ihm vielleicht zu gefährlich geworden war –, konnte er sie doch nicht in alle Winde verstreuen, ohne Aufsehen oder Garantie. Er musste die Verbindung herstellen zwischen seinem Jugendwerk und dem seiner reifen Jahre. Er musste dafür sorgen, dass es bekannt würde. Dass Higegatte uns noch im Gedächtnis wäre, wenn das in Garches passieren würde. Der Fußabschneider und der Zerquetscher gehören zu ein und derselben Geschichte. Erinnern Sie sich, dass der Mörder es besonders auf die Füße von Vaudel und von Plögener abgesehen hat. Wo liegt dieses Kissilove?«

»Kisilova. Am Südufer der Donau, zwei Schritt von der rumänischen Grenze entfernt.«

»Eine größere Ortschaft oder ein Dorf?«

»Ein Dorf, nicht mehr als achthundert Seelen.«

»Wenn der Fußabschneider einem Leichnam bis dorthin gefolgt ist, hat man ihn möglicherweise bemerkt.«

»Nach zwanzig Jahren gibt es kaum eine Chance, dass jemand sich an ihn erinnert.«

»Hat Ihr Onkel Ihnen jemals etwas davon gesagt, dass eine Familie im Dorf in eine Vendetta verstrickt wäre, einen Krieg zwischen Clans, irgendetwas in der Art? Der Arzt sagt, Vaudel habe in dieser Obsession gelebt.«

»Nie«, sagte Danglard nach einem Augenblick des Nachdenkens. »Es wimmelte in dem Ort von Feinden, es gab

Gespenster und Teufelinnen, Menschenfresser und natürlich den ›sehr großen Dämon‹, der am Waldsaum umherstrich. Aber keine rachebeseelte Familie. In jedem Fall, Kommissar, wenn Sie recht haben sollten, dann beobachtet uns der Zerquetscher mit Sicherheit.«

»Ja, seit London.«

»Und er wird uns in den Tunnel von Kiseljevo nicht hineinlassen, egal, was darin verborgen ist. Ich rate Ihnen, seien Sie vorsichtig, ich glaube nicht, dass wir es mit dem aufnehmen können.«

»Sicher nicht«, sagte Adamsberg und sah das blutüberströmte Piano vor sich.

»Haben Sie Ihre Waffe bei sich?«

»Unten.«

»Dann holen Sie sie in Ihr Schlafzimmer hinauf.«

23

Die Stufen der alten, aus Holz und Terrakottafliesen gebauten Treppe waren kalt, doch Adamsberg achtete nicht darauf. Es war Viertel nach sechs, er stieg sie ruhig hinunter wie jeden Morgen, er hatte seinen Tinnitus, Kisilova und die Welt vergessen, als wenn der Schlaf ihn in einen jungfräulichen, einen tumben und analphabetischen Zustand versetzt und sein wiedererwachendes Denken auf Trinken, Essen, Waschen orientiert hätte. Auf der vorletzten Stufe hielt er inne, als er in seiner Küche, den Rücken ihm zugekehrt, einen Mann sah, der in dem morgendlichen Sonnenviereck stand, eingehüllt in den Rauch einer Zigarette. Er war schmal von Statur, mit dunklen Haaren, die sich auf den Schultern lockten, jung, zweifellos, und er trug ein schwarzes T-Shirt, bedruckt mit dem weißen Abbild eines Brustkorbs, von dessen Rippen Blut tropfte.

Er kannte diese Silhouette nicht und die Alarmglocken schrillten in seinem leeren Hirn. Der Mann hatte kräftige Arme, er schien ihn mit einer sehr genauen Vorstellung zu erwarten. Und er war bekleidet, während Adamsberg selbst nackt auf der Treppe stand, ohne Plan und ohne Waffe. Diese Waffe, die Danglard ihm empfohlen hatte, mit in sein Zimmer hinaufzunehmen, lag auf dem Tisch, in Reichweite der Hand des Unbekannten. Wenn es ihm gelang, sich geräuschlos nach links zu wenden, könnte er im Bad seine Sachen greifen und die P38, die immer zwischen Wasserspülung und Wand klemmte.

»Hol schon deine Klamotten, du Idiot«, sagte der Mann, ohne sich umzudrehen. »Und such deine Knarre nicht, die habe ich.«

Eine ziemlich helle, spöttische Stimme, allzu spöttisch, sie signalisierte deutlich Gefahr. Der Kerl hob die Hinterseite seines T-Shirts und ließ den Kolben der P38 sehen, die zwischen dem Bund seiner Jeans und seinem braunen Rücken steckte.

Kein Ausweg, weder durchs Bad noch über das Arbeitszimmer. Und den Zugang zur Außentür versperrte der Mann. Adamsberg zog seine Sachen über, löste die Klinge aus seinem Rasierapparat und steckte sie in die Tasche. Was noch? Die große Nagelzange in die andere Tasche. Es war lächerlich, der Kerl hatte beide Knarren. Und wenn ihn nicht alles täuschte, war es der Zerquetscher, der da vor ihm stand. Das dichte Haar, der etwas gedrungene Hals. An diesem Junitag also würde der Weg zu Ende sein. Er hatte Danglards besorgten Rat nicht befolgt und nun war der Morgen da und mit ihm dieser Kerl in seinem scheußlichen T-Shirt. Ausgerechnet an diesem Morgen, wo das Licht draußen jeden Grashalm, jede Baumrinde so malerisch vom Untergrund abhob, mit einer ihm vertrauten, ergreifenden Klarheit. Auch gestern hatte das Licht das getan. Aber heute Morgen sah er es deutlicher.

Adamsberg war kein furchtsamer Mensch, sei es, dass er sich nicht aufregen konnte, sei es, dass Vorausdenken nicht seine Sache war oder auch weil er den Zufälligkeiten des Lebens mit offenen Armen begegnete. Er betrat die Küche, ging um den Tisch herum. Wie war es möglich, dass er in diesem Augenblick fähig war, an Kaffee zu denken, an das Verlangen, das er hatte, einen Kaffee zu bereiten und zu trinken?

Der Zerquetscher. So jung, verdammt, war sein erster Gedanke. So jung, aber das Gesicht schon geprägt, hohlwangig und kantig, knochig und unharmonisch. So jung, aber die Züge schon gezeichnet von der Entscheidung für etwas Unumkehrbares. Er überspielte seine Wut mit einem spöttischen Grinsen, dem Grinsen eines kleinen Angebers. Der auch mit dem Tod noch prahlte, in einem hochmütigen Kampf, der sein Gesicht bleich erscheinen ließ und ihm diesen grausamen, stumpfen Ausdruck verlieh. Den Tod trug er demonstrativ auf seinem T-Shirt vor sich her, Thorax in Vorderansicht. Unterm Brustbein ein Text, der im Stil eines Lexikons erläuterte: *Tod. 1. Stillstand der Lebensfunktionen, begleitet vom Erlöschen der Atmung und der Zersetzung des Fleisches. 2. Tot sein: erledigt sein, nichts mehr sein.* Der Typ war schon tot und riss die anderen mit sich fort.

»Ich mach einen Kaffee«, sagte Adamsberg.

»Spiel nicht den Coolen«, erwiderte der junge Mann und zog an seiner Zigarette, seine andere Hand auf die Waffe legend. »Sag nicht, dass du nicht weißt, wer ich bin.«

»Aber sicher weiß ich das. Du bist der Zerquetscher.«

»Der was?«

»Der Zermalmer. Der verbissenste Mörder des neuen Jahrhunderts.«

Der Mann grinste zufrieden.

»Ich will einen Kaffee«, sagte Adamsberg. »Ob du mich

jetzt abknallst oder danach, was macht das für einen Unterschied? Du hast die Waffen, du blockierst die Tür.«

»Ja«, sagte der Mann und näherte den Revolver dem Rand des Tisches. »Du amüsierst mich.«

Adamsberg legte den Papierfilter in den Filteraufsatz, füllte ihn mit drei gehäuften Löffeln Kaffee, maß zwei Schalen Wasser ab, die er in eine Kasserolle goss. Irgendetwas musste er tun.

»Hast du keine Kaffeemaschine?«

»So schmeckt er besser. Hast du schon gefrühstückt? Wie du willst«, sagte der Kommissar in das Schweigen hinein. »Ich jedenfalls esse was.«

»Du isst, wenn ich es will.«

»Wenn ich nicht esse, kann ich nicht verstehen, was du sagst. Ich nehme doch an, dass du gekommen bist, um mir irgendetwas zu sagen.«

»Du spielst den Überlegenen, was?«, sagte der Typ, während der Duft des Kaffees sich in der Küche verbreitete.

»Nein. Ich bereite mir mein letztes Frühstück. Stört dich das?«

»Ja.«

»Dann schieß.«

Adamsberg stellte zwei Schalen auf den Tisch, Zucker, Brot, Butter, Konfitüre und Milch. Er hatte nicht die geringste Lust, unter den Kugeln dieses finsteren und, wie Josselin gesagt hätte, blockierten Kerls zu sterben. Noch ihn kennenzulernen. Doch reden und zum Reden bringen, das lernte man, noch bevor man schießen konnte. »Das Wort«, sagte der Ausbilder, »ist die tödlichste aller Kugeln, wenn ihr es schafft, mitten in den Kopf zu treffen.« Er fügte hinzu, dass genau das sehr schwer sei, das Zentrum des Kopfes mit Worten zu erreichen, und wenn man danebenziele, schieße der Feind einen auf der Stelle nieder.

Adamsberg goss den Kaffee in beide Schalen, schob den Zucker und das Brot zum Gegner hinüber, dessen Augen unbeweglich blickten unter dem Balken seiner dunklen Augenbrauen.

»Sag mir wenigstens, wie du ihn findest. Du scheinst was vom Kochen zu verstehen.«

»Woher weißt du das?«

»Von Weill, im Parterre. Ein Freund von mir. Er mag dich gern, dich, den Zerquetscher. Ich sage *Zerketch*. Ohne dich kränken zu wollen.«

»Ich weiß, was du vorhast, Idiot. Versuchst mich zum Reden zu bringen, dass ich mein Leben erzähle und all diesen Quark, bist ja 'n erfahrener alter Bulle. Dann bringst du mich in Verwirrung und schon pustest du mir die Eier weg.«

»Dein Leben ist mir egal.«

»Ach ja?«

»Ja«, sagte Adamsberg in aller Aufrichtigkeit und bedauerte es auf der Stelle.

»Ich glaube, das ist ein Fehler«, meinte der Junge und biss die Zähne zusammen.

»Bestimmt. Aber so bin ich nun mal. Mir ist alles egal.«

»Ich auch?«

»Du auch.«

»Was interessiert dich dann überhaupt, du Idiot?«

»Gar nichts. Ich muss bei irgendeiner Verteilung zu spät gekommen sein. Siehst du die Birne da an der Decke?«

»Versuch nicht, mich dahin zu bringen, dass ich den Kopf hebe.«

»Sie ist schon seit Monaten kaputt. Ich hab sie nicht ausgewechselt, ich komme im Dunkeln zurecht.«

»Genau das hab ich mir von dir gedacht. Du bist ein Nichtsnutz und ein Dreckskerl.«

»Um ein Dreckskerl zu sein, muss man immerhin etwas wollen, nicht wahr?«

»Ja«, gab der junge Mann nach einer Weile zu.

»Und ich will nichts. Was alles andere angeht, magst du recht haben.«

»Und ein Feigling bist du. Du erinnerst mich an so 'n alten Typen, einen Aufschneider, einen Spieler, der sich allem überlegen fühlt.«

»Na und?«

»Eines Abends war er in einer Bar, da sind sechs Typen über ihn hergefallen. Weißt du, was er gemacht hat?«

»Nein.«

»Er hat sich auf die Erde gelegt wie 'n Schlappschwanz. Und hat gesagt: ›Na, dann los, Jungs.‹ Da sagten die Jungs, er solle wieder aufstehen. Aber der Alte blieb am Boden liegen, die Hände überm Bauch gefaltet wie 'n richtiger Waschlappen. Da haben die Jungs gesagt: ›Verdammte Scheiße, steh auf, wir bezahlen dir ein Glas.‹ Und weißt du, was der Alte gesagt hat?«

»Ja.«

»Äh, wirklich?«

»Er hat gesagt: ›Ein Glas wovon? Für einen Beaujolais stehe ich nicht auf.‹«

»Ja, genau«, erwiderte der junge Mann irritiert.

»Da haben die sechs Jungs, alle Achtung«, fuhr Adamsberg fort, während er eine Scheibe Brot in seine Schale tauchte, »dem Alten auf die Beine geholfen, und danach waren sie die dicksten Freunde. Ich finde nicht, dass das feige ist. Ich finde, dazu braucht es Mut. Aber so ist Weill. Nicht wahr, der Alte, das war Weill?«

»Ja.«

»Er ist begabt. Ich nicht.«

»Er ist besser als du? Als Bulle?«

»Bist du enttäuscht? Willst du einen anderen Gegner?«

»Nein. Es heißt, du bist der beste Bulle.«

»Dann mussten wir uns ja früher oder später kennenlernen.«

»Wenn du wüsstest, du Idiot«, der junge Mann grinste boshaft und trank seinen ersten Schluck Kaffee.

»Kannst du mich noch anders nennen?«

»Ja. Ich kann dich Scheißpolyp nennen.«

Adamsberg hatte sein Brot aufgegessen und seinen Kaffee getrunken, um diese Zeit ging er normalerweise in die Brigade, eine halbe Stunde Fußweg. Er fühlte sich müde, angeekelt von diesem Gespräch, angewidert von seinem Gegenüber und von sich selbst.

»Sieben Uhr«, sagte er und warf einen Blick aus dem Fenster. »Genau um diese Uhrzeit geht der Nachbar immer an den Baum pinkeln. Er pinkelt alle anderthalb Stunden, Tag und Nacht. Dem Baum tut es nicht gut, aber mir zeigt es die Stunde an.«

Der Kerl fasste die Waffe fester und betrachtete Lucio durch die Scheibe.

»Warum pinkelt der alle anderthalb Stunden?«

»Seine Prostata.«

»Ist mir egal«, sagte der junge Mann voller Ingrimm. »Ich habe Tbc, Schorfflechte, jede Menge Ekzeme, Darmentzündung und nur noch eine Niere.«

Adamsberg räumte die Kaffeeschalen weg.

»Da verstehe ich, dass du alle Leute kaltmachst.«

»Ja. In einem Jahr bin ich tot.«

Adamsberg deutete auf die Zigarettenschachtel des Zerquetschers.

»Soll das heißen, du willst eine haben?«, fragte der junge Mann.

»Ja.«

Die Schachtel glitt über den Tisch.

»So ist es üblich. Rauch eine, danach mach ich dich fertig. Was willst du sonst noch? Irgendwas wissen? Was verstehen? Du wirst nichts erfahren, da kannst du lange warten.«

Adamsberg zog eine Zigarette heraus und deutete mit einer Fingerbewegung an, dass er auch Feuer brauchte.

»Du hast wohl nicht mal Angst?«

»Es geht.«

Adamsberg stieß den Rauch aus und ihm schwindelte.

»Was willst du eigentlich von mir?«, fragte er. »Dich dem Wolf in den Rachen werfen? Mir deine kleine Geschichte erzählen? Absolution erbitten? Dir ein Bild vom Gegner machen?«

»Ja«, sagte der Kerl, ohne dass man wusste, worauf er antwortete. »Ich wollte sehen, was du für einer bist, bevor ich abkratze. Nein, das ist es nicht. Ich bin gekommen, dir das Leben zu versauen.«

Er zog sich das Pistolenhalfter über die Schultern, wobei er sich in den Gurten verhedderte.

»So legt man das nicht an, du machst es verkehrt herum. Der Riemen da gehört über den anderen Arm.«

Der junge Mann begann seinen Versuch von vorn, Adamsberg sah ihm unbeweglich zu. Ein flehentliches Miauen war zu hören, kleine Krallen kratzten an der Tür.

»Was ist das?«

»Eine Katze.«

»Du hast Tiere? Wie rührend, das ist ja was für Schwachsinnige. Gehört sie dir?«

»Nein. Sie gehört dem Garten.«

»Hast du Kinder?«

»Nein«, erwiderte Adamsberg klugerweise.

»Es ist einfach, immer ›Nein‹ zu sagen, was? Es ist einfach, an nichts zu hängen. Nach da oben zu verduften und die andern sich auf der Erde abstrampeln zu lassen, stimmt's?«

»Wo, da oben?«

»Da oben, Wolkenschaufler.«

»Du bist ja gut informiert.«

»Ja. Man findet alles über dich im Internet. Deine Fresse und deine Großtaten. Wie du damals diesen Typen in Lorient verfolgt hast und er ins Hafenbecken gesprungen ist.«

»Er ist nicht ertrunken.«

Wieder war ein Miauen zu hören, angstvoll und dringlich.

»Was hat die denn, verdammt noch mal?«

»Bestimmt ein Problem. Sie hatte gerade ihren ersten Wurf und stellt sich etwas ungeschickt an. Vielleicht ist eines ihrer Kleinen irgendwo eingeklemmt. Ignorieren wir es einfach.«

»Du, ja, du ignorierst es, weil du ein Dreckskerl bist und dich nie um jemanden kümmerst.«

»Dann sieh nach, Zerketch.«

»Klar. Und in dem Moment haust du ab, du Idiot.«

»Schließ mich im Arbeitszimmer ein, das Fenster ist vergittert. Nimm die Knarren mit und sieh nach. Da du ja so viel besser bist als ich. Beweis es.«

Die Waffe auf Adamsberg gerichtet, inspizierte der junge Mann das Arbeitszimmer.

»Lass dir nicht einfallen, von hier zu verschwinden.«

»Wenn du das Kätzchen findest, dann fass es unterm Bauch oder beim Fell im Nacken, fass nicht den Kopf an.«

»Adamsberg«, lachte der Mann höhnisch. »Adamsberg, feinfühlig wie eine Mutter.«

Er lachte noch lauter und verriegelte die Tür. Adamsberg lauschte zum Garten hin, hörte Geräusche von Kisten, die beiseitegeschoben wurden, dann Lucio, der sich einschaltete.

»Der Wind hat den Stapel Kisten umgeweht«, sagte Lucio, »und eine von den kleinen Katzen ist darunter eingesperrt. Na los, *hombre*, packen Sie schon mit an, Sie sehen doch, ich habe nur einen Arm. Wer sind Sie überhaupt? Und was sollen all diese Waffen?«

Lucios majestätische Stimme erkundete das Terrain mit eiserner Lanze.

»Ich bin ein Verwandter von ihm. Der Kommissar trainiert mich im Schießen.«

Nicht schlecht ausgedacht, fand Adamsberg. Lucio respektierte die Familie. Weitere Kisten wurden gerückt, dann war ein schwaches Miauen zu hören.

»Sehen Sie es?«, sagte Lucio. »Ist es verletzt? Ich kann kein Blut sehen.«

»Und ich liebe es.«

»Wenn Sie gesehen hätten, wie sich der Bauch Ihres Großvaters unter den Geschossen leerte und Ihr eigener abgerissener Arm Blut pisste wie eine Fontäne, dann würden Sie nicht so reden. Was hat Ihnen Ihre Mutter eigentlich beigebracht, Sie! Geben Sie das Kätzchen her, ich trau Ihnen nicht.«

»Sachte, Lucio, sachte«, murmelte Adamsberg und presste die Lippen aufeinander. »Das ist der Zerquetscher, verdammt, siehst du nicht, dass der Typ jeden Moment in die Luft gehen kann? Dass er die Katze unter seinem Stiefel zertreten und dich selbst über den Boden des Schuppens verteilen kann? Halt den Mund, nimm dein Kätzchen und hau ab.«

Die Eingangstür schlug zu, der junge Mann kam mit schwerem Schritt ins Arbeitszimmer zurück.

»Wie der letzte Kretin eingeklemmt unter einem Stapel Kisten«, sagte er, »unfähig, da rauszukommen. Wie du«, fügte er, sich Adamsberg gegenüber hinsetzend, hinzu. »Nicht sehr komisch, der Nachbar. Da gefällt mir Weill besser.«

»Ich komme raus, Zerketch. Wenn ich zu lange sitze, werde ich ungeduldig. Übrigens das Einzige, was mich nervt. Aber es nervt mich wirklich.«

»Was du nicht sagst«, spottete der junge Mann und richtete seine Waffe auf ihn. »Dem Bullen reicht's, der Bulle will hier raus.«

»Du hast richtig verstanden. Siehst du dieses Fläschchen?«

Adamsberg hielt ein gläsernes Röhrchen mit einer bräunlichen Flüssigkeit zwischen den Fingern, nicht größer als eine Parfumprobe.

»Ich an deiner Stelle würde die Waffe nicht anrühren, bevor du mich nicht angehört hast. Siehst du den Stöpsel? Wenn ich ihn herausziehe, stirbst du. In weniger als einer Sekunde. In 74,3 Hundertstelsekunden, genau gesagt.«

»Dreckskerl«, fluchte der junge Mann. »Hast du darum einen auf überlegen gemacht, hä? Hattest du darum keine Angst?«

»Lass mich ausreden. Die Zeit, in der du deine Waffe entsicherst, 65 Hundertstelsekunden, die Zeit, in der du auf den Auslöser drückst, 59 Hundertstel. Die Zeit, bis die Kugel einschlägt, 32 Hundertstel. Insgesamt eine und 56 Hundertstel Sekunden. Ergebnis: Du bist tot, bevor die Kugel mich erreicht.«

»Was ist das für eine Sauerei?«

Der junge Mann war aufgestanden und trat zurück, die Waffe noch immer auf Adamsberg gerichtet.

»Nitrozitraminsäure. Verwandelt sich bei Kontakt mit der Luft sofort in ein tödliches Gas.«

»Dann krepierst du mit mir, du Idiot.«

»Ich bin noch nicht fertig. Alle Leute von der Kripo lassen sich in einer zweimonatigen intrakutanen Behandlung dagegen immunisieren, und du kannst mir glauben, das ist kein Zuckerlecken. Wenn ich den Stöpsel ziehe, stirbst du – Herzerweiterung, bis das Herz zerspringt –, ich aber entleere mich drei Wochen lang nach oben und nach unten, die Haut platzt auf, und die Haare fallen mir aus. Danach blühe ich wie eine Blume wieder auf.«

»Du wirst es nicht tun.«

»Bei dir, Zerquetscher, ohne alle Bedenken.«

»Verdammter Hurensohn.«

»Ja.«

»Du kannst einen Menschen nicht so töten.«

»Ich kann es.«

»Was verlangst du?«

»Dass du deine Knarren fallen lässt, dass du die Schublade dort aufziehst und die zwei Paar Handschellen herausnimmst. Du machst dir das eine an den Füßen, das andere an den Handgelenken an. Entscheide dich schnell, ich sagte, ich bin manchmal sehr ungeduldig.«

»Drecksbulle.«

»Ja. Aber beeil dich trotzdem. Kann sein, ich schaufle Wolken da oben, aber wenn ich wieder runterkomme, bin ich schnell.«

Der junge Mann fegte mit dem Arm über den Tisch, schleuderte wütend ein paar Papiere in den Raum und schmiss das Pistolenhalfter auf den Boden. Dann griff er sich mit der Hand in den Rücken.

»Pass auf mit der P38. Wenn man sich eine Waffe in die Hose steckt, darf man sie nicht zu tief reinschieben. Schon gar nicht in eine so enge Jeans. Wenn du Pech hast, durchlöcherst du dir den Arsch.«

»Hältst du mich für total beknackt?«

»Ja. Für total beknackt, für ein Kind und ein wildes Tier. Aber nicht für einen Idioten.«

»Wenn ich dir nicht gesagt hätte, du sollst dich anziehen, dann hättest du das Fläschchen nicht.«

»Stimmt.«

»Aber ich hatte keine Lust, dich nackt zu sehen.«

»Das verstehe ich. Vaudel wolltest du auch nicht nackt sehen.«

Der junge Mann zog vorsichtig die Waffe aus seiner Hose und warf sie auf den Boden. Er öffnete die Schublade, nahm die Handschellen heraus, dann drehte er sich ganz plötzlich und mit einem schrillen Lachen um.

»Du hast also nicht verstanden, Adamsberg? Hast noch immer nicht verstanden? Du denkst, ich würde das Risiko eingehen, verhaftet zu werden? Allein um des Vergnügens willen, dich kennenzulernen? Kapierst du nicht: Wenn ich hier bin, dann weil du mich nicht verhaften kannst? Weder heute noch morgen noch sonst wann? Erinnerst du dich, warum ich hergekommen bin?«

»Um mir das Leben zu versauen.«

»Genau.«

Auch Adamsberg war jetzt aufgestanden, er hielt die Phiole vor sich hin wie ein Kruzifix, den Daumennagel unter dem Stöpsel. Beide Männer liefen umeinander herum wie zwei Hunde, die die Flanke des anderen suchen.

»Vergiss es«, sagte der junge Mann. »Ich bin nicht der Sohn von irgendwem. Du kannst mich weder töten noch einsperren noch deine Hetzjagd fortsetzen.«

»Bist du ein Unberührbarer? Ist dein Vater Minister? Der Papst? Gott?«

»Nein. Du bist mein Vater, du Arschloch.«

24

Adamsberg erstarrte, ließ die Arme sinken, das Fläschchen rollte auf den roten Fliesenboden.

»Scheiße! Die Phiole!«, brüllte der junge Mann.

Adamsberg bückte sich automatisch danach. Wie nannte man gleich einen Menschen, der eine Geschichte erfindet und selbst an sie glaubt? Aber das Wort fiel ihm nicht ein. Schon mancher vaterlose Kerl hatte behauptet, Sohn eines Königs, Sohn von Elvis, Nachfahre von Cäsar zu sein. Der berüchtigte Parkräuber hatte achtzehn Väter gehabt, darunter Jean Jaurès, er wechselte sie ständig. Ein Mythomane, genau, das war das Wort. Und es hieß, man solle die Blase eines Mythomanen nicht zerstören, das sei ebenso riskant, wie einen Schlafwandler wach zu rütteln.

»Wenn du dir schon einen Vater suchst«, sagte er, »dann hättest du auch was Besseres finden können als mich. Es ist nicht besonders interessant, der Sohn eines Bullen zu sein.«

»Adamsberg«, der junge Mann lachte höhnisch auf, als hätte er nichts gehört, »der Vater des Zerquetschers. Peinlich, was? Aber so ist das nun mal, Scheißbulle. Eines Tages kehrt das verlassene Kind zurück, eines Tages zermalmt der Sohn den Vater, raubt er ihm seinen Thron. Du kennst die Geschichte doch sicher? Und der Vater zieht in Lumpen von dannen.«

»Einverstanden.«

»Ich mach einen Kaffee«, sagte der junge Mann, ihn nachäffend. »Nimm deine verdammte Phiole und folge mir.«

Während er ihm zusah, wie er das Wasser in den Filter goss – die Zigarette hing ihm an der Unterlippe und mit den Fingern kratzte er sich sein braunes Haar –, krampfte sich Adamsberg plötzlich der Magen zusammen wie von einem Schuss Säure, ätzender als Froissys ekelhafter Wein, ein Schmerz, der aus seinem Bauch aufstieg und bis in seine Zahnhälse ausstrahlte. *Die Väter haben saure Trauben gegessen, aber den Kindern sind die Zähne davon stumpf geworden.**
In seiner konzentrierten Haltung ähnelte das junge Ungeheuer seinem eigenen Vater, wenn er, die buschigen Augenbrauen zusammengezogen, das Garen des Bohneneintopfs überwachte. In Wahrheit ähnelte er der Hälfte aller jungen Béarner oder sogar zwei Dritteln derer aus dem Gave-de-Pau-Tal, mit seinem dichten, lockigen Haar, dem fliehenden Kinn, den schön gezeichneten Lippen, dem robusten Körper. Louvois, der Name sagte ihm nichts unter den Leuten in seinem Tal. Der Kerl könnte genauso gut aus dem Tal gegenüber stammen, aus dem seines Kollegen Veyrenc, zum Beispiel. Oder aus Lille, aus Reims, aus Menton. Aus London ganz sicher nicht.

Louvois nahm die beiden Schalen und füllte sie. Das Klima hatte sich verändert, seit der junge Mann seine Offenbarung

---

* Ezechiel 18,2.

rausgehauen hatte. Nachlässig hatte er die P38 wieder in seine Gesäßtasche geschoben und das Halfter in die Nähe seines Stuhls gelegt. Die Phase der Herausforderung war beendet, wie der Sturm über dem Meer sich legt. Keiner von beiden wusste, was er nun tun sollte, sie rührten den Zucker im Kaffee um. Der Zerquetscher hielt den Kopf gesenkt, strich seine langen Haare hinters Ohr. Sie fielen wieder zurück, er strich sie von Neuem nach hinten.

»Dass du Béarner bist, ist durchaus möglich«, sagte Adamsberg. »Aber such dir jemand anderen, Zerketch. Ich habe keinen Sohn und ich will auch keinen. Wo bist du geboren?«

»In Pau. Meine Mutter ist runter in die Stadt, um ihr Kind zur Welt zu bringen und sich dort zu verstecken.«

»Wie heißt deine Mutter?«

»Gisèle Louvois.«

»Sagt mir nichts. Dabei kenne ich jeden in den drei Tälern.«

»Du hast sie gevögelt in einer Nacht, bei der kleinen Brücke über die Jaussène.«

»Alle Pärchen trafen sich an dieser Brücke.«

»Danach hat sie dir geschrieben und dich um Hilfe gebeten. Und du hast nie geantwortet, weil es dir scheißegal war und weil du ein Feigling bist.«

»Ich habe nie einen Brief bekommen.«

»Dazu müsstest du dich ja an die Namen der Mädchen erinnern, die du flachlegst.«

»Erstens erinnere ich mich an ihre Namen, und zweitens war ich in der Zeit, von der du sprichst, überhaupt nicht gut drauf. Ich war unerfahren und ich besaß kein Moped. Leute wie Matt, Pierrot, Manu, Loulou, ja, bei denen kannst du dich in der Tat fragen, ob einer von ihnen nicht dein Vater ist. Sie schleppten alles ab, was ihnen über den Weg lief. Aber die Mädchen brüsteten sich hinterher nicht damit. Das hätte sie entehrt. Wer sagt dir, dass deine Mutter dich nicht belogen hat?«

Der junge Mann kramte in seiner Tasche, die Linie seiner Augenbrauen senkte sich, und er holte einen kleinen Plastikbeutel heraus, den er vor Adamsbergs Augen hin und her schwenkte und dann auf den Tisch warf. Adamsberg zog ein Foto heraus, dessen ursprüngliche Farben schon leicht ins Violette umgeschlagen waren, ein Halbwüchsiger war darauf zu sehen, der an einer großen Platane lehnte.

»Wer ist das?«, fragte Louvois.

»Ich oder auch mein Bruder. Und weiter?«

»Du bist das. Schau auf die Rückseite.«

Sein Name, *J.-B. Adamsberg*, stand da mit Bleistift in kleinen runden Buchstaben geschrieben.

»Ich würde eher sagen, es ist mein Bruder Raphaël. Ich erinnere mich nicht an dieses Hemd. Der Beweis, dass deine Mutter uns schlecht kannte und dass sie dir Märchen erzählt hat.«

»Schnauze, du kennst meine Mutter nicht, sie erzählt keine Märchen. Wenn sie mir gesagt hat, dass du mein Vater bist, dann, weil es stimmt. Warum sollte sie so was erfinden? Es gab sicher keinen Grund, damit hausieren zu gehen.«

»Das stimmt. Aber im Dorf galt ich immer noch mehr als Matt oder Loulou, die man die ›Taugenichtse‹, die ›Hunde‹ oder auch die ›Pisser‹ nannte. In warmen Nächten pissten sie aus dem offenen Fenster. Die Frau vom Lebensmittelladen – die wir nicht mochten – hat es einmal voll abgekriegt. Von Luciens Bande ganz zu schweigen. Mit anderen Worten, auch wenn sie sich nicht mit mir rühmen konnte, war es doch besser, meinen Namen als den von Matt, dem Pisser, anzugeben. Ich bin nicht dein Vater, ich habe nie eine Gisèle gekannt, weder in meinem Dorf noch in den umliegenden, und sie hat mir nie geschrieben. Das erste Mal, als ein Mädchen mir geschrieben hat, war ich dreiundzwanzig.«

»Du lügst.«

Der Typ presste die Zähne aufeinander, er schien zu wanken auf seinem Sockel aus Gewissheit, der unter ihm plötzlich zu bröckeln begann. Der Vater, den er sich ausgedacht hatte, sein ewiger Feind, seine Zielscheibe, er wollte ihm zwischen den Fingern zerrinnen.

»Ob ich nun lüge oder deine Mutter lügt, Zerketch, was wird mit uns? Trinken wir hier Kaffee bis ans Ende unserer Tage?«

»Wie es ausgehen würde, habe ich immer gewusst. Du lässt mich ziehen, frei wie ein Vogel. Du aber bleibst hier bei deinen blöden Katzen und wirst überhaupt nichts tun können. Du wirst meinen Namen in den Zeitungen lesen, verlass dich drauf. Es wird was passieren. Und du sitzt in deinem verdammten Büro und bist erledigt. Du wirst abtreten, weil nicht mal ein Bulle seinen Sohn lebenslänglich hinter Gitter bringt. Wo ein Kind im Spiel ist, gibt es kein Gesetz, keine Regeln mehr. Und du wirst keine Lust haben, den Leuten zu erzählen, dass du der Vater von Zerketch bist, stimmt's? Und dass es deine Schuld ist, wenn Zerketch ausgerastet ist. Weil du ihn im Stich gelassen hast.«

»Ich habe dich nicht im Stich gelassen, ich habe dich noch nicht mal gezeugt.«

»Aber sicher bist du nicht, was? Hast du mal deine Visage gesehen? Und hast du meine gesehen?«

»Béarner Visagen, weiter nichts. Aber es gibt ein absolut untrügliches Mittel, das herauszufinden, Zerketch. Eines, wonach dein Traum aus sein wird. Wir haben deine DNA und wir haben meine. Die vergleichen wir.«

Louvois stand auf, legte die P38 auf den Tisch und lächelte seelenruhig.

»Wage es«, sagte er. Adamsberg sah ihn ohne Eile zur Tür schreiten, sie öffnen und davongehen. Frei wie ein Vogel. *Ich bin gekommen, dir das Leben zu versauen.*

Er streckte den Arm über den Tisch, griff nach der Phiole und betrachtete sie lange. Nitrozitraminsäure. Er faltete die Hände, lehnte seine Stirn dagegen, schloss die Augen. Natürlich war er nicht immunisiert. Mit dem Fingernagel stieß er den Stöpsel des Flakons heraus.

25

Als er die Praxis des Arztes betrat, wurde Adamsberg bewusst, dass er fürchterlich nach Parfum roch und Dr. Josselin es überrascht bemerkte.

»Eine Probe, die sich über mich ergossen hat«, erklärte er. »Nitrozitraminsäure.«

»Kenne ich nicht.«

»Ich habe den Namen erfunden, er klang gut.«

Es war ein guter Moment gewesen, als Zerketch darauf hereingefallen war. Als er ihm geglaubt hatte, dass er *Nitrozitraminsäure* besäße, als er die Sache mit der Phiole geglaubt hatte und die Rechnung mit den Hundertstelsekunden. In dem Augenblick war Adamsberg der Meinung gewesen, ihn in der Hand zu haben, aber der Kerl besaß eine viel dramatischere Geheimwaffe als Nitrozitramin. Auch sie eine Täuschung, auch sie eine Illusion, aber sie hatte funktioniert. Er, Adamsberg, er, der Bulle, hatte Zerketch laufen lassen, ohne auch nur die Hand zu heben. Dabei lag die Pistole auf dem Tisch und er hätte ihn in drei Sätzen einholen können. Oder das Viertel innerhalb von fünf Minuten abriegeln lassen können. Aber nein, der Kommissar hatte keinen Finger gerührt. »Kommissar Adamsberg lässt das Ungeheuer laufen.«

Er sah die Titelseite der Zeitungen schon vor sich. Auch in Österreich. Irgendeine Schlagzeile, die mit »Kommissar Adamsberg« anfing, in Großbuchstaben, von denen Blut tropfte wie von den Rippen auf dem T-Shirt des Zerquetschers. Dann käme der Prozess, das Geheul der Menge, das Seil, das man an einen Baum knüpft. Der Zerquetscher erscheint, seine Zähne sind rot, er streckt den Arm aus und grölt mit der Menge: »Der Sohn zermalmt den Vater!« Die Buchstaben der Zeitungsseite zerlaufen zu einem Nebel aus schwarzen und grünen Flecken.

Birnenschnaps floss ihm durch die Zähne, sein Kopf taumelte von einer Seite auf die andere. Er öffnete die Augen, erkannte das Gesicht Josselins, der sich über ihn beugte.

»Sie sind ohnmächtig geworden. Ist Ihnen das schon öfter passiert?«

»Das erste Mal in meinem Leben.«

»Warum wollten Sie mich sprechen? Wegen Vaudel?«

»Nein, ich fühlte mich nicht wohl. Der Gedanke kam mir, als ich aus dem Haus ging.«

»Sie fühlten sich nicht wohl, aber wie genau?«

»Herzschmerzen, und ich fühlte mich benommen, kaputt.«

»Ist Ihnen das schon öfter passiert?«, wiederholte Josselin, während er Adamsberg half aufzustehen.

»Nie. Doch, einmal, in Québec. Aber da war es nicht dasselbe Gefühl und außerdem hatte ich gesoffen wie ein Loch.«

»Legen Sie sich mal da drauf«, sagte der Arzt und tippte auf den Untersuchungstisch. »Legen Sie sich auf den Rücken, ziehen Sie nur Ihre Schuhe aus. Es kann eine beginnende Grippe sein, aber ich will Sie trotzdem untersuchen.«

Als Adamsberg sich auf den Weg hierher gemacht hatte, hatte er sich nicht vorgestellt, dass er sich auf einer moltonbezogenen Liege ausstrecken und dem Arzt gestatten würde, seine mächtigen Finger auf seinen Schädel zu legen. Seine Füße hatten ihn von der Brigade weggetragen und zu Josselin hingelenkt. Er hatte nur vor, ein wenig zu reden. Diese Ohnmacht war eine ernste Warnung. Nie würde er irgendeinem Menschen sagen, dass Zerketch behauptete, sein Sohn zu sein. Nie würde er sagen, dass er ihn, ohne einen Finger zu rühren, hatte gehen lassen. Frei wie ein Vogel. Auf zu einem neuen Massaker, sein prahlerisches Lächeln auf den Lippen, sein Totengewand auf dem Leib. *Zerk*, das sprach sich noch leichter als Zerketch und beschrieb geradezu lautmalerisch die Ablehnung, den Ekel. Zerk, der Sohn von Matt oder von Loulou, der Sohn eines Pissers. Und doch hatte seinerzeit niemand die Krämersfrau bedauert.

Der Arzt hatte seine Hand auf sein Gesicht gelegt, zwei Finger drückten leicht auf seine Schläfen. Die riesige Hand überdeckte mühelos die Spanne zwischen beiden Ohren. Die andere legte sich wie eine Schale um seinen Hinterkopf. Im Schatten dieser leicht parfümierten Hand schlossen sich Adamsbergs Augen.

»Keine Sorge, ich horche nur auf den PRM an der SSB.«

»So«, sagte Adamsberg mit fragendem Unterton in der Stimme.

»Den primären respiratorischen Mechanismus am Sphenobasilargelenk. Reine Basiskontrolle.«

Die Finger des Arztes wanderten weiter, verweilten wie neugierige Schmetterlinge auf den Nasenflügeln, den Kieferknochen, streiften die Stirn, bohrten sich in die Ohren.

»Gut«, sagte er nach fünf Minuten, »wir haben da eine traumatisch bedingte Fibrillation, die mir Ihre tieferen Schichten verbirgt. Ein Vorkommnis in allerjüngster Zeit hat Todesangst ausgelöst, die wiederum eine allgemeine Überreizung des Systems zur Folge hatte. Ich weiß nicht, was Sie erlebt haben, aber es muss nicht sehr angenehm gewesen sein. Starker psychoemotionaler Schock, der schlagartig das vordere Scheitelbein fixiert, das Sphenoid in Einatmung blockiert und dazu geführt hat, dass die Sicherungen durchgebrannt sind. Großer Stress, da ist es normal, dass Sie sich nicht wohlfühlen. Das ist die Ursache Ihrer Ohnmacht. Wir werden uns zunächst mal diese Blockaden vornehmen, bevor wir weitersehen.«

Er kritzelte ein paar Zeilen und bat Adamsberg, sich auf den Bauch zu drehen. Er zog ihm das Hemd hoch und legte einen Finger auf das Kreuzbein.

»Sie sagten doch, es sitzt im Kopf.«

»Den Schädel kriegt man über das Sakrum.«

Adamsberg schwieg, er ließ die Finger des Arztes seine Wirbel entlang aufwärts wandern wie freundliche kleine Kobolde, die über sein Skelett trippelten. Die Augen ließ er weit offen, um nicht einzuschlafen.

»Bleiben Sie wach, Kommissar, und drehen Sie sich jetzt wieder auf den Rücken. Ich werde die Pleura lockern müssen, die vollkommen fest ist. Haben Sie Schmerzen hier rechts zwischen den Rippen?«

»Ja.«

»Sehr gut«, meinte Josselin, legte seine Finger wie eine Gabel unter seinen Nacken und mit der flachen anderen Hand begann er ihm die Rippen zu bügeln wie ein zerknittertes Wäschestück.

Adamsberg erwachte träge, er hatte das unangenehme Gefühl, dass viel Zeit vergangen war. Schon nach elf, wie er an der Wanduhr sah, Josselin hatte ihn schlafen lassen. Er sprang vom Untersuchungstisch herunter, zog seine Schuhe an, fand den Doktor schon am Küchentisch sitzend.

»Setzen Sie sich, ich esse zeitig, in einer halben Stunde habe ich einen Patienten.«

Er holte Teller und Besteck heraus, schob den Teller zu ihm hin.

»Haben Sie mich eingeschläfert?«

»Nein, das haben Sie ganz allein gemacht. Und in Anbetracht Ihres Zustands war es nach der Behandlung auch das Beste. Es ist alles wieder in Ordnung«, fügte er hinzu wie ein Klempner, der seine Rechnung kommentiert. »Sie waren wie in einem tiefen Schacht, totale Handlungsblockade, kein Schritt nach vorn mehr möglich. Aber es wird wieder werden. Sollten Sie sich heute Nachmittag etwas benommen fühlen, morgen leichte Anfälle von Melancholie haben oder einen Muskelkater, so ist das normal. In drei Tagen sind Sie wieder ganz der Alte, ja, es wird Ihnen besser gehen. En passant habe ich auch noch den Tinnitus behandelt, vielleicht genügt schon diese eine Sitzung. Aber man muss auch essen«, sagte er und deutete auf den Gemüseeintopf.

Adamsberg gehorchte, er fühlte sich ein wenig betäubt, aber doch wohl dabei, leicht und hungrig. Nicht zu vergleichen mit dem Ekel vom Morgen und den Bleigewichten, die er an den Beinen hinter sich hergezogen hatte. Er hob den Kopf und sah, wie der Arzt ihm vergnügt zuzwinkerte.

»Darüber hinaus«, sagte er, »habe ich gesehen, was ich sehen wollte. Die natürliche Struktur.«

»Und?«, fragte Adamsberg, der sich vor Josselin mit einem Mal sehr klein fühlte.

»Es ist ungefähr das, was ich gehofft hatte. Ich habe bisher nur einen einzigen anderen Fall wie den Ihren erlebt, bei einer alten Dame.«

»Nämlich?«

»Das fast vollständige Fehlen von Angst. Eine seltene Veranlagung. Im Gegenzug ist freilich auch die Gefühlsintensität reduziert, das Begehren von Dingen ist mäßig, es liegt ein Hang zum Fatalismus vor, hin und wieder die Versuchung, sich allem durch Flucht zu entziehen, dazu Schwierigkeiten mit dem Umfeld, stumme Räume. Man kann nicht alles haben. Und, was noch interessanter ist, der Übergang zwischen den Regionen des Bewusstseins und des Unterbewusstseins ist fließend. Man könnte meinen, dass die Schleusenkammer nicht dicht ist, dass Sie es manchmal versäumen, die Tore richtig zu schließen. Denken Sie dennoch daran, Kommissar. Zwar liefert einem das mitunter geniale Ideen, die von woanders herzukommen scheinen – von der Intuition, wie man fälschlicherweise sagt, um zu vereinfachen –, sowie gewaltige Vorräte an Erinnerungen und Bildern, aber es können dabei ebenso gut toxische Gegenstände an die Oberfläche steigen, die um jeden Preis in der Tiefe bleiben sollten. Können Sie mir folgen?«

»O ja, ganz gut. Und wenn diese toxischen Gegenstände nach oben steigen, was passiert dann?«

Josselin mimte mit dem Finger ein sich drehendes Rädchen an seinem Kopf.

»Dann unterscheiden Sie nicht mehr zwischen Richtig und Falsch, zwischen Trugbild und Wirklichkeit, Möglichem und Unmöglichem, kurzum, Sie mischen Salpeter, Schwefel und Kohle.«

»Das heißt, es knallt«, schloss Adamsberg.

»Genau«, sagte der Arzt und trocknete sich befriedigt die Hände. »Aber Sie haben nichts zu befürchten, solange Sie die Reling nicht loslassen. Geben Sie Verantwortungen nicht ab, reden Sie weiter mit ihren Mitmenschen, isolieren Sie sich nicht allzu sehr. Haben Sie Kinder?«

»Eins, aber es ist noch ganz klein.«

»Nun, dann erklären Sie ihm die Welt, gehen Sie mit ihm spazieren, schaffen Sie sich Bindungen. Das beschwert Sie mit einigen Ankern, man sollte immer ein paar Lichter im Hafen zurücklassen. Was die Frauen angeht, frage ich gar nicht erst nach, ich habe gesehen, was ich sehen wollte. Mangelndes Vertrauen.«

»In die Frauen?«

»In Sie. Das ist meine einzige kleine Sorge, wenn man es überhaupt so nennen kann. Ich verlasse Sie jetzt, Kommissar, schlagen Sie die Tür gut hinter sich zu.«

Welche? Das Schleusentor oder die Wohnungstür?

26

Der Kommissar verspürte keinerlei Befürchtungen mehr bei dem Gedanken, sich in die Brigade zu begeben, im Gegenteil. Der Mann mit den goldenen Fingern hatte ihn auf den Weg zurückgebracht, er hatte die Rauchschwaden des Vorfalls, des »psychoemotionalen Schocks« vertrieben, die ihm heute Morgen jede Sicht nahmen. Er vergaß nicht, weiß Gott nicht, dass er Zerk hatte laufen lassen. Aber er würde ihn wieder kriegen, auf seine Art und zu seiner Zeit, so wie er auch Émile gekriegt hatte.

Und mit Émile ging es bergauf – »Er kommt durch, Kommissar«, las er unter den Nachrichten, die man ihm auf den Schreibtisch gelegt hatte. Lavoisier hatte wie vereinbart seine Verlegung bewerkstelligt, ohne den Aufenthaltsort zu nennen. Adamsberg las dem Hund die Nachrichten von Émile vor. Irgendeiner hatte ihn gewaschen – einer, der von Natur aus hilfsbereit oder aber mit seiner Geduld am Ende war –, sein Fell war weich und roch nach Seife. Cupido hatte sich auf seinen Knien eingerollt, Adamsberg legte ihm seine Hand auf den Rücken.

Danglard kam herein und ließ sich wie ein Sack Lumpen auf den Stuhl fallen.

»Es läuft ganz gut, wie's aussieht.«

»Ich komme von Josselin. Er hat mich repariert, wie man einen Heizkessel flickt. Was der Mann macht, ist in der Tat Maßarbeit.«

»Das ist ja was ganz Neues, dass Sie zum Arzt gehen.«

»Ich wollte mich nur mit ihm unterhalten, aber dann bin ich bei ihm in der Praxis umgekippt. Ich hatte zwei nervenaufreibende Stunden heute Morgen. Ein Einbrecher, der mit meinen beiden Knarren vor mir stand.«

»Verdammt, ich hatte Ihnen doch gesagt, Sie sollen sie mit hinaufnehmen.«

»Was ich nicht getan habe. Deshalb hatte sie nun der Einbrecher.«

»Ja, und?«

»Als er begriffen hat, dass ich kein Geld habe, ist er abgehauen. Und ich war fix und fertig.«

Danglard hob misstrauisch den Blick.

»Wer hat den Hund gewaschen?«, fragte Adamsberg, bevor sein Stellvertreter nachbohren konnte. »Estalère?«

»Voisenet. Er konnte ihn nicht mehr ertragen.«

»Ich habe den Laborbericht gelesen. Cupidos Kot ist identisch mit dem von Émiles Lieferwagen. Also wurden beide Proben auf demselben Hof aufgelesen.«

»Das lockert die Schlinge um Émiles Hals, aber es wäscht ihn nicht rein. Ebenso wenig Pierre junior, der häufig spielt und auch Pferderennbahnen und Reitsportzentren frequentiert, also mit Pferdemist in Berührung kommt. Er sucht sogar nach einem Pferd, das er kaufen könnte.«

»So viel hatte er mir nicht erzählt. Seit wann wissen Sie das?«

Und während er redete, sah Adamsberg den kleinen Stapel Postkarten durch, die Gardon ihm aus den Sachen des alten Vaudel herausgesucht hatte. Es waren im Wesentlichen ganz gewöhnliche Kartengrüße, die sein Sohn im Laufe der Jahre aus dem Urlaub geschickt hatte.

»Die Kollegen in Avignon haben es gestern und ich heute Morgen erfahren. Aber es gibt haufenweise Leute, die Rennplätze besuchen. Sechsunddreißig große Hippodrome gibt es in Frankreich, Hunderte von Reitschulen und Zehntausende von Fans. Was uns gigantische Mengen an Pferdemist liefert, verteilt übers ganze Land. Eine ungleich häufiger vorkommende Substanz als andere.«

Danglard wies mit dem Finger auf den Boden unter Adamsbergs Schreibtisch.

»Häufiger, zum Beispiel, als Späne von Bleistiften und Grafit. Wenn man so was an einem Tatort fände, wäre das sehr viel kostbarer als Pferdemist. Schon weil Zeichner nicht irgendwelche Stifte benutzen. Auch Sie nicht. Was für Stifte nehmen Sie?«

»Cargo 401-B, und Séril H für die harten Linien.«

»Und das da sind Späne von Cargo 401-B und Séril H? Mit Pulverspuren von Zeichenkohle?«

»Ja, zwangsläufig, Danglard.«

»Und an einem Tatort wären sie noch viel interessanter. Viel aufschlussreicher als simpler Pferdemist, nicht wahr?«

»Danglard«, sagte Adamsberg und fächelte sich mit einer Postkarte Luft zu, »werden Sie konkret.«

»Ich bin nicht sehr scharf darauf. Aber wenn die Sache auf uns zukommen sollte, wäre es besser, wir sind schneller als die. Wie beim Cricket, dem Ball entgegenstürzen, noch bevor er den Boden berührt.«

»Dann stürzen Sie, Danglard. Ich bin ganz Ohr.«

»Eine Mannschaft hat das Terrain, wo Émile angeschossen wurde, nach Patronenhülsen abgesucht.«

»Genau, das war mit am dringlichsten.«

»Es wurden drei Hülsen gefunden.«

»Für vier Schüsse eine gute Ausbeute.«

»Es wurde auch die vierte gefunden«, sagte Danglard, indem er aufstand und die Finger in seine Gesäßtaschen schob.

»Wo?«, fragte Adamsberg und hörte auf zu fächeln.

»Bei Pierre junior. Sie war unter seinen Kühlschrank gerollt. Die Männer haben sie darunter vorgeholt. Aber kein Revolver.«

»Welche Männer? Wer hat die Durchsuchung angeordnet?«

»Brézillon. Wegen der Verbindung zwischen Pierre und den Pferden.«

»Wer hat den Divisionnaire davon informiert?«

Danglard hob nichts ahnend die Schultern.

»Wer hat das Terrain nach den Hülsen abgesucht?«

»Maurel und Mordent.«

»Ich dachte, Mordent hat das Haus von Louvois observiert.«

»Hat er nicht. Er hatte darum gebeten, mit Maurel gehen zu dürfen.«

Schweigen trat ein, und Adamsberg begann herausfordernd einen Bleistift anzuspitzen, ließ Späne von Séril H in seinen Papierkorb fallen, blies die Pulverspuren von der Mine und legte sich ein Blatt Papier aufs Knie.

»Welchen Reim soll man sich darauf machen?«, fragte er sanft, während er die ersten Striche aufs Papier setzte. »Pierre gibt vier Schüsse ab, aber sammelt nur eine Hülse auf?«

»Sie vermuten, dass die Hülse vielleicht in der Trommel hängen geblieben ist.«

»Wer, ›sie‹?«

»Die Brigade in Avignon.«

»Und die finden nichts daran merkwürdig? Pierre entledigt sich des Revolvers, aber wirft erst mal die hängen gebliebene Hülse aus? Dann bewahrt er diese unschuldige kleine Hülse auf? Bis er sie dummerweise in seiner Küche verliert, wo sie unter den Kühlschrank rollt? Und warum haben die Männer so gründlich danach gesucht? Dass sie sogar den Kühlschrank abgerückt haben? Wussten sie, dass da was drunterliegt?«

»Die Ehefrau soll ihnen einen Hinweis gegeben haben.«

»Das würde mich aber sehr wundern, Danglard. Wenn diese Frau ihren Mann verrät, liebt Cupido seinen Émile nicht mehr.«

»Die Kollegen in Avignon haben es ja auch merkwürdig gefunden. Ihr Leiter ist nicht der Schnellste, aber dann kam ihm doch der Gedanke, es könnte jemand die Hülse dort hingelegt haben. Zumal Pierre sich wie wild verteidigt. Da haben sie das feinere Gerät herausgeholt, Staubsauger, Haarsieb, Abklebefolie, alles für die Entnahme von Mikroproben. Und sie haben etwas gefunden. Das«, sagte Danglard und zeigte auf den Fußboden.

»Das was?«

»Spuren von Grafitminen und Holzspäne von einem Stift, wahrscheinlich an den Schuhsohlen hereingetragen. Aber

Pierre benutzt keinen Bleistift. Die Nachricht kam gerade eben.«

Danglard zog an seinem Hemdkragen, ging in sein Büro hinüber und kam mit einem Glas Wein zurück. Er sah ziemlich unglücklich aus, Adamsberg ließ ihn gewähren.

»Sie werden das Ganze ins Labor schicken, in zwei, drei Tagen hoffen sie, die Ergebnisse zu haben. Die Zusammensetzung der Mine feststellen, herausfinden, von welcher Marke der Stift war, alles nicht so einfach. Natürlich ginge es viel schneller, wenn sie eine Vergleichsprobe hätten. Und ich glaube, sie werden bald wissen, wo sie die suchen müssen.«

»Verdammt, Danglard, woran denken Sie?«

»An das Schlimmste, das sagte ich Ihnen schon. Ich denke an das, was die denken werden. Dass Sie Pierre Vaudel die Hülse unter den Kühlschrank geschoben haben. Gewiss, das muss man beweisen. Die Zeit, um die Späne zu analysieren, den Bleistift zu identifizieren, ihn mit dem Muster zu vergleichen, das lässt uns vier Tage vor einer Überprüfung. Vier Tage, um den Ball zu kriegen, bevor er auf dem Boden aufschlägt.«

»Dann los, Danglard«, sagte Adamsberg mit einem starren Lächeln. »Warum hätte ich Pierre junior kompromittieren wollen?«

»Um Émile zu retten.«

»Und warum wollte ich Émile retten?«

»Weil er ein riesiges Vermögen erbt, das ihm vom leiblichen Erben nicht streitig gemacht werden soll.«

»Und wieso könnte es das?«

»Weil das Testament gefälscht wäre.«

»Émile? Émile sollte fähig sein, eine Fälschung zu produzieren?«

»Ein Komplize könnte es für ihn gemacht haben. Ein grafisch begabter Komplize. Ein Komplize, der fünfzig Prozent davon erhält.«

Danglard leerte sein Glas Wein in einem Zug.

»Scheiße«, sagte er plötzlich, und seine Stimme wurde lauter. »Dazu gehört doch nicht viel, oder? Muss es erst schwarz auf weiß geschrieben stehen? Émile und ein Komplize – nennen wir ihn Adamsberg – setzen ein falsches Testament auf. Émile steckt das dem Sohn – *Der Alte ist dabei, Sie in seinem Testament zu enterben* – und versetzt Pierre Vaudel in Unruhe. Émile bringt den Alten um, hinterlässt Pferdemist, um Pierre zu belasten, inszeniert einen Horrormord, um die Sache mit dem Geld in Vergessenheit geraten zu lassen. Rauchvorhang, damit der naheliegende Schluss im Dunkeln bleibt. Dann schießt Adamsberg, wie abgesprochen, vier Kugeln auf Émile ab. Er verletzt ihn ziemlich schwer, damit es glaubhaft erscheint. Er fährt ihn auf der Stelle ins Krankenhaus. Am Tatort lässt er drei Patronenhülsen zurück, und eine vierte platziert er im Haus von Pierre Vaudel, der des Mordversuchs an Émile bezichtigt wird. Unterm Lügendetektor erweist sich, dass Pierre von dem Testament wusste. Danach wird Émile erklären, dass er Pierre junior in jener Nacht aus der Villa hat kommen sehen. Pierre als Vatermörder ist nicht mehr erbberechtigt. Sein Anteil fällt laut Testament Émile zu. Adamsberg und er teilen sich das Ganze, wobei sie auch ihre Mütter nicht vergessen. Ende des Szenarios.«

Wie versteinert sah Adamsberg auf Danglard, der den Tränen nahe schien. Er betastete seine Tasche, fand die von Zerk zurückgelassenen Zigaretten und zündete sich eine an.

»Aber«, fuhr Danglard fort, »die Ermittlung beginnt, es häufen sich die Ungereimtheiten, das Émile-Adamsberg-Komplott gerät ins Stocken. Zunächst einmal, der alte Vaudel, der niemanden liebt, begünstigt Émile in seinem Testament. Erste Anomalie. Kurz darauf wird Vaudel ermordet. Zweite Anomalie. Es findet sich ein bisschen zu viel Pferdemist am Tatort, dritte Anomalie. Am Sonntag lässt Adamsberg, von Mordent gewarnt, Émile entkommen. Vierte Anomalie. Und schließlich weiß Adamsberg noch am selben Abend, ohne allerdings irgendjemanden davon zu informieren, wo er Émile finden kann. Fünfte Anomalie.«

»Sie nerven mich mit Ihren Anomalien.«

»Und er kommt genau zur rechten Zeit, um ihn zu retten, kurz nachdem auf ihn geschossen wurde. Sechste Anomalie. Man entdeckt eine Patronenhülse im Haus von Pierre Vaudel junior. Siebte Anomalie, und eine ganz gewaltige. Die Bullen beginnen zu ahnen, dass man sie an der Nase herumführt, und sie gehen zu Mikroproben über. Sie finden Bleistiftspäne. Wer profitiert von dem Verbrechen? Émile. Kann Émile eine Fälschung herstellen? Nein. Hat er einen zeichnerisch begabten Freund, der was von Kalligrafie versteht? Ja. Adamsberg, der sich so aufmerksam um ihn kümmert, als er im Krankenhaus liegt, der ihn dort herausholen lässt, um ihn außer Reichweite der Bullen an einen geheimen Ort zu verlegen, achte Anomalie. Pflegt Adamsberg Bleistifte anzuspitzen? Ja. Man entnimmt Proben, vergleicht, trifft ins Schwarze. Wann hat

Adamsberg nach Avignon fahren können, um die Patronenhülse zu deponieren? Na, zum Beispiel heute Nacht. Gestern
Abend ist der Kommissar verschwunden und heute erst mittags um halb eins in der Brigade erschienen. Seine Alibis? Gestern: Er war beim Arzt. Heute Morgen: Er war beim Arzt.
Dort ist er ohnmächtig geworden, er, dem so was nie passiert.
Der Arzt ist also ein Komparse. Die drei verstehen sich ganz
gut, Émile, Adamsberg, Josselin. Viel zu gut für Leute, die
sich angeblich erst seit drei Tagen kennen. Neunte Anomalie.
Resultat: Émile kriegt dreißig Jahre oder lebenslänglich für
den Mord an Vaudel Vater sowie für Erbschwindel. Adamsberg stürzt von seinem Sockel und wird verurteilt wegen Ur-
kundenfälschung, Beihilfe zum Mord und Manipulation von
Beweismitteln. Zwanzig Jahre. Es ist aus. Adamsberg hat vier
Tage Zeit, um seine Haut zu retten.«

Der Kommissar zündete sich eine weitere Zigarette am
Ende der vorherigen an. Ein Glück, dass Josselin heute
Morgen seinen Heizkessel repariert hatte, sonst wäre er jetzt
reif für den endgültigen emotionalen Crash. Erst Zerk und
jetzt Danglard, beide auf der Höhe ihres Erfindungsreich-
tums.

»Wer glaubt so was, Danglard?«, fragte er, indem er den
Stummel ausdrückte.

»Sie rauchen wieder?«

»Seit Sie angefangen haben zu reden.«

»Sie sollten es besser nicht tun. Es deutet auf eine Verhal-
tensänderung.«

»Wer glaubt so was, Danglard?«, wiederholte Adamsberg
etwas lauter.

»Noch niemand. Aber in vier Tagen, oder schon in dreien, wird Brézillon es glauben, und auch die Bullen in Avignon. Dann alle Welt. Sie zweifeln bereits jetzt. Denn Hülse hin oder her, Pierre Vaudel befindet sich nicht einmal in Polizeigewahrsam.«

»Warum sollten sie es glauben?«

»Weil alles darauf hindeutet. Es springt einem doch geradezu in die Augen, verdammt.«

Danglard sah Adamsberg plötzlich mit empörter Miene an.

»Sie glauben nicht, dass ich es glaube?«, sagte er, sich in seinem sprachlichen Ausdruck verheddernd, was ihm selten passierte.

»Keine Ahnung, Commandant. Sie sind absolut überzeugend in Ihrer Darlegung des Szenarios. Ich glaube es ja selbst schon.«

Danglard ging ein zweites Mal nach draußen und kam mit einem wieder gefüllten Glas zurück.

»Ich bin so überzeugend«, sagte er, jedes einzelne Wort hervorhebend, »um Sie von dem zu überzeugen, was jene Leute glauben werden, die man es glauben lassen wird.«

»Sprechen Sie Klartext, Danglard.«

»Ich habe es Ihnen gestern schon gesagt. Jemand will Sie hochgehen lassen, ganz eindeutig. Einer, der um jeden Preis verhindern will, dass Sie den Mörder von Garches fassen. Einer, dem dies das Leben zerstören würde. Einer, der einen langen Arm hat, einer da oben. Und mit Sicherheit jemand, der dem Mörder nahesteht. Sie sollen hochgehen und ein anderer soll anstelle des Zerquetschers den Kopf hinhalten. Das ist ziemlich einfach, nicht wahr? Die ersten gegen Sie inszenierten Fehler haben nicht ausgereicht, Sie kaltzustellen. Also hat man das Tempo gesteigert, man hat den Namen des Zerquetschers an die Presse gegeben, dafür gesorgt, dass er fliehen konnte, man hat die Patronenhülse bei Pierre junior deponiert, und Ihre Bleistiftspäne dazu. Das Fallgitter saust herunter. Ganz automatisch. Doch damit die Sache reibungslos abläuft, braucht der Mann da oben Helfershelfer, und vor allem hier bei uns. Wer kommt an Adamsbergs Bleistiftspäne heran? Ein Mann aus der Brigade. Wer konnte an die Patronenhülsen herankommen? Mordent und Maurel. Wer ist seit heute Morgen von der Bühne verschwunden, mit nervöser Depression, Krankschreibung, Besuchsverbot? Mordent. Ich habe Sie im Café gewarnt, und Sie haben mir geantwortet, dass ich mies von ihm denken würde. Ich habe Ihnen gesagt, dass seine Tochter in zwei Wochen vor Gericht steht. Sie wird freigesprochen werden, dafür lege ich meine Hand ins Feuer – schön für sie und für ihn. Sie hingegen werden diesen Tag im Knast erleben.«

Adamsberg stieß den Rauch geräuschvoller aus als nötig.

»Glauben Sie mir?«, fragte Danglard. »Begreifen Sie die Strategie?«

»Ja.«

»Cricket«, wiederholte Danglard, der mitnichten sportlich veranlagt war. »Den Ball kriegen, bevor er aufschlägt. Drei oder vier Tage, mehr nicht.«

27

»Das heißt, Zerk vorher finden«, sagte Adamsberg.

»Zerk?«

»Den Zerquetscher. Hat Thalberg uns sein Dossier geschickt?«

»Hier«, sagte Danglard, hob sein Weinglas an und zeigte auf einen rosa Aktendeckel, den ein feuchter Kreis zierte. »Tut mir leid wegen des Kringels.«

»Wenn es nur den Kringel gäbe, Danglard, wäre das Leben wunderschön. Wir würden rauchen, wir würden trinken und dabei irgendwelche Viecher angeln in dem See von Ihrem Freund Stock, mit unseren Gläsern würden wir feuchte Kringel auf den Steg machen, wir würden Boot fahren mit Ihren Gören und dem kleinen Tom, und wir würden die Kohle von dem alten Vaudel verjubeln, mit Émile und seinem Hund.«

Adamsberg lächelte gelöst, mit jenem Lächeln, das Danglard stets beruhigte, was immer auch gerade geschah, dann furchte er die Augenbrauen.

»Und was werden sie zu dem österreichischen Mord sagen? Dass den auch Émile begangen hat? Das ist ja wohl kaum vorstellbar.«

»Sie werden sagen, dass das nichts miteinander zu tun hat. Sie werden sagen, dass Émile aus Mangel an Fantasie einfach den ›Modus‹ des österreichischen Falls kopiert hat.«

Adamsberg streckte den Arm aus und trank einen Schluck aus Danglards Glas. Ohne Danglard und seine kristallscharfe Logik hätte er den Coup nicht kommen sehen.

»Ich fahre nach London«, verkündete Danglard. »Wir können ihn bei den Schuhen kriegen.«

»Sie fahren nirgendwohin, Commandant. Ich fahre weg. Und ich brauche einen Mann, der in der Zeit die Brigade übernimmt. Klären Sie Ihre Dinge mit Stock per Telefon und Video.«

»Nein. Delegieren Sie Retancourt.«

»Sie hat nicht den Dienstgrad, dazu bin ich nicht berechtigt. Wir haben schon genug Ärger am Hals.«

»Wohin wollen Sie?«

»Sie selbst haben es gesagt: Wir können ihn bei den Schuhen kriegen.« Adamsberg reichte ihm eine Postkarte. Ein hübsches buntes Dorf auf einem Hintergrund von Hügeln und blauem Himmel. Dann drehte er sie auf die Textseite. Oben links stand in Druckbuchstaben: КИСЕЉЕВО.

»Nach Kisilova, in das Dorf des Dämons. Der am Waldrand herumschlich. Das bedeutet dieses КИСЕЉЕВО doch?«

»Ja, das heißt Kiseljevo in der ursprünglichen, kyrillischen Schreibung. Aber darüber sprachen wir ja schon. Nach zwanzig Jahren wird sich dort niemand mehr an den Besuch des Fußabschneiders erinnern.«

»Nicht das erwarte ich. Ich will dorthin, um den schwarzen Tunnel zu suchen, der zwischen Vaudel und diesem Dorf gegraben wurde. Wir müssen ihn finden, Danglard, wir müssen in ihn eindringen, der Geschichte auf den Grund gehen, sie mit der Wurzel ausreißen.«

»Wann fahren Sie?«

»In vier Stunden. Es war kein Direktflug mehr zu haben, ich fliege nach Venedig und nehme dort den Nachtzug nach Belgrad. Ich habe zwei Plätze reservieren lassen, die Botschaft sucht mir einen Dolmetscher.«

Danglard schüttelte ablehnend den Kopf.

»Sie sind viel zu exponiert. Ich reise mit Ihnen.«

»Kommt nicht infrage. Es ist nicht nur das Problem der Brigade. Wenn die mich fertigmachen wollen, und Sie sind bei mir, wirft man Sie mit mir in einen Topf. Und wenn sie mich einbuchten, sind Sie der Einzige, der mich da herausholen kann. Dazu werden Sie zehn Jahre brauchen, machen Sie sich darauf gefasst. Bis dahin aber halten Sie sich von mir fern, bleiben Sie draußen. So infiziere ich weder Sie noch sonst jemanden in der Brigade.«

»Was den Übersetzer angeht, das könnte Slavkos Enkel übernehmen. Vladislav Moldovan. Er arbeitet als Dolmetscher für Forschungsinstitute. Ein ebenso glückliches Naturell wie sein Großvater. Wenn ich ihm sage, es ist für Slavko, wird er sich ein paar Tage freinehmen. Um wie viel Uhr geht der Zug von Venedig nach Belgrad?«

»Um einundzwanzig Uhr zweiunddreißig. Ich muss noch mal nach Hause, ein paar Sachen und meine Uhren einpacken. Es fehlt mir was, wenn ich die Uhrzeit nicht sehe.«

»Was macht das schon? Ihre Uhren gehen doch ohnehin nicht genau.«

»Weil ich sie nach Lucio stelle. Er pinkelt ungefähr alle anderthalb Stunden an den Baum. Aber es gibt zwangsläufig Abweichungen.«

»Sie brauchen doch nur das Gegenteil zu tun. Ihre Armbanduhren nach einer Wanduhr stellen, dann haben Sie die exakten Pinkelzeiten von Lucio.«

Adamsberg sah ihn etwas überrascht an.

»Ich will aber gar nicht wissen, zu welchen Zeiten Lucio pinkelt. Was sollte mir das bringen?«

Danglard machte eine Geste, die so viel bedeutete wie »Lassen wir's«, und reichte dem Kommissar eine weitere Akte, eine apfelgrüne.

»Das ist Radstocks letzter Bericht. Im Zug haben Sie Zeit, das alles zu lesen. Hinzugefügt sind die Vernehmungen von Lord Clyde-Fox sowie ein paar vage Informationen über den kubanischen Freund, den sogenannten. Es liegen jetzt die Feinanalysen vor, die Schuhe sind alle französischer Herkunft, außer denen meines Onkels.«

»Oder eines Cousins von Ihrem Onkel, eines Kisslovers, eines Kisilovaners.«

»Eines Kiseljevaners.«

»Wie sind die Schuhe über den Ärmelkanal gekommen?«

»Auf einem illegalen Schiff, eine andere Möglichkeit gibt es nicht.«

»Das ist ein ziemlich großer Aufwand.«

»Er ist es wert. Highgate ist ein Kultort. Einige von diesen Schuhen, vier Paar wenigstens, sollen nicht älter als zwölf Jahre sein, aber bei den anderen hat Radstock Probleme mit der Datierung. Zwölf Jahre, das entspräche dem Handlungszeitraum des Zerquetschers, angenommen, er hätte mit seiner Sammlung im Alter von siebzehn Jahren begonnen. Was schon mal ziemlich jung ist, um sich Einlass in Bestattungsinstitute zu verschaffen und Füße abzusägen. Chronologisch passt es gut, es fällt in die Zeit der Gothic-Welle in der Kunst, von Heavy Metal, Grusel und Spitzen, Antichrist und Pailletten, Zombies in Abendgarderobe. So was kann die Sache befördert haben.«

»Verzeihung, Danglard?«

»Die Gothic-Welle«, wiederholte Danglard. »Noch nie davon gehört?«

»Gotik im Sinne des Mittelalters?«

»Gotik der Jahre 1990 bis heute. Sehen Sie die nicht vor sich? Junge Leute, die T-Shirts tragen mit Totenköpfen oder bluttriefenden Skeletten drauf.«

»Doch, sicher«, sagte Adamsberg, Zerks Aufzug hatte sich an einem Sternzacken seines Gedächtnisses unauslöschlich festgehakt. »Und Stock hat ein Problem mit den anderen Schuhpaaren?«

»Ja«, sagte Danglard und kratzte sich das Kinn, das auf der einen Seite sauber rasiert, auf der anderen noch sehr stoppelig war.

»Warum rasieren Sie sich nur noch auf einer Seite?«, fragte Adamsberg, sich selbst unterbrechend.

Danglard fuhr zusammen, dann trat er ans Fenster, um sich in der Scheibe zu betrachten.

»Die Glühbirne im Bad ist durchgebrannt, in der linken Ecke sehe ich überhaupt nichts. Ich muss das schnellstens reparieren.«

Abstract, dachte Adamsberg. Danglard erwartete ihren Besuch.

»Haben wir hier welche? Sechziger Glühbirnen mit Bajonettfassung?«

»Sehen Sie im Lager nach, Commandant. Die Zeit läuft«, sagte Adamsberg und tippte auf sein Handgelenk.

»Sie waren es ja, der mich unterbrochen hat. Bei einigen der Füße haut ein Zeitabstand von nur zwölf Jahren nicht hin. Zwei gehören Frauen, und die Nägel sind lackiert, nach einer Mode, die weiter zurückreicht als in die Neunzigerjahre. Die Zusammensetzung des Lacks weist eher auf den Zeitraum von 1972 bis 1976 hin.«

»Da ist sich Stock sicher?«

»So gut wie, und er forciert die Analysen jetzt. Ein Paar Herrenschuhe ist aus Straußenleder, selten und sehr teuer, hergestellt zu einem Zeitpunkt, als der Zerquetscher erst zehn Jahre alt war. Das wäre dann ein verdammt frühreifes Kind. Ja, einige Paare könnten sogar fünfundzwanzig oder dreißig Jahre alt sein. Ich weiß, was Sie mir jetzt sagen werden«, blockte Danglard ab, indem er sich hinter seinem erhobenen Glas verschanzte. »Dass in Ihrem blöden Dorf Caldhez manche Kinder schon in der Wiege Frösche zum Explodieren brachten. Aber alles hat seine Grenzen.«

»Nein, ich wollte durchaus nicht von den Fröschen sprechen.«

Der Gedanke an diese Frösche, die die Kinder in einer grässlichen Fontäne aus Blut und Eingeweiden in die Luft jagten, indem sie ihnen eine brennende Zigarette ins Maul steckten, ließ Adamsberg erneut nach Zerks Schachtel greifen.

»Sie fangen ja wieder richtig an«, kommentierte Danglard, als er ihn seine dritte Zigarette anzünden sah.

»Weil Sie mit Ihren Fröschen angefangen haben.«

»Es ist immer wegen irgendwas. Ich jedenfalls höre mit dem Weißwein auf. Das hier ist mein letztes Glas.«

Adamsberg verschlug es die Sprache. Dass Danglard verliebt war, gewiss, das war nicht zu übersehen, dass sein Gefühl erwidert wurde, wollte man hoffen, aber dass dieser Umstand ihn vom Weißwein bekehren sollte, konnte er nicht glauben.

»Ich gehe zu Rotem über«, fuhr der Commandant fort. »Der ist zwar gewöhnlicher, hat aber weniger Säure. Der Weiße macht mir den Magen kaputt.«

»Gute Idee«, meinte Adamsberg zustimmend, seltsamerweise beruhigt bei dem Gedanken, dass nichts sich ändert hienieden, wenigstens nicht bei Danglard. Der Augenblick war schon so aufwühlend genug.

»Haben Sie die gekauft?«, fragte Danglard mit Blick auf die Zigaretten. »Englische? Erlesener Geschmack.«

»Der Einbrecher heute Morgen hat sie bei mir liegen lassen. Also, entweder war Zerk ein so frühreifes Kind, dass er schon mit zwei Jahren Füße absägen konnte. Oder ein Mentor führte ihn in diese morbiden Praktiken ein, die er später fortsetzte. Er könnte seit seiner Kindheit unter Einfluss gehandelt haben.«

»Manipuliert.«

»Warum nicht? Man kann sich hinter all dem eine Führungspersönlichkeit vorstellen, eine Vaterfigur, die ihm gefehlt hat.«

»Schon möglich. Sein Vater ist unbekannt.«

»Wir müssen so schnell wie möglich sein Umfeld erkunden, herausfinden, mit wem er in Verbindung steht, wen er trifft. Die Wohnung muss er geschrubbt haben, bevor er ging, nicht die geringste Spur hat der Kerl hinterlassen.«

»Das erscheint plausibel. Sie haben doch wohl auch nicht angenommen, dass er uns einen Besuch abstatten würde?«

»Seine Mutter? Hat man sie gefunden?«

»Immer noch nicht. Es gab bis vor vier Jahren eine Adresse in Pau, danach weiß man nichts mehr.«

»Und die Familie der Mutter?«

»Bis zum jetzigen Augenblick kein Louvois in ihrer Gegend. Es ist erst zwei Tage her, Kommissar, und wir haben nicht tausend Leute zu unserer Verfügung.«

»Wie weit ist Froissy mit den Telefonen?«

»Noch nirgendwo. Louvois hat keinen Festnetzanschluss. Weill versichert, er hätte ein Handy besessen, aber wir finden kein auf seinen Namen angemeldetes Gerät. Man muss ihm eins geschenkt haben oder er hat's geklaut. Froissy wird das Netzumfeld seiner Wohnung checken, aber Sie wissen, so was kann dauern.«

Plötzlich sprang Adamsberg auf, vielleicht war es seine übliche Ungeduld.

»Danglard, haben Sie im Kopf, wer zum Stab in Avignon gehört?«

Danglard hatte – warum auch immer – nahezu alle Polizeidienststellen des Landes in seinem Gedächtnis gespeichert und aktualisierte seine Datei entsprechend den Abgängen wie den Neueinstellungen.

»Mit dem Fall Pierre Vaudel junior ist Calmet betraut. Ich

weiß nicht, ob sein Name auf ihn abgefärbt hat, aber er ist ein seelenruhiger Kommissar, der sich keinen unnötigen Ärger einhandelt. Und wie ich Ihnen schon sagte, er ist nicht sehr flink. Darum rechne ich auch eher mit vier als mit drei Tagen. Maurel hat mir außerdem noch von einem Lieutenant und einem Brigadier erzählt, Noiselot und Drumont. Über die restliche Mannschaft weiß ich nichts.«

»Besorgen Sie mir die komplette Liste, Danglard.«

»Wen suchen Sie?«

»Einen Vietnamesen, mit dem ich mal in Messilly im Tandem gearbeitet habe. Ein verschlafenes kleines Städtchen, aber ich habe nie wieder einen so unterhaltsamen Dienst absolviert, wenn wir denn überhaupt zum Arbeiten kamen. Er rauchte mit der Nase, konnte mehrere Zentimeter über dem Boden schweben – zumindest glaubte ich das zu sehen –, spielte ganze Musikstücke auf Gläsern, imitierte alle Tierstimmen der Schöpfung.«

Zwanzig Minuten später hatte Adamsberg die Namensliste der Mannschaft von Kommissar Calmet vor sich liegen.

»Ich habe Slavkos Enkel erreicht«, sagte Danglard. »Er verlässt Marseille auf der Stelle, um einundzwanzig Uhr wird er am Bahnhof Santa Lucia in Venedig sein, er wartet vor Wagen 17 des Zuges nach Belgrad. Er freut sich darauf, auf einen Sprung ins Dorf zu fahren. Vladislav freut sich immer.«

»Wie erkenne ich ihn?«

»Ganz einfach. Er ist mager und sehr behaart, seine langen Haare gehen in die Rückenbehaarung über, das Ganze schwarz wie Tinte.«

»Lieutenant Mai Thien Dinh«, sagte Adamsberg und tippte mit dem Finger auf die Liste. »Er hat mir im Dezember letzten Jahres geschrieben. Ich wusste doch, dass was mit Avignon in der Luft lag. Er schickt mir oft einen Gruß aus dem Urlaub, versehen mit asiatischen Weisheiten. ›Iss nicht deine Hand, wenn du kein Brot mehr hast.‹«

»Ziemlich dämlich.«

»Klar, er erfindet sie.«

»Antworten Sie ihm?«

»Ich kann solche Sätze nicht erfinden«, sagte Adamsberg und wählte die Nummer des Lieutenant Mai.

»Dinh? Hier Jean-Baptiste. Hab Dank für deine Karte vom Dezember.«

»Jetzt haben wir Juni. Aber du warst schon immer langsam. Und der langsame Mensch läuft weniger schnell als der schnelle. Hast du bemerkt, dass wir an dem gleichen Fall dran sind? Vaudel?«

»Die unschuldige kleine Patronenhülse unterm Kühlschrank?«

»Genau. Und der Idiot, der sie da hingelegt hat, ist auch noch mit Bleistiftspänen an den Sohlen über den Teppichboden gelaufen. Mach dir nichts draus, wir haben Vaudel in Freiheit gelassen und werden dir den Kritzler so schnell wie möglich liefern.«

»Dinh, mir wäre es lieber, ihr liefert ihn mir nicht allzu schnell. Sagen wir, mittelmäßig schnell, zum Beispiel. Oder auch sehr langsam.«

»Warum?«

»Das kann ich dir nicht sagen.«

»Ah. Der Weise verrät den Dummen nichts. Das funktioniert nicht, Jean-Baptiste. Warte einen Moment, ich geh mal aus dem Büro. Was willst du von mir?«, meldete er sich nach ein paar Minuten wieder.

»Ein Verzögerungsmanöver.«

»Das ist nicht korrekt.«

»Überhaupt nicht korrekt. Dinh, stell dir einmal vor, dass ein hundsgemeiner Dreckskerl mich mit allen Sachen in einen Sumpf von Scheiße geworfen hat.«

»Das kommt vor.«

»Und dass ich im Begriff bin, darin zu versinken. Siehst du die Szene?«

»Als wenn ich dabei wäre.«

»Sehr gut. Nun stell dir eben das vor – du bist dabei. Du schlenderst am Rand dieses Sumpfes entlang, schwebst ab und zu ein bisschen über dem Boden. Stell dir vor, du reichst mir die Hand.«

»Das heißt, ich stecke meine eigene Hand in die Scheiße, um dich da rauszuholen, ohne dass ich weiß, warum.«

»So ist es.«

»Geht es etwas präziser?«

»Die Bleistiftspäne. Wann gehen sie ins Labor?«

»In einer Stunde. Wir machen gerade die letzten Proben fertig.«

»Dann richte es so ein, dass die Späne nicht weggehen. Halt sie zwei Tage zurück.«

»Und wie?«

»Wie groß ist die Probe?«

»Wie die Hülse von einem Lippenstift.«

»Wer begleitet den Fahrer zum Labor?«

»Brigadier Kerouan.«

»Dann fahr du anstelle dieses Kerouan.«

»Wir sehen uns überhaupt nicht ähnlich, er ist Bretone.«

»Gib dem Bretonen irgendeinen Auftrag und begleite du den Fahrer. Da dir sehr viel an diesem Lippenstift liegt, steckst du ihn zur Sicherheit in deine Jackentasche.«

»Und dann?«

»Unterwegs wirst du krank. Fieber, ein Schwindelanfall, ganz plötzlich. Du übergibst die ganze Lieferung, außer der Hülse, dann sagst du dem Kommissariat Bescheid, dass du nach Hause gehst. Zwei Tage Bettruhe, Tabletten an deinem Bett, keinerlei Nahrung, du hast auf nichts Appetit. So weit für deine Besucher. In Wirklichkeit hast du natürlich das Recht, aufzustehen.«

»Ich danke dir.«

»Über dem Fieberanfall hast du die Hülse in deiner Tasche vergessen. Am dritten Tag bist du wieder okay, es fällt dir alles wieder ein. Die Probe, das Labor, die Jackentasche. Zwei Möglichkeiten: Entweder ein diensteifriger Lieutenant entdeckt, dass die Hülse nicht im Labor angekommen ist, oder aber niemand bemerkt es. In beiden Fällen übergibst du die Hülse, du erklärst das Versäumnis, mit tiefstem Bedauern natürlich. Dann haben wir zwischen einem und zweieinhalb Tagen gewonnen.«

»Du hast sie gewonnen, Jean-Baptiste. Und ich? Weise ist der Mann, der sein Heil auf der Erde sucht.«

»Du gewinnst zwei freie Tage. Donnerstag, Freitag, das Wochenende hintendran. Und einen Vorschuss auf einen Gefallen meinerseits.«

»Zum Beispiel?«

»Zum Beispiel, wenn man mal an einem Tatort eine kleine Strähne von deinen glatten schwarzen Haaren finden sollte.«

»Verstehe.«

»Danke, Dinh.«

Während er sprach, hatte Danglard seine Weinflasche geholt und gleich direkt auf Adamsbergs Schreibtisch gestellt.

»Das ist auch ehrlicher so«, meinte Adamsberg mit Blick auf die Flasche.

»Ich muss sie wohl oder übel austrinken, wenn ich zum Roten übergehen will.«

»Lucio würde Ihnen da nicht widersprechen. Zu Ende bringen oder gar nicht erst anfangen.«

»Sie sind wahnsinnig, das von Dinh zu verlangen. Und wenn es herauskommt, sind Sie vollends geliefert.«

»Geliefert bin ich schon jetzt. Und es wird nicht herauskommen, denn der Mann des Ostens schwatzt nicht wie die gedankenlose Amsel. Das hat er mir mal geschrieben.«

»Okay«, sagte Danglard, »das lässt uns fünf Tage Zeit, oder auch sechs. Wo werden Sie in Kiseljevo wohnen?«

»Sie haben dort einen kleinen Gasthof mit Fremdenzimmern.«

»Es gefällt mir nicht. Diese Reise so allein.«

»Ich habe doch Ihren Großneffen.«

»Vladislav ist keine Kämpfernatur. Nein, es gefällt mir überhaupt nicht«, wiederholte Danglard. »Kiseljevo, der schwarze Tunnel.«

»Der Waldsaum«, sagte Adamsberg lächelnd, »Sie fürchten ihn immer noch. Mehr noch als den Zerquetscher.«

Danglard zuckte die Schultern.

»Der sich irgendwo herumtreibt«, fügte Adamsberg in dumpferem Ton hinzu. »Frei wie ein Vogel.«

»Nicht Ihre Schuld. Was machen wir mit Mordent? Holen wir ihn aus seinem verdammten Versteck? Schütteln wir ihn durch? Lassen wir ihn seine Verrätergalle ausspucken?«

Adamsberg stand auf, schlang ein breites Gummi um die grüne und die rosa Akte, zündete sich eine Zigarette an, die er an seiner Unterlippe hängen ließ, die Augen zusammenkneifend, wenn der Rauch ihn reizte. Wie sein Vater, und wie Zerk.

»Was machen wir mit Mordent?«, wiederholte Adamsberg langsam. »Zunächst mal lassen wir ihn seine Tochter aus dem Knast holen.«

28

Sein Rucksack war gepackt, die Vordertasche wölbte sich über den drei Aktenmappen, der französischen, der englischen und der österreichischen. Der Anblick seiner Küche brachte ihm in wirrer Folge die Bilder von Zerk an diesem Morgen in Erinnerung, ihre qualvoll lange Konfrontation, den Moment, als er ihn hatte laufen lassen. Geh, Zerk, geh. Geh morden, geh ruhig weitermorden, der Kommissar hat keinen Finger gerührt, um dich daran zu hindern. »Handlungsblockade«, hatte Josselin gesagt. Vielleicht hatte er die auch schon am Sonntag, als er zur Seite gewichen war, um Émile die Möglichkeit zur Flucht zu geben – wenn er es denn getan hatte. Aber es war vorbei mit der Hemmung, der Mann mit den goldenen Fingern hatte sie ihm genommen. Hinab also in den Tunnel von Kisilova, sich einbuddeln in diesem Dorf, das auf seinem Geheimnis hockte. Er hatte gute Nachrichten von Émile, das Fieber war gesunken. Er band seine beiden Uhren um, fasste seinen Rucksack.

»Du hast Besuch«, sagte Lucio, an die Scheibe klopfend.

Weill schob gemächlich seinen Bauch in den Raum, ihm den Ausgang versperrend. Es war üblich, dass man Weill aufsuchte, nie umgekehrt. Der Mann war auf eine neurotische

Weise häuslich, und Paris zu durchqueren, kam für ihn einer mühseligen Schinderei gleich.

»Da hätte ich Sie ja beinahe verfehlt«, sagte er und setzte sich.

»Ich habe keine Zeit«, sagte Adamsberg und drückte ihm unbeholfen die Hand, denn Weill hatte eine Art, sie seinem Gegenüber schlaff hinzustrecken wie zu einem Handkuss. »Ich bin auf dem Weg zum Flughafen.«

»Haben wir noch Zeit auf ein Bier?«

»Gerade so.«

»Wir werden uns damit begnügen. Nehmen Sie doch Platz, mein Freund«, fügte er, auf einen Stuhl deutend, hinzu, in jenem leicht herablassenden Ton, den er so gern anschlug, als wäre er in den eigenen vier Wänden, wo immer er sich auch befand. »Sie gehen außer Landes? Das scheint vernünftig. Mit welchem Ziel?«

»Kisilova. Ein kleines serbisches Dorf am Ufer der Donau.«

»Immer noch der Fall Garches?«

»Immer noch.«

»Sie rauchen?«, fragte Weill und gab ihm Feuer.

»Ich habe heute wieder damit angefangen.«

»Sorgen«, meinte Weill.

»Wahrscheinlich.«

»Ganz bestimmt. Darum musste ich Sie auch sprechen.«

»Warum haben Sie mich nicht angerufen?«

»Das werden Sie noch verstehen. Ein Unwetter braut sich über Ihrem Kopf zusammen, schlafen Sie nicht unter einem Baum, gehen Sie nicht ohne Deckung mit einer Lanze in der Hand vor. Laufen Sie im Schatten und laufen Sie schnell.«

»Geben Sie mir Einzelheiten, Weill, ich brauche sie.«

»Ich habe keine Beweise, mein Freund.«

»Dann nennen Sie mir Motive.«

»Der Mörder von Garches hat einen Beschützer.«

»Oben?«

»Sicher. Ein ganz großes Kaliber, und ziemlich bedenkenlos. Man wünscht nicht, dass Sie den Fall aufklären. Man wünscht, dass Sie das Feld räumen. Ein Dossier, ein ziemlich dürftiges, ist gegen Sie angelegt worden, von wegen Fluchtbegünstigung eines Verdächtigen – Émile Feuillant – und Nachlässigkeit bei der Überprüfung eines Alibis. Man hat Ihre einstweilige Suspendierung verlangt. Man denkt daran, Préval mit der Ermittlung zu beauftragen.«

»Préval ist korrupt.«

»Notorisch korrupt. Ich habe Ihr Dossier verschwinden lassen.«

»Danke.«

»Sie werden zu einem nächsten Schlag ausholen, einem noch stärkeren, und meine bescheidene Macht wird dagegen nichts mehr vermögen. Haben Sie etwas geplant? Außer dass Sie jetzt wegfliegen?«

»Schneller laufen als sie, den Ball kriegen, bevor er den Boden berührt.«

»Mit anderen Worten: den Mörder beim Schlafittchen packen und mit den Beweisen wedeln? Lachhaft, mein Freund. Glauben Sie etwa, die wissen nicht, wie man Beweise in Luft auflöst?«

»Nein.«

»Sehr gut. Also verdreifachen Sie Ihren Plan. Plan A, suchen Sie den Mörder, einverstanden. Das ist der einvernehmliche

Aspekt der Angelegenheit, aber er hat nicht die Priorität, denn die Wahrheit kommt nicht zwangsläufig mit der Reuse nach oben, vor allem wenn sie unerwünscht ist. Plan B, finden Sie heraus, wer da oben Sie abzuschießen sucht, und bereiten Sie eine Gegenoffensive vor. Plan C, denken Sie über ein Exil nach. Vielleicht gleich via Adria.«

»Sie sind nicht besonders komisch, Weill.«

»Die sind auch nicht besonders komisch. Nie.«

»Ich habe keinerlei Möglichkeit, den Mann da oben zu identifizieren. Nur indem ich den Mörder einkreise, kann ich ihm näher kommen.«

»Nicht zwangsläufig. Was sich da oben abspielt, bleibt dem gemeinen Volk verborgen. Also fangen Sie von unten an. Denn die da oben bedienen sich immer derer da unten, die nach oben gelangen wollen. Dann steigen Sie die Leiter aufwärts. Wer steht ganz unten? Auf der ersten Sprosse?«

»Commandant Mordent. Sie haben ihn benutzt für das Versprechen, seine Tochter freizulassen. Sie steht in knapp zwei Wochen wegen Rauschgifthandels vor Gericht.«

»Oder wegen Mordes. Das Mädchen war total zugedröhnt, als Stubby Down niedergeschossen wurde. Ihr Freund Bones kann ihr die Waffe in die Hand geschoben und mit ihrem Finger den Abzug gedrückt haben.«

»Und ist es so passiert, Weill? Genau so?«

»Ja. Technisch gesehen war sie es, die getötet hat. Mordent muss also sehr teuer bezahlen für den Handel. Wer steht Ihrer Meinung nach auf der zweiten Sprosse der Leiter?«

»Brézillon. Er steuert Mordent. Aber ich glaube nicht, dass er an dem Deal beteiligt ist.«

»Ohne Bedeutung. Dritte Sprosse der Leiter, der Richter in dem Prozess, der im Vorhinein akzeptiert hat, Mordents Tochter freizusprechen. Wer ist er und was gewinnt er im Gegenzug? Das muss man herausfinden, Adamsberg. Wer hat ihn um den Freispruch gebeten, für wen arbeitet er?«

»Tut mir leid«, sagte Adamsberg und trank sein Bier aus, »ich hatte keine Zeit, mir um all das einen Kopf zu machen. Danglard ist darauf gekommen. Da waren die abgeschnittenen Füße, die Hölle von Garches, die Schüsse auf Émile, der Mord in Österreich, der Onkel in Serbien, meine Sicherung, die durchbrannte, die Katze, die ihre Kleinen zur Welt brachte, es tut mir wirklich leid. Kein Gedanke an diese Leiter und auch keine Zeit, über all die Leute nachzudenken, die da raufgeklettert sind.«

»Die ihrerseits alle Zeit der Welt hatten, sich mit Ihnen zu befassen. Sie sind sehr spät dran.«

»Kein Zweifel. Die Späne von meinen Zeichenstiften sind längst bei den Bullen in Avignon, aufgesammelt in der Wohnung von Pierre Vaudel. Ich habe einzig den Zündmechanismus verlangsamen können. Ich habe ganze fünf oder sechs Tage, bis sie mich kriegen.«

»Nicht dass mich diese Arbeit sonderlich reizte«, sagte Weill gedehnt, »aber ich mag die Leute nicht. Sie sind für meinen Geist, was eine mittelmäßige Küche für meinen Magen ist. Da Sie fortmüssen, werde vielleicht ich mich an Ihrer Stelle mit einigen der Sprossen beschäftigen.«

»Mit dem Richter?«

»Oberhalb, so hoffe ich. Ich rufe Sie an. Aber nicht unter Ihrer und auch nicht von meiner normalen Nummer aus.«

Weill legte zwei neue Funktelefone auf den Tisch und schob eins davon Adamsberg zu.

»Ihres, meins. Schalten Sie es erst ein, wenn Sie über die Grenze sind, und niemals, wenn Ihr anderes Telefon in Betrieb ist. Sie haben hoffentlich kein GPS in ihrem normalen Handy?«

»Doch. Ich will, dass Danglard mich orten kann für den Fall, dass das Telefon mich im Stich lässt. Nehmen Sie an, ich stehe dort mutterseelenallein am Waldsaum.«

»Und?«

»Nichts«, Adamsberg lächelte, »es streicht nur ein Dämon herum, dort in Kisilova. Auch Zerk geistert irgendwo durch die Gegend.«

»Wer ist Zerk?«

»Der Zerquetscher. Das ist der Name, den die Leute in Wien ihm gegeben haben. Vor Vaudel hat er in Pressbaum einen Mann massakriert.«

»Er sucht aber nicht Sie.«

»Warum nicht?«

»Nehmen Sie dieses GPS heraus, Adamsberg, Sie sind unvorsichtig. Geben Sie denen keine Möglichkeit, Sie zu verhaften oder verunglücken zu lassen, wer weiß. Ich wiederhole: Sie suchen einen Mörder, von dem die alles andere wollen, als dass man ihn findet. Schalten Sie Ihr normales Telefon so oft wie möglich aus.«

»Keine Sorge. Danglard ist der Einzige, der mein GPS-Signal hat.«

»Vertrauen Sie keinem Menschen, sobald die da oben ihre Verführer und ihre Händler ausschicken.«

»Danglard schließe ich davon aus.«

»Schließen Sie niemanden aus. Jedem seine Begehrlichkeit oder seinen Wahn, jeder Mensch hat eine Granate unterm Bett. Und so entsteht die lange Kette derer, die einen andern bei den Eiern gepackt halten, rund um die Welt. Schließen wir Danglard aus, wenn Sie wollen, aber nicht die Existenz eines Menschen, der jeden Schritt von Danglard verfolgt.«

»Und Sie, Weill? Ihre Begehrlichkeit?«

»Ich habe das Glück, verstehen Sie, dass ich mich sehr mag. Das verringert meine Gier und meine Ansprüche an die Welt. Gleichwohl wünschte ich mir, auf großem Fuß zu leben, in einem weiträumigen Stadtpalais aus dem 18. Jahrhundert, mit einer Schar von Köchen, einem Schneider im Haus, zwei schnurrenden Katzen, meinen eigenen Musikern, einem Park, einem Patio mit Springbrunnen, Mätressen und Kammerzofen und dem Recht, jeden zu beschimpfen, wie ich lustig bin. Aber niemand scheint daran zu denken, meine Wünsche zu erfüllen. Niemand versucht mich zu kaufen. Ich bin zu kompliziert und viel zu teuer.«

»Ich könnte Ihnen eine Katze anbieten. Ein kleines Kätzchen, eine Woche alt und weich wie weiße Baumwolle. Stets hungrig, kostbar und zart, würde es ganz gut in Ihr Palais passen.«

»Ich besitze nicht einen Stein von diesem Palais.«

»Es ist ein Anfang, die erste Sprosse der Leiter.«

»Das könnte mich interessieren. Nehmen Sie dieses GPS raus, Adamsberg.«

»Dazu müsste ich Ihnen allerdings vertrauen können.«

»Menschen, die vom Prunk vergangener Zeiten träumen, geben keine guten Verräter ab.«

Adamsberg starrte auf sein leeres Glas und reichte ihm das Telefon. Weill nahm den Akku heraus und ließ den Chip mit kurzem Druck herausspringen.

»Deswegen musste ich zu Ihnen kommen«, sagte er.

29

Das Abteil im Kurswagen 17 nach Belgrad war luxuriös ausgestattet, mit zwei weiß bezogenen Betten und roten Überdecken, mit Nachtlicht, polierten Klapptischchen, einem Waschbecken und Handtüchern. Adamsberg war noch nie mit solchem Komfort gereist, er überprüfte die Tickets. Platz 22 und 24, es stimmte. Vermutlich ein Versehen der Reisestelle, die Buchhaltung würde an die Decke gehen. Adamsberg setzte sich auf sein Bett, zufrieden wie ein Dieb, der überraschende Beute gemacht hat. Er richtete sich ein wie im Hotel, breitete seine Akten auf dem Bett aus, studierte das Abendmenü *alla francese*, das ihnen um zweiundzwanzig Uhr serviert werden würde, Spargelcreme, Seezungen à la Plogoff, Bleu d'Auvergne, ein Tartufo zum Dessert, Kaffee, und das Ganze zu begießen mit einem Valpolicella. Er empfand die gleiche unbändige Freude wie in dem Augenblick, als er die Klinik von Châteaudun verließ, um in sein stinkendes Auto zurückzukehren und sich über Froissys unverhoffte Mahlzeit herzumachen. Was wieder einmal bestätigte, dachte er, dass nicht die Qualität das reine Vergnügen auslöst, sondern das Unerwartete des Behagens, worin immer es besteht.

Er trat wieder auf den Bahnsteig hinaus, um sich eine von Zerks Zigaretten anzuzünden. Das Feuerzeug des jungen Mannes war ebenfalls schwarz, verziert mit einem roten Labyrinth, das an die Windungen eines Gehirns erinnerte. Er erkannte den Enkel von Onkel Slavko mühelos, er hatte die gleichen strähnigen schwarzen Haare wie Dinh, zu einem Pferdeschwanz gebunden, beinahe gelbe, leicht mandelförmige Augen über hohen, breiten Wangenknochen, ein sehr slawisches Gesicht.

»Vladislav Moldovan«, stellte er sich vor, ein Mann in den Dreißigern, mit einem strahlenden Lächeln übers ganze Gesicht. »Sie können mich Vlad nennen.«

»Jean-Baptiste Adamsberg, danke, dass Sie mich begleiten werden.«

»Im Gegenteil, das ist fantastisch. *Dedo* hat mich nur zweimal mit nach Kiseljevo genommen, das letzte Mal, als ich vierzehn war.«

»›*Dedo*‹?«

»Großvater. Ich werde sein Grab besuchen, ich werde ihm Geschichten erzählen, wie seinerzeit er mir. Ist das unser Abteil?«, fragte er zögernd.

»Die Abteilung Dienstreisen hat mich mit einer prominenten Persönlichkeit verwechselt.«

»Fantastisch«, wiederholte Vladislav, »ich habe noch nie wie ein Promi geschlafen. Wahrscheinlich muss man das, wenn man die Dämonen von Kiseljevo herauszufordern gedenkt. Ich kenne viele Persönlichkeiten, die sich da lieber in einer Bruchbude verstecken würden.«

Geschwätzig, sagte sich Adamsberg, was aber wohl das Mindeste war bei einem Dolmetscher und Übersetzer, der mit den Wörtern jonglierte. Vladislav übersetzte aus neun Sprachen, und für Adamsberg, der schon den vollständigen Namen von Stock nicht behalten konnte, war ein Gehirn wie das seine etwas ebenso Fremdartiges wie der gewaltige Wissensspeicher von Danglard. Er fürchtete nur, der junge Mann mit dem glücklichen Naturell könnte ihn in eine endlose Unterhaltung verwickeln.

Sie warteten bis zur Abfahrt des Zuges, um den Champagner zu entkorken. Alles amüsierte Vladislav, das blank polierte Holz, die Seifenstückchen, die kleinen Rasierer und selbst die Gläser aus richtigem Glas.

»Adrien Danglard, ›Adrianus‹, wie mein *Dedo* ihn nannte, hat mir nicht gesagt, warum Sie nach Kiseljevo wollen. Eigentlich fährt ja niemand nach Kiseljevo.«

»Weil es so klein ist oder wegen der Dämonen?«

»Haben Sie ein Dorf?«

»Caldhez, nicht größer als eine Stecknadel, in den Pyrenäen.«

»Gibt es Dämonen in Caldhez?«

»Zwei. Einen griesgrämigen Geist in einem Keller und einen singenden Baum.«

»Fantastisch. Was suchen Sie in Kiseljevo?«

»Ich suche die Wurzeln einer Geschichte.«

»Es ist ein sehr guter Ort für Wurzeln.«

»Haben Sie von dem Mord in Garches gehört?«

»Der alte Mann, der völlig zerstückelt wurde?«

»Ja. Wir haben ein Schreiben von seiner Hand gefunden, darin taucht der Name Kisilova auf, in kyrillischen Buchstaben geschrieben.«

»Und was hat das mit meinem *Dedo* zu tun? Adrianus hat gesagt, es wäre wegen *Dedo*.«

Adamsberg sah aus dem Zugfenster auf der Suche nach einem schnellen Einfall, was nicht seine Stärke war. Er hätte etwas früher über eine plausible Erklärung nachdenken sollen. Er hatte nicht vor, dem jungen Mann zu sagen, dass ein Zerk seinem *Dedo* die Füße abgesägt hatte. Solche Dinge können einem Enkel die Seele verwunden, ja sein glückliches Naturell zerstören.

»Danglard«, sagte er, »hat früher viel die Geschichten von Slavko gehört. Und Danglard hortet Wissen wie die Eichhörnchen Nüsse, und weit mehr, als er für zwanzig Winter brauchte. Er glaubt sich zu erinnern, dass ein Vaudel – so heißt das Opfer – eine Zeit lang in Kisilova gewohnt und Slavko ihm davon erzählt hat. Etwa, dass dieser Vaudel Feinde gehabt habe, vor denen er nach Kisilova geflohen sei.«

Die Geschichte war nicht aufregend, aber sie ging durch, zumal in dem Moment das Glöckchen zum Abendessen läutete, das sie im Abteil einzunehmen beschlossen, ganz wie wahre Persönlichkeiten. Vladislav fragte nach der Bedeutung der »Seezungen à la Plogoff«. Nach bretonischer Art, erklärte ihm der Kellner auf Italienisch, angerichtet mit einer Soße von eigens aus Plogoff gelieferten Venusmuscheln, Plogoff an der Pointe du Raz. Er nahm die Bestellung auf, aber er schien wohl der Meinung zu sein, dass dieser Mann im T-Shirt, mit seinen schwarz behaarten Armen, keine echte Persönlichkeit sei, ebenso wenig wie sein Reisegefährte.

»Wenn man behaart ist«, sagte Vladislav, nachdem der Kellner gegangen war, »möchten die Leute einen am liebsten in einem Viehwaggon reisen lassen. Die habe ich von meiner Mutter«, fügte er, an den Haaren seiner Arme zupfend, melancholisch hinzu, dann brach er in Lachen aus, so plötzlich, wie eine Vase am Boden zerschellt.

Vladislavs Lachen hatte etwas sehr Kommunikatives und er schien über nichts und ohne jemandes Zutun lachen zu können.

Nach den Seezungen à la Plogoff, dem Valpolicella und den Desserts streckte sich Adamsberg mit seinen Akten auf dem Bett aus. Alles lesen, alles in sich aufnehmen. Das war für ihn der schwierigste Teil der Arbeit. Diese Karteikarten, Berichte, förmlichen Exposés, in denen keinerlei Empfinden mehr spürbar war.

»Wie machen Sie das, dass sie mit Adrianus klarkommen?«, unterbrach ihn Vladislav, während Adamsberg sich gerade mit dem deutschen Dossier abmühte und in die Daten von Frau Abster vertieft war, wohnhaft in Köln, sechsundsiebzig Jahre alt. »Und wissen Sie, dass er Sie verehrt«, fuhr er fort, »dass Sie ihn aber auch gleichzeitig nerven?«

»Danglard nervt alles. Das kriegt er ganz allein hin.«

»Er sagt, dass er Sie nicht verstehen kann.«

»Wir sind wie Feuer und Wasser, wie Erde und Luft. Alles, was ich weiß, ist, dass ohne Danglard die Brigade seit Langem abgedriftet und an irgendwelchen Klippen zerschellt wäre.«

»Zum Beispiel an der Pointe du Raz. Bei Plogoff. Das hätte doch was. Und wie Sie da mit Adrianus zerschmettert auf den Felsen liegen, finden Sie die Seezungen aus dem Zug von Venedig nach Belgrad wieder, das wäre immerhin ein Trost.«

Adamsberg kam in seinem Dossier nicht voran, er war immer noch bei Zeile fünf des Berichtes zu *Frau Abster, geboren in Köln als Tochter von Franz Abster und Erika Plogerstein.* Danglard hatte ihn nicht vor Vladislavs zwanghafter Geschwätzigkeit gewarnt, die seine geringe Konzentration vollends zunichtemachte.

»Ich muss im Stehen lesen«, sagte Adamsberg und stand auf.

»Fantastisch.«

»Ich lasse Sie allein und laufe ein bisschen im Gang auf und ab.«

»Tun Sie das, laufen Sie, lesen Sie. Stört es Sie, wenn ich rauche? Ich werde die Kabine danach lüften.«

»Tun Sie das.«

»Trotz meiner Behaarung schnarche ich nicht. Wie meine Mutter. Und Sie?«

»Von Zeit zu Zeit.«

»Kann man nichts machen«, meinte Vladislav und kramte Zigarettenblättchen und alles Dazugehörige hervor.

Adamsberg ging nach draußen. Mit ein wenig Glück würde er Vladislav in den Nebeln von Cannabis schwebend, also stumm, im Abteil wiederfinden. Er lief mit seiner rosafarbenen und seiner grünen Akte auf und ab, bis es dunkel wurde, nahezu zwei Stunden später. Vladislav schlief lächelnd und mit nacktem Oberkörper, in seinem schwarzen Pelz wie ein Kater in der Nacht.

Adamsberg war es, als sei er schnell eingeschlafen, doch nur oberflächlich, eine Hand lag auf dem Bauch, vielleicht dieses Fischzeug, das er nicht vertrug. Oder die fünf, sechs Tage, die ihm nur noch blieben. Er schlief für ein paar Minuten ein, wurde wieder wach, schlug sich in seinen Traumfetzen mit diesem Ding à la Plogoff herum, das ein Loch in seinen Kopf zu bohren und ihn die ganze Nacht ärgern zu wollen schien. Der Bericht zu Frau Abster schob sich über die Menükarte vom Abendessen, mischte sich mit den Seezungen, zeichnete sich in der gleichen schönen Schrift ab, *Frau Abster, geboren in Plogoff als Tochter von Franz Abster und Erika Plogerstein.* Die Fäden verschlangen sich auf unsinnige Weise, Adamsberg drehte sich auf die Seite, um sie abzuschütteln. Oder doch nicht so unsinnige Weise. Er machte die Augen auf, dieses Alarmsignal kannte er, das schon schrillte, bevor er überhaupt wusste, worum es ging.

Es ging um den Namen von *Frau Abster, Tochter von Franz Abster und Erika Plogerstein*, dachte er und knipste sein Nacht-licht an. In diesem Namen war etwas, vielmehr in dem ihrer Mutter, Plogerstein, das auf die Seezungen à la Plogoff ge-troffen war. Aber warum? Er setzte sich auf, und in dem Moment, als er lautlos in seinem Rucksack wühlte, um seine Akten herauszuholen, schob sich der Name des österreichi-schen Opfers in die Verbindung Plogerstein-Plogoff. Conrad Plögener. Adamsberg zog den Bericht über den in Pressbaum gemeuchelten Mann hervor und hielt ihn unter das Nachtlämp-chen. *Conrad Plögener, wohnhaft in Pressbaum, geboren am 9. März 1961, Sohn von Mark Plögener und Marika Schüssler.*

Plogerstein, Plögener. Adamsberg warf die rosa Akte unge-ordnet auf sein Bett und nahm die weiße, die französische Mappe heraus. *Pierre Vaudel, Sohn von Jules Vaudel und Marguerite Nemesson.*

Nichts. Adamsberg rüttelte an der Schulter des behaarten Katers, der neben ihm in eleganter, einem Luxusabteil angemessener Haltung schlief.

»Vlad, ich brauche eine Auskunft.«

Der junge Mann schlug überrascht die Augen auf. Er hatte seinen Pferdeschwanz gelöst und sein strähniges Haar reichte ihm bis zu den Schultern.

»Wo sind wir?«, fragte er wie ein Kind, das sein Zimmer nicht wiedererkennt.

»Im Nachtzug von Venedig nach Belgrad. Sie reisen mit einem Bullen, und wir sind auf dem Weg nach Kisilova, dem Dorf Ihres Großvaters, Ihres *Dedo*.«

»Ja«, sagte Vladislav mit Bestimmtheit, die Anschlüsse schienen wiederhergestellt.

»Ich habe Sie geweckt, weil ich eine Information brauche.«

»Ja«, wiederholte Vladislav, und Adamsberg fragte sich, ob er nicht doch noch in seinen Nebeln schwebte.

»Ihr *Dedo*, wie hießen seine Eltern? War das ein Name, der mit ›Plog‹ beginnt?«

Vladislav lachte hell auf und rieb sich die Augen.

»›Plog‹?«, sagte er und setzte sich hin. »Plog, nein.«

»Und sein Vater, Ihr Ur*dedo*? Wie hieß der?«

»Milorad Moldovan.«

»Und seine Mutter? Ihre Urdeda?«

»Nicht ›Deda‹, Adamsberg. *Baba*.«

Wieder lachte Vladislav.

»*Baba* hieß Natalja Arsinijević.«

»Und im Umkreis von *Dedo*? Unter seinen Freunden? Verwandten? Nirgendwo ein Plog?«

»*Zasmejavaš me*, Sie bringen mich zum Lachen, Kommissar, ich mag Sie.«

Er legte sich wieder hin, ihm den Rücken kehrend, und lachte noch ein wenig weiter unter seinen Haaren.

»Doch«, sagte er und fuhr hoch, »es gab einen Plog. Das war sein Geschichtslehrer, mit dem er uns ständig in den Ohren lag, Mihai Plogodrescu. Ein rumänischer Cousin von ihm, der nach Belgrad gekommen war, um zu unterrichten, später in Novi Sad lebte und im Rentenalter dann in Kiseljevo. Sie waren unzertrennlich wie zwei Brüder, mit einem Altersunterschied von fünfzehn Jahren. Und das Unglaublichste, sie starben im Abstand von nur einem Tag.«

»Danke, Vlad, du kannst weiterschlafen.«

Adamsberg ging mit bloßen Füßen in den Gang hinaus, er lief über den nachtblauen Teppichboden und betrachtete die Seite in seinem Notizbuch: Plogerstein, Plögener, Plogoff, Plogodrescu. Eine fantastische Reihe, von der man die Seezungen allerdings ausnehmen musste, die hatten nichts damit zu tun. Wenngleich es undankbar war, sagte sich Adamsberg, indem er den bretonischen Namen mit Bedauern strich, denn ohne sie wäre er gar nicht darauf gekommen. Seine Uhren zeigten zwischen zwei Uhr fünfzehn und drei Uhr fünfundvierzig. Er weckte Danglard, der in der Nacht kein sehr glückliches Naturell hatte.

»Ein Problem?«, brummelte der Commandant.

»Tut mir leid, Danglard. Ihr Neffe lacht in einem fort, man kommt in diesem Zug nicht zum Schlafen.«

»So war er schon als Kind. Er hat ein glückliches Naturell.«

»Das sagten Sie mir schon. Danglard, finden Sie mir so

schnell wie möglich die Namen der Großeltern des alten Vaudel heraus, väterlicher- wie mütterlicherseits, gehen Sie eventuell noch weiter zurück, so weit Sie müssen, bis Sie auf einen Plog stoßen.«

»Was heißt, ›einen Plog‹?«

»Einen Familiennamen, der mit ›Plog‹ anfängt. Wie Plogerstein, Plögener, Plogoff, Plogodrescu. Die Mutter von Frau Abster war eine geborene Plogerstein, der in Pressbaum ermordete Conrad hieß Plögener und der rumänische Cousin Ihres Onkels Slavko hieß Plogodrescu. Seine Füße sind es, die in Higegatte stehen, nicht die Ihres Onkels. Das ist immerhin ein Trost.«

»Und Plogoff?«

»Das sind die Seezungen, die wir heute Abend gegessen haben, Vlad und ich.«

»Gut«, sagte Danglard und vergaß es. »Ich vermute, es eilt. Woran denken Sie?«

»An ein und dieselbe Familie. Erinnern Sie sich? Die Vendetta, die Vaudel so fürchtete?«

»Eine Vendetta gegen die Familie Plog? Und warum haben diese Plogs nicht alle denselben Namen?«

»Diaspora oder auch bewusste Verschleierung ihres Namens.«

Nunmehr entlastet, konnte Adamsberg zwei Stunden schlafen, bevor Danglard zurückrief.

»Ich habe diesen Plog«, sagte er. »Es handelt sich um seinen Großvater väterlicherseits, er kam aus Ungarn.«

»Sein Name, Danglard?«

»Sagte ich doch gerade: Plog. András Plog.«

30

Vladislav drückte seine Nase an die Scheibe und kommentierte ihre Einfahrt in Belgrad, als wenn es sich um ein wahrhaftiges Abenteuer handelte, wobei er von Zeit zu Zeit das Wort »Plog« fallen ließ und sich still darüber amüsierte. Die Gemütsverfassung des Übersetzers gab der Reise den Anstrich einer fröhlichen Eskapade, während sie in Adamsbergs Gedanken, je näher er dem geheimnisvollen Kisilova kam, allmählich düsterere Farben annahm.

»Belgrad, die ›weiße Stadt‹«, verkündete Vladislav, als der Zug im Bahnhof hielt. »Sie ist wunderschön, wir haben keine Zeit, sie uns anzusehen, in einer halben Stunde fährt unser Bus. Wecken Sie oft die Leute in der Nacht, um zu erfahren, ob es einen Plog in ihrer Familie gibt?«

»Bullen wecken andere immer in der Nacht. Und die anderen wecken auch sie. Aber es hat sich gelohnt, es gab ja einen Plog.«

»Plog«, wiederholte Vladislav, den neuen Laut ausprobierend, als ließe er eine Luftblase steigen. »Plog. Und warum wollten Sie das wissen?«

»Plogerstein, Plögener, Plogoff, Plogodrescu und einfach Plog«, deklamierte Adamsberg. »Ausgenommen Plogoff, stehen diese vier Namen alle in Verbindung mit dem Mord von Garches. Zwei davon sind Opfer, eine Dritte war befreundet mit einem der Opfer.«

»Und wo ist der Zusammenhang mit meinem *Dedo*? War sein Cousin Plogodrescu eines der Opfer?«

»Ja, zum Teil. Werfen Sie einen Blick in den Gang, die Frau im beigefarbenen Kostüm, zwischen vierzig und fünfzig, mit einem Leberfleck auf der Wange und abwesender Miene. Sie hatte das Abteil neben uns. Beobachten Sie sie, während wir aussteigen.«

Vladislav war als Erster auf dem Bahnsteig und streckte der Dame im Kostüm seinen Arm eines behaarten Katers entgegen, um ihr beim Herausheben des Koffers behilflich zu sein. Sie bedankte sich ohne Überschwang und ging davon.

»Elegant, reich, hübscher Körper, falsche Augen«, kommentierte Vladislav, während er ihr nachsah. »Plog. Ich würde die Finger von ihr lassen.«

»Sie sind heute Nacht auf die Toilette gegangen.«

»Sie auch, Kommissar.«

»Sie hatte die Tür ihres Abteils einen Spaltbreit offen gelassen, man sah sie lesen. Das war sie doch, nicht wahr?«

»Ja.«

»Seltsam, wenn eine alleinreisende Frau sich in einem Nachtzug nicht einschließt.«

»Plog«, sagte Vladislav, der dieses neue Lautgebilde anstelle von »gewiss« oder »einverstanden« oder »offensichtlich« zu verwenden schien, ganz klar war Adamsberg das nicht. Der junge Mann schien dieses kleine, bis dahin unbekannte Wort wie einen neuen Bonbon zu genießen, von dem man anfangs immer viel zu viele isst.

»Vielleicht hat sie auf jemanden gewartet«, schlug Vladislav vor.

»Oder jemanden zu belauschen versucht. Uns, zum Beispiel. Ich glaube, sie saß auch in meinem Flieger von Paris nach Venedig.«

Die beiden Männer stiegen in den Bus »Richtung Kaluderica, Smederevo, Kostolac, Klicevac und Kiseljevo«, wie der Fahrer verkündete, diese Wörter gaben Adamsberg das Gefühl, restlos verloren zu sein, und das gefiel ihm. Vladislav warf einen Blick auf die anderen Fahrgäste.

»Nicht da«, bemerkte er.

»Wenn sie mir folgt, kann sie nicht hier sein, in einem Bus wäre das zu auffällig. Sie wird den nächsten nehmen.«

»Und wie erfährt sie, wo wir aussteigen?«

»Haben wir während des Abendessens von Kisilova gesprochen?«

»Davor«, sagte Vladislav und band seinen Pferdeschwanz neu, das Gummi zwischen den Zähnen haltend. »Als wir den Champagner getrunken haben.«

»Hatten wir da die Tür offen stehen lassen?«

»Ja, wegen der Zigaretten. Wobei eine Frau das Recht hat, auch allein nach Belgrad zu reisen.«

»Wer in diesem Bus ist Ihrer Meinung nach kein Slawe?«

Vladislav durchmaß das Fahrzeug in seiner ganzen Länge, tat so, als suche er einen abhandengekommenen Gegenstand, dann setzte er sich wieder neben Adamsberg.

»Der Geschäftsmann, vermutlich Schweizer oder Franzose.

Der Trekking-Typ, vermutlich ein Norddeutscher. Das Ehepaar, Südfranzosen oder Italiener. Sie sind um die fünfzig und halten sich bei der Hand, das ist sehr ungewöhnlich für ein altes Ehepaar in einem alten serbischen Bus. Und für Tourismus sind die Zeiten heute schlecht in Serbien.«

Adamsberg gab ihm ein vages Zeichen und antwortete nicht. Nicht vom Krieg reden. Danglard hatte ihm diese Verhaltensmaßregel dreimal eingeschärft.

Niemand stieg an der kleinen Haltestelle von Kiseljevo hinter ihnen aus. Sobald er draußen war, hob Adamsberg rasch noch einmal den Blick zu den Fenstern, und es schien ihm, als würde der Mann von dem ungewöhnlichen Paar sie betrachten.

»Wir sind allein«, sagte Vladislav und streckte seine mageren Arme in den klaren Himmel. »Kiseljevo«, fügte er hinzu, voller Stolz auf das Dorf weisend. Mit seinen farbigen Häuserwänden unter dicht aneinandergedrängten Dächern und seinem weißen Kirchturm lag der Ort zwischen Hügel gebettet, die schimmernde Donau zu seinen Füßen.

Adamsberg zog seine Reisepapiere hervor und wies auf den Namen ihres Quartiergebers, *Krcma*.

»Das ist kein Name«, sagte Vladislav, »es heißt ›Gasthof‹. Die Wirtin, falls es immer noch dieselbe ist, Danica, hat mir damals meinen ersten Schluck *pivo* zu trinken gegeben. Bier«, übersetzte er.

»Wie spricht man so was aus?«

»Mit einem ›tsch‹. Krtschma.«

»Krutschema.«

»So ungefähr, ja.«

Adamsberg folgte Vladislav zur Krutschema, einem hohen Haus mit farbig gestrichenem und mit Voluten verziertem Fachwerk. Die Gespräche verstummten bei ihrem Eintritt, und die argwöhnischen Gesichter, die sich ihnen zuwandten, erinnerten Adamsberg in allen Punkten an die der Normannen im Café von Haroncourt oder der Béarner im Bistro von Caldhez. Vladislav stellte sich der Wirtin vor, trug sich ins Gästeverzeichnis ein, dann erklärte er, dass er der Enkel von Slavko Moldovan sei.

»Vladislav Moldovan!«, rief Danica, und nach ihren Gesten verstand Adamsberg, dass er gewachsen wäre in all den Jahren, das letzte Mal wäre er doch nicht größer gewesen als so.

Die Stimmung schlug auf der Stelle um, man stand auf, um Vladislav die Hand zu drücken, die Mienen wurden freundlich, und Danica, die sanft wie ihr Name zu sein schien, lud sie sofort zum Essen ein, es war halb eins. Heute gäbe es *burecis* mit Schweinefleisch, sagte sie, indem sie einen Krug Weißwein auf den Tisch stellte.

»Das ist Smederevka, kaum bekannt, aber köstlich«, sagte Vladislav und füllte die Gläser. »Wie wollen Sie vorgehen, um auf eine Spur Ihres Vaudel zu stoßen? Sein Foto überall herumzeigen? Unmöglich. Hier wie anderswo liebt man die Schnüffler nicht, die Bullen, die Journalisten, die Fahnder. Man müsste sich was anderes einfallen lassen. Allerdings liebt man hier auch die Historiker nicht, die Filmfritzen, die Soziologen, die Anthropologen, die Fotografen, die Schriftsteller, die Spinner und die Ethnologen.«

»Da kommen ja eine Menge Leute zusammen. Warum mögen sie Schnüffler nicht? Wegen des Krieges?«

»Nein. Weil Schnüffler Fragen stellen und sie keine Fragen mehr wollen. Sie wollen anders leben. Außer dem da«, und er wies auf einen alten Mann, der soeben hereingekommen war. »Er allein wagt es, ins Feuer zu blasen.«

Mit glücklichem Gesicht lief Vladislav durch den Raum, fasste den Hereingekommenen bei den Schultern.

»Arandjel!«, sagte er laut. »*To sam ja! Slavko unuk! Zar me ne poznaješ?*«

Der alte Mann, er war sehr klein, dürr und ein wenig schmutzig, trat einen Schritt zurück, um ihn anzuschauen, dann schloss er Vladislav in die Arme, mit Gesten beschreibend, wie sehr er gewachsen wäre, das letzte Mal wäre er doch nicht größer gewesen als so.

»Er hat gesehen, dass ich mit einem ausländischen Freund hier bin, und da will er nicht stören«, erklärte Vladislav, als er sich mit geröteten Wangen wieder setzte. »Arandjel war ein sehr guter Freund von meinem *Dedo*. Und der eine so couragiert wie der andere.«

»Ich werde ein paar Schritte gehen«, sagte Adamsberg, während er das Dessert beendete, gezuckerte Kugeln, deren Zutaten er nicht durchschaute.

»Trinken Sie aber zuerst noch den Kaffee, sonst beleidigen Sie Danica. Wohin wollen Sie gehen?«

»Zum Wald hoch.«

»Nein, das wird ihnen nicht gefallen. Gehen Sie lieber am Fluss entlang, das ist unverfänglicher. Man wird mir Fragen stellen. Was sagen wir ihnen? Wir können ihnen unmöglich erklären, dass Sie Bulle sind, damit ist man hier erledigt.«

»Damit ist man überall erledigt. Sagen Sie ihnen, ich hätte einen psychoemotionalen Schock erlitten und man habe mir einen ruhigen Ort empfohlen.«

»Und da wären Sie bis hierhergekommen? Nach Serbien?«

»Sagen wir, meine Baba hat Ihren *Dedo* gekannt.«

Vladislav zuckte die Achseln, Adamsberg stürzte seinen *kafa* in einem Zug hinunter und zog einen Kugelschreiber aus der Tasche.

»Vlad, wie sagt man ›Guten Abend‹, ›Danke‹, ›Franzose‹?«

»*Dobro vece, hvala, francuz.*«

Adamsberg ließ ihn die Wörter wiederholen und schrieb sie sich in seiner eigenen Transkription auf den Handrücken.

»Nicht zum Wald«, ermahnte ihn Vladislav noch einmal.

»Ich habe verstanden.«

Der junge Mann sah ihn gehen, dann gab er Arandjel ein Zeichen, dass der Weg frei sei.

»Er hat einen psychoemotionalen Schock erlitten, er muss ein wenig an der Donau entlanglaufen. Er ist ein Freund von einem Freund von *Dedo*.«

Arandjel stellte ein kleines Glas Rakija vor Vladislav hin. Danica sah mit ein wenig beunruhigter Miene den Fremden allein fortgehen.

31

Adamsberg machte zunächst dreimal die Runde ums Dorf, mit weit offenen Augen, um die neuen Örtlichkeiten in sich aufzunehmen, und seinem instinktiven Orientierungssinn folgend, hatte er sehr bald die Straßen und Gässchen, den Hauptplatz, den neuen Friedhof, die steinernen Treppen, einen Brunnen, die Markthalle ausgemacht. Die dekorativen Elemente waren ihm fremd, die Schilder mit kyrillischen Buchstaben beschriftet, die Grenzsteine rot und weiß. Die Farben waren andere, anders die Form der Dächer, die Struktur der Steine, die Wildkräuter, aber er fand sich zurecht, er fühlte sich wohl an so verlorenen Orten. Er fand die Wege, die zu den Nachbardörfern führten, zu den Feldern, die sich dehnten, so weit das Auge reichte, zum Wald, zur Donau hinab, an deren Ufer ein paar alte Boote vertäut lagen. Gegenüber die blauen Ausläufer der Karpaten, die jäh zu den Wassern des Flusses hin abfielen.

Er zündete mit Zerks schwarz-rotem Feuerzeug eine von dessen letzten Zigaretten an und machte sich auf nach Westen, zum Wald. Eine Dorfbewohnerin zog einen kleinen Karren hinter sich her, und als er ihren Weg kreuzte, zuckte er zusammen bei dem Gedanken an die Frau aus dem Zug. Nicht zu vergleichen, die hier war schon ein wenig runzlig und trug einen schlichten grauen Rock. Aber sie hatte einen Leberfleck auf der Wange. Er sah auf seinen Handrücken.

»*Dobro vece*«, sagte er. »Guten Abend. *Francuz.*«

Die Frau antwortete nicht, aber sie ging auch nicht weiter. Sie lief hinter ihm her, ihren Wagen nachziehend, dann fasste sie ihn beim Arm. In der universell verständlichen Sprache der »Ja« und der »Nein« bedeutete sie ihm, dass man dorthin nicht gehen dürfe, und Adamsberg versicherte ihr, dass er aber dahin gehen wolle. Sie beharrte, dann zog sie sich schließlich bekümmert zurück.

Der Kommissar setzte seinen Weg fort, drang in den sehr spärlich bewachsenen Wald ein, überquerte zwei Lichtungen, auf denen noch ein paar verfallene Hütten standen, und stieß nach zwei Kilometern auf eine Wand von nun dichter stehenden Bäumen. Hier endete der Pfad, auf diesem letzten lichten Wiesenstück. Adamsberg setzte sich ein wenig schwitzend auf einen Baumstumpf, hörte, wie von Osten ein Wind aufkam, zündete sich die vorletzte Zigarette an. Plötzlich ein Rascheln, und die Frau stand wieder vor ihm, sie hatte ihr Wägelchen zurückgelassen und sah ihn mit einem Ausdruck halb von Verzweiflung, halb von Zorn an.

»*Ne idi tuda!*«

»*Francuz*«, sagte Adamsberg.

»*On te je privukao! Vrati se! On te je privukao!*«

Sie wies auf einen Punkt am Ende der kleinen Lichtung, zu den Baumstämmen hin, dann hob sie resigniert die Schultern, als ob sie nun genug getan habe und die Sache verloren sei. Adamsberg sah sie weggehen, ja beinahe rennen. Vlads Ratschläge und die Hartnäckigkeit dieser Frau reizten seinen Willen, genau das Gegenteil zu tun, und er blickte zum Ende der Lichtung hinüber. Am Eingang des Waldes, an der Stelle, auf die die Frau gezeigt hatte, bemerkte er eine kleine, von Steinen und Knüppelholz bedeckte Erhebung, die bei ihm zu Hause eine verfallene Schäferhütte hätte sein können. Dort musste der Dämon hausen, von dem Onkel Slavko dem kleinen Danglard immer erzählte.

Die Zigarette an der Lippe hängen lassend wie der Vater, ging er auf den kleinen Hügel zu. Auf dem Boden waren, halb vom Gras überwuchert, an die dreißig dicke Rundhölzer zu einem langen Rechteck aneinandergefügt. Auf diese mächtige Schicht knorrigen Holzes hatte man ebenso viele schwere Steine gelegt, als wenn die Kloben davonfliegen könnten. Ein großer grauer Stein ragte am Ende des Rechtecks auf, ausgezackt, grob behauen und auf seiner ganzen Höhe mit Schriftzeichen bedeckt. Das hier hatte nichts mit einer Ruine zu tun, dafür alles mit einem Grab, aber einem verbotenen Grab, wenn man der Entschiedenheit der Frau glauben wollte. Ein verfluchter Mensch, ein Unberührbarer war hier begraben, weit entfernt von den anderen und außerhalb des Friedhofs, eine ledige Mutter, die im Wochenbett gestorben war, ein in Ungnade gefallener Schauspieler, ein ungetauftes Kind. Rings um das Grab waren die Baumtriebe abgehauen und bildeten einen unansehnlichen Rahmen von keimenden und vermodernden Stubben.

Adamsberg setzte sich ins warme Gras und schabte geduldig das Moos ab, das die graue Stele bedeckte, wobei er Baumrinde und kleine Stöckchen zu Hilfe nahm. Eine Stunde lang vertiefte er sich voller Vergnügen in seine Arbeit, kratzte den Stein behutsam mit seinen Nägeln ab, fuhr mit einem noch dünneren Hölzchen in die Rillen der Buchstaben. In dem Maße, wie er die Inschrift freilegte, erkannte er, dass die Zeichen ihm fremd waren, dass der lange Satz in Kyrillisch geschrieben war. Allein die letzten vier Wörter waren lateinische Buchstaben. Er richtete sich auf, rieb ein letztes Mal mit der Hand über den Stein und trat einen Schritt zurück, um zu lesen.

Plog, hätte Vladislav gesagt, und in diesem Fall hätte es »touché« bedeutet. Aber irgendwann hätte er es ohnehin entdeckt. Heute oder morgen hätten seine Schritte ihn hierher gelenkt, hätte er sich vor diesen Stein gesetzt, hier war die Wurzel von Kisilova. Die lange serbische Inschrift war ihm unverständlich, aber die vier lateinisch geschriebenen Wörter verstand er sehr wohl, und sie genügten ihm vollauf: *Petar Blagojević – Peter Plogojowitz*. Folgten das Geburts- und das Sterbejahr, 1663 –1725. Kein Kreuz.

Plog.

Plogojowitz wie Plogerstein, Plögener, Plog und Plogodrescu. Hier lag der Ursprung der Familie der Opfer. *Plogojowitz* oder *Blagojević* war ihr ursprünglicher Name. Später war er deformiert oder den Sprachgewohnheiten der Länder angepasst worden, in die es die Nachfahren verschlagen hatte. Hier war die Wurzel ihrer Geschichte, hier ruhte das erste ihrer Opfer, der an den Saum des Waldes verbannte Ahn, den man nicht besuchen, dem man keine Gaben darbringen durfte. Ermordet vermutlich auch er, doch schon im Jahr 1725. Von wem? Die mörderische Jagd hatte kein Ende genommen, und noch Pierre Vaudel, Nachfahre von Peter Plogojowitz, fürchtete sie. So sehr, dass er eine andere Nachfahrin des Verstorbenen, Frau Abster-Plogerstein, mit diesem КИСЛОВА gewarnt hatte, das er wie ein Alarmsignal aussandte. *Bewahre unser Reich, widerstehe, unantastbar bleibe Kisilova.*

Das war alles andere als ein Liebescode. Es war eine gebieterische Warnung, eine Bitte, die Plogojowitz möchten verschont bleiben, und jeder möchte darüber wachen. Hatte Vaudel von dem Mord an Conrad Plögener erfahren? Bestimmt. Er wusste also, dass die Blutrache von Neuem begonnen, falls sie überhaupt jemals aufgehört hatte. Der Alte fürchtete, seinerseits ermordet zu werden, nach dem Massaker von Pressbaum hatte er sein Testament aufgesetzt und seinen Sohn darin so weit wie möglich von seiner Nachfolge ausgeschlossen. In einem Punkt also hatte Josselin sich geirrt, Vaudels Feinde hatten nichts Imaginäres. Sie trugen sehr wohl Gesichter und Namen. Und auch sie mussten in dieser Gegend ihre Wurzeln haben, in den ersten beiden Jahrzehnten des 18. Jahrhunderts. Vor nunmehr fast dreihundert Jahren.

Adamsberg setzte sich auf die Kloben, vergrub die Hände in den Haaren, er war wie benommen. Noch nach dreihundert Jahren führten zwei Clans einen an Grausamkeit nicht zu überbietenden Krieg gegeneinander. Um welchen Einsatz, aus welchem Grund? Um einen verborgenen Schatz, hätte ein Kind geantwortet. Um Macht, Stärke, Geld, hätte ein Erwachsener gesagt, was auf dasselbe herauskam. Was hast du getan, Peter Blagojević-Plogojowitz, um deinen Nachfahren dieses Schicksal zu vererben? Und was hat man dir getan? Diese Fragen vor sich hin murmelnd, strich Adamsberg mit den Fingern über den von der Sonne erwärmten Stein und bemerkte, dass, wenn die Sonne ihm ins Gesicht und zugleich auf die Rückseite des Steins fiel, dieser nicht nach Osten, nach Jerusalem ausgerichtet war. Er war andersherum, gen Westen gesetzt. Ein Mörder? Hast du jemanden in diesem Dorf umgebracht, Peter Plogojowitz? Oder eine von den Familien? Hast du diese Gegend geplündert, verwüstet, terrorisiert? Was hast du getan, dass Zerk dich noch immer bekämpft, mit seinem auf den Oberkörper gemalten weißen Gerippe?

Was hast du getan, Peter?

Adamsberg schrieb den langen Text minutiös ab, die seltsamen Buchstaben nachzeichnend, so gut er konnte.

ПРОЛАЗНИЧЕ, ПРОДУЖИ СВОЈЙМ ПУТЕМ,
НЕ ОСВРЂИ СЕ И НЕ ПОНЕСИ НИШТА ОДАВДЕ.
ТУ ЛЕЖИ ПРОКЛЕТНИК ПЕТАР БЛАГОЈЕВИЋ,
УМРЕВШИ ЛЕТА ГОСПОДЊЕГ 1725 У СВОЈОЈ
62 ГОДИНИ. НЕКА БИ МУ КЛЕТА ДУША
НАШЛА ПОКОЈА.

32

Sein Zimmer hatte eine hohe Decke, es war überladen mit alten, bunten Teppichen und das Bett bedeckt mit einem blauen Plumeau. Adamsberg ließ sich darauf fallen, die Arme unter dem Nacken verschränkt. Die Müdigkeit der Reise lag schwer auf seinen Gliedern, aber er lächelte mit geschlossenen Augen, glücklich darüber, dass er auf die Wurzel der Plogs gestoßen war, wenn auch unfähig, ihre Geschichte zu begreifen. Er hatte nicht die Kraft, mit Danglard darüber zu reden, so schickte er ihm zwei kurze SMS. *Der Ahn ist Peter Plogojowitz*. Und fügte hinzu: *† 1725*.

Danica, die bei genauerer Betrachtung rundlich und hübsch und vermutlich nicht älter als zweiundvierzig Jahre war, klopfte nach acht Uhr abends – dem Mittelwert seiner beiden Uhren – an seine Tür.

»*Vecera je na stolu*«, sagte sie mit einem breiten Lächeln, das Gesagte mit Gesten unterstreichend, die »kommen« und »essen« bedeuteten.

Die Sprache der Zeichen deckte vollauf alle wesentlichen Lebensfunktionen ab.

Die Leute hier in Kisilova lächelten unaufhörlich und vielleicht rührte von diesem seltsamen Ort das »glückliche Naturell« des Onkel Slavko und seines Neffen Vladislav. Ein Stammbaum, der ihn an seinen eigenen Sohn erinnerte. Er sandte dem kleinen Tom dort irgendwo in der Normandie einen Gedanken und glitt von seinem Plumeau herunter. Er hatte dieses blassblaue Federbett sofort gemocht, das mit einer Kordel eingefasst und an den Ecken leicht abgenutzt war, es war anheimelnder als das kräftig rote, das seine Schwester ihm geschenkt hatte. Dieses hier roch nach Heu oder Löwenzahn, vielleicht sogar ein wenig nach Esel. Während er die schmale Holztreppe hinunterstieg, vibrierte sein Handy in der Gesäßtasche, eine nervöse Grille, die ihm die Haut kitzelte. Er las Danglards Antwort. Eine sehr deutliche Antwort: *Blödsinn.*«

Vladislav saß schon am Tisch, Messer und Gabel aufgepflanzt in den Fäusten. *Dunajski zrezek*, Wiener Schnitzel«, sagte er und deutete ungeduldig auf das aufgetragene Gericht. Er hatte ein weißes T-Shirt angezogen, sodass sein schwarzer Pelz noch stärker zur Wirkung kam. Er endete an den Handgelenken, wie eine Woge verebbt, seine Hände waren glatt und bleich.

»Haben Sie sich ein wenig umgesehen?«, fragte er.

»An der Donau und oben, am Saum des dunklen Waldes. Unterwegs ist mir eine Frau begegnet, die mich davon abhalten wollte, zum Wald hinaufzugehen.«

Er suchte Vlads Gesicht zu erkennen, der den Kopf über den Teller gesenkt hielt und aß.

»Aber ich bin trotzdem gegangen«, bohrte Adamsberg weiter.

»Fantastisch.«

»Was heißt das?«, sagte Adamsberg und legte das Blatt mit der Kopie der Grabinschrift auf den Tisch.

Vlad nahm seine Serviette, wischte sich langsam über den Mund.

»Dummes Zeug«, sagte er.

»Ja, aber was genau?«

Vlad blies zum Zeichen seiner Missbilligung geräuschvoll die Luft durch die Nase.

»Nun, Sie wären ohnehin eines Tages darauf gestoßen. Hier ist das unvermeidlich.«

»Und?«

»Ich sagte es Ihnen schon. Die Leute hier wollen nicht darüber reden, das ist alles. Dass diese Frau Sie hat hinaufgehen sehen, ist schon schlimm genug. Seien Sie nicht überrascht, wenn man Sie morgen von hier verjagt. Und falls Sie Ihre Nachforschungen im Fall Vaudel fortsetzen wollen, dann provozieren Sie sie nicht mit so was. Weder damit noch mit dem Krieg.«

»Ich habe nichts über den Krieg gesagt.«

»Sehen Sie den Mann da hinter uns? Sehen Sie, was er tut?«

»Ich hab's gesehen. Er zeichnet mit Filzstift auf seinen Handrücken.«

»Den ganzen Tag. Er zeichnet Kreise und Quadrate, in Orange, Grün, Braun. Er war im Krieg«, fügte Vlad in gedämpfterem Ton hinzu. »Seitdem malt er farbige Kringel auf seine Hand, ohne ein Wort zu sagen.«

»Und die anderen Männer?«

»Kiseljevo ist relativ verschont geblieben. Denn hier lässt man Frauen und Kinder nicht allein im Dorf. Viele konnten sich verstecken, viele sind dageblieben. Sprechen Sie nicht vom Wald, Kommissar.«

»Es steht im Zusammenhang mit meiner Ermittlung, Vlad.«

»Plog«, sagte Vladislav und hob den Finger, was dem Laut eine neue Bedeutung gab: Hat nichts miteinander zu tun.

Danica, die ihre blonden Strähnen aufgesteckt hatte, brachte ihnen das Dessert und stellte ungefragt zwei kleine Gläser vor sie hin.

»Vorsicht«, riet Vlad. »Das ist Rakija.«

»Was heißt das?«

»Ein Obstgeist.«

»Ich meine die Inschrift auf dem Stein.«

Vladislav schob das Blatt lächelnd von sich, wie alle Kenner von Kisilova wusste er die Inschrift auswendig.

»Nur ein ungebildeter *francuz* kann bei dem schrecklichen Namen Peter Plogojowitz nicht zusammenzucken. Die Geschichte ist so berühmt in Europa, dass man sie schon nicht mehr erzählt. Fragen Sie Danglard, er kennt sie bestimmt.«

»Ich habe ihm davon berichtet. Er kennt sie.«

»Das wundert mich nicht bei ihm. Was sagt er dazu?«

»Blödsinn.«

»Adrianus enttäuscht mich nie.«

»Vlad, was steht auf dieser Stele geschrieben?«

»Der du an diesen Stein kommst«, rezitierte Vlad, »geh deines Weges, dreh dich nicht um und pflücke nichts ringsumher. Hier liegt begraben der Verdammte Petar Blagojević, gestorben 1725 im Alter von zweiundsechzig Jahren. Möge seine fluchbeladene Seele Frieden finden.«

»Warum stehen zwei Namen da?«

»Es ist derselbe. Plogojowitz ist die österreichische Version von Blagojević. Zu der Zeit, als er hier lebte, stand das Gebiet unter habsburgischer Herrschaft.«

»Weshalb wurde er verdammt?«

»Weil 1725 der Bauer Peter Plogojowitz in Kisilova, seinem Heimatdorf, starb.«

»Beginnen Sie nicht mit seinem Tod. Sagen Sie mir, was er im Leben getan hat.«

»Aber sein Leben ist erst nach seinem Tod grausig geworden. Drei Tage nach seiner Beerdigung ist Plogojowitz in der Nacht bei seiner Frau erschienen und hat ein Paar Schuhe von ihr verlangt, damit er reisen könne.«

»Schuhe?«

»Ja. Er hatte sie vergessen. Wollen Sie's immer noch wissen, oder begreifen Sie, dass es Blödsinn ist?«

»Erzählen Sie weiter, Vlad. Ich erinnere mich dunkel, diese Geschichte von einem Toten, der seine Schuhe haben wollte, schon mal gehört zu haben.«

»In den zehn Wochen, die auf seinen Besuch folgten, gab es unter den Bewohnern des Dorfes neun plötzliche Todesfälle, alles nahe Verwandte von Plogojowitz. Sie verloren ihr Blut und starben vor Erschöpfung. In ihrer Agonie sagten sie aus, sie hätten Plogojowitz gesehen, wie er sich über sie beugte oder sich sogar auf sie drauflegte. Panik ergriff die Bewohner, sie waren überzeugt, dass Plogojowitz ein Vampir geworden war, der kam, um ihnen ihr Leben auszusaugen. Und auf einmal sprach ganz Europa nur noch von ihm. Wegen Plogojowitz, wegen Kisilova, wo du heute Abend Rakija trinkst, taucht das Wort *vampir* zum ersten Mal außerhalb dieser Gegend auf.«

»Tatsächlich?«

»Plog. Denn nach über zwei Monaten waren die Dörfler entschlossen, sein Grab zu öffnen, um ihn zu vernichten, aber die Kirche verbietet das ausdrücklich. Die Gemüter erregten sich, die Reichsverwaltung schickte ihre zivilen und geistlichen Amtsträger, um die Empörung zu beschwichtigen. Selbige sahen der Exhumierung machtlos zu. Aber sie beobachteten alles und beschrieben es. Der Körper des Peter Plogojowitz zeigte nicht die geringsten Spuren von Verwesung. Er war vollkommen intakt und hatte eine ganz frische Haut.«

»Wie jene Frau in London. Eine gewisse Elizabeth, deren Mann ihren Sarg nach sieben Jahren öffnete, um seine Gedichte herauszunehmen. Sie sah aus wie neugeboren.«

»War sie eine Vampirin?«

»Wenn ich richtig verstanden habe, ja.«

»Dann ist das normal. Die alte Haut von Plogojowitz und seine alten Fingernägel lagen abgeschält im Erdreich. Blut trat ihm aus dem Mund und aus allen Körperöffnungen, aus der Nase, den Augen und den Ohren. All diese Tatsachen wurden von den österreichischen Beamten gewissenhaft festgehalten. Peter hatte sein Leichentuch gegessen, und sein Glied war erigiert, ein Detail, das in den Berichten generell unterschlagen wurde. Die entsetzten Bauern spitzten einen Pfahl an und durchbohrten ihm das Herz.«

»Ließ er ein Röcheln hören?«

»Ja. Sein grässliches Geheul schallte durchs ganze Dorf und ein Strom von Blut ergoss sich in das Grab. Man hob seinen grauenerregenden Leichnam heraus und verbrannte ihn bis auf das letzte Fitzelchen. Man grub auch seine neun Opfer aus, verschloss sie in einer gemauerten Gruft und gab diesen Friedhof schnell auf.«

»Den alten Friedhof auf der Westseite?«

»Genau den. Man fürchtete die Ansteckung unter der Erde. Und die Todesfälle hörten auf. So wird die Geschichte erzählt.«

Adamsberg nahm einen winzigen Schluck Rakija.

»Und da unter dem Hügel am Waldsaum, ist das seine Asche?«

»Es gibt zwei Versionen. Seine Asche wäre in die Donau gestreut oder in diesem Grab fernab vom Dorf versenkt worden. Die meisten aber glauben, dass ein Stück von dem gräulichen Plogojowitz überlebt hat, denn unter dem Hügel, so heißt es, höre man ihn kauen und schmatzen. Was immerhin darauf hindeutet, dass Peter etwas von seiner Giftigkeit eingebüßt hat, wenn er auf den niedrigeren Rang eines Kauers herabgesunken ist.«

»Er ist ein Untervampir geworden?«

»Ein passiver Vampir, der nicht aus seinem Grab herauskommt, seine Gier jedoch dadurch zu erkennen gibt, dass er alles verschlingt, was er um sich herum findet, seinen Sarg, sein Leichentuch, die Erde. Es gibt Tausende Zeugnisse über diese Kauer. Man hört das Klappern ihrer Zähne unter der Erde. Dennoch kommt man ihnen besser nicht zu nahe und sperrt sie in ihrer Höhle ein.«

»Darum die Holzkloben und die Steine?«

»Ja, um ihn daran zu hindern, dass er herauskommt.«

»Wer setzt sie da hin?«

»Arandjel«, sagte Vlad und dämpfte die Stimme, denn Danica kam, um ihnen noch einmal nachzuschenken.

»Und warum schlägt man ringsherum die Bäume ab?«

»Weil ihre Wurzeln sich in das Erdreich des Grabes senken. Das Holz infiziert sich, man darf es sich nicht ausbreiten lassen. Noch darf man eine einzige Blume dort pflücken, denn Plogojowitz ist in den Stängeln. Arandjel mäht alles einmal im Jahr ab.«

»Er glaubt, dass Plogojowitz heraussteigen könnte?«

»Arandjel ist der Einzige, der nicht daran glaubt. Während ein Viertel der Einwohner hier felsenfest davon überzeugt ist. Ein weiteres Viertel wiegt den Kopf, ohne sich festzulegen, für den Fall, dass. Man will ja nicht den Zorn des Vampirs auf sich ziehen, wenn man ihn verspottet. Die andere Hälfte tut so, als glaube sie nicht daran, sagt, das seien alte Geschichten für die Deppen von einst. Aber ruhig sind sie nie und darum sind die Männer auch während des Krieges im Dorf geblieben. Nur Arandjel glaubt wirklich nicht daran. Darum hat er keine Angst, die Geschichten aller *vampiri* bis ins Letzte zu kennen, seit den *vârcolac*, den *opyr*, den *vurdalak* bis hin zu den *nosferat*, den *veštica, stafia, morije*.«

»So viele sind es?«

»Hier, Adamsberg, und in einem Umkreis von fünfhundert Kilometern hat es Tausende von Vampiren gegeben. Aber das Epizentrum ist genau hier, wo wir uns befinden. Hier, wo Plogojowitz der Große herrschte, der unbestrittene Herr der Meute.«

»Wenn Arandjel nicht daran glaubt, warum beschwert er dann das Grab?«

»Um die Leute zu beruhigen. Er wechselt die Rundhölzer alle Jahre aus, denn das Holz fault von unten. Und manch einer denkt, es fault, weil Plogojowitz das Erdreich gegessen hat und sich nun über die Kloben hermacht. Darum tauscht Arandjel sie aus und schneidet den Stubben die Triebe ab. Er ist natürlich der Einzige, der das zu tun wagt. Niemand nähert sich dem Hügel, aber insgesamt sind die Leute ganz vernünftig. Man ist der Meinung, Plogojowitz habe seine Macht verloren, er habe seine Kraft auf seine Nachkommenschaft übertragen.«

»Wo leben seine Nachkommen? Hier?«

»Soll das ein Witz sein? Noch bevor Plogojowitz wieder ausgegraben wurde, hatte seine ganze Familie das Dorf fluchtartig verlassen, um nicht auch massakriert zu werden. Seine Nachkommen haben sich überallhin verstreut, weiß der Teufel, wo. Kleine Vampirchen hier und da. Doch manche Leute behaupten, dass, wenn es Plogojowitz gelingen sollte, sein Grab zu verlassen, sich alles wieder zu einer einzigen schrecklichen Wesenheit zusammenfügen wird. Wieder andere sagen, dass ein Teil von Plogojowitz sehr wohl hier liegt, doch dass er in Gänze woanders herrscht.«

»Wo?«

»Ich weiß es nicht. Das alles sind Erinnerungen an die Geschichten, die mein *Dedo* mir erzählt hat. Wenn du unbedingt mehr darüber wissen willst, musst du in der Tat mit Arandjel reden. Er ist so etwas wie der Adrianus von Serbien.«

»Aber weiß man, Vlad, ob eine Familie im Besonderen das Ziel von Plogojowitz' Zerstörungswut war?«

»Na, seine eigene, das sagte ich doch. Es gab neun Todesfälle unter seinen Angehörigen. Was so viel bedeutet wie, dass es eine Epidemie gab. Der alte Plogojowitz war daran erkrankt, und er hat seine Infektion auf seine Familie übertragen, die sie an ihre Nachbarn weitergab. So einfach ist das. Später dann, als das Entsetzen um sich griff, hat man einen Sündenbock gesucht, man ist bis zum ersten Toten zurückgegangen, hat ihm einen Pfahl ins Herz getrieben, und die Sache war erledigt.«

»Wenn die Epidemie nun aber angehalten hat?«

»Das kam auch oft vor. In dem Fall öffnete man das Grab wieder in der Vorstellung, dass Bruchstücke der unheilvollen Kreatur noch immer aktiv wären, und wiederholte den Vorgang.«

»Wenn nun aber die Asche in den Fluss geschüttet wurde?«

»Dann öffnete man eben ein anderes Grab, von einem Mann oder einer Frau, die im Verdacht standen, einen Rest des Ungeheuers vom Scheiterhaufen entwendet und gegessen zu haben und nun ihrerseits zum Vampir geworden zu sein. Und so weiter bis zum Erlöschen der Epidemie. Weshalb man am Ende immer sagen konnte: *Und die Todesfälle hörten auf.*«

»Aber sie setzen sich fort, Vladislav! Ein Plögener in Pressbaum und ein Plog in Garches. Zwei Nachfahren von Plogojowitz in Österreich und in Frankreich. Gibt's hier nicht noch was anderes als Rakija? Das Zeug zerfrisst mich wie dein Kauer und Schmatzer. Ein Bier? Gibt es hier ein Bier?«

»Jelen Pivo.«

»Sehr gut, ein Jelen.«

»Es könnte aber auch etwas anderes geschehen sein, das einen Rachefeldzug ausgelöst hat. Angenommen, Plogojowitz wäre 1725 gar kein Vampir gewesen. Und? Was würdest du dann sagen?«

Adamsberg lächelte der Wirtin zu, die ihm sein Bier brachte, und überlegte, was »Danke« hieß. Er sah auf seinen Handrücken.

»*Hvala*«, sagte er und deutete mit einer Geste an, dass er rauchen wolle, worauf Danica eine Schachtel von unbekanntem Aussehen aus ihrer Rocktasche zog, es waren Moravas.

»Schenkt sie dir«, sagte Vlad. »Sie fragt, warum du zwei Uhren hast, von denen keine richtig geht.«

»Sag ihr, ich weiß es nicht.«

»*On ne zna*«, übersetzte Vlad. »Sie findet, dass du ein schöner Mann bist.«

Danica kehrte ins Büro zurück, wo sie ihre Abrechnungen machte, Adamsberg folgte mit den Augen ihrem Gang, dem Wiegen ihrer strammen Hüften unter dem grau-rot gemusterten Rock.

»Wenn es also gar keinen Vampir gegeben hätte?«, beharrte Vlad.

»Dann würde ich nach einem Vorfall in der Familiengeschichte suchen, der Vergeltung und Bestrafung mit dem Tode nach sich zog. Ein Mord, von dem keiner etwas wusste, ein verratener Ehemann, ein uneheliches Kind, ein Vermögen, das unterschlagen wurde. Vaudel-Plog war ein sehr reicher Mann und hat sein Geld nicht seinem Sohn vererbt.«

»Siehst du. Such weiter in dieser Richtung. Dort, wo Geld ist.«

»Da sind aber die Körper, Vlad. Kaputt geschlagen, wie um zu verhindern, dass auch nur eine einzige Parzelle sich neu konstituieren könnte. Zerstückelte man die Vampire auch oder begnügte man sich mit Pfahl und Feuer?«

»Das alles weiß Arandjel.«

»Wo finde ich ihn? Wann kann ich ihn sehen?«

Nach einer kurzen Beratung mit Danica kam Vlad ein wenig erstaunt zu Adamsberg zurück.

»Es scheint, dass Arandjel dich morgen zum Mittagessen erwartet, er macht gefüllten Kohl. Er weiß schon, dass du den Grabstein gesäubert und betrachtet hast – alle Leute wissen es inzwischen. Er sagt, du solltest nicht damit spielen, ohne etwas darüber zu wissen, oder du wirst sterben.«

»Du sagtest, Arandjel glaubt nicht daran.«

»Oder du wirst sterben«, wiederholte Vlad, leerte sein Glas Rakija und brach in Lachen aus.

33

Ein kleiner Pfad führte zu Arandjels Haus am Ufer der Donau, die beiden Männer gingen schweigend nebeneinanderher, man hätte meinen können, ein unerwartetes Vorkommnis habe ihre Beziehung zueinander verändert. Oder aber Vladislavs abendliche Rauchschwaden machten ihn so schweigsam am Morgen. Es war schon heiß, Adamsberg ließ sein schwarzes Jackett in der Hand baumeln, entspannt und mit dem Gefühl, dass das Getöse der Stadt und die Aufregungen der Ermittlung im Dunst des Vergessens versanken, der vom Fluss heraufstieg und das grimmige Bild von Zerk überdeckte, die nervöse Atmosphäre in der Brigade, die ungeheure Drohung, die über ihm schwebte, den Pfeil, den jene Leute da oben abgeschossen hatten und der sein Ziel wohl bald erreichen würde. Lag Dinh noch immer fiebernd im Bett? War es ihm gelungen, die Probe aufzuhalten? Und Émile? Der Hund? Und der Typ, der seine Gönnerin mit Bronze übermalt hatte? Alle verblassten ein wenig in dem Nebel, den Kisilova sanft in seinen Geist senkte.

»Du bist spät aufgestanden«, sagte Vlad schließlich in gereiztem Ton.

»Ja.«

»Du hast nicht gefrühstückt. Adrianus sagt, du würdest immer mit dem ersten Hahnenschrei aufstehen wie ein Bauer, du wärst vier Stunden vor ihm in der Brigade.«

»Ich habe den Hahn nicht gehört.«

»Ich glaube, du hast den Hahn sehr wohl gehört. Ich glaube, du hast mit Danica geschlafen.«

Adamsberg lief wortlos ein paar Meter.

»Plog«, sagte er.

Vladislav brachte mit der Fußspitze einen Kieselstein ins Rollen, er zögerte, dann lachte er leise. Mit seinen über die Schultern fallenden Haaren sah er aus wie ein slawischer Krieger, der sein Pferd spornt, um gen Westen zu reiten. Er zündete sich eine Zigarette an und fiel in seinen natürlichen Plauderton zurück.

»Du verlierst deine Zeit bei Arandjel. Du wirst einen Haufen sehr gelehrter Dinge erfahren, aber nichts, was dich in deiner Ermittlung voranbringen wird, nichts, was du in deinen Bericht schreiben kannst. Blödsinn, wie Adrianus sagt.«

»Das macht nichts, ich kann ohnehin keine Berichte schreiben.«

»Und dein Chef? Was wird der sagen? Dass du an die Donau fährst, um mit einer Frau zu schlafen, während in Frankreich ein Mörder frei herumläuft?«

»Das denkt der mehr oder weniger immer. Mein Chef oder wer immer da oben meinen Chef in der Hand hat, versucht mich hochgehen zu lassen. Da bilde ich mich lieber hier.«

Vladislav stellte Adamsberg Arandjel vor, der mit dem Kopf nickte und gleich die Schüssel mit dem gefüllten Kohl auf den Tisch stellte. Vladislav tat schweigend auf.

»Du hast den Stein von Blagojević gesäubert«, sagte Arand-jel, während er sich die ersten sehr großen Bissen in den Mund schob. »Du hast das Moos abgeschabt. Du hast den Namens-zug ausgekratzt.«

Vladislav übersetzte simultan und so schnell, dass Adams-berg den Eindruck hatte, er spräche direkt mit dem alten Mann.

»War das ein Fehler?«

»Ja. Man darf an sein Grab nicht rühren, sonst weckt man ihn auf. Die Leute hier fürchten ihn, manch einer könnte es dir verübeln, dass du seinen Namen freigelegt hast. Einige könn-ten sogar denken, dass er dich zu sich gerufen hat, um dich zu seinem Diener zu machen. Und dich töten, bevor du den Tod säst im Dorf. Petar Blagojević sucht einen Diener. Verstehst du? Das ist es, was Biljana fürchtet, die Frau, die dich zurück-halten wollte. ›Er hat dich angezogen, er hat dich angezogen‹, das hat sie zu dir gesagt, sie hat es mir selbst berichtet.«

»*On te je privukao, on te je privukao*«, wiederholte Vladis-lav auf Serbisch.

»Ja, das hat sie gesagt«, gab Adamsberg zu.

»Begib dich nicht unwissend in die Welt der *vampiri*, junger Mann.«

Arandjel legte eine Pause ein, damit der Gedanke Zeit hätte, tief in Adamsbergs Kopf einzudringen, dann schenkte er den Wein ein.

»Vlad hat mir gestern Abend gesagt, was dich an der Ge-schichte von Blagojević interessiert. Stell deine Fragen. Aber geh nicht an den Ungewissen Ort.«

»Wo ist das?«

»Am Ungewissen Ort. Das ist der Name der Lichtung, wo er ruht. Nicht dass der arme Petar über dich herfallen könnte, aber ein sehr lebendiger Mensch. Versteh, dass die Sicherheit des Dorfes mehr als alles andere zählt. Iss, bevor es kalt wird.«

Adamsberg gehorchte und aß seinen Teller zu drei Vierteln leer, bevor er zu reden begann.

»Es hat in Frankreich und in Österreich zwei furchtbare Morde gegeben.«

»Ich weiß. Vlad hat es mir erzählt.«

»Ich vermute, dass beide Opfer zur Nachkommenschaft von Blagojević gehören.«

»Blagojević hat keine unter diesem Namen bekannte Nachfahren. Alle Mitglieder seiner Familie haben das Dorf unter ihrem österreichischen Namen Plogojowitz verlassen, damit die Leute von hier sie niemals wiederfänden. Aber es kam heraus durch die Reise eines Kiseljevaners im Jahr 1813 nach Rumänien, der nach seiner Rückkehr diesen Namen Plogojowitz auf dem Stein hinzufügte. Die heutigen Nachfahren von Blagojević, so es denn welche gibt, heißen alle Plogojowitz. Woran also denkst du?«

»Die Opfer wurden nicht nur getötet, ihre Körper wurden in Nichts aufgelöst. Und gestern habe ich Vladislav gefragt, wie man einen Vampir vernichtet.«

Arandjel nickte mehrere Male, schob seinen Teller weg und rollte sich mit den Fingern eine sehr dicke Zigarette.

»Ziel ist es nicht, den Vampir zu zerstören, sondern zu erreichen, dass er nie wiederkehrt. Dass er blockiert ist, behindert. Dafür gibt es viele Möglichkeiten. Man glaubt immer, die gebräuchlichste sei das Durchstoßen des Herzens. Aber nein. Das Wichtigste sind erst mal die Füße.«

Arandjel stieß dicken Qualm aus und sprach einen sehr langen Augenblick mit Vladislav.

»Ich werde Kaffee machen gehen«, erklärte Vladislav. »Arandjel bittet dich, ihm zu verzeihen, dass es keinen Nachtisch gibt, er kocht sein Essen nämlich ganz allein und mag Süßspeisen nicht. Er mag auch kein Obst. Er mag es nicht, wenn Saft fließt und an seinen Händen kleben bleibt. Er fragt, wie du seinen gefüllten Kohl gefunden hast, denn du hast dir nur einmal davon aufgetan.«

»Er war köstlich«, erwiderte Adamsberg ehrlich und beschämt, dass er nicht daran gedacht hatte, etwas zu dem Gericht zu sagen. »Aber mittags esse ich nie viel. Sag ihm bitte, er möge deswegen nicht böse sein.«

Nachdem er die Antwort gehört hatte, gab Arandjel ein Zeichen des Einverständnisses, sagte, Adamsberg könne ihn bei seinem Vornamen nennen, und fuhr in seiner Darlegung fort.

»Die dringlichste aller Maßnahmen ist es, den Toten am Laufen zu hindern. Wenn man bei einem Verstorbenen einen Zweifel hegte, befasste man sich also vor allem mit seinen Füßen, damit er sich nicht mehr fortbewegen konnte.«

»Wie kamen einem denn Zweifel, Arandjel?«

»Es gab gewisse Anzeichen während der Totenwache. Wenn der Leichnam einen frischroten Teint behielt, wenn ein Stück von seiner Wäsche sich in seinem Mund wiederfand, wenn er lächelte, wenn seine Augen geöffnet blieben. Dann band man ihm die beiden großen Zehen mit einer Schnur fest oder man biss ihm in den Zeh oder trieb ihm Nadeln in die Fußsohlen oder band ihm die Beine zusammen. Alles kommt aufs Selbe hinaus.«

»Kam es auch vor, dass man die Füße abschnitt?«

»Selbstverständlich. Das war eine noch radikalere Methode, die man aber zögerte anzuwenden, wenn man keine Gewissheit hatte. Die Kirche bestrafte dieses Sakrileg. Man konnte ihm auch den Kopf abschneiden, das kam sogar häufig vor, und ihn im Grab zwischen seine Füße legen, damit der Tote nicht an ihn herankäme. Oder ihm die Hände im Rücken fesseln, ihn auf einer Bahre festbinden, ihm die Nasenlöcher zustopfen, ihm Kieselsteine in alle Körperöffnungen stecken, in Mund, After, Ohren. Und das ist längst noch nicht alles.«

»Machte man auch was mit den Zähnen?«

»Der Mund, junger Mann, ist der entscheidende Punkt am Körper eines Vampirs.«

Arandjel unterbrach sich, solange Vladislav den Kaffee servierte.

»*Bon mangé?*«, fragte er auf Französisch, mit einem Lächeln, das plötzlich über sein ganzes Gesicht lief – und Adamsberg begann dieses breite kiseljevanische Lächeln zu lieben. »Ich habe bei der Befreiung von Belgrad im Jahr 44 einen Franzosen kennengelernt. *Vin, femmes jolies, bœuf mode* – Wein, schöne Frauen, Rinderschmorbraten.«

Vladislav und Arandjel brachen gemeinsam in schallendes Gelächter aus, und Adamsberg fragte sich wieder einmal, wie sie es anstellten, sich über so wenig zu amüsieren. Er hätte es auch gern gekonnt.

»Der Vampir will unaufhörlich verschlingen«, fuhr Arandjel fort, »darum isst er sein Leichentuch oder auch die Erde in seinem Grab. Entweder steckte man ihm also Steine in den Mund, um ihn zu blockieren, oder Knoblauch oder Erdreich, oder man knotete ein Stück Stoff fest um seinen Hals, damit er nicht schlucken konnte, oder man bestattete ihn bäuchlings, damit er die Erde unter sich verschlang und sich allmählich immer tiefer in sie eingrub.«

»Es gibt schließlich auch Leute, die Schränke essen«, murmelte Adamsberg.

Vlad hielt verunsichert inne.

»Die Schränke essen? Habe ich richtig gehört?«

»Ja. Thekophagen.«

Vladislav übersetzte und Arandjel schien nicht erstaunt.

»Kommt das öfter vor bei euch?«, erkundigte er sich.

»Nein, aber ein Mann hat auch ein Flugzeug gegessen. Und ein Lord in London hat die Fotos seiner Mutter essen wollen.«

»Ich«, sagte Arandjel, »kannte einmal einen Mann, der seinen eigenen Finger gegessen hat«, und er hob den Daumen. »Er hat ihn abgeschnitten und gegart. Nur, am nächsten Tag erinnerte er sich nicht mehr daran und verlangte überall seinen Finger zurück. In Ruma war das. Man hat lange gezögert, ob man ihm die Wahrheit sagen oder ihm einreden sollte, dass ein Bär im Wald ihn verschlungen habe. Schließlich kam kurz darauf eine Bärin ums Leben. Man brachte ihm ihren Kopf, und der Mann beruhigte sich bei dem Gedanken, dass sein Finger da drin wäre. Und er bewahrte diesen verrotteten Kopf auf.«

»Wie den Eisbären«, sagte Adamsberg. »Den Bären, der auf

dem Packeis einen Onkel gefressen hatte. Der Neffe brachte der Witwe sein Fell mit nach Genf, die es in ihrem Salon ausstellte.«

»Bemerkenswert«, fand Arandjel. »Absolut bemerkenswert.«

Und Adamsberg fühlte sich bestärkt, selbst wenn er so weit hatte reisen müssen, um auf einen Menschen zu stoßen, der die Geschichte des Bären in ihrer ganzen Bedeutung ermaß. Aber er wusste nicht mehr, wo er im Gespräch stehen geblieben war, und Arandjel las das in seinen Augen.

»Er isst lebende Menschen, sein Leichentuch, die Erde«, rekapitulierte er. »Darum war man immer sehr misstrauisch bei Leuten mit einem ungewöhnlichen Gebiss. Sei es, dass diese längere Zähne hatten als andere, sei es, dass sie bereits mit einem oder zwei Zähnen geboren wurden.«

»Damit geboren?«

»Ja, das kommt gar nicht so selten vor. Cäsar, zum Beispiel, der wurde mit einem Zahn geboren, auch euer Napoleon und euer vierzehnter Ludwig und so viele andere, von denen man nichts weiß. Für manche war dies kein Anzeichen von Vampirismus, sondern das Merkmal eines Wesens, das zu Höherem berufen war. Ich«, fügte er hinzu, indem er sein Glas gegen seine grauen Zähne klingen ließ, »ich wurde wie Cäsar geboren.«

Adamsberg ließ das schallende Lachen von Vladislav und Arandjel vorüberbranden und bat um ein Stück Papier. Er machte dieselbe Zeichnung noch einmal, die er in der Brigade angefertigt hatte, und markierte die am meisten betroffenen Körperzonen.

»Großartig«, sagte Arandjel und nahm sich das Blatt. »Die Gelenke, ja, um den Körper daran zu hindern, dass er sich entfaltet. Die Füße natürlich und, mehr noch, die großen Zehen, damit er nicht laufen kann, der Hals, der Mund, die Zähne. Die Leber, das Herz, Sitz der verstreuten Seele. Das Herz, also der Lebensmittelpunkt, wurde dem Leichnam sehr oft herausgeschnitten, um es einer besonderen Behandlung zu unterziehen. Einfach perfekt, diese Zerstörung, ausgeführt von einem Menschen, der was davon versteht«, schloss Arandjel, als wenn er die Arbeit eines Fachmanns rühmte.

»Da er den Körper ja nicht verbrennen konnte.«

»Eben. Aber was er gemacht hat, läuft auf dasselbe hinaus.«

»Arandjel, wäre es möglich, dass jemand noch fest genug daran glaubte, um alle Sprösslinge der Plogojowitz vernichten zu wollen?«

»Was heißt, ›daran glauben‹? Alle Welt glaubt daran, junger Mann. Jeder fürchtet, dass in der Nacht ein Grabstein sich heben und ein kalter Hauch ihm über den Nacken streichen könnte. Und niemand denkt, dass die Toten gute Gefährten sind. An Vampire zu glauben, ist nichts anderes.«

»Ich rede nicht von der großen alten Angst, Arandjel. Sondern von einem Menschen, der im strengsten Sinne daran glaubte, für den die Plogojowitz authentische Vampire wären, die man ausrotten muss. Ist das möglich?«

»Ohne jeden Zweifel, wenn er sich vorstellt, dass genau daher sein Unglück kommt. Man sucht nach einer äußeren Ursache für sein Leid, und je schlimmer das Leid ist, desto größer muss die Ursache sein. In diesem Fall hier ist das

Leid des Mörders unermesslich. Und die Antwort außerge-
wöhnlich.«

Arandjel wandte sich an Vladislav, während er Adamsbergs
Zeichnung in seiner Tasche verschwinden ließ. Stühle hinaus-
tragen, unter die Linde stellen, mit Blick auf die Donauschleife, die Sonne genießen, Gläser mitbringen.

»Keinen Rakija, bitte«, flüsterte Adamsberg.

»*Pivo?*«

»Ja, wenn ich Arandjel damit nicht verärgere.«

»Keine Sorge, er mag dich. Es kommen wenige Leute zu
ihm, um mit ihm über seine *vampiri* zu reden, und du bringst
ihm sogar einen neuen Fall. Ein großes Vergnügen für ihn.«

Die drei Männer setzten sich im Kreis unter den Baum, in
Sonnenglut getaucht und umgeben vom Rauschen des Stroms,
Arandjel schloss halb die Lider. Der Dunst über dem Wasser
hatte sich gelichtet, am jenseitigen Ufer sah Adamsberg die
Gipfel der Karpaten.

»Beeil dich, bevor er einschläft«, warnte ihn Vladislav.

»Hier halte ich immer meine Siesta«, sagte der Alte wie zur
Bestätigung.

»Arandjel, ich habe zwei letzte Fragen.«

»Ich höre dir noch so lange zu, bis ich dieses Glas ausgetrunken habe«, erwiderte Arandjel und trank einen ganz
kleinen Schluck, ein amüsiertes Lächeln im Blick.

Adamsberg hatte das Gefühl, in geheimem Einvernehmen
mit Arandjel ein Spiel mit ihm zu spielen, in welchem er sehr
schnell überlegen musste, bevor der Schnaps zu Ende ging –
einer Sanduhr gleich, die abläuft. War das Glas leer, würde
der Gong ertönen, und die Worte der Weisheit würden ver-

stummen. Er schätzte die ihm noch verbleibende Zeit auf fünf Schluck Rakija.

»Gibt es eine Verbindung zwischen Plogojowitz und dem alten Friedhof im Norden von London, Higegatte?«

»Highgate?«

»Ja.«

»Es ist mehr als eine Verbindung, junger Mann. Denn noch bevor man diesen Friedhof anlegte, so wird erzählt, brachte man den Leichnam eines Türken in einem Sarg auf den Hügel. Er soll lange Zeit dort allein geruht haben. Aber die Leute bringen alles durcheinander, es war kein Türke. Es war ein Serbe, und es heißt, es war der Meister aller Vampire, Plogojowitz selbst. Der aus seinem Land geflohen wäre, um von London aus zu herrschen. Man sagt sogar, seine Anwesenheit dort oben auf diesem Hügel habe spontan dazu geführt, dass der Friedhof von Highgate gebaut wurde.«

»Plogojowitz, der Meister von London«, murmelte Adamsberg beinahe fassungslos. »Dann bringt der, der die Schuhe dort hinstellt, ihm keine Opfergabe dar. Er fordert ihn heraus, er bekämpft ihn. Er demonstriert ihm seine Macht.«

»*Ti to veruješ*«, sagte Vlad, seine Mähne schüttelnd, und sah Adamsberg an. »Du glaubst es. Lass dich von Arandjel nicht aufs Kreuz legen, sagte *Dedo* immer zu mir. Er amüsiert sich wie ein junger Fuchs.«

Adamsberg ließ eine neue, heftige Lachsalve der beiden verebben, den Pegelstand des Alkohols in Arandjels Hand überwachend. Als ihre Blicke sich trafen, kippte Arandjel einen weiteren Schluck. Es blieb nur noch ein knapper Zentimeter im Glas. Die Zeit läuft, überleg dir deine Frage gut, genau das schien Arandjels Lächeln zu sagen, gleich einer Sphinx, die den Vorübergehenden auf die Probe stellt.

»Arandjel, hatte Peter Plogojowitz eine Person besonders im Visier? Wäre es möglich, dass eine Familie speziell sich als Opfer der Macht der Plogojowitz sieht?«

»Blödsinn«, sagte Vlad wie Danglard. »Darauf habe ich dir schon geantwortet. Seine eigene Familie war es, die ins Gras beißen musste.«

Arandjel hob eine Hand, um Vladislav zum Schweigen zu bringen.

»Ja«, sagte er. »Einverstanden«, fügte er hinzu und goss sich noch ein wenig Rakija ein. »Du hast die Zeit eines letzten Glases vor meiner Siesta gewonnen.«

Ein Zugeständnis, das dem alten Mann selbst sehr entgegenzukommen schien. Adamsberg zog sein Notizbuch heraus.

»Nein«, sagte Arandjel entschieden. »Wenn du nicht in der Lage bist, dir das zu merken, dann interessiert es dich nicht genug. Dann wirst du auch nichts verloren haben.«

»Ich höre«, sagte Adamsberg und steckte sein Notizbuch wieder weg.

»Eine Familie mindestens wurde von Plogojowitz verfolgt, im Dorf Medwegya, nicht weit von hier, im Distrikt von Branicevo. Du kannst das im *Visum et Repertum* nachlesen, das der Arzt Flückinger im Jahr 1732 nach Abschluss der Untersuchung für die Militärbehörde von Belgrad geschrieben hat.«

Der Danglard von Serbien, Adamsberg erinnerte sich. Er hatte nicht die geringste Vorstellung von diesem *Visum et Repertum* noch wo man es finden könnte, und der alte Arandjel schien sich ein diebisches Vergnügen daraus zu machen, ihm jedwede Notiz zu untersagen. Adamsberg rieb seine Hände aneinander vor Nervosität, er könnte es vergessen. Das *Visum et Repertum* von Flückinger.

»Der Fall erregte noch größeres Aufsehen als der von Plogojowitz, es entlud sich ein regelrechter Sturm in ganz Westeuropa, die Pro und die Contra stritten heftig miteinander, euer Voltaire lachte sich ins Fäustchen, der Kaiser von Österreich mischte sich ein, Ludwig XV. befahl, die Nachforschungen weiterzuverfolgen, die Mediziner rissen sich die Haare aus, andere beteten für ihr Heil, die Theologen waren ratlos. Es gab eine gewaltige Flut von Publikationen und Kontroversen. Und von hier war das alles ausgegangen«, fügte Arandjel mit einem Blick auf die umliegenden Hügel hinzu.

»Ich höre«, wiederholte Adamsberg.

»Ein Soldat kam nach mehrjährigem Feldzug aus dem Krieg zwischen Österreich und der Türkei in sein Dorf Medwegya zurück. Er war nicht mehr derselbe. Er erzählte, dass er während der Unternehmung Opfer eines Vampirs geworden sei, dass er erbittert gegen ihn gekämpft, dieser ihn aber verfolgt habe bis ins türkische Serbien, erst da sei es ihm schließlich gelungen, das Ungeheuer zu erschlagen und zu begraben. Er hatte Erde aus seinem Grab mitgenommen und aß regelmäßig davon, um sich gegen dessen Überfälle zu schützen. Ein Hinweis darauf, dass der Soldat sich durchaus nicht in Sicherheit vor dem Untoten wusste, selbst wenn er glaubte, ihn besiegt zu haben. So lebte er in Medwegya, fraß Erde, schlich über die Friedhöfe, wiegelte seine Nachbarn auf. Im Jahr 1727 fiel er von einem Heuwagen und brach sich den Hals. In dem Monat, der auf seinen Tod folgte, starben in

Medwegya vier Personen *in der Weise, in der jene sterben, die von Vampiren misshandelt wurden*, und man schrie, der Soldat sei nun seinerseits ein Vampir geworden. Es kam zu einem solchen Aufruhr, dass die Behörden einwilligten, ihn vierzig Tage nach seinem Tod unter ihrer Aufsicht zu exhumieren. Die Fortsetzung ist bekannt.«

»Erzählen Sie sie trotzdem«, bat Adamsberg, der befürchtete, Arandjel könnte hier Schluss machen.

»Der Körper war rosig, frisches Blut floss aus allen Körperöffnungen, die Haut war wie neu und straff, die alten Nägel lagen auf dem Grund des Grabes, und es war keinerlei Zeichen von Verwesung an ihm zu erkennen. Man trieb einen Pflock in den Leib des Soldaten, der ein schauriges Geheul hören ließ. Andere wiederum sagen, er habe nicht geheult, sondern einen unmenschlichen Seufzer ausgestoßen. Man enthauptete und verbrannte ihn.«

Der Alte nahm einen kleinen Schluck unter Adamsbergs wachsamem Blick. Nun blieb nur noch ein Drittel von diesem zweiten Glas. Wenn Adamsberg die Daten richtig behalten hatte, war dieser Soldat zwei Jahre nach Plogojowitz gestorben.

»Seine vier Opfer wurden ebenfalls aus ihren Gräbern geholt und erfuhren die gleiche Behandlung. Aber da man fürchtete, der Vampir von Medwegya könnte auch die Gräber in seiner Nachbarschaft verseuchen, beschloss man, die Nachforschungen fortzusetzen. 1731 wurde eine offizielle Untersuchung eingeleitet. Man ließ vierzig Gräber in der Umgebung des Soldaten öffnen und entdeckte siebzehn Körper, die fest und rosig geblieben waren: darunter Militza, Joachim, die Ruscha und ihr Kind, Rhode, die Frau von Bariactar, und ihr

Sohn, Stanache, Millo, Stanoicka und einige andere. Alle wurden aus ihren Gräbern gezerrt und verbrannt. Und die Todesfälle hörten auf.«

Es waren nur noch wenige Tropfen in Arandjels Glas, alles hing davon ab, wie schnell er sich entscheiden würde, sie zu trinken.

»Wenn dieser Soldat sich mit Peter Plogojowitz geschlagen hatte – denn es war doch Plogojowitz, oder?«

»Man sagt es.«

»Dann waren die Mitglieder seiner Familie keine – wie soll ich sagen – vorsätzlichen Vampire, sondern sie konnten sich als Opfer von Plogojowitz ansehen, als von ihm gekapert und unterworfen. Als zwangsvampirisierte Männer und Frauen, die von der Kreatur zerstört worden waren.«

»Ohne jeden Zweifel. Genau das waren sie.«

Arandjel ließ den letzten Tropfen im Glas kreisen und beobachtete das Funkeln seiner einzelnen Facetten in der Sonne.

»Der Name des Soldaten?«, fragte Adamsberg rasch. »Weiß man den noch?«

Arandjel hob den Kopf gegen den weißen Himmel und ließ den Tropfen Rakija in seinen Mund rinnen, ohne das Glas an die Lippen zu setzen.

»Arnold Paole. Er hieß Arnold Paole.«

»Plog«, flüsterte Vladislav.

»Versuch dich an ihn zu erinnern«, schloss Arandjel, indem er sich in seinem Sessel ausstreckte. »Es ist ein Name, der einem schnell entgleitet. Als wenn die Saugkraft der Plogojowitz ihn seiner Substanz beraubt hätte.«

34

Adamsberg hörte Weill ins Telefon plaudern, sich nach der regionalen Küche und den Weinen der Gegend erkundigen und ob er wenigstens schon gefüllten Kohl gegessen hätte?

Seine Schritte führten ihn friedlich durch eine Landschaft, die ihm bereits vertraut erschien, fast als wäre es die eigene. Er erkannte eine bestimmte Blüte wieder, eine Bodenwelle, eine Sicht auf die Dächer des Ortes. Er kam auch wieder an die Gabelung des Forstwegs, hätte beinahe den Weg zum Waldsaum eingeschlagen, wich zurück. *Angezogen*, du bist *angezogen* worden. Er machte kehrt und ging zurück auf den Uferweg, den Blick auf die Höhen der Karpaten.

»Hören Sie mir überhaupt zu, Kommissar?«

»Aber sicher.«

»Immerhin rackere ich mich für Sie ab.«

»Nein, Sie rackern gegen die dunklen Mächte von oben.«

»Schon möglich«, gab Weill zu, der sich nicht gern in flagranti bei ehrbaren Gefühlen ertappen ließ. »Ich beginne bei der dritten Sprosse unserer Leiter, deren Holme selbstverständlich über dem Höllenschlund stehen.«

»Ja«, sagte Adamsberg, abgelenkt von einem ganzen

Schwarm weißer Schmetterlinge, die in der Hitze seinen Kopf umflatterten, als wäre er eine Blume.

»Der Richter im Prozess der kleinen Mordent heißt Damvillois. Nur allzu bekannt. Mittelmäßiges Subjekt mit stagnierender Karriere, aber einem Halbbruder in herausragender Position. Damvillois kann ihm nichts abschlagen, er zählt auf ihn, um weiterzukommen. Vierte Sprosse, eben dieser Halbbruder, Gilles Damvillois, mächtiger Untersuchungsrichter in Gavernan, steile Karriere, durchaus in der Lage, sich den Posten des Generalstaatsanwalts zu verschaffen. Vorausgesetzt, der gegenwärtige General ist bereit, seine Kandidatur zu unterstützen. Fünfte Sprosse, der gegenwärtige Generalstaatsanwalt, Régis Trémard, der bereits in den Startlöchern steht, um nicht mehr und nicht weniger als die Präsidentschaft des Kassationshofes zu übernehmen. Vorausgesetzt, dessen gegenwärtiger Präsident favorisiert ihn vor den anderen.«

Adamsberg hatte einen unbekannten Pfad längs der Donauschleife eingeschlagen, der zu einer alten Mühle führte. Die Schmetterlinge begleiteten ihn immer noch, sei es, dass sie sich an ihn gehängt hatten, sei es, dass es inzwischen andere Schmetterlinge waren.

»Sechste Sprosse, der Präsident des Kassationshofes, Alain Perrenin. Der es auf den Vizevorsitz des Conseil d'État abgesehen hat. Vorausgesetzt, dass die gegenwärtige Vizevorsitzende sich in seinem Sinne ausspricht. Ich glaube, hier wird es allmählich heiß. Siebte Sprosse, die Vizepräsidentin des Conseil d'État, Emma Carnot. Es brennt. Sie hat sich unter Einsatz ihrer Ellbogen, und die sind spitz, nach oben gerobbt, ohne auch nur einen halben Tag ihres Lebens mit unlauteren Geschäften, in geistiger Entspannung, mit Vergnügungen und anderem Schnickschnack für sensible Gemüter zu vergeuden. Eine phänomenale Arbeiterin, mit Beziehungen und Kontakten in unglaublicher Menge.«

Adamsberg hatte die Mühle betreten, er hob den Kopf, um sich das alte Gebälk anzusehen, das anders als in der Mühle von Caldhez gefügt war. Die Schmetterlinge hatten ihn in diesem Halbdunkel verlassen. Auf dem Boden, unter seinen Füßen, spürte er eine Schicht Vogelkot, die einen angenehmen weichen Teppich bildete.

»Sie peilt das Justizministerium an«, sagte Adamsberg.

»Das und noch mehr. Sie peilt alles an, sie ist eine hemmungslose Jägerin. Auf meine Bitte hin hat Danglard Mordents Büro durchsucht. Und dort die private Telefonnummer von Emma Carnot gefunden, schlecht versteckt, ganz dilettantisch unter seinen Tisch geklebt. Entschuldbar bei einem Brigadier, ein Minuspunkt bei einem Polizisten im Rang eines Commandant. Meine unverrückbare Meinung hierzu: Wenn einer keine zehn Telefonnummern im Kopf behalten kann, sollte er sich niemals auf irgendeinen Deal einlassen. Und meine zweite Empfehlung: Man sollte es immer so anstellen, dass einem niemand eine Granate unters Bett legen kann.«

»Ja, natürlich«, sagte Adamsberg und erschauerte bei dem Gedanken an diesen Zerk, den er hatte laufen lassen. Eine wahre Bombe unter seinem Bett, die ihm die Eingeweide zerreißen konnte wie einem Frosch. Aber davon wusste nur er allein. Nein, auch Zerk, und der hatte sehr wohl die Absicht, sich dieses Wissens zu bedienen. *Ich bin gekommen, dir das Leben zu versauen.*

»Zufrieden?«, fragte Weill.

»Zu erfahren, dass die starke Frau im Rat mir an den Kragen will? Nicht wirklich, Weill.«

»Adamsberg, an uns ist es herauszufinden, warum Emma Carnot um keinen Preis will, dass man den Mörder von Garches stellt. Gefährlicher Mitarbeiter? Sohn? Ehemaliger Geliebter? Es heißt, sie frequentiere heute nur Frauen, aber es gibt ein paar Stimmen, die wispern – und ich habe eine davon im Ärmel, im Appellationsgericht von Limoges, die wispert sehr laut –, dass es vor Zeiten einen Ehemann gab. Vor sehr langen Zeiten. Man sollte immer mal ein bisschen in alten Familientruhen stöbern. Dritter Rat: Seine Familie und seine Sexualität in einem unerreichbaren Versteck verbergen, nach Möglichkeit alles verbrennen.«

»Was sie zweifellos gerade zu tun versucht.«

»Ich habe mich bemüht, Adamsberg. Ich finde weder eine Heirat noch Verbindungen zu der Sache in Garches und ebenso wenig zu der in Pressbaum. ›Weder eine Heirat‹ ist allerdings nicht ganz korrekt.«

Weill schnalzte mit der Zunge, kostete ein kleines Schweigen aus.

»Die Seite im Standesamtsregister von Auxerre, denn da ist sie geboren, auf welcher sie vermutlich unter ihrem Mädchennamen eingetragen war, ist sorgfältig herausgeschnitten. Die Angestellte versichert, eine Dame ›aus dem Ministerium‹ habe verlangt, aus Gründen, die ›topsecret‹ seien, allein zu bleiben mit dem Register. Ich denke, dass die gute Emma

Carnot allmählich die Nerven verliert. Man spürt ihre Kopflosigkeit. ›Eine Frau mit schwarzen Haaren‹, sagte die Angestellte. Vierter Rat: Niemals eine Perücke aufsetzen, es ist lächerlich. Wir haben es also sehr wohl mit einer Heirat zu tun, die man der Öffentlichkeit verborgen hat.«

»Der Mörder ist erst neunundzwanzig Jahre alt.«

»Und aus dieser Heirat hervorgegangen. Sie beschützt ihn. Oder sorgt doch dafür, dass der Wahnsinn ihres Sohns ihren Weg nicht behindert.«

»Weill, die Mutter von Zerk heißt Gisèle Louvois.«

»Ich weiß. Man könnte in Erwägung ziehen, dass Carnot sich des Neugeborenen diskret entledigt hat, indem sie seine Adoption gegen ein stattliches Sümmchen geregelt hat.«

»Okay, Weill. Und nun, wo wir auf der siebten Sprosse angekommen sind, wie gehen wir vor?«

»Wir besorgen uns die DNA von Carnot, vergleichen sie mit der in dem Taschentuch, und los geht's. Nichts einfacher als das, die Mülltonnen des Conseil d'État werden jeden Morgen auf den Platz vor dem Palais Royal gestellt. An den Tagen der Plenarsitzungen findet man darin die Wasserflaschen und Kaffeebecher, aus denen die Mitglieder des Rates ihren Durst gelöscht haben. Unter den Flaschen auch die von Carnot. Und morgen ist Sitzungstag. Deaktivieren Sie dieses Handy, Kommissar, und schalten Sie es erst morgen früh um sieben Uhr wieder ein, unbedingt.«

»Pariser Zeit?«

»Ja, neun Uhr bei Ihnen.«

»Unbedingt«, registrierte Adamsberg, sehr erleichtert, dass die Vizepräsidentin des Conseil d'État diesen Zerk gezeugt hatte. Denn wenn er sich schon nicht erinnerte, jemals eine Gisèle geliebt zu haben, so war er absolut sicher, dass er niemals mit der Vizepräsidentin geschlafen hatte.

Er legte auf und nahm den Akku aus Weills Telefon. Morgen früh, neun Uhr. Der Wirtin der Krutschema würde er seinen morgendlichen Spaziergang erklären müssen. Er biss sich auf die Lippen. Da hatte er diesem Zerk in gutem Glauben geschworen, dass er sich stets an die Namen und die Gesichter der Frauen erinnerte, mit denen er geschlafen hatte. Und diese Frau datierte erst von gestern. Er strengte sich an, ließ die Wörter Revue passieren, die er gehört hatte, *krcma, kafa, danica, hvala*. Danica, das war's. Vor dem Ausgang der Mühle blieb er stehen, von einer noch größeren Unruhe erfasst. Der Name des serbischen Soldaten, dem Peter Plogojowitz das Leben versaut hatte? Als er den Weg zum Fluss eingeschlagen hatte, wusste er ihn noch. Aber Weills Anruf hatte ihn aus seinem Gehirn gelöscht. Er nahm den Kopf in die Hände, doch vergebens.

Das Rascheln kam von hinter ihm, wie ein Sack, den man über den Boden schleift. Adamsberg wandte sich um, er war nicht allein in der Mühle.

»Also dann, Idiot«, sagte die Stimme im Dunkel.

35

Das zischende Geräusch von Klebestreifen, die man ruckweise von der Rolle zieht, brachte Adamsberg wieder zu Bewusstsein. Zerk war dabei, ihn mit Paketklebeband zu umwickeln. Seine Beine waren bereits unbeweglich, als der Kerl ihn aus der Mühle zog und in einen Wagen hievte, der etwa zwanzig Meter entfernt stand.

Wie lange hatte er ihn gefesselt auf dem Boden der alten Mühle liegen lassen? Bis zum Einbruch der Dunkelheit, es musste schon weit nach neun Uhr sein. Die Füße konnte Adamsberg noch bewegen, doch sein ganzer übriger Körper war wie eine Mumie in klebrigen Binden gefangen. Seine Handgelenke waren festgeklebt, sein Mund verschlossen. Von dem Mann sah er nur einen schwarzen Umriss. Aber er hörte ihn. Das Knirschen seiner Lederjacke, sein Keuchen unter der Anstrengung, die unverständlichen Laute, die er ausstieß. Dann eine kurze Fahrt auf dem Rücksitz des Wagens, kaum einen Kilometer weit, und Halt. Zerk zog ihn an seinen festgeschweißten Handgelenken wie an den Henkeln eines riesigen Korbes. Auf einem Wegstück von etwa dreißig Metern mühte er sich sehr, blieb fünfmal stehen, Adamsberg fühlte Kieselsteine unter sich rollen. Dann plötzlich ließ er ihn los, schnaufend, immer noch brummelnd, und öffnete eine Tür.

Kies unter seinem Rücken, der sich durch sein Hemd spießte – wo in Kisilova hatte er so spitze Kiesel gesehen? Schwarze Kiesel, andere, als man in Frankreich kannte. Der Mann drehte einen Schlüssel in einem Schloss, einen großen, alten Schlüssel, nach dem schweren Klang des Metalls zu urteilen. Dann kam er zu ihm zurück, fasste ihn bei den Henkeln seiner Arme, schleifte ihn brutal einige steinerne Stufen hinab und ließ ihn auf den Boden fallen. Gestampfte Erde. Zerk schnitt das Klebeband an den Handgelenken durch, zog ihm die Jacke und das Hemd aus, zerteilte die Kleidungsstücke mit mehreren Messerhieben, um sie schneller loszuwerden. Adamsberg versuchte sich zu wehren, aber er war schon zu schwach, seine Beine waren gefesselt und kältestarr, und der Stiefel des Kerls drückte auf seinen Brustkorb. Dann erneut dieses Klebeband, diesmal wurde es um seinen nackten Oberkörper gewickelt, presste ihm die Arme an die Seiten, fesselte seine Füße, die nun gleichfalls fixiert waren. Ein paar Schritte, und Zerk schloss ohne ein Wort die Tür. Die intensive Kälte im Raum stand im Gegensatz zur lauen Nacht draußen, die Dunkelheit war vollkommen. Ein Keller, der nicht einmal ein Fenster hatte.

»Weißt du, wo du bist, du Idiot? Warum hast du mich nicht in Ruhe gelassen?«

Die Stimme drang verzerrt zu ihm, etwas blechern und flüsternd, wie aus einem alten Radio.

»Ich kenne dich jetzt, Scheißbulle, ich treffe meine Vorsichtsmaßnahmen. Du bist drin, ich bin draußen. Ich habe einen Sender unter der Tür durchgeschoben, über den rede ich mit dir. Wenn du schreist, hört dich niemand, versuch's gar nicht erst. Hier kommt nie einer her. Die Tür ist zehn Zentimeter dick, die Mauern wie eine Festung. Ein richtiger Bunker.«

Zerk ließ ein kurzes, unmelodisches Lachen hören.

»Und weißt du, warum? Weil du in einem Grab bist, Idiot. In dem am hermetischsten verschlossenen Grab von Kisilova, aus dem niemand je herauskommen darf. Ich beschreibe es dir, du siehst ja nichts, damit du dir vorstellen kannst, wo du dich befindest, bevor du stirbst. Vier Särge übereinander auf der einen Seite, fünf auf der anderen. Neun Tote. Gut, was? Und der Sarg genau rechts neben dir, wenn du den aufmachen würdest, ich bin nicht sicher, dass du ein Skelett darin fändest. Eher einen ganz frischen, saftgeschwellten Körper. Sie heißt Vesna und verschlingt die Männer. Kann sein, dass du ihr gefällst!«

Wieder ein Lachen.

Adamsberg schloss die Augen. Zerk. Wo hatte er sich in diesen zwei Tagen verkrochen? In den Wäldern, in einer der verlassenen Hütten auf den Lichtungen vielleicht. Doch was machte das noch aus? Zerk war ihm gefolgt, er hatte ihn gefunden und es war aus. Unfähig, seine Glieder zu bewegen, spürte Adamsberg schon, wie seine Muskeln erstarrten und die Kälte in seinen Körper kroch. Zerk hatte recht, kein Mensch würde sich auf den alten Friedhof wagen, bloß dahin nicht. Seit dem großen Entsetzen von 1725 der verfluchte Ort schlechthin, wie Arandjel erklärt hatte. Niemand ging das Risiko ein und betrat ihn, nicht einmal, um die umgefallenen Grabsteine der Ahnen wieder aufzurichten. Genau hier war er, achthundert Meter weit vom Dorf, in der Gruft der neun Opfer von Plogojowitz, die in einiger Entfernung von den anderen gebaut worden war und der niemand sich nähern würde. Außer Arandjel. Aber was konnte Arandjel von der Situation wissen? Nichts. Vladislav? Nichts. Allein Danica wäre vielleicht beunruhigt, wenn sie ihn nicht in die Krutschema zurückkehren sähe. Er war zum Abendessen nicht erschienen, es gäbe *kobasice*, hatte sie gesagt. Aber was konnte Danica tun? Zu Vlad gehen. Der zu Arandjel gehen würde. Und dann? Wo sollten sie ihn suchen? Am Ufer der Donau, zum Beispiel. Aber wer würde auf den Gedanken kommen, dass ein schwarzer Zerk ihn in der Gruft auf dem alten Friedhof eingeschlossen hatte? Arandjel könnte sich so was denken, als allerletzte Möglichkeit. In einer Woche, in zehn Tagen. Er könnte ohne Essen und Trinken bis dahin durchhalten. Aber Zerk war nicht dumm. Zur Unbeweglichkeit verurteilt in dieser Kälte, während das Blut in seinem Körper erstarrte, der schon jetzt kribbelte, würde er keine zwei Tage überleben. Vielleicht nicht mal bis zum nächsten Morgen. *Begib dich nicht unwissend in die Welt der vampiri, junger Mann.* Mit aller Inbrunst, die die Angst einzugeben vermag, sehnte er sich zurück. Nach der Linde, den Karpaten, den lichtschimmernden Facetten des kleinen Rakijaglases.

»Morgen bist du tot, du Idiot. Falls es dich freut, ich war noch mal bei dir zu Hause. Ich habe das kleine Katzenvieh mit einem einzigen Stiefeltritt getötet. Sie ist überallhin gespritzt. Es hat mich genervt, dass du mich gezwungen hast, sie zu retten. So sind wir quitt. Ich habe mir aus deiner Bude auch deine verdammte DNA mitgenommen. Damit kann ich's beweisen. Und alle Welt wird erfahren, dass Adamsberg sein Kind hat sitzen lassen und was aus diesem Kind geworden ist. Wegen dir. Dir. Dir. Und du wirst verflucht sein bis ins dritte und vierte Glied.«

Die Väter haben saure Trauben gegessen, aber den Kindern sind die Zähne davon stumpf geworden. Adamsberg konnte nur schwer atmen, Zerk hatte das Klebeband über seiner Brust sehr fest angezogen. *Morgen bist du tot, du Idiot.* Die Glieder zur Unbeweglichkeit verdammt, Atmung eingeschränkt, Sauerstoffmangel im Blut, es würde nicht lange dauern. Warum musste das Bild des von Zerks Stiefel zertretenen Kätzchens ihm so wehtun? Wo er doch in ein paar Stunden verrecken würde? Warum musste er jetzt an diese *kobasice* denken, obwohl er gar nicht mal wusste, was das war? Die *kobasice* brachten ihn auf Danica, die brachte ihn auf Vlad und sein Katzenfell, der brachte ihn auf Danglard, Danglard auf Tom und Camille dort oben ahnungslos in der Normandie, die brachten ihn auf Weill und auf diese Emma Carnot, mit der er nie geschlafen hatte. Und mit Gisèle? Auch nie. Warum konnte gerade in diesem Augenblick sein Kopf nicht an Ort und Stelle bleiben und sich auf einen einzigen tragischen Gedanken konzentrieren?

»Eins allerdings gebe ich zu«, fing die Stimme wie mit Bedauern wieder an. »Du warst stark. Du hast kapiert. Ich nehme deinen Kopf und lasse dir deinen Körper. Und damit verlasse ich dich, Idiot, so wie du mich verlassen hast.«

Zerk zog an der Leine, der Sender glitt unter der Tür durch, das war das letzte Geräusch, das Adamsberg vernahm. Außer dem Summen seines schwächer gewordenen Tinnitus, der nur noch leise rauschte in seinem Ohr, er war ja schon fast weg, wie er in diesem Augenblick bemerkte. Es sei denn, es war das Seufzen der rosigen Frau, die in der untersten Koje rechts neben ihm schlief. Fast wünschte Adamsberg auf einmal, die Vampirin Vesna verließe ihren Sarg, käme ihm das Blut aussaugen und schenkte ihm dadurch das ewige Leben. Oder leistete ihm einfach ein wenig Gesellschaft. Aber nichts zu machen. Selbst hier in diesem Grab glaubte er an nichts. Ohne dass er es kontrollieren konnte, zitterte sein Körper einige Sekunden lang. Ein paar krampfartige Erschütterungen, vermutlich begann der Organismus zu entgleisen. Sein erregtes Denken raste zu dem Mann mit den goldenen Fingern, dann zu seiner Sicherung S3. Würde die Behandlung durch Dr. Josselin ihn länger durchhalten lassen als andere? Jetzt, wo seine Sicherung wieder drin und sein Scheitelbein repariert war? Ein neuer Schauer ließ ihn zu Eis erstarren unter dem Klebeband. Nein. Keine Chance.

Woran muss man denken, wenn es ans Sterben geht?

Verse kamen ihm in den Sinn, ihm, der nie einen einzigen behalten hatte. Wie dieses Wort *kobasice*, an das er sich erinnerte. Wenn er bis zum nächsten Tag gelebt hätte, wäre er vielleicht aufgewacht und hätte Englisch gekonnt. Und sich ganz normal an die Dinge erinnert, wie andere Leute auch.

In Grabesnacht hast du mich …

Das war einer der Verse, die Danglard oft murmelte, unter tausend anderen. Aber an das Ende erinnerte er sich nicht mehr.

In Grabesnacht hast du mich …

Schon spürte er den unteren Teil seiner Beine nicht mehr. Wie ein Vampir würde er hier sterben, mit versiegeltem Mund und aneinandergebundenen Füßen. So können sie nie wieder herauskommen. Aber Peter Plogojowitz, der hatte es geschafft. Aus einem Bruchstück seiner eigenen Trümmer war er wie eine Flamme wieder aufgeflackert. Er hatte Higegatte in seine Macht gebracht, die Frau von diesem Dante und die beiden Schülerinnen. Und er hatte sich die vampirisierte Familie jenes serbischen Soldaten auch weiterhin unterworfen. Eine Rächerfamilie, der mit Sicherheit auch dieser verrückte Zerk entstammte, aber nun könnte er Danglard keine SMS mehr senden, um es zu erfahren. Mistkerl von Weill, der ihn sein GPS hatte herausnehmen lassen. Warum?

In Grabesnacht hast du mich einst getröstet.*

Er hatte das Ende des Verses gefunden. Er atmete in kurzen Zügen, sie fielen ihm schon schwerer als vorhin. Er würde noch schneller ersticken als gedacht, Zerk verstand sein Handwerk.

Wann, vorhin? Es musste eine Stunde her sein, dass Zerk den Friedhof verlassen hatte. Er hörte die Kirchenglocke nicht, nach der er sich hätte orientieren können. Zu weit vom Dorf entfernt. Und konnte auch seine eigenen Uhren nicht

---

* Dans la nuit du tombeau, Toi qui m'as consolé – Verszeile aus dem Gedicht *El Desdichado* von Gérard de Nerval.

sehen, sodass sie ihm nicht mal die Pinkelzeiten von Lucio anzeigen konnten.

In Grabesnacht hast du mich einst getröstet.

Das Gedicht ging noch weiter, es kam noch so etwas wie *die Seufzer der Heiligen und die Schreie der Fee*. Ja, wie Vesna.

Ein Atmen, ein anderes. Ihres.

Arnold Paole. Er hatte den Namen des von Peter Plogojowitz besiegten Soldaten wieder. Und das würde er nie vergessen.

36

Danica trat, ohne anzuklopfen, in Vladislavs Zimmer, schaltete seine Nachttischlampe an und rüttelte den jungen Mann wach.

»Er ist immer noch nicht zurück. Es ist drei Uhr morgens.«

Vlad hob den Kopf, ließ ihn auf das Kissen zurücksinken.

»Er ist Bulle, Danica«, brummte er, ohne zu überlegen. »Er verhält sich nicht so wie andere Leute.«

»Er ist Bulle?«, wiederholte Danica entsetzt. »Du hast gesagt, er wäre ein Freund von dir, der einen mentalen Schock erlitten hätte.«

»Einen psychoemotionalen Schock. Bedaure, Danica, das ist mir so rausgerutscht. Aber er ist wirklich ein Bulle. Der einen psychoemotionalen Schock hinter sich hat.«

Danica kreuzte die Arme vor der Brust, verwirrt, gekränkt, sich an die vergangene Nacht erinnernd, die sie in den Armen eines Polizisten verbracht hatte.

»Was treibt er hier? Verdächtigt er jemanden aus Kiseljevo?«

»Er sucht die Spur eines Franzosen.«

»Wen?«

»Pierre Vaudel.«

»Und warum?«

»Vielleicht hat jemand ihn hier gekannt, vor langer Zeit. Lass mich schlafen, Danica.«

»Pierre Vaudel? Sagt mir nichts«, meinte Danica, an ihrem Daumennagel knabbernd. »Aber ich erinnere mich auch nicht an die Namen der Touristen. Man müsste im Hotelregister nachsehen. Wann war das? Vor dem Krieg?«

»Lange davor, glaube ich. Danica, es ist drei Uhr morgens. Was suchst du eigentlich in meinem Zimmer?«

»Das hab ich dir gesagt. Er ist nicht zurückgekommen.«

»Und ich habe dir geantwortet.«

»Das ist nicht normal.«

»Nichts ist normal bei einem Bullen, das weißt du.«

»Man kann hier nachts überhaupt nichts anstellen, selbst wenn einer Polizist ist. Und man sagt nicht ›Bulle‹, Vladislav, man sagt ›Polizist‹. Du bist kein sehr höflicher junger Mann geworden. Aber dein *Dedo* war es auch nicht.«

»Lass meinen *Dedo* in Ruhe, Danica. Und poch nicht so auf die Anstandsregeln. Du gehst ja auch nicht gerade zimperlich damit um.«

»Was willst du damit sagen?«

Vlad gab sich einen Ruck und setzte sich auf.

»Nichts. Du machst dir also ernsthaft Sorgen?«

»Ja. War es gefährlich, was er hier zu tun hatte?«

»Keine Ahnung, Danica, ich bin müde. Ich kenne die Geschichte nicht, sie ist mir scheißegal, ich bin hier nur der Dolmetscher. Es gab einen Mord in der Nähe von Paris, was ziemlich Grauenvolles. Und einen anderen zuvor in Österreich.«

»Wo es Morde gibt«, sagte Danica und attackierte heftig ihren Daumennagel, »kann man sagen, dass es Gefahr gibt.«

»Ich weiß, während der Zugfahrt dachte er, dass er verfolgt würde. Aber so sind doch irgendwie alle Bullen, nicht? Sie sehen die Leute mit anderen Augen als wir. Vielleicht ist er noch mal zu Arandjel zurückgekehrt. Mir schien, sie hatten sich eine Menge amüsanter Geschichten zu erzählen.«

»Du bist ein Idiot, Vladislav. Wie soll er denn mit Arandjel reden? Mit den Händen? Er kann doch kein Wort Englisch.«

»Woher weißt du das?«

»So was spürt man«, erwiderte Danica verlegen.

»Na gut«, meinte Vlad. »Und jetzt lass mich schlafen.«

»Die Polizisten«, fuhr Danica fort, indem sie sich über beide Daumen hermachte, »der Mörder tötet sie, wenn sie der Wahrheit zu nahe kommen. So ist es doch, Vladislav?«

»Wenn du meine Meinung wissen willst, er entfernt sich eher mit großen Schritten von ihr.«

»Wieso?«, fragte Danica und ließ ihre von Speichel glänzenden Daumen los.

»Wenn du immer weiter an deinen Nägeln herumkaust, wirst du eines Tages einen ganzen Finger aufessen. Und am nächsten Tag wirst du ihn überall suchen.«

Danica schüttelte ungeduldig ihre blonde Mähne und fuhr mit ihrem Knabbern fort.

»Bist du so sicher, dass er sich entfernt? Warum?«

Vlad lachte leise und legte der Wirtin seine Hände auf die runden Schultern.

»Weil er glaubt, dass der ermordete Franzose und der Österreicher Plogojowitze sind.«

»Und darüber lachst du?«, sagte Danica und stand auf. »Darüber lachst du?«

»Aber darüber lacht doch alle Welt, Danica, selbst seine Pariser Bullen.«

»Vladislav Moldovan, du hast nicht mehr Verstand als dein *Dedo* Slavko.«

»Dann bist du ja genau wie die anderen? *Ti to veruješ?* Du gehst auch nicht an den Verbotenen Ort? Sagst dem armen alten Peter nicht Guten Tag?«

Danica schlug ihm die Hand auf den Mund.

»Schweig, im Namen des Herrn. Was tust du? Willst du ihn anlocken? Du bist nicht nur unhöflich, Vladislav, du bist auch dumm und überheblich. Und du bist noch einiges andere mehr, was der alte Slavko nicht war. Egoistisch, faul, feige. Wenn Slavko noch lebte, er hätte deinen Freund gesucht.«

»Jetzt?«

»Du wirst doch eine Frau nicht allein gehen lassen mitten in der Nacht?«

»Bei Nacht sehen wir nichts, Danica. Weck mich in drei Stunden, dann ist es hell.«

Um sechs Uhr morgens hatte Danica den Suchtrupp um den Koch Boško und seinen Sohn Vukasin verstärkt.

»Er kennt die Wege«, erklärte Danica ihnen, »er wollte spazieren gehen.«

»Vielleicht gestürzt«, meinte Boško sachlich.

»Ihr geht zum Fluss«, sagte Danica, »ich und Vladislav gehen Richtung Wald.«

»Und sein Handy?«, meinte Vukasin. »Hat Vladislav die Nummer?«

»Ich hab es versucht«, sagte Vlad, der sich immer noch zu amüsieren schien, »Danica hat von drei bis fünf Uhr früh darauf bestanden. Nichts. Er hat keinen Empfang oder der Akku ist leer.«

»Oder liegt im Wasser«, sagte Boško. »Beim großen Stein ist ein gefährlicher Übergang, wenn man den nicht kennt. Die Bretter sind wacklig, kein guter Ort. Spatzenhirne, diese Ausländer.«

»Und zum Ungewissen Ort? Geht da keiner hin?«, fragte Vlad.

»Pack deine Späße weg, Kleiner«, sagte Boško.

Und zum ersten Mal schwieg der junge Mann.

Danica war völlig aufgelöst. Es war zehn Uhr am Morgen, sie servierte den drei Männern das Frühstück. Sie musste zugeben, dass sie zweifellos recht hatten. Man hatte keinerlei Spur von Adamsberg gefunden. Man hatte keine Rufe, kein Klagen gehört. Aber der Boden in der alten Mühle war zertrampelt, so viel war sicher, die Schicht Vogeldreck war aufgewühlt. Von dort setzten sich die Spuren im Gras fort bis zur Landstraße und auf dem kurzen, noch sandigen Wegstück waren deutlich Reifenspuren zu erkennen.

»Du kannst dich beruhigen, Danica«, sagte mit sanfter Stimme der überaus imposante Boško, ein Mann mit kahlem Schädel und zum Ausgleich dafür mächtigem grauem Bart.

»Er ist Polizist, er hat schon ganz andere Sachen erlebt, und er weiß, was er tut. Er hat sich einen Wagen kommen lassen und ist nach Belgrad gefahren, um mit den *policajci* zu reden. Da kannst du sicher sein.«

»Ohne sich zu verabschieden, einfach so? Er ist nicht mal mehr bei Arandjel vorbeigegangen.«

»*Policajci* sind so, Danica«, versicherte Vukasin.

»Nicht wie wir«, fasste Boško zusammen.

»Plog«, sagte Vladislav, der allmählich ein wenig Mitleid für die gute Danica empfand.

»Vielleicht gab es irgendwas Dringliches. Er hat ganz plötzlich weggemusst.«

»Ich kann Adrianus anrufen«, schlug Vlad vor. »Wenn Adamsberg in Belgrad ist, wird er das wissen.«

Aber Adrien Danglard hatte keinerlei Nachricht von Adamsberg erhalten. Viel beunruhigender noch, Weill hatte eine telefonische Verabredung mit ihm um neun Uhr an diesem Morgen, neun Uhr Belgrader Zeit, und Adamsbergs Handy reagierte nicht.

»Die Batterie kann nicht platt sein«, beharrte Weill gegenüber Danglard. »Er schaltete das Gerät nur ein für Gespräche zwischen uns beiden und wir haben nur ein einziges Mal miteinander gesprochen, das war gestern.«

»Nun, dann ist er unerreichbar und unauffindbar«, sagte Danglard. »Seit wann?«

»Seitdem er Kisilova für einen Spaziergang verlassen hat, gestern Nachmittag gegen fünf Uhr. Drei Uhr Pariser Zeit.«

»Allein?«

»Ja. Ich habe die Bullen in Belgrad, Novi Sad, Banja Luka angerufen. Er hat keine Polizeidienststelle in der Umgebung kontaktiert. Sie haben auch bei den örtlichen Taxiunternehmen nachgefragt, kein Wagen hat einen Kunden in Kisilova abgeholt.«

Als Danglard auflegte, zitterte seine Hand, Schweiß trat ihm auf den Rücken. Er hatte Vladislav beruhigt, er hatte ihm gesagt, dass bei Adamsberg eine unerwartete Abwesenheit nichts Besorgniserregendes sei. Aber das war falsch. Adamsberg war seit siebzehn Stunden verschwunden, davon eine ganze Nacht. Er hatte Kisilova nicht verlassen oder er hätte ihn davon informiert. Danglard zog die Schublade von seinem Schreibtisch auf, nahm die noch ungeöffnete Flasche heraus. Ein guter Bordeaux, hoher pH-Wert, geringer Säuregehalt. Er rümpfte die Nase, legte die Flasche unwillig zurück. Und stieg die Wendeltreppe hinab in den Keller. Es war, hinter dem Heizkessel versteckt, noch eine Flasche Weißwein da, er öffnete sie wie ein Anfänger, indem er den Korken zerriss. Dann setzte er sich auf seine gewohnte Kiste, die ihm als Bank diente, trank ein paar Schlucke. Warum, zum Teufel, hatte der Kommissar das GPS in Paris gelassen? Das Signal stand fest auf einem Punkt, seinem Haus. In der Kälte dieses Kellers, der schimmelig und nach Gully roch, fühlte er, dass er im Begriff war, Adamsberg zu verlieren. Er hätte ihn nach Kisilova begleiten sollen, er wusste es, er hatte es gesagt.

»Was machst du da unten?«, fragte die heisere Stimme von Retancourt.

»Mach dieses verdammte Licht nicht an«, sagte Danglard. »Lass mich im Dunkeln.«

»Was ist los?«

»Keine Nachricht von ihm seit siebzehn Stunden. Verschwunden. Und wenn du wissen willst, was ich denke – tot. Der Zerquetscher hat ihn in Kiseljevo umgebracht.«

»Was ist Kiseljevo?«

»Das ist der Eingang des Tunnels.«

Danglard deutete auf eine andere Kiste, so wie man in einem Salon einen Stuhl anbietet.

37

Sein Körper war gänzlich in einer Hülle aus Kälte und Fühllosigkeit verschwunden, sein Kopf funktionierte noch zum Teil. Stunden mussten vergangen sein, sechs Stunden vielleicht. Noch spürte er seinen Hinterkopf, wenn er die Kraft aufbrachte, ihn auf dem Boden hin und her zu bewegen. Das Gehirn warm zu halten versuchen, weiter die Augen bewegen, sie öffnen, sie schließen. Es waren die letzten Muskeln, die er noch betätigen konnte. Die Lippen unter dem Klebeband bewegen, das sich durch den Speichel ein wenig gelöst hatte. Und dann? Wozu noch lebende Augen in einem Leichnam? Seine Ohren hörten. Aber es gab nichts zu hören außer dem trostlosen Mückengesirre seines Tinnitus. Dinh konnte mit seinen Ohren wackeln, er nicht. Seine Ohren, spürte er, würden das Letzte sein, was noch am Leben wäre. Sie würden wie ein plumper Schmetterling nebeneinander durch diese Gruft fliegen, viel ungraziöser als die aus dem Schwarm, der ihn bis zu der alten Mühle begleitet hatte. Die Schmetterlinge hatten nicht hineingewollt. Er hätte darüber nachdenken und es ihnen gleichtun sollen. Man muss immer den Schmetterlingen folgen. Seine Ohren vernahmen ein Geräusch von der Tür her. Er öffnete. Er kam zurück. Unruhig, um nachzusehen, ob das

Werk getan war. Wenn nicht, würde er es auf seine Weise vollenden, Axt, Säge, Stein. Ein nervöser Typ, ängstlich, Zerks Hände falteten und lösten sich unaufhörlich.

Die Tür ging auf, Adamsberg schloss die Augen, um dem plötzlichen Lichteinfall zu entgehen. Zerk schloss den Türflügel mit großer Vorsicht, sehr langsam, und schaltete eine Stablampe ein, um ihn zu untersuchen. Adamsberg spürte, wie der Strahl immer wieder über seine Lider glitt. Der Mann kniete sich hin, fasste das Klebeband, das den Mund verschloss, und riss es mit einem Ruck ab. Dann betastete er den Körper, sah, dass er von oben bis unten umwickelt war. Er atmete jetzt schwer, wühlte in seiner Tasche. Adamsberg schlug die Augen auf, betrachtete ihn.

Es war nicht Zerk. Seine Haare waren nicht die Haare von Zerk. Kurz und sehr dicht, von roten Büscheln gesprenkelt, die im Licht der Lampe aufflammten. Adamsberg kannte nur einen einzigen Menschen mit einem so merkwürdigen Haarschopf, braun und von roten Strähnen durchzogen, da, wo das Messer hineingefahren war, als er ein Kind war. Louis Veyrenc de Bilhc. Und Veyrenc hatte die Brigade nach dem erbitterten Kampf verlassen, in dem sie sich beide gegenübergestanden hatten.[*] Er war vor Monaten in sein Dorf Laubazac zurückgekehrt und tauchte seine Beine in die Flüsse des Béarn, er hatte nie wieder von sich hören lassen.

Der Mann hatte ein Messer herausgeholt und machte sich daran, die Rüstung aus Paketband zu zerschneiden, die ihm die Brust einschnürte. Das Messer schnitt schlecht, es kam

---

[*] Fred Vargas, *Die dritte Jungfrau.*

nur langsam voran, der Mann knurrte und fluchte. Und das war nicht das Knurren von Zerk. Es war das von Veyrenc, der rittlings auf ihm saß und sich mit den Klebebändern abmühte. Veyrenc versuchte ihn hier herauszuholen, Veyrenc war bei ihm in dieser Gruft in Kisilova. In Adamsbergs Kopf formte sich ein riesiger Kloß von Dankbarkeit für den Freund aus Kindertagen und den Feind von gestern, Veyrenc, *der du in Grabesnacht mich hast getröstet*, von Dankbarkeit und beinahe leidenschaftlicher Zuneigung. Veyrenc, der Verseschmied, der Stämmige mit den zarten Lippen, der Widersacher, der Einzigartige. Er versuchte die Lippen zu bewegen, seinen Namen auszusprechen.

»Halt den Mund«, sagte Veyrenc.

Der Béarner hatte es geschafft, der Panzer war geöffnet, er zog ohne alle Rücksicht daran, ihm dabei die Haare von der Brust und den Armen reißend.

»Sprich nicht, mach kein Geräusch. Wenn es dir wehtut, umso besser, dann spürst du nämlich noch etwas. Aber schrei nicht. Fühlst du irgendeinen Teil deines Körpers?«

Nichts, gab Adamsberg zu verstehen, indem er schwach den Kopf schüttelte.

»Großer Gott, du kannst nicht mal mehr sprechen?«

Nein, bedeutete Adamsberg auf die gleiche Weise.

Veyrenc machte sich an den unteren Teil der Mumie, legte nach und nach die Beine und die Füße frei. Dann schleuderte er wütend das riesige Knäuel von verschlungenem Klebeband hinter sich und begann mit den flachen Händen heftig auf den Körper einzuschlagen, wie ein Schlagzeuger, der sich in eine frenetische Improvisation stürzt. Nach fünf Minuten machte er eine Pause, zog an seinen Armen, um sie zu entspannen. Unter seiner etwas rundlichen Statur, unter der sich seine Muskeln kaum abzeichneten, besaß Veyrenc die Kraft eines wilden Tieres, und Adamsberg hörte das Klatschen seiner Hände, ohne es wirklich zu spüren. Dann änderte Veyrenc die Technik, nahm sich die Arme vor, winkelte sie an, streckte sie, machte das Gleiche mit den Beinen, klatschte von Neuem auf den ganzen Körper, massierte die Kopfhaut, machte sich wieder über die Füße her. Adamsberg bewegte seine fühllosen Lippen, ihm war, als könnte er beginnen, Wörter zu formen.

Veyrenc machte sich Vorwürfe, dass er keinen Alkohol mitgenommen hatte, wie hätte er auch darauf kommen sollen? Ohne jede Hoffnung durchsuchte er Adamsbergs Hosentaschen, zog zwei Funktelefone heraus und ein paar verdammt nutzlose Bustickets. Er griff sich die Fetzen der Jacke, die auf dem Boden lagen, nahm sich eine Tasche nach der anderen vor, Schlüssel, Präservative, Ausweis, dann stießen seine Finger auf ein paar winzige Fläschchen. Adamsberg hatte drei kleine Flaschen Cognac bei sich.

»Froi – ssy«, murmelte Adamsberg.

Veyrenc schien nicht zu verstehen, denn er näherte das Ohr seinen Lippen.

»Froi – ssy.«

Veyrenc hatte Lieutenant Froissy nur kurz kennengelernt, aber er begriff die Botschaft. Wackere Froissy, großartige Frau, wunderbares Füllhorn. Er schraubte das erste Fläschchen auf, hob Adamsbergs Kopf an und ließ laufen.

»Kannst du schlucken? Kriegst du's runter?«

»Ja.«

Veyrenc leerte die Flasche gänzlich, schraubte die zweite auf und schob ihm den Flaschenhals zwischen die Zähne, er kam sich wie ein Chemiker vor, der eine Wundersubstanz in ein großes Behältnis schüttete. So leerte er die drei Flaschen und beobachtete Adamsberg.

»Spürst du etwas?«

»Drin – nen.«

»Sehr gut.«

Veyrenc suchte von Neuem in seiner Tasche, holte seine große Haarbürste heraus – ein notwendiges Utensil, denn kein Kamm kam durch das dichte Haar des Béarners durch. Er schlug die Bürste in einen Fetzen von Adamsbergs Hemd ein und massierte ihm damit die Haut, wie man ein verdrecktes Pferd abreibt.

»Tut dir das weh?«

»Es – fängt – an.«

Noch eine halbe Stunde lang walkte Veyrenc ihn mit Schlägen, bewegte seine Glieder, bürstete ihn ab und befragte ihn gleichzeitig, um zu erfahren, welcher Bereich »wiederkam«. Die Waden? Die Hände? Der Hals? Der Cognac erwärmte die Kehle, die Sprache kehrte zurück.

»Jetzt werden wir versuchen, dich hinzustellen. Anders kriegen wir die Füße nie.«

An einen Sarg gelehnt, richtete der kräftige Veyrenc ihn mühelos auf und stellte ihn auf seine Füße.

»Nein, ich füh – le – den – Boden – nicht.«

»Bleib stehen, lass das Blut nach unten sacken.«

»Ich – glaube, das – sind – nicht – meine – Füße, ich glaube, das sind – zwei Pferde – hufe.«

Während er Adamsberg hielt, besah sich Veyrenc, indem er seine Taschenlampe schwenkte, zum ersten Mal den Ort.

»Wie viele Tote sind hier drin?«

»Insgesamt – neun. Aber – eine, die – nicht – wirklich tot – ist. Eine – Vampirin, Vesna. Aber – wenn du – hier bist, dann – weißt du – das alles – doch.«

»Ich weiß überhaupt nichts. Ich weiß nicht mal, wer dich in dieses Grabgewölbe gesteckt hat.«

»Zerk.«

»Kenn ich nicht. Vor fünf Tagen war ich noch in Laubazac. Lass das Blut nach unten sacken.«

»Und wieso – bist du – dann hier? Hat dich das – Gebirge – bis hierher – gespuckt?«

»Genau. Was machen deine Pferdehufe?«

»Einer – löst sich. Ich kann – vielleicht – hinken.«

»Hast du deine Waffe irgendwo?«

»In der – Krutschema. Gasthof. Und du?«

»Ich habe keine Waffe mehr. Wir können hier nicht ohne einen Schutz heraus. Der Typ war viermal in der Nacht hier, um die Tür von der Gruft zu überprüfen und daran zu horchen. Ich habe gewartet, bis er verschwunden war, und dann noch mal gewartet, um sicher zu sein, dass er nicht plötzlich auftauchen würde.«

»Wen – nehmen wir – mit – raus? Vesna?«

»Unter der Tür ist ein Spalt Luft, einen halben Zentimeter hoch. Vielleicht kriegen wir da Funkverbindung. Bleib stehen, ich lass dich jetzt los.«

»Ich habe – nur einen – Fuß und bin ein biss – chen – blau – von deinem Co – gnac.«

»Du kannst ihn segnen, diesen Cognac.«

»Ich segne – ihn. Dich – segne ich auch.«

»Segne nicht so schnell, du könntest es noch bedauern.«

Veyrenc legte sich platt auf den Boden, drückte sein Telefon gegen die Tür und besah es sich unter der Lampe.

»Wir haben ein bis zwei Impulse, das könnte reichen. Kennst du die Nummer von irgendeinem im Dorf?«

»Vladi – slav. Die Nummer ist in mei – nem Handy. Er spricht Französisch.«

»Sehr gut. Wie heißt dieser Ort hier?«

»Gruft der neun Op – fer von Plogojo – witz.«

»Charmant«, kommentierte Veyrenc, während er Vladislavs Nummer eintippte. »Neun Opfer. War es ein Serienmörder?«

»Ein Meister – vampir.«

»Dein Freund antwortet nicht.«

»Bleib dran. Wie – spät ist es?«

»Gleich zehn Uhr.«

»Vielleicht schwebt er – noch. Versuch es weiter.«

»Vertraust du ihm?«

Die Hand auf einen Sarg gestützt, stand Adamsberg auf einem Fuß wie ein misstrauischer Vogel.

»Ja«, sagte er schließlich. »Ich – weiß nicht. Er lacht – die ganze Zeit.«

38

Adamsberg senkte den Kopf, als er, an Veyrencs Schulter geklammert, ans Tageslicht trat. Danica, Boško, Vukašin und
Vlad sahen sie aus der Gruft steigen, alle außer Vlad stumm
vor Entsetzen, und sie kreuzten zwei Finger, um den bösen
Odem zu bannen. Danica starrte Adamsberg wie versteinert
an, als sie die grünen Schatten unter seinen Augen sah, die
blauen Lippen, seinen von roten Striemen, hier und da auch
von blutigen Linien gezeichneten Oberkörper, dort wo die
Bürste immer wieder drübergegangen war.

»Himmel und Arsch«, sagte Vlad aufbrausend, »sie sind ja
nicht gleich tot, bloß weil sie da rauskommen. So helft ihnen
doch, verdammt!«

»Du bist unhöflich«, sagte Danica mechanisch.

In dem Maße, wie sie die Zeichen des Lebens auf Adamsbergs Gesicht erkannte, ging ihr Atem wieder ruhiger. Wer
war der Unbekannte? Was machte er im Grab der Verfluchten? Der zweifarbige Haarschopf von Veyrenc erschien noch
beunruhigender als das totenbleiche Antlitz von Adamsberg.
Boško trat vorsichtig einen Schritt näher, fasste den anderen
Arm des Kommissars.

»Die – Jacke«, sagte Adamsberg, auf die Tür weisend.

»Ich gehe«, sagte Vladislav.

»Vlad!«, donnerte Boško. »Kein Sohn aus dem Dorf geht da rein. Schick den Fremden.«

Das war ein so kategorischer Befehl, dass Vlad innehielt und Veyrenc die Situation erklärte. Veyrenc lehnte Adamsberg an Boško und stieg die Stufen wieder hinab.

»Der wird nicht wieder rauskommen«, prognostizierte Danica mit düsterer Miene.

»Warum hat er so feuerrot gestreiftes Haar wie ein Frischling?«, fragte Vukasin.

Veyrenc kam zwei Minuten später mit der Lampe, den Fetzen des Hemdes und der Jacke wieder herauf. Dann stieß er die Tür mit dem Fuß zu.

»Wir müssen sie verschließen«, sagte Vukasin.

»Nur Arandjel hat den Schlüssel«, entgegnete Boško.

In das Schweigen hinein übersetzte Vlad das Gespräch zwischen Vater und Sohn.

»Der Schlüssel nützt nichts mehr«, sagte Veyrenc, »ich habe das Schloss verbogen, als ich es mit einem Haken öffnete.«

»Dann komme ich wieder und blockiere sie mit Steinen«, murmelte Boško. »Ich begreife nicht, wie dieser Mann die Nacht da drin hat verbringen können, ohne dass Vesna ihn verschlungen hat.«

»Boško fragt sich, ob Vesna dich angerührt hat«, erklärte Vlad. »Einige hier denken, dass sie aus ihrem Sarg herauskommt, andere sagen, dass sie nur eine infame Kauerin ist, die bei Nacht seufzt, um die Lebenden zu erschrecken.«

»Vielleicht hat sie ge – seufzt, Vlad«, meinte Adamsberg.

»Die Seuf – zer der Heiligen und – die Schreie der – Fee. Sie wollte mir aber – nichts Böses.«

Danica stellte Tassen heraus und brachte Krapfen.

»Wenn sein Fuß sich nicht wieder belebt, wird sich Fäulnis in ihm breitmachen, dann wird man ihn abnehmen müssen«, sagte Boško ungerührt. »Mach Feuer, Danica, heiz ihm ordentlich ein. Gib ihm kochend heißen Kaffee zu trinken und bring den Rakija. Und zieh ihm ein Hemd über, verdammt.«

Man hielt Adamsbergs Fuß gegen das offene Feuer, gab ihm den mit einem kräftigen Schuss Rakija angereicherten heißen Kaffee zu trinken. Dem Tod so nahe gewesen zu sein, brachte Adamsberg auf seltsame Gedanken, die seiner Sympathie für dieses im Dunst des Flusses verlorene Dorf jedoch keinerlei Abbruch taten, im Gegenteil. Könnte er doch sein Land verlassen, ja selbst seine Berge verlassen, weggehen, aufhören, sich hier im Dunst vergraben, wenn auch Veyrenc hier bleiben und wenn einige andere nachkommen würden, Danglard, Tom, Camille, Lucio. Auch Retancourt. Der dicke Kater, den man samt seinem Kopiergerät, damit er sich nicht zu bewegen brauchte, nach Kisilova transportieren würde. Und Émile, ja warum nicht Émile? Aber der Gedanke an den Zerquetscher katapultierte ihn wieder in die Großstadt Paris, zu dem T-Shirt mit dem Totengeripppe quer über der Brust, zu all dem Blut in der Villa von Garches. Danica massierte seinen leblosen Fuß mit Alkohol, in den sie zerstoßene Blätter gemischt hatte, er fragte sich, was sie sich eigentlich davon erhoffte. Und er wünschte sich, ihre eindeutig zärtlichen Gesten würden von niemandem bemerkt.

»Wo waren Sie bloß, Sie Hornochse?«, knarrte die Stimme von Weill in seinem persönlichen Handy, und seinem etwas gemilderten Zynismus war die Erleichterung deutlich anzumerken.

»In einem Grabgewölbe eingeschlossen mit acht Toten und einer Untoten namens Vesna.«

»Verletzt?«

»Nein, nur eingeschnürt in Plastikband bis kurz vorm Ersticken.«

»Wer?«

»Zerk.«

»Sie haben Sie gefunden?«

»Veyrenc hat mich gefunden. Veyrenc kam plötzlich herein.«

»Veyrenc? Dieser Typ, der so störrisch war wie eine alte Kirchentür? Der alle naselang reimte?«

»Genau der.«

»Ich dachte, er hätte die Brigade verlassen.«

»Er hat sie auch verlassen, aber er war es, der zu mir in die Gruft kam. Fragen Sie mich nicht, wie, Weill, ich weiß es nicht.«

»Freue mich jedenfalls, dass wir Sie gesund wiederhaben.«

»Es fehlt mir nur ein Fuß.«

»Gut«, meinte Weill verlegen, unfähig, spontan etwas Tröstliches zu sagen. »Ich bin an der Vizepräsidentin drangeblieben. Es gab sehr wohl eine Heirat, vor neunundzwanzig Jahren.«

»Der Name des Mannes?«

»Den habe ich nicht, ich habe eine Anzeige in die Presse setzen lassen. Einer der Trauzeugen, eine Frau, wurde in Nantes vor acht Tagen durch zwei Schüsse in den Kopf getötet. Ihre Tochter hat sich auf die Anzeige hin gemeldet. Nun suche ich den zweiten.«

Nantes. Adamsberg erinnerte sich, an Nantes gedacht zu haben. Aber wann? Und in welchem Zusammenhang?

»Ist ein Kind aus dieser Verbindung hervorgegangen?«

»Keine Ahnung. Und wenn ja, wird sie es weggegeben haben.«

»Wir müssen das Kind suchen, Weill.«

Adamsberg legte auf und wies auf seinen Fuß.

»Irgendwas kribbelt da drin«, meldete er.

»Gott sei gelobt«, sagte Danica und bekreuzigte sich.

»Dann lassen wir dich jetzt allein«, sagte Boško, unmittelbar gefolgt von Vukasin. »Kommst du allein klar mit dem Mittagessen?«

»Geh dich ausruhen, Boško. Wir werden ihn auch schlafen legen.«

»Pack ihm eine Wärmflasche auf den Fuß.«

Während Adamsberg unter seinem blauen Plumeau in Schlaf sank, bereitete man ein Zimmer für den Unbekannten mit dem Haar wie ein Frischling, der, so fand Danica, ein verführerisches Lächeln hatte. Seine Lippe zog sich dabei auf der einen Seite so hübsch nach oben, dass sie sein Gesicht für einen Moment verzauberte. Seine sehr langen Wimpern warfen einen kleinen Schatten auf seine weich konturierten Wangen. Nicht zu vergleichen mit dem sehnigen, flackernden Gesicht von Adamsberg. Dieser Unbekannte, der versuchte nicht, zu gefallen. Dennoch trug er die Zeichen des Teufels im Haar, und man weiß ja, dass der Teufel die Züge eines Verführers annehmen kann.

39

Veyrenc gewährte dem Kommissar zwei Stunden Schlaf, dann trat er in sein Zimmer, zog die Vorhänge auf, nahm zwei Stühle und stellte sie vor den Kamin, in dem Danica ein helles Feuer angezündet hatte. Es herrschte eine erstickende Hitze im Raum, die sogar einen Toten ins Schwitzen gebracht hätte, und genau das war ja auch Danicas Absicht.

»Wie geht es deinem Pferdehuf? Wirst du Zentaur werden oder wirst du Mensch bleiben?«

»Mensch«, sagte er.

»Hebt ab schon von der Erde, steigt langsam himmelan,
Doch war er nur ein Mensch und solches nur ein Wahn,
Er blieb ein Sterblicher, fällt in die Tiefe schon.
Lass fahren denn dahin des Trugbilds Illusion.«

»Du wolltest diese Gewohnheit doch ablegen.«

»Hélas, Seigneur,
Ich mühte lange mich, das Ziel war schon zu seh'n,
Doch packt der alte Dämon mich, da war's um mich gescheh'n.«

»So ist das immer. Danglard hat beschlossen, mit dem Weißwein aufzuhören.«

»Nicht möglich.«

»Er geht zu Rotem über.«

Schweigen trat ein. Veyrenc wusste, dieser saloppe Ton würde nicht von Dauer sein, und Adamsberg ahnte es. Es war ein schlichter Händedruck vor einem schwierigen Aufstieg.

»Frag mich«, sagte Veyrenc. »Und wenn ich genug von deinen Fragen habe, werde ich's dir sagen.«

»Gut. Warum bist du aus den Bergen heruntergekommen? Um in den Dienst zurückzukehren?«

»Stell nur eine Frage auf einmal.«

»Um in den Dienst zurückzukehren?«

»Nein.«

»Warum bist du aus den Bergen heruntergekommen?«

»Weil ich die Zeitung gelesen habe. Den Artikel über das Massaker in Garches.«

»Die Ermittlung interessierte dich?«

»Ja. Darum habe ich deine Arbeit verfolgt.«

»Warum bist du dann nicht in die Brigade gekommen?«

»Meine Absicht war eher, dich zu überwachen, als dich zu begrüßen.«

»Du hast dein Ding immer im Verborgenen gemacht, Veyrenc. Was wolltest du überwachen?«

»Deine Ermittlung, deine Handlungen, deine Verabredungen, den Weg, den du einschlugst.«

»Und warum?«

Veyrenc machte eine luftige Geste mit den Fingern, die bedeutete, er möge zur nächsten Frage übergehen.

»Und du bist mir tatsächlich gefolgt?«

»Ich war hier seit dem Vorabend deiner Ankunft in Belgrad

mit dem jungen Mann, der so ganz und gar unter seinen Haaren verschwindet.«

»Vladislav, der Dolmetscher. Das sind keine Haare, das ist ein Fell. Er hat es von seiner Mutter.«

»Stimmt, das hat er erzählt. Eine Freundin von mir, die im Zug mitfuhr, hatte den Auftrag, euch abzuhören.«

»Elegant, reich, hübscher Körper, falsche Augen. So hat Vlad sie beschrieben.«

»Reich überhaupt nicht. Sie spielte eine Rolle.«

»Dann sag ihr, sie muss besser arbeiten, sie ist mir schon in Paris aufgefallen. Und in Belgrad, woher wusstest du da, wo ich hinfahren würde? Im Bus war sie nicht.«

»Ich hatte einen Kollegen von der Abteilung Dienstreisen angerufen, der mich über deine Reisen informierte. Eine Stunde nachdem du hast reservieren lassen, kannte ich dein Reiseziel, Kiseljevo.«

»Man kann den Bullen nicht vertrauen.«

»Das weißt du doch.«

Adamsberg verschränkte die Arme, neigte den Kopf. Das weiße Hemd, das Danica ihm geliehen hatte, war am Kragen und an den Ärmeln bestickt, und er besah sich das kostbar verschlungene Muster der roten und gelben Fäden an seinen Handgelenken. Vielleicht waren so auch die Schuhe des Onkel Slavko verziert.

»War es Mordent, der dir diese Informationen gegeben hat? Und der dich gebeten hat, mir zu folgen?«

»Mordent? Wieso Mordent?«

»Weißt du es nicht? Er sitzt zu Hause mit einer Depression.«

»Und wo ist da der Zusammenhang?«

»Der Zusammenhang ist seine Tochter, die in wenigen Tagen vor Gericht stehen wird. Der Zusammenhang sind bestimmte Kreise ganz oben, die kein Interesse daran haben, dass man den Mörder stellt. Die ihre Netze über die Brigade geworfen haben. Sie haben Mordent gekriegt und jeder Mensch hat seinen Preis.«

»Auf wie viel schätzt du mich?«

»Sehr teuer.«

»Danke.«

»Während Mordent seinen Verräterjob wie ein Tölpel erledigt.«

»Hat zweifellos nicht die nötige Begabung.«

»Aber am Ende führt es doch zum Ziel. Zu einer unschuldigen kleinen Patronenhülse, die ihren Weg unter einen Kühlschrank findet, zu unschuldigen Bleistiftspänen, die auf einem Teppich platziert werden.«

»Ich weiß nicht, wovon du redest. Ich kenne die Akte nicht. Hast du darum den Verdächtigen laufen lassen? Hat man dich dazu gezwungen?«

»Du meinst Émile?«

»Nein, den anderen.«

»Ich habe Zerk nicht laufen lassen«, sagte Adamsberg bestimmt.

»Wer ist Zerk?«

»Der Zerquetscher. Der Mörder von Vaudel und Plögener.«

»Wer ist Plögener?«

»Ein Österreicher, der fünf Monate zuvor die gleiche Behandlung erfahren hat. Du weißt ja am Ende überhaupt nichts. Und doch bist du es, der die Gruft von Kisilova öffnet.«

Veyrenc lächelte.

»Du wirst mir niemals wirklich vertrauen, nicht wahr?«

»Wenn ich dich eines Tages verstehe, werde ich's können.«

»Ich bin mit dem Flugzeug nach Belgrad und von dort weiter mit dem Taxi, ich war vor dir in Kiseljevo.«

»Du wärst aufgefallen im Dorf.«

»Ich habe in der Hütte auf der Lichtung übernachtet. Ich habe dich vorbeigehen sehen, am ersten Tag.«

»Als ich Peter Plogojowitz gefunden habe.«

»Und wer ist das?«

Veyrencs Unwissenheit schien echt zu sein.

»Veyrenc«, sagte Adamsberg und stand auf, »wenn du Peter Plogojowitz nicht kennst, dann weiß ich wirklich nicht, was du hier machst. Es sei denn, du hättest dir gedacht – aber sag mir, warum –, dass ich in Gefahr bin.«

»Ich bin nicht hierhergekommen in der Vorstellung, dich aus dieser Gruft zu befreien. Ich bin nicht gekommen in der Vorstellung, dir zu helfen. Im Gegenteil.«

»Na also«, sagte Adamsberg. »Wenn du so sprichst, verstehe ich dich schon besser.«

»Aber ich hätte dich auch nicht in dem Grab sterben lassen. Glaubst du mir?«

»Ja.«

»Ich dachte, die Gefahr wärst du. Ich bin dir gefolgt, als du dich auf den Weg zur Mühle machtest, ich habe den Mietwagen auf der Chaussee stehen sehen, mit einem Belgrader Kennzeichen. Deiner, habe ich gedacht. Ich wusste nicht, wo du hinwolltest, und habe mich im Kofferraum versteckt. Aber es kam anders. Ich bin mit dir auf diesem gottverlassenen Friedhof gelandet. Der Typ hatte eine Waffe und ich nichts. Ich habe gewartet, beobachtet. Und, wie ich dir schon sagte, er kam immer wieder zurück, um sein Werk zu kontrollieren. Erst spät an diesem Morgen konnte ich eingreifen. Fast zu spät. Noch zwei Stunden, und du wärst ein Zentaur geworden.«

Adamsberg setzte sich wieder, betrachtete von Neuem die Stickereien auf seinem Hemd. Nur nicht dieses Lächeln von Veyrenc ansehen, sich von diesem Typen nicht einwickeln lassen wie in Klebeband.

»Du hast Zerk also gesehen.«

»Ja und nein. Ich bin eine Weile nach euch aus dem Wagen geklettert und ich habe mich ziemlich weit entfernt versteckt. Ich konnte eure Umrisse erkennen, mehr nicht, sein Lederblouson, seine Stiefel.«

»Ja«, sagte Adamsberg mit zusammengepressten Lippen. »Zerk.«

»Wenn du unter ›Zerk‹ den Mörder von Garches verstehst, ja, das war Zerk. Wenn du mit ›Zerk‹ den Typen meinst, der am Mittwochmorgen zu dir in dein Haus kam, das war nicht Zerk.«

»Warst du an dem Morgen etwa auch da?«

»Ja.«

»Und du bist nicht eingeschritten? Das war derselbe Mann, Veyrenc. Zerk ist Zerk.«

»Der nicht zwangsläufig Zerk ist.«

»Du bist nicht deutlicher als vorhin.«

»Bist so verändert du, dass du die Klarheit liebst?«

Adamsberg stand auf, griff sich die Schachtel Morava vom Kaminsims und zündete sich an einem glimmenden Holz eine Zigarette an.

»Du rauchst?«

»Zerks Schuld. Er hat eine Schachtel bei mir liegen lassen. Ich werde so lange rauchen, bis ich ihn habe.«

»Warum hast du ihn dann laufen lassen?«

»Nerv mich nicht, Veyrenc. Er hatte die Waffen, ich konnte nichts tun.«

»Nein? Nicht mal nach seinem Weggang Verstärkung anfordern? Nicht mal das Viertel abriegeln? Warum?«

»Das geht dich nichts an.«

»Du hast ihn laufen lassen, weil du nicht sicher warst, dass er der Mörder von Garches ist.«

»Da bin ich absolut sicher. Du kennst nicht eine Zeile von dem Untersuchungsbericht. Aber ich kenne ihn, also lass dir sagen, dass Zerk in Garches seine DNA hinterlassen hat, in einem Papiertaschentuch. Dass dieselbe DNA auf ihren zwei Beinen am Mittwoch bei mir eingedrungen ist in der eindeutigen Absicht, mich umzulegen, an diesem Morgen oder einem anderen. Dass der Kerl boshaft ist wie die Krätze. Und dass er den Mord kein einziges Mal geleugnet hat.«

»Nein?«

»Im Gegenteil, er war stolz drauf. Lass dir weiterhin sagen, dass er noch mal hingegangen ist, um ein kleines Kätzchen unter seinem Stiefel zu zertreten. Und dass er ein T-Shirt trägt mit einem Gerippe drauf, mit Wirbeln und tropfendem Blut.«

»Ich weiß, ich habe ihn weggehen sehen.«

Veyrenc nahm sich eine Zigarette aus der Schachtel, zündete sie an, lief durchs Zimmer. Adamsberg verfolgte sein Auf und Ab, beobachtete seinen Ausdruck eines störrischen Frischlings, der seinen Zügen alles Weiche nahm. Veyrenc schützte Zerk. Folglich ging Veyrenc Hand in Hand mit Emma Carnot. Veyrenc arbeitete mit den anderen daran, ihn hinter Gitter zu bringen. Wenn es so war, warum hatte er ihn dann aus der Gruft herausgeholt? Um ihn in aller Legalität hinter Gitter zu bringen?

»Ich muss dir etwas sagen, Adamsberg. Vor dreißig Jahren hat sich an der kleinen Brücke über die Jaussène eine gewisse Gisèle Louvois schwängern lassen. Du kennst die Stelle. Sie hat sich mit ihrer Schwangerschaft in Pau verborgen und dort einen Sohn zur Welt gebracht, Armel Louvois.«

»Zerk. Das weiß ich, Veyrenc.«

»Weil er es dir gesagt hat.«

»Nein.«

»Sicher hat er das. Er hat sich in den Kopf gesetzt, dass du es warst, der seine Mutter geschwängert hat. Er muss es dir gesagt haben. Er denkt seit einigen Monaten nur noch daran.«

»Also gut, er hat davon gesprochen. Okay, er hat sich das eingeredet. Vielmehr, seine Mutter hat es ihm eingeredet.«

»Zu Recht.«

Veyrenc kam zum Kamin zurück, warf seine Zigarette ins Feuer, kniete sich hin und stocherte in der Glut. Adamsberg spürte nicht mehr den kleinsten Kloß von Dankbarkeit für seinen einstigen Stellvertreter. Gewiss, er hatte ihn aus dem Klebeband befreit, aber jetzt versuchte er ihn in die Reuse zu treiben.

»Schütt deinen Sack aus, Veyrenc.«

»Zerk hat recht. Seine Mutter hat recht. Der junge Mann an der Jaussène-Brücke war Jean-Baptiste Adamsberg. Ohne jeden Zweifel.«

Veyrenc stand auf, ein wenig Schweiß auf der Stirn.

»Was dich zum Vater von Zerk macht, oder von Armel, was dir lieber ist.«

Adamsberg biss die Zähne aufeinander.

»Wie solltest du, Veyrenc, wissen, was ich selbst nicht weiß?«

»So was kommt im Leben öfter vor.«

»Es ist mir nur einmal passiert, dass ich etwas getan habe, ohne mich daran zu erinnern, das war in Québec, und ich hatte gesoffen wie ein Loch.* Vor dreißig Jahren trank ich keinen Tropfen. Was willst du mir weismachen? Dass ich, von Gedächtnisschwund heimgesucht, ein Mädchen geliebt habe, dass ich nie kannte? Ich habe in meinem ganzen Leben nicht mit einer einzigen Gisèle geschlafen, ja nicht mal gesprochen.«

»Ich glaube dir.«

»Das ist mir schon lieber.«

»Sie hat ihren Vornamen gehasst und nannte den Jungs einen anderen. Du hast nicht mit einer Gisèle, du hast mit einer Marie-Ange geschlafen. Bei der kleinen Brücke über die Jaussène.«

Adamsberg fühlte, wie er einen sehr steilen Hang hinunterstürzte. Die Haut brannte ihm, in seinem Schädel häm-

---

* Fred Vargas, *Der vierzehnte Stein*.

merte es. Veyrenc verließ den Raum, Adamsberg vergrub die Hände in den Haaren. Natürlich hatte er mit einer Marie-Ange geschlafen, er erinnerte sich an ihr knabenhaft kurz geschnittenes Haar, ihre etwas vorstehenden Zähne, an die kleine Brücke über die Jaussène, den feinen Regen und das feuchte Gras, die alles beinahe verhindert hätten. Natürlich war der später erhaltene Brief, der in geschraubtem, unverständlichem Stil verfasst war, von ihr unterschrieben. Und natürlich sah Zerk ihr ähnlich. Das also war sie, die Hölle. Mit einem Schlag einen neunundzwanzigjährigen Sohn auf den Rücken geladen zu bekommen, und dieser Rücken bricht unter dem Gewicht eines Ambosses zusammen. Der Vater jenes Kerls zu sein, der Vaudel in Teile zerlegt und der ihn in eine Gruft gesperrt hatte. *Weißt du, wo du bist, du Idiot?* Nein, er wusste überhaupt nicht mehr, wo er war, Idiot, außer in dieser brennenden, schweißnassen Haut, und sein Kopf sank auf seine Knie wie ein Stein, Tränen brannten ihm in den Augen.

Veyrenc war ohne ein Wort zurückgekehrt, auf einem Tablett eine Flasche Wein, Käse und Brot. Er stellte es auf den Boden, nahm seinen Platz wieder ein, ohne Adamsberg anzusehen, füllte die Gläser, strich den Käse auf das Brot – es war *kajmak*, wie Adamsberg erkannte. Er sah ihm zu, den Kopf noch immer in den Händen vergraben. Brote, mit *kajmak* belegt, warum nicht? So wie die Dinge jetzt standen?

»Es tut mir sehr leid«, sagte Veyrenc und reichte ihm ein Glas.

Er drückte es mehrmals gegen Adamsbergs Hand, so wie man ein Kind zwingt, die geschlossene Faust zu öffnen, sich mitzuteilen in seinem Trotz oder seiner Not. Adamsberg bewegte einen Arm, ergriff das Glas.

»Aber er ist ein hübscher Kerl«, setzte Veyrenc ziemlich vergeblich hinzu, als gäbe er zu bedenken, dass es doch auch einen Tropfen Hoffnung in diesem Meer von Unheil gab.

Adamsberg stürzte das Glas in einem Zug hinunter, ein Schlag vor die Magenwand, er musste husten, das munterte ihn auf. Solange man seinen Körper spürt, kann man noch etwas tun. Was heute Nacht nicht der Fall gewesen war.

»Woher weißt du, dass ich mit Marie-Ange geschlafen habe?«

»Weil sie meine Schwester ist.«

Großer Gott. Adamsberg hielt Veyrenc stumm sein Glas hin, der es von Neuem füllte.

»Iss etwas Brot dazu.«

»Ich kann nicht essen.«

»Iss trotzdem, zwing dich dazu. Ich habe auch fast nichts runtergekriegt, seit ich sein Foto in der Zeitung gesehen hatte. Du bist vermutlich der Vater von Zerk, aber ich bin sein Onkel. Das ist auch nicht sehr viel besser.«

»Warum heißt deine Schwester Louvois und nicht Veyrenc?«

»Sie ist meine Halbschwester, die Tochter aus erster Ehe meiner Mutter. Erinnerst du dich nicht an Vater Louvois? Den Kohlenhändler, der mit einer Amerikanerin durchgebrannt ist?«

»Nein. Warum hast du mir das nie gesagt, als du in der Brigade warst?«

»Meine Schwester und der Junge wollten nichts von dir wissen. Man mochte dich nicht.«

»Und warum hast du nichts runtergekriegt, seit du die Zeitung gesehen hast? Du sagst, Zerk hat den Alten nicht umgebracht. Also bist du dessen nicht sicher?«

»Nein. Überhaupt nicht.«

Veyrenc drückte Adamsberg eine Käseschnitte in die Hand, und traurig und mit Bedacht kauten beide langsam ihr Brot, während das Feuer im Kamin erlosch.

40

Bewaffnet diesmal, schlug Adamsberg erneut den Weg zum Fluss ein, dann zum Wald hinauf, alle ungewissen Orte meidend. Danica wollte ihn nicht gehen lassen, aber das Bedürfnis, zu laufen, war gebieterischer als die Schreckensvisionen der Hausherrin.

»Ich muss wieder lebendig werden, Danica. Ich muss verstehen.«

So hatte Adamsberg eine Eskorte akzeptiert und Boško und Vukasin folgten ihm von Weitem. Von Zeit zu Zeit gab er ihnen ein kleines Zeichen mit der Hand, ohne sich umzuwenden. Hier in Kisilova sollte er bleiben, wo das Feuer des Krieges nicht gewütet hatte, bei diesen aufmerksamen, wohltuenden Menschen, nicht in die Stadt zurückkehren, vor denen da oben die Flucht ergreifen, ihnen durch die Finger schlüpfen, auch diesen aus der Hölle gefallenen Sohn hinter sich lassen. Bei jedem seiner Schritte stiegen wild durcheinander die Gedanken in ihm auf und sanken wieder hinab, wie er es gewohnt war, Fische, die ins Wasser hinabstießen und wieder an die Oberfläche emportauchten, ohne dass er versuchte, sie zu fangen. So hatte er es immer gehalten mit den Fischen, die sich in seinem Kopf tummelten, er hatte sie immer frei herumschwimmen lassen, wie sie wollten, in ihrem rhythmischen Tanz der Bewegung seiner Schritte folgend. Adamsberg hatte Veyrenc versprochen, zu einem späten Mittagessen zurück zu sein in der Krutschema, und nach einem Marsch von einer halben Stunde, bei dem sein Blick über Hügel, Weinberge, Bäume schweifte, fühlte er sich dazu schon eher bereit. Er wandte sich um, lächelte Boško und Vukasin zu und machte ihnen zwei Zeichen, die »Danke« und »Wir gehen zurück« bedeuteten.

»Jetzt können wir nur noch nachdenken«, sagte Veyrenc und faltete seine Serviette auseinander.

»Ja.«

»Oder wir bleiben hier bis ans Ende unserer Tage.«

»Warte«, meinte Adamsberg und stand auf.

Vlad saß an einem der Tische, und Adamsberg erklärte ihm, dass er allein mit Veyrenc reden müsse.

»Hattest du Angst?«, fragte Vlad, der immer noch sehr beeindruckt davon schien, wie er Adamsberg aschfahl und rot hatte aus der Erde steigen sehen, was er »den Ausstieg aus der Gruft« nannte, wie in einer der großen Geschichten seines *Dedo*.

»Ja. Ich hatte Angst und ich hatte Schmerzen.«

»Hast du geglaubt, dass du sterben wirst?«

»Ja.«

»Hattest du Hoffnung?«

»Nein.«

»Dann sag mir, was dir so durch den Kopf ging, woran du gedacht hast.«

»An *kobasice*.«

»Bitte«, beharrte Vladislav. »Woran?«

»Ich schwöre bei deinem Haupte, dass ich an *kobasice* gedacht habe.«

»Das ist lächerlich.«

»Kann ich mir denken. Und was ist das?«

»Würstchen. Woran hast du noch gedacht?«

»Dass ich nur ganz langsam atmen darf. Und auch an eine Gedichtzeile habe ich gedacht, *In Grabesnacht hast du mich einst getröstet ...*«

»Und, hat dich etwas getröstet? Der Himmel?«

»Kein Himmel.«

»Jemand?«

»Nichts, Vlad. Ich war allein.«

»Wenn du an nichts und an niemanden gedacht hättest«, sagte Vlad beinahe aufgebracht, »hättest du nicht an diesen Vers gedacht. Was, wer hat dich getröstet?«

»Darauf habe ich keine Antwort. Was regt dich so auf?«

Der junge Mann mit dem glücklichen Naturell senkte den Kopf, mit der Spitze seiner Gabel in seinem Essen herumstochernd.

»Dass wir dich gesucht haben. Und nicht gefunden haben.«

»Du konntest es doch nicht ahnen.«

»Ich glaubte es nicht, ich amüsierte mich drüber. Danica hat mich dann gezwungen. Ich hätte dich begleiten sollen, als du gestern weggingst.«

»Ich wollte nicht begleitet werden, Vlad.«

»Arandjel hatte mir befohlen, es zu tun«, flüsterte er. »Arandjel hatte mir gesagt, ich soll dich nicht einen Schritt allein gehen lassen. Weil du den Verbotenen Ort betreten hattest.«

»Und darüber hast du gelacht.«

»Natürlich. Ich habe mir keine Fragen gestellt. Ich glaube nicht daran.«

»Ich auch nicht.«

Der junge Mann nickte.

»Plog«, sagte er.

Danica bediente die beiden Polizisten ein wenig verwirrt, ihr Lächeln ging von Adamsberg zu Veyrenc. Adamsberg las ein gewisses Zögern darin, das mit der Anwesenheit des Unbekannten zu tun hatte. Aber es verletzte ihn nicht, da er für den Rest seiner Tage nicht mehr die Absicht hatte, mit wem auch immer zu schlafen.

»Hast du nachgedacht auf deinem Weg?«, fragte Veyrenc.

Adamsberg sah ihn überrascht an, als ob Veyrenc ihn nicht kennen würde, als ob er eine unmögliche Leistung von ihm verlangte.

»Verzeihung«, meinte Veyrenc und bedeutete ihm, dass er seinen Satz zurücknahm. »Ich will sagen: Könntest du dich irgendwie äußern?«

»Ja. Seitdem du Zerk auf dem Foto in der Zeitung erkannt hast, bist du mir auf Schritt und Tritt gefolgt, damit ich ihn nicht zu fassen kriegte. Allein, weil es dein Neffe ist. Ich nehme also an, du magst ihn und kennst ihn gut.«

»Ja.«

»Als du ihn vor der Gruft hast sprechen hören, war das seine Stimme?«

»Ich war zu weit entfernt. Und du selbst, als er dich einschloss, hattest du da den Eindruck, dass es seine Stimme war, die du hörtest?«

»Er hat erst, als er die Tür schon verriegelt hatte, zu mir gesprochen. Und diese Tür war zu dick, als dass ich ihn hätte hören können, selbst wenn er gebrüllt hätte, was er aber nicht wollte. Er hatte einen kleinen Sender unter der Tür durchgeschoben. Der verzerrte seine Stimme. Aber seine Art, zu reden, war schon die gleiche. *Weißt du, wo du bist, du Idiot?*«

»Ich glaube nicht, dass er das gesagt hat«, entgegnete Veyrenc.

»Er hat es genau so gesagt und du solltest es besser glauben.«

»Wenn jemand Armel gut kennt, könnte er ihn imitieren.«

»Ja, man kann ihn imitieren. Manchmal könnte man meinen, dass er sich selbst imitiert.«

»Siehst du.«

»Veyrenc, hast du auch nur einen Anhaltspunkt, der deine Vermutung stützen würde?«

»Ich bin misstrauisch, wenn ein Mörder am Tatort seine DNA hinterlässt.«

»Ich auch«, sagte Adamsberg und dachte an die unschuldige kleine Patronenhülse unter dem Kühlschrank. »Du meinst das unschuldige kleine Taschentuch, das im Garten gefunden wurde?«

»Ja.«

»Hast du noch etwas anderes?«

»Warum sollte Armel erst mit dir gesprochen haben, nachdem du in der Gruft eingeschlossen warst?«

»Um nicht gehört zu werden.«

»Oder damit du seine Stimme nicht erkanntest, eine Stimme, die dir fremd gewesen wäre.«

»Veyrenc, der Junge hat den Mord nicht geleugnet. Womit willst du ihn retten?«

»Mit dem, was er ist. Ich kenne ihn. Meine Schwester ist nach seiner Geburt in Pau geblieben. Unmöglich, mit einem vaterlosen Kind ins Dorf zurückzukehren. Ich war auf dem Gymnasium, ich habe das Internat verlassen und bin zu ihr gezogen, für sieben Jahre. Dann habe ich dort auch studiert, bin Lehrer geworden, habe sie nie verlassen. Ich kenne Armel wie die Linien meiner Hand.«

»Und du wirst mir erklären, dass er ein lieber kleiner Junge ist. Ein braves Kind, das natürlich auch nie einen Frosch zertreten hat.«

»Warum nicht? Seit seiner Kindheit bis heute habe ich nie erlebt, dass er mal ausgerastet wäre. Toben ist nicht sein Ding, er ist auch nicht der Typ, der jemanden beleidigt oder beschimpft. Er ist ungreifbar, undiszipliniert, faul und sogar gleichgültig. Aber es gelingt einem nicht, ihn in Erregung zu versetzen. Und dass der Mensch, der Vaudel zermalmt hat, sehr erregt war, kann man wohl mit Sicherheit sagen.«

»So was ist manchmal tief in einem verborgen.«

»Adamsberg, dieser Mörder ist tief in seinem Innern ein Zerstörer. Und Armel denkt nicht an Zerstören, er denkt nicht mal ans Bauen. Er stellt Schmuck her und bietet ihn Zwischenhändlern an. Ohne weitere Ambitionen. Sag mir, wie ein solcher Mensch das Verlangen und die Energie haben sollte, einen Plögener und einen Vaudel in stundenlanger Arbeit zu zerkleinern?«

»Das war kein sanftmütiger junger Mann, den ich in meinem Haus erlebt habe. Er war das ganze Gegenteil von deinem Neffen, ein ungeheuer erregter Typ, ein brutaler Kerl, der schimpfte, um sich biss, berstend vor Hass, der gekommen war, mir *das Leben zu versauen.* War es wirklich dieser Mensch, den du bei mir hast herauskommen sehen? Dein Armel?«

»Ja«, sagte Veyrenc verstört, und er bemerkte nicht einmal, dass Danica die Teller abräumte und den Nachtisch brachte.

»*Zavitek*«, sagte sie.

»*Hvala*, Danica. Nimm's hin, Veyrenc. Es steckt ein Zerk unter deinem Armel.«

»Oder ein Zerk *über* meinem Armel.«

»Was willst du damit sagen?«

»Ich will sagen: eine Rolle.«

»Moment«, sagte Adamsberg und legte Veyrenc die Hand auf den Arm, um ihn zu unterbrechen. »Eine Rolle. Ja, das ist möglich.«

»Weil?«

»Weil er so voller Hohn sprach, er höhnte einfach zu sehr. Dann, weil sein T-Shirt neu war. Hast du ihn schon mal in Gothic-Klamotten gesehen?«

»Noch nie. Er kleidet sich wahllos, wie ihm die Sachen gerade in die Hand kommen. Geschmacklos, geruchlos, wertlos. Das ist so ungefähr die Vorstellung, die er selber von sich hat.«

»Wie reagierte er, wenn man von seinem Vater sprach?«

»Als Kind schämte er sich, später senkte er den Kopf.«

»Es gibt vielleicht einen Anhaltspunkt, Veyrenc. Besser als dieses vom Himmel gefallene Taschentuch, besser als dein ach so braver Neffe, besser als sein neues T-Shirt. Aber alles hängt davon ab, was du weißt.«

Veyrenc sah Adamsberg gebannt an. Welches auch immer sein Groll gegen ihn und sein Verdacht gewesen waren, er hatte diesen Mann bewundert, er hatte immer etwas erhofft von seinen stillen Ausbrüchen just in Momenten, in denen man seinen Verstand schon versunken glaubte, selbst wenn man sich durch Tonnen von Schlick graben musste, um ein Gramm Gold zu finden.

»Gibt es in der Familie deiner Mutter, unter euren nahen oder ferneren Vorfahren, einen Mann, eine Frau, deren Name dich an Arnold Paole erinnern würde?«

Veyrenc war enttäuscht. Es war wieder nur eine Tonne Schlick.

»Paole«, Adamsberg sprach ihn Silbe für Silbe aus. »Auch wenn zu Paolet verformt oder französisiert in der Form von Paul, Paulus, was weiß ich. Zumindest ein Zuname, der mit P und A beginnt.«

»Paole. Was ist das für ein Name?«

»Ein serbischer. Wie Plogojowitz, der sich, deformiert oder verhüllt, in den Familiennamen Plogerstein, Plögener, Plog, Plogodrescu erhalten hat. Ausgenommen Plogoff, das liegt in der Bretagne und hat nichts damit zu tun.«

»Diesen Plogojowitz hast du schon mal erwähnt.«

»Sprich den Namen hier nicht so laut aus«, sagte Adamsberg und sah in die Runde.

»Warum?«

»Das sagte ich dir schon. Peter Plogojowitz ist ein Vampir, und zwar der Erste von ihnen allen. Er lebt hier.«

Und Adamsberg erzählte ihm die Geschichte so beiläufig, wie wenn er mit den Mythen von Kisilova aufgewachsen wäre. Veyrencs sorgenvolles Gesicht überraschte ihn.

»Du verstehst nicht, warum wir leise reden müssen?«

»Ich verstehe nicht, was du tust. Du verfolgst einen Vampir?«

»Nicht ganz. Ich verfolge den Nachkommen eines Vampirs, der seinerseits Opfer eines Vampirs wurde, über die ganze Ahnenreihe von 1727 bis heute.«

Veyrenc schüttelte langsam den Kopf.

»Ich weiß, was ich tue, Veyrenc. Frag Arandjel.«

»Der, der den Schlüssel hat.«

»Ja. Der Plogojowitz daran hindert, aus seinem Grab herauszusteigen. Es befindet sich am Ende der Lichtung, am Saum des Waldes, nicht weit von der Hütte entfernt, wo du übernachtet hast. Du hast es vielleicht gesehen.«

»Nein«, sagte Veyrenc entschieden, als lehnte er allein schon die Existenz dieses Grabes ab.

»Vergiss Plogojowitz«, sagte Adamsberg und wischte den heiklen Punkt mit einer Handbewegung fort. »Denk nur über die Namen deiner Vorfahren mütterlicherseits nach, also derjenigen von Zerk. Kennst du die?«

»Sehr gut. Ich habe mich bis zum Überdruss mit Ahnenforschung beschäftigt.«

»Hervorragend. Schreib sie aufs Tischtuch. Bis wann kannst du zurückgehen?«

»Bis 1766, das sind siebenundzwanzig Familiennamen.«

»Das wird reichen.«

»Sie waren nicht sehr schwer herauszufinden, alle Vorfahren haben sich mit denen aus dem Nachbardorf verheiratet. Nur ein paar Wagemutige haben sich bis zu sechs Kilometer weit entfernt. Ich vermute, auch sie haben sich an der kleinen Brücke über die Jaussène geliebt.«

»Das scheint Tradition zu haben.«

Adamsberg zerriss das Tischtuch, nachdem Veyrenc seine Namensliste vollendet hatte, in der sich nicht die geringste Spur von einem Paole fand.

»Hör mir zu, Veyrenc. Der Mörder von Pierre Vaudel-Plog und Conrad Plögener gehört zur Ahnenreihe von Arnold Paole, der 1727 in Medwegya, nicht weit von hier, starb. Zerk stammt von keinem Paole ab. Folglich bleiben uns zwei Lösungen für deinen Neffen.«

»Hör auf, ihn ›meinen Neffen‹ zu nennen. Es ist auch dein Sohn.«

»Ich habe aber keine Lust, ›mein Sohn‹ zu sagen. Ich ziehe ›deinen Neffen‹ vor.«

»Ich habe verstanden.«

»Entweder hat dein Neffe, von einem Paole manipuliert, die Verbrechen begangen. Oder ein Paole hat sie begangen und das unschuldige kleine Taschentuch deines Neffen da hingelegt. In beiden Fällen müssen wir den Nachkommen von Arnold Paole suchen.«

Danica stellte zwei kleine Gläser auf den Tisch.

»Vorsicht«, sagte Adamsberg. »Das ist Rakija.«

»Und?«

»Probier. Ich wäre in der Gruft niemals gestorben, wenn ich Rakija gehabt hätte.«

»Froissy«, sagte Veyrenc mit leiser Wehmut und sah die drei kleinen Cognacfläschchen vor sich. »Und wie wollen wir einen Nachkommen von Paole finden?«

»Wir wissen eins von ihm. Es ist ein Paole, der großen Einfluss auf deinen Neffen hat und ihn gut genug kennt, um ihn imitieren zu können. Such jemanden in seinem Umfeld, einen Ersatzvater, den er oft sieht, den er bewundert, den er fürchtet.«

»Er ist neunundzwanzig, ich weiß nicht viel über sein Leben, seit er nach Paris gegangen ist.«

»Und seine Mutter?«

»Seine Mutter hat vor vier Jahren geheiratet, sie lebt in Polen.«

»Dir fällt niemand ein, auf den das zuträfe?«

»Nein. Und es erklärt auch nicht, falls er den Mord nicht begangen hat, dass er sich dir gegenüber damit brüstet.«

»Doch«, sagte Adamsberg, die Rollen umkehrend. »Verwandlung von Armel in Zerk, das ist ein Glücksfall für ihn. Aus dem Guten wird er der Böse, aus dem Schwachen der Mächtige. Falls ein Paole ihn manipuliert hat, dann zählte der darauf. ›Der Sohn zermalmt den Vater‹, so hat er zu mir gesagt. Armel wird von Mordent gewarnt, er gehorcht und flieht, dann aber sieht er die Zeitung. Einverstanden bis dahin?«

»Ja.«

»Sein Gesicht auf Seite eins, plötzlich ist er eine bedeutende Person, ein beeindruckendes Monster, und er steht Kommissar

Adamsberg gegenüber. Zunächst ist er bestürzt. Aber dann erkennt er die Chance. Was für eine ungeahnte Macht fällt ihm da in die Hände! Was für eine großartige Gelegenheit, sich an seinem Vater zu rächen! Was riskiert er, wenn er die Rolle für einen Tag spielt? Nichts. Was gewinnt er? Sehr viel: Er kann diesen Vater niederschmettern, ihm sein Vergehen vor Augen führen, ihn Scham und Schuld empfinden lassen. Stellt er sich überhaupt die Frage nach dem Taschentuch? Nach dem Vorhandensein seiner DNA am Tatort? Bestimmt nicht. Schlicht ein Irrtum bei der Analyse, meint er, der bald korrigiert werden wird. Der Beweis, man hat ihn aufgefordert, zu fliehen und zu warten, bis die Luft wieder rein ist. Er hat nicht viel Zeit, es ist eine Chance, eine Fügung des Schicksals, er will sie nutzen. Beim Vater aufkreuzen, gekleidet, wie das Vorbild es verlangt. Reden wie ein Mörder, Zerk werden, diesen Mistkerl Adamsberg beschimpfen, ihn zerstören. Sieh, Adamsberg, sieh, dein Sohn ist ein Mörder, dein Sohn beherrscht dich und vernichtet dich, die Schuld daran hast du, leide, wie ich gelitten habe. Bedaure, schrei, es ist zu spät. Dann weggehen, die Farce ist gespielt, das Schuldbewusstsein und die Angst haben sich eingenistet in Adamsbergs Denken, der Vater ist gelähmt, die Rache war süß. Nein, dein Neffe ist so sanftmütig nicht.«

»Mit dir.«

»Ja. Er ist befriedigt, fühlt sich gereinigt. Doch kein Dementi, was diese DNA angeht, erscheint. Er gilt noch immer als der Mörder von Garches. Die Farce kehrt sich gegen ihn. Jetzt brauchte er den Vater, aber nun hat er bereits alles gestanden, alles zugegeben. Entsetzt vergräbt sich Armel, ist verurteilt zu fliehen. Ein Ausgang, den jeder halbwegs intelligente und erfahrene Mensch voraussehen konnte. Wer? Einer, der ihn seit Langem kennt und der Macht über ihn hat.«

»Sein Chorleiter«, sagte Veyrenc und stellte sein Glas hart auf den Tisch. »Germain. Der hat Macht über ihn. Ich habe ihn nie gemocht, meine Schwester auch nicht, aber Armel schluckt alles.«

»Was meinst du?«

»Armel ist Tenor, er sang schon mit zwölf Jahren im Chor von Notre-Dame de la Croix-Faubin. Ich habe ihn oft dorthin begleitet, ich war bei den Proben dabei. Der Chorleiter hat ihn sich unterworfen. Das ist so ein Typ.«

»Unterworfen in welchem Sinne?«

»Mit Wärme und mit Kälte, mit Komplimenten und mit Demütigungen. Armel ist in seinen Händen zu Wachs geworden. Und er war nicht sein einziges Opfer. Germain hielt ein gutes Dutzend unter seiner Fuchtel. Bis er nach Paris ging, dann hörte es endlich auf. Kein Notre-Dame de la Croix-Faubin mehr. Doch als Armel zum Arbeiten nach Paris kam, begann alles von vorn. Er sang die Solopartie in einer Messe von Rossini und errang damit einen richtigen kleinen Erfolg. Das hat ihn entzückt. Und so wurde er mit seinen sechsundzwanzig Jahren wiederum zu Wachs. Vor zwei Jahren hat man Germain den Prozess gemacht wegen sexueller Belästigung und der Chor wurde aufgelöst. Und dieser Idiot von Armel war darüber auch noch tieftraurig.«

»Sah er ihn danach immer noch?«

»Er versichert, nein, aber ich glaube, da belügt er mich. Möglicherweise lädt der Typ ihn ein, er hört Armel gern für sich allein singen. Das schmeichelte dem Kind, das schmeichelt auch noch dem Erwachsenen. Armel fühlt sich wichtig für den Vater, dabei ist es der Vater, der ihn besitzt.«

»Der Vater?«

»Im religiösen Sinne. Pater Germain.«

»Kennst du seinen wahren Namen?«

»Nein. Wir nannten ihn nie anders.«

Danglard hatte die Brigade verlassen, seinen Anzug ausgezogen und lag im Unterhemd vor dem ausgeschalteten Fernseher, pausenlos Hustenpastillen lutschend, um seine Kiefer zu beschäftigen. In der einen Hand hielt er sein Mobiltelefon, in der anderen seine Brille und sah alle fünf Minuten nach, ob denn kein Mensch ihn anrief. Fünfzehn Uhr fünf, Anruf aus dem Ausland, Vorwahl 00381. Er fuhr sich mit dem Taschentuch übers Gesicht, las die SMS: »*Bin aus dem Grab heraus. Recherchieren Sie Vater Germain, Chor von N.-D. Croix-Faubin.*«

Aus was für einem Grab, großer Gott? Mit feuchten Händen tippte Danglard hastig auf seiner Tastatur, die Kehle vor Zorn wie zugeschnürt, die Muskeln vor Erleichterung erschlafft: »*Warum nicht schon früher ein Wort?*«

»*Kein Empfang, Zeitverschiebung*«, antwortete Adamsberg. »*Danach geschlafen.*«

Stimmt, sagte sich Danglard schuldbewusst. Er war ja, von Retancourt abgeschleppt, erst mittags gegen halb eins aus dem Keller heraufgekommen.

»*Was für ein Grab?*«, gab Danglard ein.

»*Gruft der 9 von Plogojowitz. Sehr kalt. Habe aber beide Füße wieder.*«

»*Die vom Cousin meines Onkels?*«

»*Meine eigenen. Komme morgen zurück.*«

41

Adamsberg war kein sentimentaler Mensch, Gefühle streifte er mit Vorsicht, so wie die Mauersegler ein offenes Fenster nur sanft mit dem Flügel liebkosen, ohne sich hineinzustürzen, denn der Weg zurück nach draußen ist schwer. Oft hatte er tote Vögel in den Häusern des Dorfs gefunden, leichtsinnige und neugierige Besucher, die die Öffnung nicht wiedergefunden hatten, durch die sie hereingekommen waren. Adamsberg fand, dass in Liebesdingen der Mensch auch nicht viel schlauer war als ein Vogel. Und dass in allen anderen Dingen die Vögel sehr viel schlauer waren. Wie die Schmetterlinge, die nicht in die Mühle hineingeflogen waren.

Aber der Aufenthalt in dem Grabgewölbe musste ihn geschwächt und seine Gefühlswelt erschüttert haben, denn bei dem Gedanken, Kisilova zu verlassen, wurde ihm das Herz schwer. Der einzige Ort, an dem es ihm gelungen war, neue, unaussprechbare Wörter im Kopf zu behalten, was kein geringes Ereignis für ihn war.

Danica hatte das schöne bestickte Hemd gewaschen und gebügelt, damit er es nach Paris mitnähme. Da standen sie alle steif lächelnd vor der Krutschema, Danica, Arandjel, die Karren-Frau mit ihren Kindern, die Stammgäste des Gasthofs, Vukasin, Boško und seine Frau, die ihn seit dem Tag zuvor keinen Augenblick mehr allein gelassen hatten, sowie einige unbekannte Gesichter. Vlad blieb noch ein paar Tage. Er hatte seine schwarzen Haare sorgfältig gekämmt und zusammengebunden. Für gewöhnlich kaum zu Gefühlsergüssen in der Lage, schloss Adamsberg sie alle in die Arme, sagte, dass er wiederkommen werde – *vratiću se* –, dass sie Freunde für ihn seien – *prijatelji*. Danicas Trauer wurde dadurch gelindert, dass sie nicht wusste, wen von den beiden Männern sie mehr vermissen würde, den Tänzer oder den Verführer. Vlad sprach ein letztes »Plog«, und Adamsberg und Veyrenc gingen hinunter zum Bus, der sie nach Belgrad fahren würde. Mit dem Flugzeug ging es dann weiter nach Paris, am Nachmittag würden sie dort sein. Vladislav hatte ihnen die allernötigsten Sätze auf ein Blatt Papier geschrieben, damit sie sich auf dem Flughafen verständigen konnten. Veyrenc murmelte auf dem Weg vor sich hin, er trug einen Leinenbeutel, den Danica mit Proviant und Getränken in einer solchen Menge gefüllt hatte, dass sie damit gut zwei Tage aushalten konnten.

»Es heißt den Ort verlassen, den Wehmut sanft umhüllt',
Er geht dahin in Tränen, verfluchend das Geschick,
Das einen Sohn ihm gibt, der nicht sein Herz erfüllt'.«

»Mercadet meint, dass du die verschluckten ›e‹ falsch einsetzt und dass deine Reime häufig hinken.«

»Da hat er recht.«

»Etwas haut nicht hin, Veyrenc.«

»Zwangsläufig. Und das bringt den Vers aus dem Gleichmaß.«

»Ich spreche von den Hundehaaren. Dein Neffe hatte einen

Hund, der einige Wochen vor dem Mord in Garches gestorben ist.«

»Tournesol, eine Hündin, die ihm zugelaufen war. Sein viertes Tier. Das ist so ein Tick der verlorenen Kinder, sie sammeln herrenlose Hunde auf. Wo ist das Problem mit diesen Haaren?«

»Man hat sie mit den Haaren verglichen, die Tournesol in der Wohnung verloren hat. Es sind die gleichen.«

»Die gleichen Haare wie welche anderen?«

Der Bus fuhr an.

»In dem Raum, wo Vaudel ermordet wurde, hat der Mörder sich in einen samtbezogenen Sessel gesetzt. Einen Louis-treize-Sessel.«

»Warum präzisierst du ›Louis-treize‹?«

»Weil Mordent Wert darauf legt – was immer auch aus ihm geworden ist. In den hat sich der Mörder gesetzt.«

»Vermutlich wollte er mal verschnaufen.«

»Ja. Und er hatte Pferdemist an den Stiefeln, von dem er hier und da ein paar Bröckchen verloren hat.«

»Wie viele Bröckchen?«

»Vier.«

»Da siehst du's. Armel mag Pferde nicht. Als kleines Kind ist er mal von einem heruntergefallen. Er ist nicht besonders wagemutig.«

»Geht er manchmal aufs Land?«

»Er fährt fast alle zwei Monate runter ins Dorf, um seine Großeltern zu besuchen.«

»Du weißt, auf manchen Wegen im Dorf liegt Pferdemist«, sagte Adamsberg mit einer Grimasse. »Trägt er Stiefel?«

»Ja.«

»Zieht er sie auch an, wenn er spazieren geht?«

»Ja.«

Beide Männer sahen einen Moment schweigend aus dem Fenster.

»Du sprachst von den Hundehaaren.«

»Der Mörder hat welche auf dem Sessel zurückgelassen. An Samt bleibt so was gern hängen. Folglich trug er welche an seinem Hosenboden, er hatte sie geradewegs von zu Hause mitgebracht. Wenn man annimmt, dass das Taschentuch Zerk vom Mörder entwendet wurde, dann muss man dasselbe auch von den Hundehaaren annehmen.«

»Verstehe«, sagte Veyrenc mit farbloser Stimme.

»Es ist schon nicht einfach, jemandem ein Taschentuch zu entwenden, aber wie stellt man es an, Haare von seinem Hund zu bekommen? Indem man sie unter seinen Augen Stück für Stück von seinem Teppichboden aufsammelt?«

»Indem man in seiner Abwesenheit bei ihm eindringt.«

»Das haben wir überprüft. Es gibt einen Haustürcode und eine Gegensprechanlage. Nehmen wir an, der Mann wäre Zerk so vertraut gewesen, dass er seinen Code kannte. Aber danach hätte er eine zweite Tür und schließlich Zerks Wohnungstür aufbrechen müssen. Keines der Schlösser wurde gewaltsam geöffnet. Mehr noch: Unser Freund Weill und die Nachbarin von gegenüber versichern, dass Zerk nie jemanden bei sich empfing. Hat er keine Freundin?«

»Seit einem Jahr nicht mehr. Sprichst du von dem Weill vom Quai des Orfèvres?«

»Ja.«

»Was hat er mit der Sache zu tun?«

»Er wohnt im selben Haus wie dein Neffe. Sie verstanden sich gut. Man könnte meinen, es amüsierte Zerk, so dicht bei den Bullen zu wohnen.«

»Nein. Ich war es, der ihm über Weills Vermittlung diese Wohnung besorgt hat, als er nach Paris kam. Ich wusste nicht, dass sie sich sehen.«

»Doch. Und Weill mag ihn. Er verteidigt ihn.«

»War er es, der dich gestern Vormittag angerufen hat, als man gerade deinen Pferdehuf aufwärmte? Auf deinem zweiten Telefon?«

»Ja. Er hat sich von Anfang an in die Sache reingehängt. Er fahndet nach den Drahtziehern ganz oben. Er hat mir auch dieses Telefon gegeben. Und aus meinem vor meiner Abreise das GPS herausgenommen«, fügte Adamsberg nach kurzem Zögern hinzu.

»Bedauerliche Entscheidung.«

»Plog«, murmelte Adamsberg.

»Was meinst du mit ›Plog‹?«

»Das ist ein Ausdruck von Vladislav, dessen Bedeutung je nach dem Kontext variiert. Es kann ›gewiss‹ bedeuten, ›genau‹, ›einverstanden‹, ›kapiert‹, ›gefunden‹, eventuell auch ›Quatsch‹. Es ist wie ein Tropfen Wahrheit, der fällt.«

In Anbetracht seiner Üppigkeit wurde Danicas Reiseproviant über zwei kleine Tische des Belgrader Flughafens ausgebreitet, neben mehreren Bieren und Tassen Kaffee. Adamsberg kaute sein *Kajmak*brot, er scheute sich davor, seinen Gedanken weiterzudenken.

»Man muss zugeben«, meinte Veyrenc vorsichtig, »dass Weills Eingreifen die Frage der Tür mit Gegensprechanlage erklären würde. Er wohnt im selben Haus, er hat den Hausschlüssel. Er kennt Armel. Der Mann ist intelligent, raffiniert und ganz eindeutig tyrannisch, mithin geeignet, Einfluss auf einen jungen Menschen wie Armel zu gewinnen.«

»Das Türschloss von Zerk wurde nicht gewaltsam geöffnet.«

»Weill ist Polizist, Weill besitzt einen Dietrich. Ist es ein einfaches Schloss?«

»Ja.«

»Pflegte er Armel in seiner Wohnung aufzusuchen?«

»Nein, aber wir haben nur Weills Aussage. Hingegen kam es öfter vor, dass Zerk am Mittwochabend zu Weill ging, wenn der seine Tafelrunde hielt.«

»Was es um einiges leichter macht, sich ein schmutziges Taschentuch und Hundehaare zu besorgen. Aber keine Stiefel mit Pferdemist an den Sohlen.«

»Doch. Die Concierge bohnert das Treppenhaus, sie gestattet nicht, dass man mit schmutzigen Schuhen nach oben geht. Stiefel oder andere Wanderschuhe werden im Parterre abgestellt, in einem kleinen Wandschrank unter der Treppe, zu dem jeder Bewohner den Schlüssel hat. Mensch, Veyrenc, Weill ist seit über zwanzig Jahren am Quai.«

»Weill pfeift auf die Polizei, er liebt einzig die Provokation, die gute Küche und die Kunst – und auch da nicht etwa die klassischen Formen von Kunst. Warst du schon mal bei ihm?«

»Mehrmals.«

»Also kennst du diesen prachtvollen und beklemmenden

Trödelladen. Man kann ihn nicht vergessen, wenn man ihn einmal gesehen hat. Erinnerst du dich an den Mann mit Zylinder und erigiertem Glied, der mit Flaschen jongliert? An die Mumie von dem Ibis? An die Selbstporträts? Das Canapé von Immanuel Kant?«

»Des Kammerdieners von Immanuel Kant.«

»Ja, seines Dieners Lampe. An den Sessel, in dem ein Bischof gestorben ist? An die gelbe Plastikkrawatte aus New York? Inmitten von diesem ästhetischen Großbasar muss die Vernichtung der Plogojowitz-Sippe durch einen alten Paole im 18. Jahrhundert ja geradezu Kunstwert erlangen. Wie Weill es selbst bekennt: Die Kunst ist ein schmutziges Geschäft, doch irgendjemand muss es machen.«

Adamsberg schüttelte den Kopf.

»Dieser Mann ist die Leiter hinaufgestiegen bis zur siebten Sprosse, bis zu Emma Carnot.«

»Der Vizepräsidentin des Rats?«

»Genau der.«

»Was will er von ihr?«

»Carnot hat den Präsidenten des Kassationshofs gekauft, der den Staatsanwalt gekauft hat, der den Richter gekauft hat, der einen anderen Richter gekauft hat, der Mordent gekauft hat. Seine Tochter steht in wenigen Tagen vor Gericht, sie riskiert eine hohe Strafe.«

»Scheiße. Was hat Carnot von Mordent verlangt?«

»Dass er ihr gehorcht. Mordent war es, der der Presse die Informationen zukommen ließ, um Zerks Flucht zu decken. Seit dem Morgen, an dem das Verbrechen gemeldet wurde, hat er einen groben Fehler nach dem anderen gemacht, um die

Ermittlungen zu torpedieren, und schließlich hat er bei dem Sohn von Vaudel das Zeug deponiert, das mich anstelle des Mörders in den Knast bringen soll.«

»Besagte Bleistiftspäne.«

»Genau. Emma Carnot ist auf die eine oder andere Weise mit dem Mörder verbunden. Die Seite im Standesamtsregister, auf der ihre Heirat eingetragen war, ist herausgerissen. Was darauf schließen lässt, dass, wenn diese Heirat bekannt würde, es aus wäre mit ihrer Karriere. Einer der Trauzeugen wurde schon umgebracht. Den zweiten suchen wir. Carnot würde sonst wen unter ihrem Stiefel zertreten, um ihre Interessen zu schützen.«

Bei diesem Satz sah Adamsberg vor sich das Bild des kleinen Kätzchens unter Zerks Stiefel und er erschauerte.

»Da ist sie nicht die Einzige.«

»Deshalb wird ihre Kriegsmaschine auch so reibungslos laufen, jeder kommt dabei auf seine Kosten – außer den nächsten Opfern von Paole, außer Émile und mir, der in drei Tagen in die Luft gehen wird. Wie ein qualmender Frosch.«

»Du meinst die Frösche, denen wir als Kinder eine brennende Zigarette ins Maul steckten?«

»Ja, die.«

»Haben sie die Bleistiftspäne schon analysiert?«

»Ein Freund von mir hat ihre Ankunft im Labor verzögert. Ein plötzlicher Fieberanfall.«

»Wie viel gewinnst du damit? Drei Tage?«

»Höchstens.«

Das Flugzeug startete, die beiden Männer schlossen ihre Sicherheitsgurte und klappten ihre Tische hoch. Lange nachdem die Maschine ihre Reiseflughöhe erreicht hatte, ergriff Veyrenc wieder das Wort.

»Mordent, sagst du, hat noch am Sonntagmorgen, unmittelbar nachdem der Mord in Garches entdeckt war, zu manövrieren begonnen. Da bist du sicher?«

»Ja. Er hat alle Hebel in Bewegung gesetzt, um den Gärtner festzunehmen, die Weisung dazu hatte er vom Untersuchungsrichter.«

»Das setzt voraus, dass Carnot da schon wusste, wer Vaudel umgebracht hat. Bereits am Sonntagmorgen. Dass Mordent und sie schon Kontakt miteinander aufgenommen hatten. Wie hätte sie sonst die Zeit gehabt, ihre Maschine anzuwerfen? Und Mordent schon zu erreichen? Dafür brauchte es mindestens zwei Tage Vorbereitung. Sie war also schon am Freitag informiert.«

»Die Schuhe«, sagte Adamsberg plötzlich, ans Fenster trommelnd. »Nicht der Mörder von Garches hat Carnot als Erster beunruhigt, sondern der, der die Füße von London abgeschnitten hat. Und verdammt, Veyrenc, unter diesen Füßen sind mehrere Paare, die viel zu alt sind für Zerk.«

»Ich kenne das Dossier nicht«, wiederholte Veyrenc.

»Ich rede von siebzehn alten Füßen, abgesägt auf Höhe des Knöchels, die in ihren Schuhen vor dem Friedhof von Higegatte in London standen, heute vor zehn Tagen.«

»Wer hat dir das gesagt?«

»Niemand. Ich war dort, zusammen mit Danglard. Higegatte gehört Peter Plogojowitz. Sein Körper wurde einst auf diesen Hügel gebracht, noch bevor es dort überhaupt einen Friedhof gab, um dem Zorn der Einwohner von Kisilova zu entgehen.«

Die Stewardess ließ sich immer wieder bei ihnen sehen, sichtlich fasziniert von Veyrencs buntscheckiger Haarmähne. Das Bordlämpchen über seinem Kopf ließ jede seiner roten Strähnen aufflammen. Sie brachte alles in doppelter Menge, den Champagner, die Schokolade und die Erfrischungstücher.

»Ein großer Mensch mit Zigarre stand hinter dem barfüßigen Lord«, sagte Adamsberg, nachdem er Veyrenc die Geschichte von Highgate so klar, wie er konnte, erzählt hatte. »Dieser Kubaner war mit Sicherheit Paole. Der gerade seine Sammlung hingestellt hatte, gleichsam als Herausforderung auf Plogojowitz'schem Hoheitsgebiet. Und der sich des Lords Clyde-Fox bediente, um uns zu ihr hinzuführen.«

»In welcher Absicht?«

»Um die Verbindung herzustellen. Paole musste den Zusammenhang zwischen seiner Kollektion und der Vernichtung der Plogojowitz-Sippe erkennbar machen. Er hat die Anwesenheit französischer Polizeibeamten genutzt, um unseren Weg zu kreuzen, in der sicheren Annahme, dass das Verbrechen von Garches auf die Brigade zukommen würde. Was er nicht ahnen konnte, war, dass Danglard einen kisilovarischen Fuß in dem Haufen erkennen würde, vielleicht den Fuß seines Onkels oder eines Nachbarn von ihm, wobei der angeheiratete Onkel von Danglard der *Dedo* von Vladislav ist, sein Großvater.«

Veyrenc stellte sein Champagnerglas ab, schloss halb die Augen, wobei er mit den Wimpern zuckte in einem leichten Rückzugsreflex, den er häufig hatte.

»Lassen wir das«, meinte er. »Sag mir einfach, inwiefern das alles einen neuen Gesichtspunkt im Hinblick auf Armel bringt.«

»Es sind Fußpaare darunter, die zu einem Zeitpunkt abgeschnitten wurden, als Zerk noch ein Kind, ja ein Säugling war. Was auch immer ich von ihm halte, ich glaube nicht, dass dein Neffe mit fünf Jahren in den Hinterzimmern von Bestattungsinstituten Füße abschnitt.«

»Nein, ganz gewiss nicht.«

»Und ich denke, dass das, was Emma Carnot vor Augen hatte, ein Schuh war«, fügte Adamsberg hinzu, einem anderen Gedanken folgend, einen neuen Fisch packend, der gerade in seinen Wassern nach oben stieg. »Ein Schuh, den sie vor sehr langer Zeit schon einmal gesehen hat, mit einem Fuß drin, und den sie sofort mit der Entdeckung von Higegatte, dann mit Garches in Verbindung gebracht hat. Und der etwas mit ihr zu tun hat. Denn daran, Veyrenc, haben wir überhaupt noch nicht gedacht.«

»Woran?«, fragte Veyrenc und machte die Augen wieder auf.

»An den, der fehlt. An den achtzehnten Fuß.«

42

Noch vom Flughafen aus hatte Adamsberg ein Kolloquium in der Brigade anberaumt, Erscheinen war Pflicht, ausnahmsweise auch an diesem Sonntagabend. Drei Stunden später hatte jeder die jüngsten Vorkommnisse bei der Ermittlung mehr oder weniger erfasst, so ungeordnet und verworren, wie der übermüdete Kommissar sie ihnen dargeboten hatte. Manche sagten in der Pause, es sei nicht zu übersehen, dass der Kommissar eine Nacht in mumifiziertem Zustand in einer eisigen Gruft zugebracht habe, am Rande des Erstickungstodes. Seine Habichtsnase sei davon noch immer wie zugeklemmt und sein Blick in noch weiteren Fernen versunken als sonst. Man begrüßte Veyrenc, schlug ihm auf den Rücken, beglückwünschte ihn. Estalère ließ vor allem der Gedanke an diese Vesna nicht los, diese fast dreihundert Jahre alte, rosig durchblutete Tote, neben der Adamsberg die Nacht verbracht hatte. Er als Einziger kannte die Geschichte von Elizabeth Siddal, er hatte jedes Detail aus Danglards Bericht in Erinnerung behalten. Nur eine Frage ließ ihm keine Ruhe: Hatte Dante den Sarg seiner Frau nun aus Liebe öffnen lassen oder weil er seine Gedichte herausnehmen wollte? Je nach dem Tag und seiner Geistesverfassung war seine Antwort eine andere.

Es gab einige vollkommen undurchsichtige Stellen im Bericht des Kommissars, über die er auch nicht gewillt schien, sich zu äußern. So die unerklärliche Anwesenheit von Veyrenc in Kisilova. Adamsberg hatte mitnichten die Absicht, seinen Leuten zu eröffnen, dass er einst einen Sohn verlassen hatte, dass dieser Sohn soeben der Hölle entstiegen und dass er der wahrscheinliche Urheber des Blutbads von Garches wie auch von Pressbaum war. Er hatte sich auch mit keinem Wort zu den heiklen Fragen geäußert, die der Fall Weill aufwarf. Und außer Danglard wusste niemand in der Truppe etwas von der Gefahr, die Emma Carnot darstellte. Das zu erklären, hätte Adamsberg gezwungen, über Mordents Verrat zu reden, wozu er noch nicht bereit war. Das junge Mädchen, Éliane, wenn er sich an ihren Vornamen richtig erinnerte, würde in vier Tagen vor Gericht stehen. Dinh war es gelungen, die Probe ganze drei Tage zurückzuhalten, er hatte nicht mal eine Rüge riskiert, vielleicht dank des Vergnügens, das er mit seinen – realen oder geträumten – Schwebeübungen hervorrief, die ihm die Nachsicht seiner Kollegen sicherten.

Dagegen hatte Adamsberg in allen Einzelheiten die Geschichte der Auseinandersetzung zwischen den Familien Paole und Plogojowitz dargestellt. Wenn man die Dinge mal ganz nüchtern zusammenfasse, hatte Retancourt bemerkt, handle es sich also um einen gnadenlosen Krieg zwischen zwei Vampirgeschlechtern, die sich gegenseitig auslöschten, wobei der auslösende Vorfall sich vor drei Jahrhunderten ereignet habe. Da es nun aber keine Vampire mehr gebe, was wäre zu tun und worauf liefe die Ermittlung hinaus?

Hier nun trat mit aller Macht der Antagonismus wieder

zutage, der die Mitglieder der Brigade spaltete in die materialistisch gesinnten Positivisten, die Adamsbergs nebelhafte Visionen schwer ertrugen, was mitunter bis zur Rebellion gehen konnte, und die konzilianteren anderen, die nichts Verwerfliches dabei fanden, hin und wieder ein paar Wolken zu schaufeln.

Retancourt, die zunächst vor Freude aufgeblüht war, als sie Adamsberg lebend wiedersah, zog sich bei der ersten Erwähnung der *vampiri* und des *Ungewissen Ortes* in eine Pose erbitterter Ablehnung zurück. Worauf Adamsberg bemerkte, dass sie ja wohl nicht umhinkönne zuzugeben, dass es viele »Plog« in den Namen der Opfer und ihres Umfeldes gebe. Zuzugeben, dass der alte Vaudel, nachweislicher Enkel eines András Plog, an Frau Abster, geborene Plogerstein, geschrieben hatte, um sie zu warnen und daran zu erinnern, dass *Kisilova unantastbar bleiben* möge – nicht mehr und nicht weniger also, als die Familie Plogojowitz zu schützen. Dass nicht zu leugnen war, dass er, Adamsberg, in der Gruft der neun Opfer von Peter eingeschlossen worden war. Dass die abgeschnittenen Füße von London – um die Toten daran zu hindern wiederzukehren – in der Londoner Hochburg von Plogojowitz, Highgate, deponiert worden waren. Dass ein Paar von diesen Füßen einem Mihai Plogodrescu gehört hatte. Dass das Abschlachten von Pierre Vaudel-Plog und Conrad Plögener strikt dem Ritual der Vernichtung eines Vampirgeschöpfes entsprach: dass sie, wie schon gesagt, nicht nur getötet, sondern in Nichts aufgelöst worden waren, angefangen bei den wichtigsten Körperteilen, den großen Zehen und den Zähnen. Dass man dabei eine minutiöse Zerstörung des funktionellen wie des geistigen Apparats und der Kauwerkzeuge vorgenommen hatte. Dass alles darauf hindeute, dass diese dreifache Zerstörung zum Ziel habe, die Neukonstituierung des Körpers von einem einzigen seiner Fragmente aus, das Wiedererstehen seiner dämonischen Ganzheit zu verhindern. Nichts anderes bedeute auch die Verstreuung der einzelnen Fragmente im Raum, so wie man einst den Kopf des Vampirs zwischen seine Füße gelegt habe. Dass schließlich Arandjel – der Danglard Serbiens, setzte Adamsberg zur Bekräftigung seiner Worte hinzu – versichert hatte, dass die Familie des Soldaten Arnold Paole das tragische und ganz und gar gewisse Opfer von Peter Plogojowitz geworden sei.

Die Positivisten waren betroffen, die Versöhnler nickten und machten sich Notizen. Estalère folgte dem Exposé des Kommissars voll Leidenschaft. Er hatte noch niemals eines seiner Worte in Zweifel gezogen, sei es pragmatisch oder irrational gewesen. Doch im Augenblick dieser hochgeistigen Auseinandersetzung zwischen dem Kommissar und Retancourt zerriss seine fetischistische Verehrung für die Dicke seinen Verstand in zwei unversöhnliche Hälften.

»Wir sind nicht dabei, einen Vampir zu suchen, Retancourt«, sagte Adamsberg mit Entschiedenheit. »Wir sind nicht dabei, einen Kerl zu suchen, dem zu Beginn des 18. Jahrhunderts ein Pfahl ins Herz getrieben wurde. Ist Ihnen das klar, Lieutenant?«

»Nicht so ganz.«

»Wir suchen einen psychopathischen Nachfahren des Geschlechts von Arnold Paole, der seinen Ahnen und dessen

Geschichte bestens kennt. Der überzeugt ist, dass ein äußeres Wesen die Quelle all seines Leidens ist. Der sich dafür den alten Feind Plogojowitz ausgesucht hat. Der alle Abkömmlinge von ihm vernichtet, um seinem eigenen Schicksal zu entgehen. Wenn ein Mensch schwarze Katzen umbrächte, weil er der Meinung ist, dass sie ihm Unglück bringen, wäre das etwa nicht schwachsinnig? Und würden Sie das für unmöglich halten? Unbegreiflich?«

»Nein«, räumte Retancourt ein, begleitet vom Grummeln einiger Positivisten.

»Und das ist dasselbe. Nur in größer. In gigantisch groß.«

Nach der zweiten Pause erteilte Adamsberg seine Weisungen. Die Sippe Plogojowitz zurückverfolgen, mögliche Mitglieder der Familie ausfindig machen und sie unter Polizeischutz stellen. Kommissar Thalberg informieren, dass er Frau Abster in Sicherheit bringen möge.

»Zu spät«, sagte die schmächtige Stimme von Justin mit deutlichem Bedauern.

»Wie die beiden anderen?«, fragte Adamsberg nach einem Schweigen.

»Genau so. Thalberg hat uns heute Morgen angerufen.«

»Das Werk von Arnold Paole«, sagte Adamsberg mit einem langen Blick zu Retancourt. »Schützen Sie die Übrigen. Tun Sie sich mit Thalberg zusammen, um die Mitglieder der Familie ausfindig zu machen.«

»Und Zerk?«, fragte Lamarre. »Sollen wir den Einsatz erhöhen? Die Verbreitung des Fotos hat noch nichts erbracht.«

»Dieser Dreckskerl ist unauffindbar«, sagte Voisenet. »Bestimmt auf dem Rückweg von Köln, und wohin? Um wen jetzt zu zerstückeln?«

»Es kann sein«, sagte Adamsberg zögernd, »dass dieser Dreckskerl nur der Vollstrecker von Paole ist. Es gibt keinen Paole unter seinen mütterlichen Vorfahren.«

»Mag sein«, meinte Noël, »aber wir kennen nur seine Mutter. Vielleicht finden sich die Paoles in seiner väterlichen Linie.«

»Möglich«, murmelte Adamsberg.

Das Foto von Zerk war an alle Kommissariate und Gendarmerien gegangen, auf Bahnhöfen, Flughäfen, an öffentlichen Orten verteilt worden, ebenso in Österreich. Deutschland, das über das Massaker an der alten Dame schwer erschüttert war, übernahm gegenwärtig die Stafette. Adamsberg sah nicht, wie der junge Mann diesem engmaschigen Netz würde entrinnen können.

»Wir brauchen eine schnelle und möglichst detaillierte Auskunft über diesen Chorleiter, den Vater Germain. Maurel, Mercadet, übernehmen Sie das.«

»Und Pierre junior?«

»Immer noch in Freiheit«, sagte Maurel, »und inzwischen wird er von einem namhaften Anwalt verteidigt.«

»Was gibt es Neues aus Avignon?«

»Diese Arschlöcher haben es doch fertiggebracht, eins von den Beweisstücken zu verbummeln«, sagte Noël.

»Welches?«, fragte Adamsberg vorsichtig.

»Die Bleistiftkrümel, die der Schuft zurückgelassen hat, der die Geschosshülse unter den Kühlschrank gelegt hat.«

»Definitiv verloren?«

»Nein, sie haben es in der Jackentasche eines Lieutenants am Ende wiedergefunden. Das ist kein Kommissariat dort, das ist ein Saustall. Ein Verlust von drei Tagen glatt.«

»Glatt«, bestätigte Adamsberg, während er gleichzeitig Vladislavs »Plog« hörte. »Und Émile?«

»Dr. Lavoisier hat uns wie ein Verschwörer eine Mitteilung zukommen lassen. Danach befindet sich Émile in einer Reha-klinik, er hat nach Meeresschnecken verlangt – die er nicht bekommen hat – und wird in ein paar Tagen entlassen. Doch nicht bevor seine Sicherheit gewährleistet ist, hat Lavoisier gesagt. Der Doktor erwartet die entsprechenden Weisungen.«

»Nicht bevor man Paole gefunden hat.«

»Inwiefern wäre Émile eine Gefahr für Paole?«, fragte Mercadet.

»Weil er der Einzige war, mit dem Vaudel-Plog gesprochen hat.«

Eine Gefahr für Paole und für Emma Carnot, dachte Adamsberg. Die stümperhaft abgeschossenen Kugeln von Châteaudun rochen nach der Tat eines Mannes, der im Auftrag von »da oben« handelte.

»Nennen wir ihn nicht mehr Zerk?«, fragte Estalère leise seinen Nachbarn Mercadet. »Nennen wir ihn jetzt Paole?«

»Es ist derselbe, Estalère.«

»Ach so.«

»Oder es ist nicht derselbe.«

»Ich verstehe.«

43

Danglard, Adamsberg und Veyrenc trafen sich danach diskret wieder, um in einem von der Brigade etwas weiter entfernten Restaurant zu Abend zu essen, wie drei zu einem Komplott heimlich sich versammelnde Verschwörer. Veyrenc hatte Danglard über die Schatten informiert, die auf dem Fall Weill lagen. Der Commandant strich sich mit den Fingern über seine weichen Wangen, und Veyrenc fand, dass er verändert wirkte. Der Abstract-Effekt, so hatte Adamsberg ihm vorhergesagt. Seine blassen Augen hatten an Ausdruck gewonnen, seine Schultern an Breite, sodass sie seinen Anzug jetzt besser ausfüllten. Niemand wusste, dass Danglard in seiner Todesangst um Adamsberg die Anreise von Abstract rückgängig gemacht hatte.

»Rufen wir Weill an?«, fragte Veyrenc.

Adamsberg hatte gefüllten Kohl bestellt, der aber eine so farblose Erinnerung an Kisilova war, dass er es schon bedauerte.

»Riskant«, meinte er.

»Wer zuerst kommt, mahlt zuerst«, wandte Danglard ein.

Die drei Häupter stimmten gemeinsam zu, und Adamsberg wählte seine Nummer, ihnen durch ein Zeichen bedeutend, dass sie schweigen sollten.

»Die Probe ist gestern ins Labor gegangen«, sagte Adamsberg. »Wir haben nur noch zwei Tage. Wie weit sind wir, Weill?«

»Eine Sekunde, bitte, ich muss erst mein Lammkarree retten.«

Adamsberg legte seine Hand aufs Telefon.

»Er rettet ein Lammkarree.«

Veyrenc und Danglard nickten verständnisvoll. Adamsberg schaltete den Ton laut.

»Ich unterbreche ungern einen Garvorgang«, sagte Weill, als er ans Telefon zurückkehrte. »Man weiß nie, was hinterher daraus wird.«

»Weill, Emma Carnot kennt den Mörder von Garches. Durch assoziatives Schlussfolgern. Wen sie aber vor allem kennt, das ist der Mann, der die siebzehn abgeschnittenen Füße vor den Friedhof von Higegatte gestellt hat.«

»Highgate.«

»Den achtzehnten, den fehlenden Fuß, den haben wir vernachlässigt. Und ich denke, genau den hat Carnot gesehen.«

»Wenn Sie mich nicht endlich zu Wort kommen lassen, Adamsberg, dann kehre ich sofort zu meinem Lammkarree zurück.«

»Schießen Sie los.«

»Ich habe im Kommissariat von Auxerre, wo die Seite aus dem Hochzeitsregister herausgerissen wurde, Nachforschungen anstellen lassen. Und zwar hat es dort vor zwölf Jahren mal eine kuriose Zeugenaussage gegeben. Eine Frau gab schockiert zu Protokoll, dass sie eine makabre Entdeckung gemacht habe: ein Fuß in einem Schuh, der auf einem Waldweg herumlag. Nicht mehr und nicht weniger. Der Fuß war verwest, von Vögeln und fleischfressenden Tieren angeknabbert. Diese Frau hatte, wie sich der Brigadier noch erinnert, ihren Ex-Mann aus ihrem Landhaus hinausgeworfen. Kurze Zeit nach seinem Auszug kam sie an den Ort zurück, um die Schlösser auszuwechseln. Und entdeckte besagtes Relikt fünfzehn Meter vor ihrer Tür, auf dem Pfad, der auf das Haus zuführte.«

»Zu der Zeit hegte Carnot noch keinen Verdacht gegen den Ehemann.«

»Nein, oder sie hätte doch niemals die Polizei benachrichtigt. Dennoch hatte sie viele Indizien in der Hand, um ihn zu verdächtigen. Der Pfad war ein Privatweg und wurde von niemand anderem benutzt. Der Ehemann kam an den Wochenenden allein in das Forsthaus, seit über fünfzehn Jahren. Er jagte. Und dieser wunderliche, ungesellige Gemahl soll nach Aussage der Bewohner des Fleckens sein Wild in einem mit Vorhängeschloss versehenen Gefrierschrank zwischengelagert haben. Er habe jede Hilfe von Nachbarn abgelehnt, als Emma Carnot ihn schließlich zum Auszug gezwungen hatte. Sie ahnen, was die Kühltruhe enthielt. Während ihres überstürzten Umladens in den Lastwagen muss ein Fuß verloren gegangen sein. Emma Carnot hätte begreifen können, dass der Fuß unmöglich einem Unbekannten aus der Tasche gefallen war, oder einem Vogel aus dem Schnabel. Aber sie *wollte* alles andere als begreifen. Die Idee ist ihr später zweifellos gekommen, dann hat sie geschwiegen. Die Ermittlung verlief im Sande – man hat auf einen Aasgeier geschlossen –, und alles war vergessen.«

»Bis zu der Entdeckung von Higegatte. Da hat sie begriffen.«

»Eindeutig. Siebzehn Füße vor einem Friedhof und sie kannte den achtzehnten. Wenn herauskäme, dass sie einen Mann geheiratet hatte, der neun Leichnamen die Füße abgesägt hatte, wäre sie erledigt. Zu ihrem Pech aber waren Sie am Ort des Geschehens in London. Da blieb ihr nur noch, Sie mit Stumpf und Stiel zu vernichten. In weniger als einem Tag hat sie Mordents Schwachstelle herausgefunden und sich den Mann gekauft. Wenn die Maschine Carnot sich erst mal in Bewegung setzt, kann nichts und niemand sie an Schnelligkeit übertreffen, schon gar nicht Sie, Kommissar. Die Sache in Garches ist am Sonntag publik geworden, Carnot aber hatte schon weit vor Ihnen die Verbindung zu Highgate gezogen. Wie, weiß ich nicht. Vielleicht diese Zerstückelung. Sie hat die Ermittlung sabotiert, sie hat auf Émile schießen lassen, hat von Mordent verlangt, dass er die Flucht des Verdächtigen provoziert und die Patronenhülse sowie die Bleistiftspäne im Haus von Vaudel deponiert. Um den wahren Schuldigen zu retten, Sie lahmzulegen und zu erreichen, dass nie einer mehr von Ihnen hört.«

»Wie ist der Name ihres Ehemanns, Weill?«, fragte Adamsberg sehr langsam.

»Keine Ahnung. Das Haus in Burgund ist auf den Namen der Mutter eingetragen, es ist seit vier Generationen im Besitz der Familie Carnot. Und in dem Dorf, wie in allen Dörfern, hat man den Namen des Familienbesitzes auf den Ehemann übertragen. Man nannte ihn Monsieur Carnot oder den ›Gemahl von Madame Carnot‹. Er kam ja nur zum Jagen dorthin.«

»Aber sie, verdammt noch mal! Man wird doch wohl den Namen haben, den sie als verheiratete Frau trug. In jener Anzeige, zum Beispiel.«

»Sie war schon lange geschieden, als sie diese Anzeige machte. Als sie mit siebenundzwanzig Jahren ihre Laufbahn begann, hieß sie schon wieder Carnot. Es ist also mindestens fünfundzwanzig Jahre her, dass sie ihren Mädchennamen wieder angenommen hat. Diese Heirat war eine kurze Affäre ihrer Jugend.«

»Wir brauchen diese Zeugenaussage, Weill. Das ist das Einzige, was wir gegen sie in der Hand haben.«

Weill kicherte und bat um ein paar Minuten, um sein Lammkarree zu wenden.

»Man könnte meinen, Adamsberg, dass Sie die absolute Macht dieser Leute immer noch nicht durchschauen. Es gibt keine Aussage mehr. Ich verdanke diese Geschichte allein dem Erinnerungsvermögen des Brigadiers in Auxerre. Es gibt keinerlei schriftliche Belege. Sie haben die Dinge perfekt gelöscht.«

»Weill, es bleibt uns noch ein Trauzeuge.«

»Keine Resonanz im Augenblick. Aber es gibt die Mutter von Emma Carnot. Sie muss den jungen Ehemann kennengelernt haben, und sei es nur für ein paar Tage. Marie-Josée Carnot, Rue des Ventilles 17 in Genf. Es wäre ratsam, sie zu beschützen.«

»Es ist ihre Mutter, verdammt.«

»Und sie ist Emma Carnot. Die Trauzeugin, die in Nantes ermordet wurde, war ihre eigene Cousine. Informieren Sie Ihren Kollegen Nolet. Falls er die Sache weiterzuverfolgen wagt.«

»Was soll ich ihm sagen?«

»Beschützen Sie die Mutter.«

»Wie aber hat Carnot wissen können, wohin Émile ging?«

»Sie hat zugeschlagen, als es ihr richtig erschien und um mit ihm zu machen, was sie wollte.«

»Selbst die Bullen in Garches haben ihn verfehlt.«

»Adamsberg, Sie sind wirklich nicht geschaffen, um da oben zu arbeiten. Die Bullen in Garches haben Émiles Spur nie verloren, sie hatten ihn sehr wohl im Visier, als er sich in das Krankenhaus flüchtete. Aber dann kam ein Befehl von oben, der sie anwies, ihn laufen zu lassen, ihm zu folgen, seinen Anlaufpunkt zu signalisieren und dann zu verschwinden. Was sie getan haben. So gehorcht man da unten.«

Adamsberg legte auf, ließ den Apparat auf dem Tisch kreisen. Das Schaumstoffherz hatte er Danica dagelassen.

»Danglard, ich vertraue Ihnen die Mutter an. Schutzmacht Retancourt.«

»Aber ihre Mutter doch nicht«, flüsterte Veyrenc.

»Es gibt ja auch Leute, die einen Schrank essen, Veyrenc.«

Danglard entfernte sich, um Retancourt anzurufen. Sofortiger Aufbruch in die Schweiz. Sobald sie wussten, dass sie im Begriff war loszufahren, atmeten die drei Männer auf, und Danglard bestellte einen Armagnac.

»Ich würde ja lieber einen Rakija nach meinem *kafa* trinken, wie in der Krutschema.«

»Wie kommt es, Kommissar, dass Sie sich serbische Wörter eingeprägt haben, wo Sie nicht mal in der Lage sind, sich an den schlichten Namen Radstock zu erinnern?«

»Es sind kisilovarische Wörter«, präzisierte Adamsberg.

»Vermutlich weil es ein ungewisser Ort ist, Danglard, an dem außergewöhnliche Dinge passieren. *Hvala, dobro vece, kajmak.* In der Gruft habe ich an *kobasice* gedacht. Erwarten Sie nichts Großes, es sind nur Würstchen.«

»Sehr scharfe«, erklärte Veyrenc.

Und Adamsberg wunderte sich nicht, dass Veyrenc schon wieder mehr darüber wusste als er.

»Weill scheint korrekt zu sein«, meinte Danglard.

»Ja«, sagte Veyrenc. »Aber das will nichts heißen. Weill ist immer auf der Höhe der Kunst. Der Kriminal- wie auch anderer Künste.«

»Warum sollte er Carnot ausliefern?«

»Um sie fertigzumachen. Sie begeht Fehler, sie ist gefährlich.«

»Weill ist nicht Arnold Paole. Er ist nicht der Ex-Gemahl.«

»Warum nicht?«, schlug Veyrenc ohne große Überzeugung vor. »Was für eine Verbindung gibt es zwischen dem jungen Mann von vor neunundzwanzig Jahren und dem versnobten, dickbäuchigen und weißbärtigen Menschen von heute?«

»Ich kann keinen offiziellen Beamten auf Beobachtungsposten zu Weills Wohnung entsenden«, sagte Adamsberg. »Veyrenc?«

»Einverstanden.«

»Lassen Sie sich von Danglard eine Waffe geben. Und bedecken Sie Ihre Haare.«

44

Ein kleines Licht schimmerte im Verschlag. Lucio gab der Katzenmutter zu fressen. Adamsberg ging zu ihm und setzte sich mit gekreuzten Beinen auf den Boden.

»Du«, sagte Lucio, ohne den Kopf zu heben, »du kommst von weit her.«

»Weiter, als du glaubst, Lucio.«

»So weit, wie ich glaube, *hombre. La muerte.*«

»Ja.«

Adamsberg wagte nicht zu fragen, wie es dem Kätzchen Charme ginge. Er warf Blicke nach rechts, nach links, konnte sie aber nicht erkennen unter all den Katzen, die da im Schatten herumstrolchten. *Ich habe das kleine Katzenvieh mit einem einzigen Stiefeltritt getötet. Sie ist überallhin gespritzt.*

»Irgendwelchen Ärger gehabt?«, fragte er beklommen.

»Ja.«

»Sag schon.«

»Maria hat das Bierversteck unter den Büschen entdeckt. Wir müssen uns einen anderen Ort ausdenken.«

Ein Kätzchen näherte sich tollpatschig, stieß an Adamsbergs Bein. Er nahm es mit der Hand hoch, sah in seine kaum erst geöffneten Augen.

»Charme«, sagte er. »Ist sie es?«

»Erkennst du sie nicht wieder? Immerhin hast du sie auf die Welt geholt.«

»Ja, natürlich.«

»Manchmal taugst du aber auch gar nichts«, meinte Lucio kopfschüttelnd.

»Ich habe mir Sorgen um sie gemacht. Ich hatte einen Traum.«

»Erzähl, *hombre*.«

»Nein.«

»War was Finsteres, nicht wahr?«

»Ja.«

Adamsberg verwandte die beiden folgenden Tage darauf, unterzutauchen. Er ließ sich nur für wenige Augenblicke in der Brigade sehen, telefonierte, las seine E-Mails, ging wieder, blieb unerreichbar. Er nahm sich die Zeit, bei Josselin zu klingeln, um seinen Tinnitus überprüfen zu lassen. Der Arzt bohrte die Finger in seine Ohren, äußerte sich sehr zufrieden, aber diagnostizierte einen Schock, der einen Mann zerstören könne, Todesangst, nicht wahr? Doch schon fast verheilt, fügte er überrascht hinzu.

Der Mann mit den goldenen Fingern hatte den Tinnitus in seinen Händen davongetragen, und Adamsberg genoss es einen Augenblick, die Geräusche der Straße wieder ohne das stetige Surren seiner Hochspannungsleitung zu hören. Dann rannte er weiter, immer auf den Spuren von Arnold Paole. Die Recherche über Pater Germain kam kaum voran, der Mann verweigerte jedwede Auskunft über seine Vorfahren, was sein gutes Recht war. Und sein wirklicher Name, Henri Charles Lefèvre, war so weit verbreitet, dass Danglard schon bei den ersten Bemühungen scheiterte, seine Familiengeschichte zurückzuverfolgen. Danglard hatte Veyrencs Eindruck bestätigt: Dieser Pater Germain, ein verwirrender, autoritärer Mensch, mit einer unangenehmen, aber möglicherweise verführerischen Körperkraft ausgestattet, hatte nichts, um die Sympathie von Menschen zu erwecken, und alles, um eitle junge Sängerknaben zu faszinieren. Adamsberg hatte Danglards Bericht mit zerstreuter Miene zugehört und seine Empfindsamkeit damit wieder einmal sehr verletzt.

Retancourt sicherte mit Kernokian die Schweiz, Veyrenc bewohnte das ehemalige Zimmer von Zerk. Von dort ließ er Weill nicht aus den Augen. Seine roten Haarsträhnen hatte er unter einer dunklen Tönung verborgen, aber sobald die Sonne darauffiel, schienen sie wieder durch, unauslöschlich und provokant. *Versuch nicht zu verbergen, was deine Natur. / Das Licht des Tages verrät deiner Kindheit Spur.* Weill verbrachte seine – knappe – Zeit am Quai des Orfèvres, dann reihum bei seinen Lieferanten für Lebensmittel und rare Artikel, darunter eine Seife aus dem Libanon mit dem Duft der Purpurrose. Er hatte den neuen Nachbarn sogleich zu seiner abendlichen Tafelrunde eingeladen, aber Veyrenc hatte höflich schon von Weitem abgelehnt. Noch um drei Uhr morgens amüsierte man sich bei Weill, und Veyrenc hätte gern die Maske abgeworfen, wäre nicht seine große Sorge um seinen Neffen gewesen.

Adamsberg legte sich jetzt immer mit seinen Waffen schlafen. Am Mittwochabend rief er erneut das Kommissariat in Nantes an, da seine vorherigen Versuche ohne Antwort geblieben waren. Der diensthabende Beamte, Brigadier Pons, lehnte es wie seine Kollegen ab, ihm den Privatanschluss von Kommissar Nolet zu geben.

»Brigadier Pons«, sagte Adamsberg, »ich spreche von Françoise Chevron, der Frau, die vor elf Tagen in Nantes erschossen wurde. Sie haben einen Unschuldigen hinter Gittern sitzen und ich habe Ihren Mörder in Freiheit.«

Ein Lieutenant trat mit fragender Miene neben den Brigadier.

»Jean-Baptiste Adamsberg«, informierte ihn der Brigadier, die Hand aufs Telefon legend. »Im Fall Chevron.«

Mit einer unzweideutigen Geste seiner Hand an seiner Stirn gab der Lieutenant zu verstehen, wie viel Gutes er von Adamsberg dachte. Dann schienen ihm plötzlich Bedenken zu kommen und er griff sich den Hörer.

»Lieutenant Drémard.«

»Die private Nummer von Nolet, Lieutenant.«

»Kommissar, wir haben den Fall Chevron abgeschlossen, er liegt bereits auf dem Schreibtisch des Richters. Der Ehemann schlug sie regelmäßig, sie hatte einen Liebhaber. Das Problem war hausgemacht. Wir können Kommissar Nolet deswegen nicht stören, er hasst das.«

»Er wird es noch mehr hassen, wenn es erst ein weiteres Opfer gibt. Seine Telefonnummer, Drémard, beeilen Sie sich.«

Drémard ging in Gedanken die zahlreichen und einander widersprechenden Meinungen durch, die er über Adamsberg gehört hatte, Genie oder Katastrophe, er fürchtete, einen Fehler zu machen, in der einen oder der anderen Richtung, darum entschied er sich für die Vorsicht.

»Haben Sie was zum Schreiben, Kommissar?«

Zwei Minuten später hatte Adamsberg den amüsanten Nolet an der Strippe. Er hatte Freunde zu Gast, Musik im Hintergrund und erregte Gespräche überdeckten ein wenig seine Stimme.

»Tut mir leid, dass ich Sie störe, Nolet.«

»Im Gegenteil, Adamsberg«, sagte Nolet aufgeräumt. »Sind Sie hier in der Gegend? Wollen Sie nicht zu uns kommen?«

»Ich rufe wegen Ihres Falls Chevron an.«

»Na, großartig!«

Nolet musste mit einer Hand darum bitten, dass man den Ton etwas leiser stellte, damit Adamsberg ihn besser verstehen konnte.

»Die Frau war vor neunundzwanzig Jahren Trauzeugin bei einer Hochzeit in Auxerre. Und die Ex-Gemahlin will um keinen Preis, dass man sich daran erinnert.«

»Beweis?«

»Die Seite im Standesamtsregister wurde herausgerissen.«

»Und sie wäre so weit gegangen, die Zeugin zu töten?«

»Ohne jeden Zweifel.«

»Ich höre, Adamsberg.«

»Man hat die in Genf lebende Mutter befragt, sie leugnet, dass ihre Tochter je verheiratet war. Sie hat Angst und scheint mir zu einer bestimmten Aussage vergattert zu sein.«

»Also wäre auch dem anderen Zeugen Polizeischutz zu geben.«

»Genau, aber wir kennen ihn noch immer nicht. Der Aufruf in der Presse hat nichts erbracht. An Ihnen wäre es, das Umfeld von Françoise Chevron zu befragen. Konzentrieren Sie sich auf einen Mann. Als Trauzeugen werden fast immer ein Mann und eine Frau gewählt.«

»Der Name der Ex-Gemahlin, Adamsberg?«

»Emma Carnot.«

Adamsberg hörte Nolet aus dem Zimmer gehen, dann eine Tür schließen.

»Okay, Adamsberg. Ich bin allein. Sie sprechen wirklich von Carnot? Emma Carnot?«

»Ebender.«

»Sie verlangen von mir, ich soll die herumschleichende Schlange angreifen?«

»Welche Schlange?«

»Die da oben, verdammt. Die mächtige Schlange, die sich in ihren Hinterzimmern herumtreibt. Rufen Sie mich von Ihrem Diensthandy aus an?«

»Nein, Nolet. Das ist von Wanzen zerfressen wie ein Balken von Würmern.«

»Sehr gut. Sie verlangen von mir, eine der Spitzen des Systems anzugreifen? Einen der Köpfe, der am Princeps-Kopf des Staates klebt? Sie wissen, dass jede einzelne Schuppe dieser Schlange mit der nächsten in einem unverletzlichen Harnisch verbunden ist? Wissen Sie, was mir danach noch übrig bleiben wird? Vorausgesetzt, man lässt mich überhaupt so weit kommen?«

»Ich werde mit Ihnen sein.«

»Was soll ich mir davon schon kaufen können, Adamsberg!«, donnerte Nolet. »Wo werden wir dann sein?«

»Ich weiß nicht. Vielleicht in Kisilova. Oder an einem anderen ungewissen Ort im Nebel.«

»Verdammt, Adamsberg, Sie wissen, ich war immer auf Ihrer Seite. Aber da mache ich nicht mit. Man sieht, dass Sie keine Kinder haben.«

»Ich habe zwei.«

»So«, sagte Nolet. »Das ist neu.«

»Ja. Und?«

»Und nein. Ich bin nicht der heilige Georg.«

»Kenne ich nicht.«

»Der Typ, der den Drachen tötete.«

»Ach so«, korrigierte Adamsberg sich. »Den kenne ich auch.«

»Umso besser. Dann werden Sie mich verstehen. Ich greife die herumstreunende Schlange nicht an.«

»Gut, Nolet. Dann lassen Sie mir die Akte Chevron zukommen. Ich will nicht, dass da einer stirbt, weil er vor neunundzwanzig Jahren Trauzeuge bei einem Aas war. Ob dieses Aas nun zu einer Schuppe der Schlange geworden ist oder nicht.«

»Ein Zahn wäre treffender. Ein Giftzahn.«

»Wie Sie wollen. Lassen Sie diese Schlange mal einen Moment beiseite, schicken Sie mir das Dossier und vergessen Sie alles.«

»Schon gut«, sagte Nolet seufzend. »Ich gehe ins Büro.«

»Wann schicken Sie es mir?«

»Ich schicke es Ihnen nicht, verdammt. Ich hole es zurück.«

»Tatsächlich? Oder setzen Sie sich drauf?«

»Vertrauen Sie mir wenigstens, Adamsberg, oder ich schmeiße alles in die Loire. Ich bin schon dicht dran.«

Plog, sagte sich Adamsberg, als er auflegte. Nolet war auf

die Spur von Emma Carnot gesetzt und Nolet war gut. Wenn er nicht unterwegs Angst vor der Schlange bekam. Adamsberg wusste nicht, was »Princeps« bedeutete, aber er hatte verstanden. Die Leute benutzten eine beträchtliche Menge komplizierter Wörter, und er fragte sich, wann, wo und wie sie die mit solcher Leichtigkeit hatten in sich aufnehmen können. Wenigstens erinnerte er sich an »Krutschema« und das war auch nicht jedem gegeben.

Er duschte, legte seine Waffe und seine beiden Funktelefone ans Fußende seines Betts, streckte sich noch feucht unter seinem roten Plumeau aus, mit einem sehnsuchtsvollen Gedanken an das verschossene Blau in der Krutschema. Er hörte, wie beim Nachbarn die Tür aufging und Lucio in den Garten trat. Es musste also zwischen halb eins und zwei Uhr morgens sein. Es sei denn, Lucio kam nicht zum Pinkeln heraus, sondern um ein neues Versteck für das Bier anzulegen. Das seine Tochter Maria voraussichtlich zwei Monate später entdecken würde, um eine neue Etappe in ihrem endlosen Spiel miteinander zu markieren. An Lucio denken, an Charme, an das blaue Federbett, alles, nur nicht Zerk vor sich sehen müssen. Zerk mit seinem brutalen Gesicht, seinen hochfahrenden Reden und seinem ebenso erbarmungslosen wie blinden Zorn. Ein netter Junge, eine Engelsstimme, meinte Veyrenc, nein, das fand Adamsberg nicht. Einige Fakten allerdings sprachen für Zerk: das schmutzige Taschentuch, die viel zu alten Füße von Highgate, die Stiefel unter der Treppe, die jedem zugänglich waren. Aber die Hundehaare, die standen immer noch aufgerichtet wie ein verdammt borstiges Hindernis. Und Zerk gäbe einen perfekten Mörder ab, den ein Paole wie Kerzenwachs in seinen Händen geformt hätte, sodass sie sich die Aufgabe teilen konnten, der eine bei Vaudel, der andere in Highgate. Ein morbides Paar, dieser pathologisch veranlagte Kraftmensch Arnold Paole und sein labiler Zögling, der seines Vaters beraubte junge Mann. Sohn von nichts, Sohn von wenig, Sohn von Adamsberg. Doch Sohn oder nicht Sohn, Adamsberg verspürte keinerlei Lust, einen Finger für Zerk krumm zu machen.

45

Eine Grille zirpte aufgeregt auf seinem Fußboden, es klang wie ein verzweifelter Hilfeschrei. Adamsberg erkannte das Vibrationsgeräusch seines Handys – des verwanzten –, er hob es auf und sah auf seine beiden Uhren. Zwischen zwei Uhr fünfundvierzig und vier Uhr fünfzehn morgens. Er fuhr sich mit der Hand übers Gesicht, um den Schlaf abzustreifen, sah auf das Display, er hatte zwei Mitteilungen erhalten. Er ging von der einen zur anderen, sie waren von derselben Person im Abstand von drei Minuten abgesandt worden. Die eine lautete *Por*, die zweite *Qos*. Adamsberg rief auf der Stelle Froissy an. Froissy meckerte nie, wenn man sie mitten in der Nacht weckte. Adamsberg vermutete, dass sie die Gelegenheit nutzte, um einen Happen zu essen.

»Zwei Mitteilungen, die ich nicht verstehe«, sagte er zu ihr, »ich glaube, sie sind unangenehm. Wie viel Zeit brauchen Sie, um den Inhaber des Handys zu identifizieren?«

»Bei einer unbekannten Nummer? Eine Viertelstunde. Zehn Minuten, wenn ich mich beeile. Plus dreißig Minuten, um zur Brigade zu kommen, denn hier zu Hause habe ich nur zwei Mikrorechner. Vierzig Minuten. Sagen Sie an.«

Adamsberg gab ihr die Nummer durch, aber gleichzeitig

hatte er ein Gefühl von höchster Dringlichkeit. Vierzig Minuten waren zu lang.

»Den kann ich Ihnen sofort geben«, sagte Froissy. »Ich habe ihn heute Nachmittag identifiziert. Armel Louvois.«

»Scheiße.«

»Ich hatte gerade begonnen, seine Anrufe aufzulisten – er telefoniert nicht sehr viel. Nichts seit neun Tagen, er hat das Gerät am Morgen seiner Flucht ausgeschaltet. Warum macht er es wieder an? Was fällt ihm ein, sich zu melden? Hat er eine Nachricht hinterlassen?«

»Er hat mir zwei unverständliche SMS geschickt. Können Sie ihn mir lokalisieren?«

»Wenn er nicht schon wieder ausgeschaltet hat, ja.«

»Können Sie das von zu Hause aus?«

»Schon schwieriger, aber ich kann versuchen, eine Verbindung aufzubauen.«

»Versuchen Sie es und machen Sie schnell.«

Sie hatte schon aufgelegt. Froissy zu sagen, sie solle sich beeilen, war überflüssig, sie führte ihre Aufgaben ohnehin immer schnell wie eine aufgeschreckte Fliege aus.

Er schlüpfte in seine Sachen, griff das Holster und die beiden Funktelefone. Auf der Treppe merkte er, dass er sein T-Shirt verkehrt herum übergestreift hatte, das Etikett kratzte ihn am Hals. Das würde er später richten. Froissy rief zurück, als er seine Jacke überzog.

»Die Villa in Garches«, meldete Froissy. »Noch ein anderes Gerät sendet vom gleichen Standort. Unbekannt. Soll ich es zu identifizieren versuchen?«

»Tun Sie das.«

»Dazu muss ich aber ins Büro fahren. Antwort in einer Stunde.«

Adamsberg alarmierte zwei Mannschaften, rechnete. Es würde mindestens dreißig Minuten dauern, bis die erste Truppe in der Brigade versammelt wäre. Dann die Strecke bis nach Garches. Wenn er jetzt gleich losführe, wäre er in zwanzig Minuten dort. Er zögerte, sein Verstand riet ihm zu warten. Eine Falle. Was machte Zerk im Haus des alten Vaudel? Mit noch einem anderen Telefon? Oder mit dem anderen? Mit Arnold Paole? Und wenn es so wäre, was suchte Zerk? Eine Falle. Und der sichere Tod. Adamsberg stieg in sein Auto, legte die Arme aufs Lenkrad. In der Gruft hatten sie ihn verfehlt, hier versuchten sie es ein zweites Mal, das war eindeutig. Das Klügste wäre, sich nicht von der Stelle zu rühren. Noch einmal las er die beiden Nachrichten. *Por. Qos.* Er drehte den Zündschlüssel, doch plötzlich hielt er inne. Ja, es war ganz eindeutig, so würde es logischerweise ablaufen. Die Hand noch immer am Schlüssel, versuchte er zu begreifen, warum eine andere Gewissheit ihm gleichzeitig befahl, so schnell wie möglich nach Garches zu rasen, eine vollkommen grundlose Gewissheit, die jedoch sein Denken gefangen hielt. Er schaltete die Scheinwerfer ein und fuhr los.

Auf halbem Wege, hinter dem Tunnel von Saint-Cloud, hielt er auf dem Standstreifen. *Por, Qos.* Er war sich fast sicher. Er hatte dieses *Por* schon oft auf dem Display seines Handys gesehen. Und zwar ebendann, wenn er das Wort »Sms« eingab. Er holte sein Telefon heraus, gab die drei Buchstaben »s«, »m«, »s« ein. Er erhielt zunächst Pop, dann ließ er die möglichen Kombinationen durchlaufen: *Por, Pos, Qos, Sos*, und schließlich *Sms*.

Sos. SOS.

Ein SOS, das Zerk nicht korrekt einzugeben vermocht hatte. Er hatte es ein zweites Mal versucht, hatte blind getippt und sich wieder geirrt. Adamsberg setzte das Blaulicht aufs Wagendach und fuhr zurück auf die Straße. Wenn Zerk eine Falle hatte stellen wollen, hätte er verständliche Worte eingegeben. Wenn Zerk sein SOS nicht hingekriegt hatte, dann, weil er das Display nicht sehen konnte. Er hatte also im Dunkeln getippt. Oder tastend mit der Hand in der Tasche, damit es nicht zu bemerken war. Es war keine Falle, es war ein Hilfeschrei. Zerk war in Paoles Händen, und es war mehr als dreißig Minuten her, dass er seine Botschaft abgesandt hatte.

»Danglard?«, rief Adamsberg im Fahren. »Ich habe ein SOS von Zerk erhalten, geschrieben, ohne dass er sein Display sehen konnte. Der Mörder hat ihn an den Ort des Verbrechens gebracht und wird ihn dort sauber hinrichten. Ende der Geschichte.«

»Pater Germain?«

»Nicht der, Danglard. Woher soll Germain wissen, dass es ein weibliches Tier war? Das aber hat der Mörder gewusst. Umstellen Sie das Haus nicht, kommen Sie nicht zur Tür herein. Er würde ihn auf der Stelle abknallen. Fahren Sie Richtung Garches, ich rufe Sie wieder an.«

Das Steuer weiter nur mit einer Hand haltend, weckte er Dr. Lavoisier.

»Doktor, ich brauche die Zimmernummer von Émile. Es eilt.«

»Wer ist dran, Adamsberg?«

»Ja.«

»Und wer beweist mir das?«, fragte Lavoisier als der perfekte Verschwörer, der er inzwischen geworden war.

»Verdammt, Doktor, wir haben keine Zeit.«

»Kommt nicht infrage.«

Adamsberg spürte, die Blockade war unüberwindlich, Lavoisier nahm seinen Auftrag ernst. Adamsberg hatte ihm »keinerlei Kontakt« befohlen und er befolgte die Weisung mit wissenschaftlicher Genauigkeit.

»Wenn ich Ihnen sage, was Retancourt gemurmelt hat, als sie aus dem Koma erwachte, würde Ihnen das genügen? Haben Sie die Stelle noch im Kopf?«

»Absolut. Ich höre.«

»Oh, dass des letzten Römers letzten Seufzer / Ich hören könnte und vor Wonne dann / Noch sterbend hauchen: Das hab' ich getan!«[*]

»Okay, mein Lieber. Ich gebe Sie an das Krankenhaus weiter, denn ohne meine Vermittlung werden die es ablehnen, Sie zu Émile durchzustellen.«

»Machen Sie schnell, Doktor.«

Knacken, Ruftöne, Ultraschallgeräusche, dann die Stimme von Émile.

»Ist was mit Cupido?«, fragte er in besorgtem Ton.

»Dem geht es bestens. Émile, sag mir, wie man in Vaudels Haus anders hineinkommt als durch die Haustür.«

»Durch den Hintereingang.«

---

[*] Corneille-Zitat aus der Tragödie *Horatius* in: Fred Vargas, *Die dritte Jungfrau*.

»Ich meine, einen anderen Weg. Einen diskreten, bei dem man keine Aufmerksamkeit erregt.«

»Gibt es nicht.«

»Doch, Émile, es gibt einen. Den hast du benutzt. Wenn du in der Nacht herumschnüffeln kamst, um Geld zu klauen.«

»Habe ich nie gemacht.«

»Verflucht, wir haben deine Fingerabdrücke auf den Schubladen des Sekretärs. Uns ist das scheißegal. Hör mir gut zu. Der Kerl, der Vaudel massakriert hat, wird heute Abend im Haus noch einen andern umlegen. Ich muss mich unbemerkt hineinschleichen. Begreifst du das?«

»Nein.«

Der Wagen fuhr in Garches ein, Adamsberg nahm das Blaulicht herunter.

»Émile«, sagte Adamsberg mit zusammengepressten Zähnen, »wenn du es mir nicht sagst, knalle ich deinen Köter ab.«

»Das würdest du nicht tun.«

»Ohne zu zögern. Anschließend zertrete ich ihn unter meinem Stiefel. Alles klar, Émile?«

»Scheißbulle, verdammter.«

»Ja. Mein Gott, sprich schon.«

»Durch das Nachbarhaus, das von Mutter Bourlant.«

»Tatsächlich?«

»Die Keller gehen ineinander über. Früher gehörten die beiden Häuser ein und demselben Mann, er hatte seine Frau in dem einen und seine Geliebte in dem andern untergebracht. Der größeren Bequemlichkeit wegen hatte er eine Verbindung zwischen beiden Kellern graben lassen. Als das Anwesen später verkauft wurde, hat man die beiden Häuser getrennt und die unterirdische Verbindungstür zugenagelt. Aber die Mutter Bourlant hat sie wieder aufgebrochen, wozu sie kein Recht hatte. Vaudel wusste nichts davon, er ging nie in den Keller runter. Ich hatte den Trick entdeckt, aber ich hatte der Nachbarin versprochen, nichts zu sagen. Dafür ließ sie mich den Durchgang benutzen. Wir haben uns gut verstanden, wir beide.«

Adamsberg hielt fünfzig Meter vom Haus entfernt, stieg aus, schloss lautlos die Wagentür.

»Warum hat sie die Tür wieder aufgebrochen?«

»Sie hat eine irre Angst vor Feuer. Und das ist ihr Fluchtweg. Vollkommen idiotisch, denn sie hat eine wunderbare Schicksalslinie.«

»Lebt sie allein?«

»Ja.«

»Ich danke dir.«

»Mach keinen Scheiß mit meinem Hund, ja?«

Adamsberg informierte die beiden Mannschaften. Die eine war unterwegs, die andere fuhr gerade los. Man sah kein Licht in Vaudels Villa, Fensterläden und Vorhänge waren geschlossen. Er klopfte mehrmals bei Madame Bourlant an die Tür. Es war genau das gleiche Haus, nur sehr viel heruntergekommener. Es würde nicht leicht sein, eine allein lebende Frau zu überreden, mitten in der Nacht zu öffnen, nur auf den Befehl »Polizei« hin, der für niemanden etwas Beruhigendes hatte. Entweder man glaubt, es ist gar nicht die Polizei, oder man denkt, sie ist es tatsächlich, was noch viel schlimmer ist.

»Madame Bourlant, ich komme von Émile. Er liegt im Krankenhaus, er hat eine Nachricht für Sie.«

»Und warum kommen Sie in der Nacht?«

»Er will nicht, dass man mich sieht. Es ist wegen des Durchgangs im Keller. Er sagt, wenn das herauskommt, kriegen Sie Ärger.«

Die Tür ging zehn Zentimeter weit auf, von einer Kette gesichert. Eine sehr zarte kleine Frau um die sechzig musterte ihn, ihre Brille hochschiebend.

»Und woher weiß ich, dass Sie ein Freund von Émile sind?«

»Er sagt, Sie haben eine wunderbare Schicksalslinie.«

Die Tür wurde geöffnet und hinter ihm schloss die Frau gleich wieder ab.

»Ich bin ein Freund von Émile und ich bin Kommissar«, sagte Adamsberg und zeigte ihr seinen Ausweis.

»Das gibt's nicht.«

»Das gibt's. Machen Sie mir den Durchgang auf, das ist alles, worum ich Sie bitte. Ich muss in die Villa von Vaudel gelangen. Zwei Polizeitrupps werden auf demselben Weg folgen. Auch die werden Sie durchlassen.«

»Es gibt keinen Durchgang.«

»Ich kriege die Tür auch ohne Sie auf, Madame Bourlant. Machen Sie mir keinen Ärger oder die ganze Nachbarschaft wird von dem geheimen Zugang erfahren.«

»Und? Das ist doch kein Verbrechen?«

»Man wird vielleicht sagen, dass Sie den alten Vaudel bestehlen wollten.«

Die kleine Frau beeilte sich, den Schlüssel zu holen, wobei sie alle möglichen Verwünschungen gegen die Polizei vor sich hin murmelte. Adamsberg folgte ihr in den Keller, dann in den Gang, der ihn verlängerte.

»Sie macht ja immer viel Wind, die Polizei«, sagte sie, als sie die Tür aufschloss, »aber dass sie sich wegen so einem Quark herbemüht! Mich zu verdächtigen, dass ich stehle. Émile zu behelligen, und auch noch diesen jungen Mann.«

»Die Polizei hat das Taschentuch von dem jungen Mann.«

»Quark. Wer lässt schon sein Taschentuch bei anderen Leuten liegen, und schon gar bei jemandem, den man umgebracht hat?«

»Kommen Sie nicht mit, Madame Bourlant«, sagte Adamsberg und drängte die kleine Frau zurück, die hinter ihm hertrippelte. »Es wäre gefährlich.«

»Der Mörder?«

»Ja. Gehen Sie in Ihr Haus zurück, warten Sie auf die Verstärkung, rühren Sie sich nicht weg.«

Die Frau trippelte rasch in die Gegenrichtung. Leise stieg Adamsberg die vollgestellte Kellertreppe des vaudelschen Hauses nach oben, mit eingeschalteter Taschenlampe, um nicht an eine Kiste oder eine Flasche zu stoßen. Die Verbindungstür zur Küche hatte ein gewöhnliches Schloss, in einer Minute hatte er es auf. Er lief durch den Korridor, direkt auf das Zimmer mit dem Flügel zu. Wenn Paole Zerk tötete, dann würde er es dort tun, am Ort seiner Reue.

Die Tür war geschlossen, keine Sicht in den Raum. Und die Tapisserien, die die Wände bedeckten, schluckten jedes Stimmengeräusch. Adamsberg betrat das angrenzende Badezimmer, stieg auf die Wäschetruhe. Von dort aus erreichte er das Lüftungsgitter.

Paole stand mit dem Rücken zu ihm, den Arm lässig ausgestreckt, die Waffe in seiner Hand trug einen Schalldämpfer. Ihm gegenüber in dem Louis-treize-Sessel saß weinend Zerk, er hatte nichts mehr von dem überheblichen Gothic. Paole hatte ihn regelrecht auf den Sitz genagelt. Ein Messer ging durch seine linke Hand, es war in das Holz der Armlehne gerammt. Es war viel Blut geflossen, der junge Mann saß schon eine ganze Weile in diesem Sessel festgesteckt, er schwitzte vor Schmerz.

»An wen?«, wiederholte Paole und wedelte mit einem Handy vor Zerks Augen herum.

Zerk musste ein weiteres Mal versucht haben, seinen Hilferuf abzusenden, diesmal hatte Paole ihn dabei erwischt. Der Mann ließ die Klinge eines Messers herausspringen, fasste Zerks rechte Hand und begann tiefe Schnittwunden in sie einzuritzen, gewissenhaft und ohne Eile, als zerteilte er einen Fisch, die Schreie des Jungen schien er nicht zu hören.

»Das wird dich lehren, es nicht noch einmal zu versuchen. An wen?«

»An Adamsberg«, wimmerte Zerk.

»Jämmerlich«, sagte Paole. »Der Sohn zermalmt den Vater nicht mehr, er ruft ihn beim ersten Kratzer zu Hilfe. *Por, Qos.* Was versuchtest du ihm zu sagen?«

»SOS. Aber ich hab's nicht geschafft, er wird es nicht verstehen. Lassen Sie mich frei, ich verrate nichts, ich werde nichts sagen, ich weiß nichts.«

»Aber ich brauche dich, mein Junge. Begreifst du nicht, die Polente ist noch viel zu weit weg. Ich werde dich hierlassen, so wie du da sitzt, gekreuzigt auf deinem Sessel, selbstverstümmelt, gestorben am Ort deines Verbrechens, und das war's. Ich habe noch einiges zu tun und brauche meine Ruhe.«

»Ich auch«, keuchte Zerk.

»Du?«, sagte Paole und schaltete Zerks Handy aus. »Was hast du denn zu tun? Deinen Glitzerkram herstellen? Singen? Essen? Aber darauf pfeift doch alle Welt, mein Junge. Du bist zu nichts und für niemanden nütze. Deine Mutter ist fort und dein Vater will nichts von dir wissen. Wenigstens hast du dann aus deinem Sterben etwas gemacht. Du wirst berühmt werden.«

»Ich werde nichts sagen. Ich gehe weit weg. Adamsberg wird es nicht kapieren.«

Paole zuckte die Schultern.

»Klar, dass er nicht kapieren wird. Ein Armleuchter wie du, Schaumschläger, wie der Vater so der Sohn. Auf jeden Fall kommt dein Anruf ein bisschen spät. Er ist nämlich tot.«

»Das ist nicht wahr«, sagte Zerk und bäumte sich auf.

Paole drückte gegen den Griff des Messers in Zerks Hand und ließ die Klinge in der Wunde federn.

»Beruhige dich. Toter kann einer nicht sein. Eingemauert in der Gruft der Opfer von Plogojowitz, in Kiseljevo in Serbien. Du siehst, dass er nicht so bald zurückkommen wird.«

Paole sprach dann mit leiserer Stimme zu sich selbst, während aus Zerks Gesicht der letzte Schimmer von Hoffnung wich.

»Aber du zwingst mich, die Dinge zu beschleunigen. Sollten sie seinen Körper am Ende finden, haben sie sein Telefon. In dem Fall lesen sie deine Nachricht, sie kriegen den Absender raus und orten dich. Orten uns beide. Wir haben vielleicht weniger Zeit als angenommen, geh in dich, mein Junge, nimm Abschied.«

Paole war vom Sessel zurückgetreten, aber noch stand er zu nahe bei Zerk. In der Zeit, in der Adamsberg die Tür öffnen und auf ihn anlegen würde, hätte Paole vier Sekunden Vorsprung gewonnen, um auf Zerk zu schießen. Er musste etwas finden, um seine Aufmerksamkeit vier Sekunden lang abzulenken. Adamsberg zog sein Notizbuch hervor, ließ alle Papiere herausfallen, die er in wilder Unordnung dort immer hineinschob. Das Blatt, das er suchte, war zerknittert und schmutzig, aber lesbar, seine Abschrift des Textes, der auf dem Grabstein von Plogojowitz gestanden hatte. Er nahm sein Handy, tippte hastig die Nachricht ein: *Dobro vece, Proklet – Sei gegrüßt, Verfluchter.* Unterschrift: *Plogojowitz.* Nicht gerade brillant, was Besseres fiel ihm nicht ein. Aber es würde den Mann für einen Augenblick stutzig machen, gerade so lange, dass er den Raum betreten und sich zwischen ihn und Zerk stellen konnte.

Das Gerät klingelte in Paoles Hosentasche. Der Mann sah auf das Display, furchte die Augenbrauen, die Tür wurde heftig aufgestoßen. Adamsberg stand ihm gegenüber, den jungen Mann deckend. Paole machte nur eine leichte Kopfbewegung, als wenn das Erscheinen des Kommissars lediglich eine Posse wäre.

»Waren Sie das, Kommissar, der sich mit so was amüsiert?«, sagte Paole, auf das Display zeigend. »Man sagt nicht *Dobro vece* zu dieser Nachtzeit. Jetzt sagt man *Laku noć.*«

Die verächtliche Sorglosigkeit von Paole verunsicherte Adamsberg. Weder überrascht noch beunruhigt, obwohl er ihn doch tot in der Gruft wähnte, schenkte er seiner Anwesenheit keinerlei Beachtung. Als wäre er nicht störender als ein Büschel Gras auf der Straße. Die Waffe auf Paole gerichtet, streckte Adamsberg seinen anderen Arm nach hinten und riss das Messer aus der Sessellehne.

»Lauf, Zerk! Schnell!«

Zerk sprang auf, die Tür schlug hinter ihm zu, seine Schritte hallten durch den Korridor.

»Wie rührend«, sagte Paole. »Und jetzt, Adamsberg? Jetzt stehen wir uns also gegenüber, und beide mit einer Waffe. Sie werden auf die Beine zielen und ich aufs Herz. Selbst wenn Sie mich als Erster treffen, schieße ich trotzdem, nicht wahr? Sie haben keine Chance. Die Feinfühligkeit meiner Finger ist unübertroffen und meine Kaltblütigkeit total. In einer derart konkreten Situation ist Ihnen Ihr Zugang zum Unterbewusstsein von keinerlei Nutzen. Im Gegenteil, er verzögert Ihr Handeln nur. Sie machen also den gleichen Fehler wie in Kiseljevo? Gehen allein spazieren? Zur alten Mühle wie auch hierher? Ich weiß«, er hob seine große Hand, »Ihre Nachhut kommt gleich.«

Der Mann sah auf seine Uhr, dann setzte er sich.

»Ein paar Minuten haben wir noch. Ich hole den Burschen mühelos ein. Ein paar Minuten nur, damit ich erfahre, was Sie zu mir geführt hat. Ich meine nicht heute Abend, und ich meine nicht die Nachricht, die dieser Trottel von Armel Ihnen geschickt hat. Denn Ihr Sohn ist ein Trottel, das wissen Sie, nicht wahr? Ich meine Ihren Besuch vorgestern in meiner Praxis, wegen Ihres Tinnitus. Ich bin sicher, da wussten Sie es schon, denn Ihr Schädel bot meinen Händen nur Widerstand, nur Opposition. Sie waren nicht mehr mit mir, sondern gegen mich. Wie sind Sie drauf gekommen?«

»In der Gruft.«

»Und weiter?«

Adamsberg sprach mit Mühe. Die Erinnerung an die Gruft, an die in Gesellschaft von Vesna verbrachte Nacht ließ ihn noch immer erbeben. Er versuchte an Veyrenc zu denken, an den Moment, als die Tür aufging, als er Froissys Cognac schluckte.

»Die kleine Katze«, sagte er dann. »Die Sie zertreten wollten.«

»Ja. Es hat mir die Zeit dafür gefehlt. Aber das mache ich noch, Adamsberg, ich halte mein Wort immer.«

»›Ich habe das kleine Katzenvieh mit einem einzigen Stiefeltritt getötet. Es hat mich genervt, dass du mich gezwungen hast, sie zu retten.‹«

»Stimmt.«

»Zerk hatte das Kätzchen unter einem Stapel Kisten hervorgeholt. Aber wie konnte er wissen, dass es ein weibliches Tier war? Bei einem Kätzchen, das eine Woche alt war? Unmöglich. Lucio wusste es. Ich wusste es. Und Sie, Doktor, als Sie es behandelt haben. Sie, und nur Sie.«

»Ja«, sagte Paole, »ich sehe, das war ein Fehler. Wann sind Sie darauf gekommen? Gleich nachdem ich es gesagt habe?«

»Nein. Als ich nach Hause zurückkehrte und das Tier sah.«

»Immer sehr langsam, der Adamsberg.«

Paole erhob sich, da ertönte der Schuss. Verblüfft sah Adamsberg den Arzt zusammenbrechen. Bauchschuss linksseitig.

»Ich wollte doch die Beine treffen«, sagte die Stimme von Madame Bourlant verwirrt. »Ich schieße schlecht, mein Gott.«

Die kleine Frau lief zu dem Mann am Boden, der japste, während Adamsberg seine Waffe aufhob und den Rettungsdienst anrief.

»Er wird doch wohl nicht sterben?«, fragte sie, indem sie sich leicht über ihn beugte.

»Ich denke nicht. Die Kugel steckt in den Eingeweiden.«

»Es ist ja nur eine 32er«, präzisierte Madame Bourlant treuherzig, als hätte sie eine Kleidergröße genannt.

Paoles Augen suchten den Kommissar.

»Der Rettungswagen kommt gleich, Paole.«

»Nennen Sie mich nicht Paole«, befahl der Arzt mit gepresster Stimme. »Es gibt keinen Paole mehr, seit die Macht der Verfluchten erloschen ist. Die Paoles sind gerettet. Sie gehen ab. Verstehen Sie, Adamsberg? Sie gehen und sind frei. Endlich.«

»Haben Sie sie alle getötet, die Plogojowitz?«

»Ich habe sie nicht getötet. Diese Kreaturen vernichten heißt nicht töten. Es sind keine Menschen. Ich helfe der Welt, Kommissar, ich bin Arzt.«

»Dann sind also auch Sie, Josselin, kein Mensch.«

»Nicht gänzlich. Aber jetzt ja.«

»Sie haben sie alle vernichtet?«

»Die fünf Großen. Es bleiben noch zwei Kauerinnen. Die können nichts wiedererstehen lassen.«

»Ich sehe nur drei: Pierre Vaudel-Plog, Conrad Plögener und Frau Abster-Plogerstein. Und die Füße von Plogodrescu, aber das ist ein früheres Werk.«

»Es klingelt«, warf Madame Bourlant schüchtern ein.

»Das ist der Rettungsdienst, gehen Sie öffnen.«

»Und wenn es nicht der Rettungsdienst ist?«

»Es ist der Rettungsdienst. Nun gehen Sie schon, verdammt.«

Die kleine Frau gehorchte, wieder leise auf die Polizei schimpfend.

»Wer ist das?«

»Die Nachbarin.«

»Von wo hat sie geschossen?«

»Ich habe keine Ahnung.«

»*Loša sreća.*«

»Die beiden anderen, Doktor? Die beiden anderen Menschen, die Sie getötet haben?«

»Ich habe keinen Menschen getötet.«

»Die beiden anderen Kreaturen?«

»Der ganz Große, Plogan, und seine Tochter. Schrecklich, diese beiden. Bei ihnen habe ich angefangen.«

»Wo war das?«

Die Krankenpfleger traten ein, setzten die Trage ab, holten ihr Material heraus. Adamsberg bedeutete ihnen durch ein Zeichen, ihnen noch ein paar Minuten zu lassen. Madame Bourlant hörte ihrem Gespräch zitternd und voller Konzentration zu.

»Wo?«

»In Savonlinna.«

»Wo liegt das?«

»Finnland.«

»Wann? Vor Pressbaum?«

»Ja.«

»Plogan, ist das deren heutiger Name?«

»Ja. Veïko und Leena Plogan. Üble Kreaturen. Nun herrscht er nicht mehr.«

»Wer?«

»Ich spreche seinen Namen niemals aus.«

»Peter Plogojowitz.«

Josselin nickte.

»In Highgate. Aus. Sein Blut ist versiegt. Schauen Sie nach, der Baum auf der Anhöhe von Hampstead wird eingehen. Und die Baumstümpfe in Kiseljevo werden verfaulen um sein Grab.«

»Und der Sohn von Pierre Vaudel? Er ist doch auch ein Plogojowitz? Warum haben Sie ihn am Leben gelassen?«

»Weil er nur ein Mensch ist, er wurde nicht mit Zähnen geboren. Das verfluchte Blut fließt nicht in allen Zweigen.«

Adamsberg richtete sich auf, da fasste der Arzt ihn beim Ärmel und zog ihn zu sich herab.

»Gehen Sie nachsehen, Adamsberg«, bat er. »*Sie* wissen. *Sie* verstehen. Ich muss sicher sein.«

»Was nachsehen?«

»Den Baum in Hampstead Hill. Er steht an der Südseite der Kapelle, es ist die große Eiche, die bei seiner Geburt im Jahr 1663 gepflanzt wurde.«

Den *Baum* ansehen? Dem Wahnsinn Paoles gehorchen? Der Vorstellung, dass Plogojowitz in diesem Baum lebte wie der Onkel in dem Bären?

»Josselin, Sie haben neun Toten die Füße abgeschnitten, Sie haben fünf Kreaturen massakriert, Sie haben mich in diese

Höllengruft eingemauert, Sie haben meinen Sohn benutzt und Sie wollten ihn gerade töten.«

»Ja, ich weiß. Aber gehen Sie und schauen Sie nach dem Baum.«

Adamsberg schüttelte den Kopf vor Abscheu oder auch Müdigkeit, stand auf und bedeutete den Pflegern, dass sie ihn nun mitnehmen könnten.

»Wovon spricht er?«, fragte Madame Bourlant. »Familienstreitigkeiten, was?«

»Genau. Von wo haben Sie geschossen?«

»Durch das Loch.«

Madame Bourlant führte ihn mit ihren kleinen Trippelschritten in den Korridor. Hinter einem alten Stich verborgen, war eine Öffnung von drei Zentimetern Durchmesser in die dünne Wand gebohrt, durch die man das Zimmer mit dem Flügel einsehen konnte, genau in dem schmalen Spalt zwischen zwei Wandteppichen auf der anderen Seite.

»Das war Émiles Guckloch. Da Monsieur Vaudel immer alle Lichter brennen ließ, konnte man nie sicher sein, ob er zu Bett gegangen war. Durch das Loch konnte Émile sehen, ob er sein Arbeitszimmer verlassen hatte. Émile stibitzte ihm hin und wieder ein paar Banknoten. Vaudel war ja so reich, mein Gott.«

»Wie konnten Sie das wissen?«

»Wir verstanden uns gut, Émile und ich. Ich war ja die Einzige im Viertel, die ihm nicht die kalte Schulter gezeigt hat. Wir vertrauten uns so manche kleinen Dinge an.«

»Wie den Revolver?«

»Nein, der gehörte meinem Mann. Wie blöd, mein Gott,

was ich getan habe. Auf einen Menschen zu schießen, das ist ja nicht ohne. Ich habe nach unten gezielt, aber der Lauf ist ganz von allein nach oben gegangen. Ich wollte ja gar nicht schießen, ich wollte nur zugucken. Dann aber, mein Gott, als Ihre Leute nicht kamen, hatte ich das Gefühl, Sie sind erledigt, jetzt muss ich was tun.«

Adamsberg nickte. Vollkommen erledigt. Es waren keine zwanzig Minuten vergangen, seit er das Badezimmer betreten hatte. Ein plötzlicher Hunger ließ seinen Bauch knurren.

»Wenn Sie den jungen Mann suchen«, fügte die kleine Frau hinzu, während sie zum Keller trippelte, »er sitzt bei mir im Salon. Er verarztet seine Hände.«

46

Die Mannschaft von Danglard fuhr hinter der Ambulanz her, die von Voisenet begann mit der Spurensicherung im Haus. Adamsberg fand Zerk im Wohnzimmer der Nachbarin sitzend, noch ebenso verängstigt wie vor Paole; vier Polizisten mit der Waffe in der Hand umstanden ihn. Seine Hände waren von groben Lappen umwickelt, die Madame Bourlant mit Sicherheitsnadeln festgesteckt hatte.

»Den«, sagte Adamsberg und zog Zerk an einem Arm hoch, »übernehme ich. Ein Schmerzmittel, Madame Bourlant, haben Sie so was da?«

Er gab ihm zwei Tabletten zu schlucken, dann schob er ihn vor sich her zu seinem Wagen.

»Schnall dich an.«

»Ich kann nicht«, sagte Zerk und wies auf seine verbundenen Hände.

Adamsberg schüttelte den Kopf, zog am Sicherheitsgurt, hakte ihn ein. Zerk ließ es stumm geschehen, er war sichtlich erschöpft und nahezu apathisch. Adamsberg fuhr schweigend, es war kurz vor fünf Uhr morgens, bald würde es Tag sein. Er zögerte. Sollte er den Fall rein professionell behandeln oder sich mit voller Wucht hineinstürzen? Eine dritte Möglichkeit, die Danglard ihm immer nahelegte, wäre es, sich subtil und mit Eleganz der Sache zu nähern. Auf englische Art eben. Aber für diese Art der Annäherung war er nicht ausgestattet. Mutlos und ein wenig zerschlagen ließ er den Wagen dahinfahren. Reden oder nicht reden, was machte das für einen Unterschied? Wozu, und was wollte er erreichen? Er konnte, ohne mit der Wimper zu zucken, Zerk in sein bisheriges Leben zurückkehren lassen. Er konnte weiter so bis ans Ende der Welt fahren, ohne ein Wort. Er konnte ihn auch einfach stehen lassen. Zerk hatte mit seinen verbundenen Händen unbeholfen eine Zigarette herausgezogen. Aber sie anzuzünden, war er nicht in der Lage. Adamsberg seufzte, drückte auf den Zigarettenanzünder und reichte ihn ihm. Mit der anderen Hand griff er zu seinem zweiten Handy. Weill rief ihn an.

»Habe ich Sie geweckt, Kommissar?«

»Ich hatte mich gar nicht hingelegt.«

»Ich auch nicht. Nolet hat den Trauzeugen gefunden, ein Schulkamerad von Françoise Chevron und Emma. Er hat Carnot vor einer halben Stunde gestellt. Sie war, mit Waffe, höchstpersönlich auf dem Weg zur Wohnung des Schulfreunds.«

»Es gibt solche Nächte, Weill, wo die Menschen Hunger haben. Arnold Paole wurde vor einer Stunde in der Villa in Garches verhaftet. Dr. Paul de Josselin. Er war dabei, Zerk auf kleinem Feuer zu rösten.«

»Schäden?«

»Zerk hat zerfetzte Hände. Josselin liegt im Krankenhaus von Garches mit einer Kugel im Bauch, nicht tödlich.«

»Wer hat geschossen? Sie?«

»Die Nachbarin. Sechzig Jahre, ein Meter fünfzig, vierzig Kilo, Kaliber 32.«

»Wo ist der junge Mann?«

»Hier bei mir.«

»Bringen Sie ihn nach Hause?«

»In gewisser Weise, ja. Er kann seine Hände nicht gebrauchen, er kommt gerade nicht allein zurecht. Sagen Sie Nolet, er soll den Zugang zur Wohnung von Françoise Chevron blockieren, die werden mit allen Mitteln versuchen, Emma Carnot aus dem Sumpf herauszuziehen und den Ehemann von Chevron hineinzustoßen. Sagen Sie ihm auch, er soll die Sache Carnot achtundvierzig Stunden lang geheim halten. Keine einzige Pressemitteilung, nicht eine Zeile. Das Mädchen steht übermorgen vor Gericht. Ich will nicht, dass Mordent sich umsonst hat überrumpeln lassen.«

»Klar.«

Zerk reichte ihm fragend seine Zigarettenkippe und Adamsberg drückte sie im Aschenbecher aus. Im Profil betrachtet, wie er da im heraufkommenden Morgenlicht saß und vagen Gedanken nachzuhängen schien, sah Zerk ihm ähnlich mit seiner Habichtsnase und seinem fliehenden Kinn, sodass man sich fragen konnte, warum Weill das nie aufgefallen war. Josselin hatte gemeint, dass der Junge ein Trottel sei.

»Ich habe in Kiseljevo all deine Zigaretten aufgeraucht«, sagte Adamsberg. »Die Schachtel, die du bei mir hast liegen lassen. Alle außer einer.«

»Josselin hat was von Kiseljevo gesagt.«

»Das ist der Ort, wo Peter Plogojowitz 1725 starb. Wo die Gruft für seine neun Opfer gebaut wurde, in der Josselin mich eingeschlossen hat.«

Adamsberg spürte, wie ein eisiger Hauch ihm über den Rücken strich.

»Wirklich«, sagte Zerk.

»Ja. Mir war sehr kalt. Und jedes Mal wenn ich daran denke, kommt die Kälte wieder zurück.«

Adamsberg fuhr zwei Kilometer ohne ein Wort.

»Er hat die Tür des Gewölbes geschlossen, dann hat er gesprochen. Er hat dich perfekt nachgeahmt. ›*Weißt du, wo du bist, Idiot?*‹«

»Das klang nach mir?«

»Sehr. ›Und alle Welt wird erfahren, dass Adamsberg sein Kind hat sitzen lassen und was aus diesem Kind geworden ist. Wegen dir. Dir. Dir.‹ Das war sehr überzeugend.«

»Und du hast gedacht, das wäre ich?«

»Klar. Genau das Aas, das du warst, als du zu mir kamst. Um mir das Leben zu versauen. Das hattest du doch versprochen, oder?«

»Was hast du in der Gruft gemacht?«

»Ich bin darin bis zum Morgen langsam erstickt.«

»Wer hat dich gefunden?«

»Veyrenc. Er war mir ständig auf den Fersen, um zu verhindern, dass ich dich zu fassen kriegte. Wusstest du das?«

Zerk sah aus dem Fenster, es war nun taghell.

»Nein«, sagte er. »Wohin fahren wir? In deine verdammte Brigade?«

»Siehst du nicht, dass wir Paris den Rücken kehren?«

»Wohin fahren wir dann?«

»Dahin, wo es keine Straße mehr gibt. Ans Meer.«

»Aha«, sagte Zerk und schloss die Augen. »Was machen wir dort?«

»Essen. Uns in die Sonne legen. Aufs Wasser schauen.«

»Ich habe Schmerzen. Der Mistkerl hat mir ziemlich wehgetan.«

»Ich kann dir erst in zwei Stunden weitere Tabletten geben. Versuch zu schlafen.«

Als die Straße in Sand überging, im Angesicht des Meeres, hielt Adamsberg. Seine beiden Uhren und der Stand der Sonne zeigten ungefähr sieben Uhr dreißig an. Flacher, weithin sich dehnender Strand, einsam und nur hier und da von Gruppen stiller weißer Vögel bevölkert.

Ohne ein Geräusch glitt er aus dem Wagen. Das spiegelglatte Meer und das ungetrübte Blau des Himmels erschienen ihm wie eine Provokation, sie passten nicht zum grausigen Chaos der letzten zehn Tage. Auch nicht zum Stand der Dinge, was Zerk betraf, zu Aufruhr und Benommenheit, die wie tolldreiste Gräser auf einem Berg von Trümmern wuchsen. Ein schweres Unwetter über dem Ozean wäre dem angemessener gewesen, und danach, heute Morgen, ein bedeckter Himmel, in dem kein Horizont zu erkennen wäre. Doch die Natur trifft ihre eigenen Entscheidungen, und wenn sie sich in dieser reglosen Vollkommenheit darbot, war er bereit, sie für einen Augenblick in sich aufzunehmen. Im Übrigen war alle Betäubung von ihm gewichen, er fühlte sich hellwach. Er streckte sich, auf einen Ellbogen gestützt, auf dem noch kühlen Sand aus. Um diese Zeit war Vlad noch in der Krutschema. Vielleicht schwebte er gerade in den Höhen seiner Traumwelten. Er wählte seine Nummer.

»*Dobro jutro*, Vlad.«

»*Dobro jutro*, Adamsberg.«

»Wo hast du dein Telefon? Ich versteh dich schlecht.«

»Es liegt auf dem Kopfkissen.«

»Halt es dir ans Ohr.«

»Habe ich gemacht.«

»*Hvala.* Geh zu Arandjel und sag ihm, dass Arnold Paoles Hetzjagd heute Nacht zu Ende gegangen ist. Dennoch glaube ich, dass er zufrieden ist, denn er hat die fünf großen Plogojowitz abgeschlachtet. Plögener, Vaudel-Plog, Plogerstein und zwei Plogan, Vater und Tochter, in Finnland. Dazu die Füße von Plogodrescu. Der Fluch, der auf den Paoles lag, ist aufgehoben, sie gehen und sind frei, das waren seine Worte. Der Baum auf der Höhe von Higegatte stirbt.«

»Plog.«

»Es bleiben aber immer noch zwei Kauer.«

»Die Kauer machen keinen Ärger. Arandjel wird dir sagen, dass es genügt, sie auf den Bauch zu drehen, und sie sickern wie ein Tropfen Quecksilber bis ins Innere der Erde.«

»Das übernehme ich nicht.«

»Fantastisch«, sagte Vlad ohne jeden Zusammenhang.

»Sag es Arandjel unbedingt. Bleibst du bis in alle Ewigkeit in Kisilova?«

»Man erwartet mich übermorgen auf einer Konferenz in München. Ich kehre auf den geraden Weg zurück, den es, wie du weißt, nicht gibt und der außerdem auch nicht gerade ist.«

»Plog. Was heißt *Loša sreća*, Vlad? Das hat Paole gesagt, als er am Boden lag.«

»Es heißt: ›Pech gehabt.‹«

Zerk hatte sich ein paar Meter entfernt in den Sand gesetzt und sah geduldig zu ihm herüber.

»Wir fahren zum Ambulatorium, um deine Hände versorgen zu lassen. Dann gehen wir frühstücken.«

»Was heißt das, ›Plog‹?«

»Es ist wie ein Tropfen Wahrheit, der fällt«, erklärte Adamsberg und mimte den Vorgang, indem er die Hand hob und sie in gerader Linie langsam abwärts senkte. »Und der genau auf den richtigen Punkt fällt«, fügte er hinzu, als er die Spitze seines Zeigefingers in den Sand bohrte.

»Okay«, sagte Zerk mit Blick auf die kleine Kuhle, die der Finger hinterlassen hatte. »Und wenn er nun hierhin oder dahin fällt?«, fragte er, seinen Zeigefinger aufs Geratewohl mehrmals in den Sand steckend. »Dann ist es kein echtes Plog?«

»Ich denke, nein.«

47

Adamsberg hatte einen Trinkhalm ins Zerks Kaffeeschale getaucht und sein Brot mit Butter bestrichen.

»Erzähl mir von Josselin, Zerk.«

»Ich heiße nicht Zerk.«

»Das ist der Taufname, den ich dir gegeben habe. Für mich, musst du bedenken, bist du erst acht Tage alt. Das heißt, ein schreiender Säugling und nichts weiter.«

»Auch du bist erst acht Tage alt und taugst nicht viel mehr.«

»Und wie nennst du mich?«

»Ich nenne dich nicht.«

Zerk schlürfte seinen Kaffee durch den Halm und lächelte arglos, ein wenig wie Vlad in seiner überraschenden Art, entweder über seine Antwort oder über das Geräusch, das der Trinkhalm verursachte. Seine Mutter war auch so gewesen, in den unpassendsten Augenblicken zur Heiterkeit aufgelegt. Was übrigens auch erklärte, warum er sie an der Jaussène-Brücke hatte lieben können, während es regnete. Zerk war aus der Heiterkeit hervorgegangen.

»Ich will dich nicht in der Brigade befragen.«

»Aber befragen tust du mich trotzdem?«

»Ja.«

»Dann antworte ich dir wie einem Bullen, denn das ist alles, was du für mich seit neunundzwanzig Jahren bist. Ein Bulle.«

»Das bin ich, und das will ich auch: dass du mir wie einem Bullen antwortest.«

»Ich mochte Josselin sehr. Ich habe ihn vor vier Jahren in Paris kennengelernt, als er mir den Kopf zurechtgerückt hat. Vor sechs Monaten begannen die Dinge sich zu verändern.«

»In welcher Weise?«

»Er hat angefangen, mir zu erklären, dass, solange ich meinen Vater nicht getötet hätte, nichts aus mir werden würde. Achtung, das war bildlich gemeint.«

»Ich verstehe schon, Zerk.«

»Davor hatte ich nicht viel mit meinem Vater am Hut. Es kam schon vor, dass ich an ihn dachte, aber der Sohn eines Bullen zu sein, wollte ich lieber vergessen. Hin und wieder las ich was über dich in den Zeitungen, meine Mutter war stolz, ich nicht. Das ist alles. Aber plötzlich mischt Josselin sich da ein. Er sagt, du seist die Ursache all meines Unglücks, all meiner Misserfolge, er sehe das in meinem Kopf.«

»Welcher Misserfolge?«

»Keine Ahnung«, meinte Zerk und pumpte wieder einen Schluck Kaffee durch seinen Halm. »Ich bin nicht sonderlich interessiert. So etwa wie du mit der Glühbirne in deinem Haus.«

»Und was sagte Josselin?«

»Er sagte, ich müsse dich herausfordern, dich zerstören. ›Reinigen‹ nannte er das, als hätte ich einen Haufen Müll in mir und dieser Haufen wärst du. Der Gedanke gefiel mir nicht besonders.«

»Warum?«

»Keine Ahnung. Mir fehlte der Mut dazu, diese ganze Reinigung erschien mir als zu große Aufgabe. Vor allem spürte ich diesen Müllhaufen nicht, ich wusste nicht, wo er eigentlich war. Josselin meinte, doch, es gäbe ihn und er wäre gewaltig. Und wenn ich ihn nicht aus mir herausholte, würde ich von innen verfaulen. Mit der Zeit habe ich gezwungenermaßen aufgehört, ihm zu widersprechen, denn das nervte ihn, und Josselin war ja intelligenter als ich. Ich hörte ihm zu. Mit jeder Sitzung begann ich es ein wenig mehr zu glauben. Und am Ende glaubte ich es wirklich.«

»Und was wirst du nun tun?«

»Den Müll rausschmeißen, aber ich weiß nicht, wie man das macht. Josselin hat es mir noch nicht erklärt. Er sagte, er würde mir helfen. Dass ich so oder so mit dir zusammengeraten würde. Und das ist ja auch passiert, er hat recht gehabt.«

»Notgedrungen, Zerk, schließlich hatte er das alles geplant.«

»Stimmt«, gab Zerk nach einer Weile zu.

Nicht besonders schnell, der Junge, sagte sich Adamsberg und ärgerte sich über sich selbst, dass er Josselin zum Teil recht gab. Denn wenn Zerk kein sehr aufgeweckter Geist war, wessen Schuld war es? Auch seine Gesten waren langsam. Zerk hatte erst die Hälfte von seinem Kaffee getrunken, doch Adamsberg war auch nicht viel weiter.

»Wann bist du mit mir zusammengeraten?«

»Zunächst war da dieser Anruf in der Nacht von Montag

auf Dienstag, nach dem Mord in Garches. Ein unbekannter Typ sagte mir, dass mein Foto in den Morgenzeitungen stehen würde, dass ich dieses Mordes angeklagt werden würde, dass ich ganz schnell verschwinden müsste und kein Lebenszeichen von mir geben sollte. Dass die Dinge sich später aufklären und er mich benachrichtigen würde.«

»Mordent. Einer meiner Commandants.«

»Dann hat er also nicht gelogen. Er sagte zu mir: ›Ich bin ein Freund von deinem Vater, tu, was ich dir sage, verdammt noch mal.‹ Denn ich, ich wollte zu den Bullen gehen und ihnen sagen, dass das alles ein Irrtum wäre. Aber Louis hat immer gesagt, um die Bullen sollte man einen möglichst weiten Bogen machen.«

»Wer ist Louis?«

Zerk sah Adamsberg erstaunt an.

»Louis. Louis Veyrenc.«

»Ach so«, sagte Adamsberg. »Veyrenc.«

»Und der muss es ja wissen. Also bin ich abgehauen und habe mich bei Josselin versteckt. Bei wem sonst? Meine Mutter ist in Polen und Louis ist in Laubazac. Josselin hat immer zu mir gesagt, seine Tür stünde mir offen, wenn ich es mal brauchte. Und in dem Moment hat er mir den Gnadenstoß gegeben. Aber ich war ohnehin reif, das steht fest.«

»Wie hat er die Sache dargestellt?«

»Als *die* Gelegenheit, jetzt oder nie. Ich solle das Missverständnis nutzen, hat er gesagt, es sei ein Wink des Schicksals. ›Das Schicksal hält nur eine Minute im Bahnhof, spring auf den Zug auf, nur die Dummen bleiben auf dem Bahnsteig stehen.‹«

»Guter Satz.«

»Ja, fand ich auch.«

»Aber falsch. Und danach? Hat er dich den Auftritt proben lassen?«

»Nein, aber er hat mir gesagt, wie ich mich allgemein verhalten soll, wie ich dich zwingen soll, zu begreifen, dass ich existiere, und zu erkennen, dass ich stärker bin als du. Vor allem hat er gesagt, dass ich damit dein Schuldgefühl auslösen würde, und genau das müsste ich erreichen. ›Das ist dein Tag, Armel. Hinterher wirst du dich wie neu fühlen. Wag es und zögere nicht, ordentlich auf den Putz zu hauen.‹ Das hat mir gefallen. ›Wag es, reinige dich, werde, das ist dein Tag.‹ Das hatte ich noch nie gehört. Ich fand diese drei Wörter toll: ›Wag es, reinige dich, werde.‹«

»Woher hattest du das T-Shirt?«

»Das hat er mir gekauft, er meinte, mit meinem alten Hemd wäre ich nicht glaubhaft. Ich habe die Nacht bei ihm verbracht, aber ich war viel zu aufgeregt, um zu schlafen, ich habe die Dinge in meinem Kopf immer wieder durchgespielt. Er hatte mir Medikamente gegeben.«

»Aufputschmittel?«

»Keine Ahnung, ich habe nicht gefragt. Eine Tablette am Abend und zwei am Morgen, bevor ich zu dir ging. Schon da fühlte ich mich ein bisschen wie neu. Und den Haufen Müll, den sah ich jetzt in hellem Licht. Und je mehr Zeit verging, desto stärker wurde dieses Gefühl in mir. Ich hätte dich töten können. Aber du mich auch«, fügte er in einem Ton hinzu, der plötzlich genau wie der Gothic-Zerk klang.

Der Blick des Jungen wich ihm aus. Er nahm sich eine Zigarette und Adamsberg zündete sie ihm an.

»Hättest du mich tatsächlich vergiftet mit deiner Scheißphiole?«

»Wonach sah sie deiner Meinung nach aus?«

»Nach irgendeinem verdammten Gift.«

»Nitrozitraminsäure.«

»Ja.«

»Aber unabhängig davon, wonach sah das Fläschchen aus?«

Zerk stieß den Rauch aus.

»Keine Ahnung. Nach einer kleinen Parfumprobe.«

»Das war es auch.«

»Das glaube ich nicht«, pfiff Zerk durch die Zähne. »Du sagst es, weil du dich heute dafür schämst. Du warst im Arbeitszimmer. Ich denke nicht, dass du in deinem Arbeitszimmer Parfum aufbewahrst.«

»Du hast mich eingeschlossen, aber vergessen, dass Bullen einen Dietrich haben. Ich habe mir die Probe aus dem Bad geholt. Nitrozitraminsäure gibt es nicht. Du kannst es nachprüfen.«

»Scheiße«, sagte Zerk und sog einen Schluck Kaffee.

»Was dagegen sehr wohl stimmt, ist, dass man eine Waffe nie so tief in seine Hose stecken darf.«

»Das verstehe ich.«

»Und du hast Krätze, Tuberkulose und nur noch eine Niere?«

»Nein. Ich habe mal Grind gehabt.«

»Erzähl weiter.«

»Die Katze unter den Stiegen, die hat mich amüsiert. Oder es war der Alte mit seiner Geschichte von dem Arm. Jedenfalls bin ich ganz plötzlich wieder nüchtern geworden, als hätte ich mich ausgekackt. Ich hatte ein bisschen die Nase voll vom Rumbrüllen. Aber ich wollte trotzdem weiterbrüllen. Ich wollte brüllen, bis du vor mir auf die Knie fällst, bis du mich anflehst. Josselin hatte zu mir gesagt, wenn ich nicht brülle, bin ich erledigt. Wenn ich dich nicht zu Boden kriege, bin ich erledigt. Mit meinem Haufen Müll im Leib, den ich mein Leben lang nicht wieder loswerden würde. Und es stimmt, ich fühlte mich gut danach, ich bedauerte es nicht.«

»Aber am Ende hast du doch in der Klemme gesessen.«

»Ja, Scheiße, wie die Katze unter der Stiege. Ich habe auf ein Dementi wegen der DNA gewartet. Oder einen Anruf von dem unbekannten Typen. Aber nichts kam.«

»Hast du an eine Falle von Josselin gedacht?«

»Nein. Immerhin hat er mich ja versteckt. Ich saß in einer Kammer ganz am Ende seiner Wohnung, mit der Weisung, mich nicht zu rühren, wegen der Patienten.«

»Nachdem du von mir weggegangen warst, so zwischen neun Uhr und Mittag, wenn du da aus dieser Kammer herausgekommen wärst, hättest du mich bei ihm angetroffen. Ich war zu ihm gekommen, weil ich mit ihm reden wollte. Ich nehme an, Josselin hat die Situation genossen. Alle beide bei ihm, alle beide von ihm manipuliert. Aber er hat mich tatsächlich wieder auf die Beine gekriegt und mich von meinem Tinnitus befreit. Er wird uns fehlen, Zerk, der Mann hat goldene Finger.«

»Nein, mir wird er nicht fehlen.«

»Und danach? Am selben Tag?«

»So um die Essenszeit kam er mich holen, er ließ sich alles von mir erzählen, er wollte alle Einzelheiten wissen, die

Sätze, die ich gesagt hätte, er amüsierte sich sehr darüber, er schien sich für mich zu freuen. Er ließ mich das T-Shirt wieder ausziehen, und dann hat er ein gutes Essen gekocht, um die Sache zu feiern. Das mit der DNA, hat er gesagt, wäre eine falsche Analyse und es bräuchte seine Zeit, bis die Bullen das kapiert hätten. Aber allmählich glaubte ich immer weniger daran. Ich hätte gern Louis angerufen, aber mein Handy konnte ich ja unmöglich benutzen. Sicher, da war noch der Festanschluss von Josselin. Aber wenn die Bullen wüssten, dass Louis mein Onkel ist, konnten sie ihn überwachen. Dann begann ich mir zu sagen, dass irgendjemand mir das Leben versaute. Er war es, der mir das Taschentuch geklaut hat, stimmt's?«

»Ganz einfach. Und auch die Haare von deinem Hund. Tournesol. Man hat sie auf dem Sessel in Garches gefunden. Demselben Sessel, auf dem er dich gestern festgepinnt hat. Ich habe mich nur gefragt, wie einer sich diese Haare beschaffen konnte. Ist er mal bei dir gewesen?«

»Nie.«

»Wenn er dich behandelte, hast du da deine Sachen ausgezogen?«

»Ich ließ nur meine Schuhe im Wartezimmer.«

»Sonst nichts. Denk nach.«

»Nein. Ja, doch. Zweimal hat er mich gebeten, die Hose auszuziehen, weil er sich meine Knie ansehen wollte.«

»In letzter Zeit?«

»Vor ungefähr zwei Monaten.«

»Da hat er das Taschentuch genommen und die Hundehaare. Hast du nie darüber nachgedacht?«

»Nein. Josselin half mir nun schon seit vier Jahren. Warum hätte ich was Schlechtes von ihm denken sollen? Er war auf meiner Seite, er und seine verdammten goldenen Hände. Er ließ mich glauben, dass er mich mochte, in Wahrheit aber fand er, dass ich ein Trottel sei. Den Leuten ist es vollkommen egal, ob du lebst oder stirbst, hat er mir gestern Abend gesagt.«

»*Loša sreća*, Zerk, er ist in die Rolle von Arnold Paole geschlüpft.«

»Er ist nicht hineingeschlüpft, es stimmt sogar. Er ist ein echter Nachfahre dieses Paole. Er hat es mir im Auto gesagt, als er mit mir zur Villa fuhr. Und ganz im Ernst.«

»Ich weiß. Er ist ein authentischer Paole in direkter Linie über seinen Vater. Ich meine damit, er ist ebenso krank geworden wie sein Ahn, der Graberde fraß, um sich vor Peter Plogojowitz zu schützen. Was hat er dir sonst noch gesagt?«

»Dass ich sterben würde, aber dass ich durch mein Sterben zu seinem Werk der Ausrottung der Verfluchten beitragen würde und dass das ein guter Tod für einen Typen wie mich wäre, der zu nichts nütze sei. Er hat mir erklärt, dass eine verruchte Familie die seine seit dreihundert Jahren verseuche und dass er dem ein Ende bereiten müsse. Er sagte, dass er mit zwei Zähnen auf die Welt gekommen wäre und dass dies der Beweis für das Böse wäre, das in ihm steckte durch die Schuld der anderen. Aber in manchen Augenblicken konnte man ihn gar nicht mehr verstehen. Dann sprach er so schnell, dass ich Angst hatte, der Wagen könnte von der Straße abkommen.«

Zerk unterbrach sich, um seinen kalten Kaffee auszutrinken.

»Er hat von seiner Mutter gesprochen. Sie hat ihn verlassen, weil er ein Paole war, und sie hat es daran erkannt, dass seine Zähne bei der Geburt schon draußen waren. Sie hat geschrien, er sei ein ›Gezahnter‹, und hat das Baby gleich in der Klinik gelassen, ›so wie man sich von etwas Schändlichem trennt‹. Und in dem Moment hat er geweint, richtig geweint. Ich sah es im Rückspiegel. Er warf seiner Mutter nichts vor. Er sagte: ›Was willst du, dass eine Mutter mit einer Kreatur anfängt? Eine Kreatur ist kein Kind.‹ Da hab ich gedacht, er würde weich, er würde mich freilassen, und habe ihn angefleht. Aber schon hat er wieder angefangen zu schreien und der Wagen ist geschlingert. Mein Gott, hatte ich eine Angst. Und er hat weiter seinen Leidensweg einer Kreatur erzählt.«

»Er wurde von den Josselins adoptiert?«

»Ja. Und mit neun Jahren hat er die Schreibtischschublade seines Vaters aufgezogen und eine ganze Akte über sich gefunden. So hat er erfahren, dass er adoptiert worden war, dass seine Mutter ihn verlassen hatte und warum sie es getan hatte. Er war ein Paole aus dem Geschlecht der verdammten Vampire. So sagte er. Ein Jahr darauf waren die Eltern allmählich überfordert von der Sache. Er schlug alles kaputt, schmierte seine Kacke an die Wände. Das erzählte er mir ganz ungeniert, als einen der Beweise seiner Verdammung. An einem Novembertag haben seine Eltern ihn in eine Anstalt gebracht, um ihn untersuchen zu lassen. Sie haben gesagt, sie würden wiederkommen, und sind nicht wiedergekommen.«

»Zweites Verlassenwerden, das Leben war zerstört.«

»Eine Art Plog, nicht?«

»Wenn du so willst.«

»Dann hat er ›eine hässliche, aber sehr handfeste‹ Frau geheiratet und angefangen, denen, von denen er sich bedroht
fühlte, die Füße abzuschneiden. Leuten, die mit einem Zahn
geboren worden waren. Auf gut Glück zunächst, das hat er
selbst zugegeben. ›Ich war Anfänger, ich habe bestimmt auch
harmlosen Menschen die Füße abgeschnitten, sie mögen mir
verzeihen. Ich habe ihnen nicht wehgetan, sie waren ja schon
tot.‹ Und seine Frau hat ihn sehr schnell verlassen. Ein herz-
loses, letzten Endes abscheuliches Wesen, hat er gesagt.«

»Was auch stimmt.«

»Dann aber waren wir in der Villa angekommen, er brauchte
nicht mehr auf die Straße zu achten. Da wurde es noch schlimmer, er sprach überhaupt nicht mehr normal. Manchmal flüsterte er und ich verstand überhaupt nichts, dann wieder brüllte
er. Er rammte mir das Messer in die Hand. Er erzählte mir den
ganzen Stammbaum der Plogojavic – so heißen sie doch?«

»Plogojowitz.«

Zerk würde es nicht leichter fallen als ihm, Wörter zu behalten. In diesem flüchtigen Augenblick hatte Adamsberg das
Gefühl, er würde ihn von Grund auf kennen.

»Okay«, meinte Zerk und senkte den Balken seiner Augenbrauen, genau wie der Vater, wenn er das Garen des Bohneneintopfs überwachte. »Er sprach von ›unmenschlichem Leid‹,
er sagte, er hätte niemals getötet, weil diese Wesen keine Menschen wären, sondern Kreaturen aus dem tiefsten Erden-
schlund, die das Leben der Menschen zerstörten. Ich hörte
nicht immer zu, ich hatte Schmerzen und ich hatte Angst. Er
sagte, es sei seine Aufgabe als großer Arzt, Wunden zu heilen,
die Welt von dieser ›schändlichen Bedrohung‹ zu befreien.«

Adamsberg zog eine Zigarette aus Zerks Schachtel.

»Wie bist du an meine Telefonnummer gekommen?«

»Ich hab sie aus Onkel Louis' Handy gestohlen, in der Zeit, wo er mit dir gearbeitet hat.«

»Hattest du vor, sie zu benutzen?«

»Nein. Aber ich fand es nicht normal, dass Louis sie hatte und ich nicht.«

»Wie hast du die Nummer gewählt? In der Tasche?«

»Ich habe sie nicht gewählt. Ich hatte sie gespeichert unter der Ziffer 9. Der letzten der letzten.«

»Das ist schon mal ein Anfang«, sagte Adamsberg.

48

Émile betrat, auf eine Krücke gestützt, die Brigade. Er meldete sich am Empfang bei Brigadier Gardon, der nicht verstand, was dieser Mann mit seinem Hund wollte. Danglard lief schleppenden Schritts umher, er trug einen hellen Anzug, das war neu und löste Kommentare aus, doch weit weniger als die Nachricht von der Verhaftung Paul de Josselins, des Nachfahren von Arnold Paole, dem die *vampiri* der Plogojowitz-Familie das Leben zerstört hatten.

Retancourt, die noch immer das vernunftbestimmte Lager der Positivisten anführte, diskutierte seit dem Morgen mit den Versöhnlern und den Wolkenschauflern, die ihr die Sturheit vorwarfen, mit der sie seit Sonntag die Ermittlung auf einer Schmalspur betrieb, ohne von den *vampiri* irgendeine Notiz zu nehmen. Wo der Mensch doch alles Mögliche in seinem Kopf haben kann, hatte Mercadet angemerkt. Und sogar Schränke in seinem Bauch, hatte Danglard in Gedanken ergänzt. Kernokian und Froissy standen hart am Abgrund, fast bereit, an die Existenz der *vampiri* zu glauben, was die Situation noch verschärfte. Und zwar aufgrund der Konservierung der Leichen, die ja ausgiebig beobachtet und historisch dokumentiert worden war, und wer konnte sich das schließlich erklären? In kleinerem Maßstab, doch ebenso leidenschaftlich wiederholte sich in den Räumen der Pariser Brigade criminelle jene Debatte, die das Abendland im zweiten Jahrzehnt des 18. Jahrhunderts entflammt hatte, ohne nennenswerten Fortschritt seit dreihundert Jahren.

Genau dieser Punkt war es nämlich, der die Mitarbeiter der Brigade verunsicherte, das Grausen, das diese »unversehrten, frischroten« Körper auslösten, die aus ihren Öffnungen Blut verströmten und mit einer neuen, straffen Haut überzogen waren, während die alte Hülle und die abgenutzten Nägel auf dem Grund des Grabes lagen. Hier nun kam Danglards Wissen wieder zum Einsatz. Er hatte die Antwort, er wusste, warum und wie die Körper sich so gut erhalten hatten, was im Grunde recht häufig vorkam, und sogar den *Schrei des Vampirs*, wenn man ihn pfählte, und die *Seufzer der Kauer* konnte er erklären. Man hatte sich im Kreis um ihn gesetzt, man hing an seinen Lippen, die Debatte begann eine Wendung zu nehmen, die Wissenschaft schien dem Obskurantismus noch einmal Einhalt zu gebieten. Danglard begann gerade über die Gase zu reden, die mitunter, je nach der chemischen Zusammensetzung der Erde, statt dem Körper zu entweichen, ihn aufbliesen wie einen Ballon und die Haut spannten, als er vom Lärm eines umgeworfenen Fressnapfs in der oberen Etage unterbrochen wurde, Cupido die Treppe herunter- und auf den Empfang zuraste, ohne sich um Hindernisse zu scheren. Er hielt in seinem Lauf nicht einmal inne, als er einen charakteristischen Kläfflaut Richtung Kopiergerät entsandte, auf dem ausgestreckt Die Kugel lag, die beiden Vorderpfoten im Leeren.

»Hier wiederum«, bemerkte Danglard, als er das Tier vor Freude außer sich vorbeirennen sah, »erleben Sie weder Wissen noch Wahn. Nur grenzenlose, bedingungslose, reine Liebe. Sehr selten beim Menschen, und auch sehr gefährlich. Und doch hat Cupido Manieren, er sagt dem Kater Lebewohl, sogar mit einer Spur von Bewunderung und Bedauern.«

Der Hund war an Émile hochgeklettert, japsend, leckend, sich in sein Hemd krallend, hielt er sich an seiner Brust fest. Émile hatte sich hinsetzen müssen und legte sein Schlägerhaupt auf den Rücken des Tieres.

»Sein Kot«, sagte Danglard zu ihm, »war übrigens derselbe wie auf deinem Lieferauto.«

»Und der Liebesbrief des alten Vaudel? Hat er dem Kommissar weitergeholfen?«

»Sehr. Er hat ihn zum Sterben in ein stinkendes Grabgewölbe geführt.«

»Und der Durchgang im Keller von Mutter Bourlant, hat der ihm geholfen?«

»Auch sehr. Er hat ihn zu Doktor Josselin geführt.«

»Ich habe diesen Angeber nie gemocht. Wo ist er, der Chef?«

»Du willst ihn sehen?«

»Ja, ich will nicht, dass er mir Schwierigkeiten macht, wir könnten die Sache einvernehmlich regeln. Mit dem Fingerzeig, den ich ihm gegeben habe, verfüge ich über ein Tauschobjekt.«

»Was für eine Sache denn?«

»Das sage ich nur dem Chef.«

Danglard wählte Adamsbergs Nummer.

»Kommissar, Cupido klebt derzeit an Émile, der seinerseits mit Ihnen zu sprechen wünscht, um die Sache zu regeln.«

»Was für eine Sache?«

»Keine Ahnung. Er will nur mit Ihnen darüber reden.«

»Persönlich«, beharrte Émile, »es ist wichtig.«

»Wie geht es ihm?«

»Gut, allem Anschein nach, er trägt eine neue Jacke mit einer blauen Anstecknadel im Knopfloch. Wann kommen Sie?«

»Ich bin an einem Strand in der Normandie, Danglard, ich fahre gleich zurück.«

»Was machen Sie dort?«

»Ich musste mit meinem Sohn reden. Wir sind beide nicht gerade brillant, aber wir kommen schon klar miteinander.«

Wie auch nicht, dachte Danglard. Tom war kein Jahr alt, er konnte noch nicht sprechen.

»Ich habe Ihnen x-mal gesagt, dass sie in der Bretagne sind, nicht in der Normandie.«

»Ich spreche von meinem anderen Sohn, Danglard.«

»Welchem …?«, fragte Danglard, unfähig, seinen Satz zu beenden. »Welcher andere?«

Eine rasende Wut auf Adamsberg stieg augenblicklich in ihm hoch. Hatte der Hund, kaum war Tom geboren, auf seine unbekümmerte Art schon wieder woanders herumgevögelt.

»Wie alt ist dieser andere?«, fragte er scharf.

»Acht Tage.«

»Schuft«, zischte Danglard.

»Es ist aber so, Commandant. Ich war nicht darüber informiert.«

»Verdammt, Sie sind nie informiert.«

»Und Sie lassen mich nie ausreden, Danglard. Für mich ist er acht Tage alt, für die anderen neunundzwanzig Jahre. Er sitzt neben mir und raucht. Seine beiden Hände sind verbunden. Paole hatte ihn letzte Nacht auf den Louis-treize-Sessel genagelt.«

»Der Zerquetscher«, sagte Danglard schwach.

»Genau, Commandant. Zerk. Armel Louvois.«

Danglard sah mit leerem Blick auf Émile und seinen Hund, gerade so lange, um die neuen Gegebenheiten zu analysieren.

»Das ist ein Bild, nicht wahr«, begann er wieder. »Sie haben ihn adoptiert oder so was.«

»Mitnichten, Danglard, er ist mein Sohn. Umso mehr hat Josselin sich einen Spaß daraus gemacht, gerade ihn zum Sündenbock zu wählen.«

»Ich glaube es nicht.«

»Sie vertrauen doch Veyrenc? Bitte, fragen Sie ihn. Es ist sein Neffe und er wird Ihnen viel Gutes über ihn erzählen.«

Adamsberg lag halb hingestreckt auf dem Strand und zeichnete mit der Fingerspitze große Motive in den Sand. Zerk, die Arme auf dem Bauch, die Hände von der örtlichen Betäubung noch schmerzfrei, ließ sich von der Sonne bescheinen, sein Körper lag schlaff da, wie der Kater auf dem Kopiergerät. Danglard ließ alle in den Zeitungen erschienenen Bilder von Zerk an sich vorüberziehen, und auf einmal wurde ihm klar, warum ihm dieses Gesicht so vertraut erschienen war. Es war die Wahrheit, die schockierende Wahrheit.

»Nicht weiter aufregend, Commandant. Geben Sie mir Émile.«

Wortlos reichte Danglard das Telefon Émile, der sich ein wenig Richtung Tür entfernte.

»Dein Kollege ist ein Idiot«, sagte Émile. »Das ist keine blaue Anstecknadel, es ist meine Schneckengabel. Ich habe sie mir aus der Villa geholt.«

»Aus Nostalgie?«

»Ja.«

»Was ist das für eine Sache, die du mit mir regeln willst?«, fragte Adamsberg und richtete sich auf.

»Ich hab mal überschlagen. Ich komme auf neunhundertsiebenunddreißig Euro. Jetzt, wo ich reich bin, kann ich sie zurückerstatten, und du sagst: Schwamm drüber. Als Gegenleistung für den Liebesbrief und die Kellertür. Wär das okay?«

»Schwamm über was?«

»Über die Scheinchen, Herrgott. Mal hier einen, mal da einen, das machte am Ende neunhundertsiebenunddreißig. Ich habe Buch darüber geführt.«

»Jetzt versteh ich, Émile. Also, zum einen sind mir deine Scheine vollkommen egal, das sagte ich dir schon. Zum anderen ist es dafür zu spät. Ich denke nicht, dass Pierre junior, dem du die Hälfte seines Vermögens wegschnappst, sehr glücklich darüber sein wird, wenn er erfährt, dass du seinen Vater beklaut hast und er nun neunhundertsiebenunddreißig Euro von dir zurückbekommt.«

»Ja«, sagte Émile nachdenklich.

»Also behältst du sie, und kein Wort mehr darüber.«

»Kapiert«, sagte Émile, und Adamsberg dachte, dass er diesen Tick von André, dem Pfleger im Krankenhaus von Châteaudun, übernommen haben musste.

»Du hast noch einen anderen Sohn?«, fragte Zerk, als er in den Wagen stieg.

»Einen ganz kleinen«, erwiderte Adamsberg und breitete die Hände aus, als ob sein Alter die Tatsache verharmlosen könnte. »Stört es dich?«

»Nein.«

Zerk war ein umgänglicher Typ, kein Zweifel.

49

Der Himmel über dem Justizpalast war wolkenverhangen, was in diesem Fall sehr gut zum Ort passte. Adamsberg und Danglard saßen auf der Kaffeeterrasse gegenüber und warteten auf den Ausgang des Prozesses der Tochter von Mordent. Es war zehn vor elf auf Danglards Uhr. Adamsberg betrachtete die sorgfältig restaurierten Goldbemalungen auf dem Palast.

»Wenn man das Gold abkratzt, was findet man darunter, Danglard?«

»Die Schuppen der großen Schlange, würde Nolet sagen.«

»Und direkt an die Sainte-Chapelle geklebt. Das passt nicht gut zusammen.«

»Und auch wieder nicht so schlecht. Es sind zwei Kapellen übereinander und sie sind vollkommen getrennt. Die untere Kapelle war den Leuten aus dem niederen Volk vorbehalten, die hohe Oberkapelle dem König und seinem Gefolge. Wir kommen immer wieder an diesen Punkt.«

»Die große Schlange ging also schon im 14. Jahrhundert dort um«, sagte Adamsberg und sah zur gotischen Turmspitze hinauf.

»Im dreizehnten«, korrigierte Danglard. »Pierre de Montreuil ließ sie zwischen 1242 und 1248 erbauen.«

»Haben Sie Nolet erreicht?«

»Ja. Der Schulkamerad war in der Tat Trauzeuge bei der Heirat von Emma Carnot und einem vierundzwanzigjährigen jungen Mann, Paul de Josselin Cressent, im Standesamt von Auxerre vor neunundzwanzig Jahren. Emma war verrückt nach ihm, und ihre Mutter war geschmeichelt von der Adelspartikel, aber sie hat auch gesagt, Paul wäre einer von diesen neurotischen, degenerierten Adelssprösslingen gewesen. Die Ehe hat keine drei Jahre gehalten. Kinder sind nicht daraus hervorgegangen.«

»Ein Glück. Josselin hätte keinen guten Vater abgegeben.«

Danglard ging nicht darauf ein. Er wartete lieber, bis er Zerk kennenlernen würde.

»Und es hätte einen weiteren kleinen Paole in der Landschaft gegeben«, fuhr Adamsberg fort, »und wer weiß, was der sich vorgestellt hätte. Doch nein. Die Paoles gehen ab, der Doktor hat es gesagt.«

»Ich werde zu Radstock fahren und ihm beim Sortieren der Füße helfen. Anschließend nehme ich acht Tage Urlaub.«

»Zum Angeln im See?«

»Nein«, sagte Danglard ausweichend. »Ich gedenke in London zu bleiben.«

»Ein eher abstraktes Programm, also.«

»Ja.«

»Wenn Mordent seine Tochter wiederhat, das heißt heute Abend, werden wir die Schlammlawine des Falls Emma Carnot losbrechen lassen. Sie wird vom Conseil d'État niederstürzen zum Kassationshof, dann zur Staatsanwaltschaft, dann zum Gerichtshof in Gavernan, und dort wird sie zum

Stehen kommen. Die darunterliegenden Ebenen des kleinen Richters und Mordents bleiben verschont, die interessieren niemanden außer uns.«

»Das wird ja ein donnerndes Getöse werden.«

»Sicher. Die Leute werden sich entrüsten, man wird vorschlagen, die Justiz zu reformieren, dann wird man die Leute wieder ablenken, indem man irgendeine alte Affäre ausgräbt. Und was danach geschieht, wissen Sie.«

»Die an drei Schuppen verletzte Schlange wird von ein paar Krämpfen geschüttelt und zwei Monate später sind die Schuppen nachgewachsen.«

»Oder in noch kürzerer Zeit. Wir aber gehen mit weillscher Taktik zur Gegenoffensive über. Wir werden den Richter in Gavernan nicht namentlich anzeigen. Den heben wir uns zu unserem Schutz als Reservegranate auf und um Nolet und Mordent zu schützen. Weillsche Methode auch, um die Bleistiftraspel und die unschuldige kleine Patronenhülse auf dem Weg von Avignon zum Quai des Orfèvres irgendwo versanden zu lassen.«

»Warum schützen wir diesen Scheißkerl von Mordent?«

»Weil der gerade Weg nie gerade ist. Mordent gehört nicht zur Schlange, er wurde mit Haut und Haar von ihr verschlungen. Er ist in ihrem Bauch, wie Jona im Bauch des Fisches.«

»Wie der Onkel im Bären.«

»Sieh an«, sagte Adamsberg. »Ich wusste doch, dass diese Geschichte Sie eines Tages interessieren würde.«

»Aber was bleibt von Mordent in der Schlange da oben?«

»Ein unangenehmer Stachel und die Erinnerung an eine Niederlage. Das ist schon mal was.«

»Was machen wir mit Mordent?«

»Was er selbst mit sich machen wird. Wenn er es wünscht, wird er wieder in seine Funktionen eingesetzt. Ein angeschlagener Mann ist so viel wert wie zehn andere. Nur Sie und ich wissen davon. Die anderen denken, dass er eine schlimme Depression durchgemacht hat, lässliche Dinge also. Außerdem wissen sie noch, dass er seine Männlichkeit unversehrt wiederhat, und das ist auch schon alles. Niemand weiß von seinem Besuch bei Pierre Vaudel.«

»Und Pierre Vaudel, warum hat der nichts von den Rennpferden gesagt und dem Pferdemist?«

»Seine Frau will nicht, dass er wettet.«

»Und wer hat den Hauswart, Francisco Delfino, dafür bezahlt, dass er Josselin ein falsches Alibi lieferte? Josselin selbst oder Emma Carnot?«

»Niemand. Josselin hat Francisco einfach in Urlaub geschickt. In den ersten Tagen nach Garches war Francisco Josselin selber. Er hat seinen Platz eingenommen und auf den unvermeidlichen Besuch der Bullen gewartet. Als ich ihn sah, war die Pförtnerloge dunkel, er saß in eine Decke gehüllt, einschließlich der Hände. Dann ist er über den Dienstbotenaufgang in seine Wohnung hinauf und hat sich umgezogen, um mich zu empfangen.«

»Raffiniert.«

»Ja. Außer für seine Ex-Gemahlin. Sobald Emma erfahren hat, dass Josselin Vaudels Arzt war, hat sie begriffen, lange vor uns. Ja, sofort.«

»Da kommt er«, unterbrach ihn Danglard. »Der Richtspruch ist gefallen.«

Mordent schritt allein unter den Wolken. *Die Väter haben saure Trauben gegessen, aber den Kindern sind die Zähne davon stumpf geworden.* Seine Tochter war frei, sie war auf dem Weg nach Fresnes, den Papierkram zu unterschreiben und ihre Sachen abzuholen. Heute Abend würde sie zu Hause essen, er hatte schon alles eingekauft.

Adamsberg fasste Mordent an einem Arm, Danglard postierte sich an seiner anderen Seite. Der Commandant sah vom einen zum andern, wie ein großer alter Reiher, der dem obersten aller Polizeiorgane in die Falle gegangen war. Ein großer alter Graureiher, der sein Ansehen und seine Federn verloren hatte und zu schmachvollem, einsamem Fischfang verurteilt war.

»Wir sind hergekommen, Mordent, um diesen Sieg der Gerechtigkeit zu feiern«, sagte Adamsberg. »Auch um die Verhaftung von Josselin und die Befreiung der Paoles zu feiern, die nun zu ihrer schlichten Bestimmung als Sterbliche zurückkehren. Um die Geburt meines ältesten Sohnes zu feiern und vieles andere mehr, was zu feiern ist. Wir haben unser Bier drüben im Café stehen.«

Adamsbergs hatte einen festen Griff, sein Gesicht lächelte schräg. Licht rann unter seiner Haut, sein Blick hatte sich aufgehellt, und Mordent wusste, wenn Adamsbergs verschleierte Augen sich in leuchtende Kugeln verwandelten, dann war er dicht an einem Wild oder einer Wahrheit dran. Der Kommissar zog ihn mit zügigem Schritt zum Café.

»Feiern?«, fragte Mordent mit farbloser Stimme, da ihm sonst nichts einfiel.

»Ja, feiern. Auch die Tatsache sollten wir feiern, dass die Bleistiftspäne und die kleine Patronenhülse unterm Kühlschrank freundlicherweise verschwunden sind. Meine Freiheit feiern, Mordent.«

Der Arm des Commandant bewegte sich kaum unter Adamsbergs Fingern. Ein alter Graureiher am Ende seiner Kräfte. Adamsberg setzte ihn zwischen sie beide, wie man ein Bündel abstellt. Sicherung S3 herausgeflogen, dachte er, hochgradiger psychoemotionaler Schock, Handlungsblockade. Und kein Dr. Josselin in Sicht, der ihn reparieren könnte. Mit dem Abgang des Nachfahren von Arnold Paole hatte die Medizin einen ihrer Großen verloren.

»Es ist aus, nicht wahr?«, murmelte Mordent. »Das war klar«, fügte er hinzu, seine grauen Haarsträhnen zurückstreichend und seinen Hals aus dem Hemd schiebend mit jener typischen Bewegung eines Schreitvogels, die nur er beherrschte.

»Aus, ja. Aber ein weise aufgeworfener Deich wird die Schlammlawine an den Pforten des Gerichts von Gavernan zum Stehen bringen. Jenseits davon wird von Verrat nichts mehr zu erkennen sein, nur jungfräuliches Land. Niemand in der Brigade weiß davon, Ihr Platz ist vakant. Entscheiden Sie selbst. Emma Carnot dagegen wird auffliegen. Erhielten Sie Ihre Befehle direkt von ihr?«

Mordent nickte.

»Auf einem besonderen Telefon?«

»Ja.«

»Wo ist es?«

»Gestern Abend zerstört.«

»Sehr gut. Versuchen Sie nicht, Mordent, ihr zu Hilfe zu eilen, um sich zu schützen. Sie hat eine Frau umgebracht, sie hat auf Émile schießen lassen, danach versucht, ihn zu vergiften. Und sie war dabei, ihren letzten Trauzeugen abzuknallen.«

Umsichtig wie immer hatte Danglard ein weiteres Bier kommen lassen, das er vor Mordent hinstellte. Mit ebenso gebieterischer Geste, wie Adamsbergs Griff es war, und sie bedeutete: Trink.

»Kommen Sie auch nicht etwa auf den Gedanken, sich umzubringen«, fügte der Kommissar hinzu. »Das wäre Blödsinn, wie Danglard sagen würde, jetzt, wo Élaine Sie braucht.«

Adamsberg stand auf. Wenige Meter entfernt floss die Seine, sie floss zum Meer, das Meer nach Amerika, Amerika zum Pazifik, und kam hierher zurück.

»*Vraticu se*«, sagte er, »ich geh ein paar Schritte.«

»Was sagt er?«, fragte Mordent überrascht, für einen Augenblick zur Normalität zurückgekehrt, was Danglard als ein gutes Zeichen erschien.

»Das ist ein kleines Stück der *vampiri* von Kisilova, das ihm im Körper stecken geblieben ist. Aber das wird auch noch herauskommen. Oder nicht. Bei ihm weiß man das nie.«

Adamsberg kam nachdenklich zu ihnen zurück.

»Danglard, Sie haben es mir schon einmal gesagt, aber ich habe es wieder vergessen. Wo entspringt die Seine?«

»Auf dem Plateau von Langres.«

»Nicht am Mont Gerbier-de-Jonc?«

»Nein, das ist die Loire.«

»*Hvala*, Danglard.«

Was »Danke« bedeutete, erklärte Danglard Mordent. Adamsberg ging wiegenden Schritts zum Fluss zurück, mit einem Finger seine über die Schulter geworfene Jacke haltend. Mordent nahm unbeholfen sein Glas, wie einer, der nicht weiß, ob er noch das Recht dazu hat, hob es zögernd zu Adamsberg in der Ferne, dann zu Danglard ihm gegenüber.

»*Hvala*«, sagte er.

50

Adamsberg lief über eine Stunde den Quai auf der Sonnen-
seite entlang, hörte den Möwen zu, wie sie auf Französisch
schrien, in der Hand sein Telefon, auf den Anruf aus London
wartend, der um vierzehn Uhr fünfzehn kam, wie Stock ihm
versprochen hatte. Das Gespräch war sehr kurz, Adamsberg
hatte dem Superintendent Radstock eine einzige Frage gestellt, auf die er nur mit »Ja« oder »Nein« zu antworten
brauchte.

»Yes«, sagte Radstock, und Adamsberg dankte und legte
wieder auf. Er zögerte einen Moment, dann wählte er die
Nummer von Estalère. Der Brigadier wäre der Einzige, der
ihm weder mit einem Kommentar noch mit einer Kritik kommen würde.

»Estalère, fahren Sie zu Josselin ins Krankenhaus, ich habe
eine Nachricht für ihn.«

»Ja, Kommissar. Ich notiere.«

»Sagen Sie ihm, der Baum von Hampstead Hill ist tot.«

»Hampstead Hill, die Anhöhe von Highgate?«

»Genau.«

»Sonst nichts?«

»Nein.«

»Wird gemacht, Kommissar.«

Adamsberg ging langsam den Boulevard hinauf und stellte sich vor, wie in Kiseljevo die Baumstümpfe um das Grab verfaulten.

Wo werden sie wieder wachsen, Peter?